하루하라 미나와 순정

하루하라
미나와 순정

1

이유월 장편 소설

설령 재판관들이 우리 두 사람을 갈라놓는다 해도
나는 당신을 결코 혼자 죽게 하지는 않겠다.

-가네코 후미코. 1926년 2월 법정 발언 중에서

0.

서
장

1995년 7월

북부 캘리포니아의 화창하고 서늘한 날씨에 촬영 팀은 감탄을 그치지 않았다. 장마전선에 점령당한 서울을 떠나 불과 하루 만에 이토록 쾌적한 기후라니. 샌프란시스코 공항에서 짐을 챙겨 바깥으로 나온 순간, 김포에서부터 장장 열한 시간에 걸친 비행에 찌든 얼굴들에서도 이야, 절로 탄성을 이끌어 낼 만큼 날씨는 환상적이었다.

캘리포니아 드리밍이라더니 이거 진짜 꿈같은 날씨네요. 막내 작가가 그러자 조수석에 앉은 조명감독이 카오디오에 카세트테이프를 밀어 넣었다. 캘리포니아 드리밍. 짜기라도 한 듯 기막힌 선곡에 팀원 전체가 와아아 웃는다.

촬영 팀과 장비를 실은 11인승 미니밴은 샌프란시스코만을 날듯이 건넜다. 시내 중심부에 위치한 호텔에서 목적지인 버클리까지는 자동차로 삼십 분 거리였다. 베이 브릿지를 지나자 번화한 다운타운과 사뭇 다른 전원풍의 중산층 거주지가 펼쳐졌다. 팀장 격인 피디가 손목시계를 들여다본다. 오전 열한 시 십 분 전. 약속한 시간에 정확히 닿을 것 같다.

광복 50주년 특집 다큐멘터리는 일찌감치 시사 교양국 편성안에 올라 있었다. 생존해 있는 독립유공자와 그 후손들을 찾아 '일제의 탄압에도 꺼지지 않았던 치열한 투지의 증언'들을 카메라에 담기 시작한 것도 벌써 작년부터다. 한 시간 반짜리 방송 분량이야 진즉에 뽑고도 남을 테지만, 광복절을 불과 한 달 남짓 앞두고 미국까지 날아온 것은 얼마 전 보도국에서 건네받은 한 건의 제보 때문이었다.

'해방될 때까지 일제가 못 알아낸 비밀결사 조직이 있었던 거, 혹시 알아?'

대학 선배이자 동네 아는 형이기도 한 기자가 대뜸 물었을 때 피디는 뭔 소린가 했다. 그러나 명색이 교양국 피디에게 그런 질문은 어째 조금 모욕적인 구석이 있었다. 혹시 아냐니. 내가 입사하고 광복절 특집만 몇 년째인데.

'그걸 어떻게 몰라요. 왜요, 보도국도 특집기사 준비해요?'

오, 제법인데. 능글맞게 웃은 기자는 연락처가 적힌 쪽지 한 장을 건네주었다. 보도국으로 온 제보인데 특별히 후배 생각해서 주는 거라느니, 연말에 이걸로 상이라도 타게 되면 한턱내야 한다느니 갖은 생색을 내면서. 상 탈 만큼 좋은 거면 선배가 기사로 쓰지 왜 나를 주냐는 말은 굳이 하지 않았다. 그냥 광복절도 아니고 50주년인데 예년보다 좀 특별한 내용을 다루고 싶던 건 사실이었다.

약속 장소는 제보자의, 정확히는 오늘 인터뷰할 당사자의 자택이었다. 지붕이 뾰족한 튜더 스타일 벽돌 주택 앞에 촬영 팀은 장비를 내렸다. 집 되게 예쁘다. 누군가 조그맣게 중얼거리는 소리와 함께 피디가 초인종을 누른다. 기다렸다는 듯 문이 열리면서 남자 하나가 나왔다.

"안녕하세요."

삼십 대 중반쯤 되어 보이는 남자는 키가 몹시 컸다. 피디가 보기에 190센티미터에 가깝거나 그에 약간 못 미칠 것 같았다. 보기 좋게 그을린 피부에 네이비 컬러의 얇은 스웨터가 우람한 체격을 한층 강조했다.

무엇보다 혼혈임에 분명한, 이국적이면서도 동북아 혈통의 흔적이 뚜렷한 이목구비. 엄청나게 잘생겼네. 팀의 유일한 여성인 막내 작가는 물론 본인을 포함한 남자 스태프들까지 죄다 그에게 첫눈에 반해 버렸다는 것을 피디는 인정할 수밖에 없었다.

"윌리엄 오야케 씨?"

"예, 제가 윌입니다."

남자가 고른 이를 드러내며 치약 광고 모델처럼 웃어 보였다. 외국인의 억양이지만 한국어 실력이 수준급이다. 그가 내민 커다란 손을 가볍게 맞잡은 뒤 피디는 팀원들과 함께 집 안으로 들어섰다.

"초청해 주셔서 감사합니다. 귀한 제보 주신 것은 더더욱 그렇고요."

"멀리까지 와 주셔서 제가 감사하죠. 한국에서 여기까지 얼마나 걸리나요?"

"열한 시간 정도요."

"아. 대단히 지겨운 시간이었겠네요."

윌리엄이 농담처럼 그러자 촬영 팀 전원이 가볍게 웃었다.

집 안은 말끔히 정리돼 있었다. 벽면 적절한 곳마다 고전적인 그림이 걸려 있고 근사한 액자에 끼운 사진도 많았다. 목재 패널을 깐 바닥과 하얗게 회칠한 벽. 밝고 조용하고 향기로운 집이었다.

"할머니가 고령이시라 몸 상태가 안정적이지 못해요. 미리 말해 두지만 지금 좀 피곤하실 겁니다. 인터뷰 때문에 흥분을 하셨는지 며칠째 제대로 못 주무셔서요."

윌리엄이 촬영 팀을 거실 쪽으로 안내하며 낮은 목소리로 말했다. 한국인 손님들을 의식한 듯 또박또박한 말투 덕에 피디는 어렵지 않게 그의 영어를 알아들었다. 오늘의 인터뷰는 아흔 살의 노인이다. 피디가 당연하다는 듯 고개를 끄덕인 것과 동시에,

"환자 취급은 그쯤 해 두렴, 윌리."

안쪽에서 쨍쨍한 영어가 들렸다.

그 말에 윌리엄이 눈썹을 들어 올리며 웃는다. 호선을 그린 입술과 이마에 얕게 패인 주름까지 거참 끝내주게 잘생겼다고 피디는 또 감탄했다. 아울러 일행은 짧은 통로 오른쪽으로 이어진 거실에 도달했다. 유리창을 통과해 쏟아지는 햇살에 피디가 두 눈을 가늘게 떴다.

축복 같은 빛의 한가운데 여자가 있었다.

여자는 희미한 미소를 띤 채 이쪽을 바라보았다. 목화솜처럼 새하얀 머리칼과 우아하게 목에 건 진주 목걸이. 심플한 디자인의 회색 스웨터와 발목까지 덮는 크림색 스커트는 새것처럼 깨끗했다. 상당히 여윈 몸매였으나 나이에 비해 자세가 바르고 골격이 시원스럽다. 그나저나 윌리엄은 꽤 작은 목소리였는데, 아흔의 노파가 귀 한번 밝고 피디는 생각했다.

"저 애의 말은 듣지 않은 걸로 해도 돼요. 내 주치의라고 저리 깐깐하게 굴지만, 나는 전혀 피곤하지 않으니까."

안락의자에 기대앉은 노인이 한국어로 말하며 느리게 손을 내저었다. 윌리엄이 우람한 어깨를 으쓱하며 웃는다.

"안녕하세요, 어르신. 저는 책임피디 조해진이라고 합니다. 뵙게 되어 영광입니다."

"어서 와요. 멀리까지 오시느라 힘들었겠네."

"건강해 보이셔서 다행입니다. 실례될지 모르겠지만 무척 고우시고요."

"그런 말이 실례일 리가."

"손자분도 굉장히 미남이고요."

"저 애가 제 조부를 제일 많이 닮았지요. 물론 그만은 못하지만."

피디가 몸을 낮춘 채 노인을 상대할 동안 촬영 팀은 신속하게 장비를 꺼냈다. 카메라와 마이크, 조명을 설치하는 모습을 여자는 신기한 듯 눈으로 좇았다. 세월에 바랜 눈동자에 빛살이 고여 마치 회갈색의 유리알 같다.

"내가 텔레비전에 나가는 건가?"

"예, 어르신. 광복 오십 주년 기념 다큐멘터리로 나갈 겁니다. 대한민국 공영방송으로요."

"공영방송?"

느리게 되묻자 피디 뒤에 선 통역이 눈치껏 끼어들어 일본어로 설명했다. 노인은 이해했다는 듯 고개를 끄덕이며 피디를 향해 한국어로 말했다.

"미안합니다. 조선어가 부족해서."

"아뇨, 아주 잘하십니다. 보시다시피 통역도 준비했으니까 편하신 대로 말씀하세요."

아흔의 여자가 얄팍한 입술을 모으며 수줍게 웃었다.

인터뷰는 곧장 시작되었다. 조명이 들어오고 카메라가 돌았다. 촬영감독은 거실 벽에 걸린 가족사진을 배경으로 안락의자에 앉은 노파의 모습을 허리까지 화면에 잡았다. 피디는 카메라 밖에 인터뷰이와 마주 앉아 자연스럽게 대화를 이끌었다. 노인은 한국어를 고집하려 애썼으나 곧 한계를 느꼈는지 일본어로 말하기 시작했다. 어느 쪽이든 촬영 팀은 상관없었다.

"그럼 쭉 도쿄에 계시다가 미국 유학 오셔서, 여기서 다시 조선으로 가신 거군요."

피디가 정리하자 여자가 천천히 고개를 끄덕였다. 곁에 앉은 막내 작가가 종이 위에 무언가를 빠르게 끄적였다. 당시 나이? 짧은 메모를 곁눈으로 본 피디가 물었다.

"그때 나이가 몇이셨죠?"

"미국에 처음 왔을 때 열여덟. 경성에 간 건 스물한 살 때였어요."

참으로 젊었지. 어리석었고. 노인이 향긋하게 자조했다.

"그때 나는 오만하고 냉소적인 여자였어요. 보고 싶은 것만을 보고 보기에 불편한 것은 외면했지. 내 변명이라 욕하지 않는다면, 비단 나만 그랬던 건 아니었어요. 시대가 그러했거든. 알아야 할 사람들은 배우지 못해 모르고, 배워 알게 된 사람들은 저 살기 위해 모른 척하고. 대부분 그렇게들 살던 시절이었으니까."

아흔의 여자는 두터운 시간의 갈피를 더듬듯 한 마디씩 이어 나갔다. 미리 준비해 온 질문들이 있었지만 피디는 어느 순간부터 입을 다물었다. 여자에게는 하고 싶은 이야기가 이미 가득 차 있는 것 같았고, 귀 기울여 그것들을 듣는 것만이 그가 할 일인 것처럼 느껴졌다. 그 시절 사람들의 사연이란 피디의 상상을 초월한다. 광복절 특집을 위해 만났던 사람들 대부분이 그러했다.

"나는 가슴속에 마치, 작은 폭탄 같은 거랄까, 응어리 같은 것을 품고 있었지요. 누가 건드릴까 꽁꽁 숨기려 기를 쓰면서도, 한편으론 또 누군가 그걸 터뜨려 주기를 바라고 있었던 것 같아."

"……"

"지금 생각하면, 그때 나는 혼란스러웠던 거 같아요."

"무엇에 대해서 말입니까?"

"이해할 수 없는 것들. 지나치게 혼잡한 것들. 아마도 세상에 대해서였겠지. 인간에 대해서. 인간이 만들어 낸 모든 이치에 대해서."

거기까지 말한 여자가 입을 다물더니 깊은 숨을 들이쉬었다. 반대편 벽 쪽에 기대선 윌리엄이 팔짱을 낀 채 조모를 지켜보았다. 여자는 염려 말라는 듯 손자를 향해 미소를 보낸 뒤 다시 피디에게 눈길을 돌렸다.

"내가 본 경성은, 쓸쓸하고 근사한 도회였어요."

정오에 다가선 햇살이 유난스럽다. 조명까지 더해진 거실의 빛은 금방이라도 하얗게 폭발할 것 같다. 늙은 여자의 말소리 외에 촬영장에는 아주 작은 소음조차 지워졌다. 벽에 걸린 액자 하나마저 오직 여자의 말에 귀를 기울였다.

통역이 기계처럼 노인의 말을 옮겼다.

"내 아버지 나라의, 참으로 근사한 식민지였지."

1.
경성의 왜녀

1926년 6월

하루하라 미나[春原美奈]는 차창 너머 풍경을 무감동하게 바라보았다. 자동차는 비탈이 심한 남산의 골목을 구불구불 벗어나는 중이었다. 어느 순간 시야가 탁 트이더니 저만치 경성역이 눈에 들어왔다.

미나가 저 역에 내린 것은 사흘 전이다. 붉은색 벽돌과 푸른색 돔. 비잔틴과 르네상스 양식을 혼합해 지은, 완공된 지 1년을 갓 넘긴 웅장한 건물은 그녀의 눈에 마치 자리를 잘못 앉은 불청객 같았다. 어딘가 거북스럽고 어색해서 보기에 좀 겸연쩍었다.

서행하던 자동차가 전차에 가로막혀 부드럽게 멈춰 섰다. 창으로 들어오던 바람이 멎자 유월 염천의 열기가 얼굴을 덮쳤다. 미나는 손에 쥔 실크 부채를 펼쳐 흔들면서 번잡한 역전광장을 관망했다.

반들대는 역사 안으로 인파가 쉼 없이 드나들었다. 양장한 사람들 틈에 기모노와 게다 차림의 남녀가 섞여 있었다. 검정 교복에 교모를 쓴 학생들. 교원으로 보이는 중년 사내가 그들을 인솔하며 담배를 **뻑뻑** 피우는 모습. 이 더운 여름 오후에도 하이힐과 새빨간 립스틱으로 한껏 멋을 낸 여자들. 스치듯 그들을 훑던 시선이 문득 한 무리의 소녀들에 멎었다.

흰 저고리에 검정 치마를 똑같이 입은 그들은 열네댓 살쯤 되어 보였다. 책보를 품에 안고 교원의 뒤를 따르는 그녀가 여학생이라는 것은 유추하기 어렵지 않았다. 삼삼오오 키득대며 주위를 두리번대는 양이 경성에 초행인 모양. 나랑 같네. 미나는 생각하며 길게 땋아 늘어뜨린 댕기 머리에 눈길을 주었다.

전차가 떠나자 자동차도 다시 전진하기 시작한다. 남대문을 통과해 북쪽을 향해 직진하자 오른편으로 조선은행과 조선호텔이 차례로 지났다. 조금 더 달리니 왼편으로 덕수궁의 먹색 기와가 이어졌다. 미나는 그 이색적인 광경을 따라 왼쪽으로 고개를 돌렸다.

"방금 지나신 곳이 남대문통입니다. 저 앞에 보이는 게 경성부청, 왼편은 조선 왕궁이고요. 올봄에 이왕이 죽고 이제 아무도 안 살지만 나중에 저기다 미술관을 만든다는 얘기가 있습니다."

운전대를 잡은 기사가 다정스레 말을 붙였다. 뒷좌석의 여자가 창밖을 바라보며 이쪽저쪽 고개를 돌리는 것을 그는 낯선 도시에 대한 호기심으로 해석했다. 그러나 처음 본 대상에 대한 호기심이야 남자 쪽이 더하면 더했지 결코 덜하지 않을 것이다.

스즈키 다이치는 경성에서 5년 넘게 한 주인을 모시고 있지만, 그 딸을 직접 본 것은 처음이었다.

조선총독부 법무국장, 하루하라 신이치[春原新一] 백작의 막내딸이자 금지옥엽 고명딸인 미나는 부친이 경성에 건너온 뒤에도 모친과 함께 동경 본가에 머물렀다. 그건 다이치로서도 백번 이해할 만한 것이, 조선은 고귀한 백작가의 부인과 아가씨가 선뜻 오고 싶어 할 만한 곳이 아니었다.

제국 본토를 벗어나려면 용기보다 동기가 필요하다. 명문가가 즐비한 동경에서 치이다 심기일전을 노리는 정치인들. 포화 상태인 열도를 벗어나 새로운 돈줄을 찾아보려는 사업가들. 이도 저도 안 될 바에야 차라리 해협을 건너 한몫 잡아 보려는 깡패 건달들. 그네들이 흘리는 잔돈을 따라온 장사꾼과 매춘부들.

조선에 나와 있는 일본인, 소위 내지인들은 대저 좋게 말해 개척자요, 곧이 말하면 내지의 일류에게 밀려난 이류와 삼류들이다. 다이치를 비롯한 내지인에게 식민지 조선은 그러니까 인생 역전을 위한 기회의 땅인 셈이었다.

"조선 궁궐로는 창경원도 있지만 거기는 이제 유원지고요, 역시 경복궁이 볼만합니다. 백작 부인께서도 좋아하시는 곳이지요. 그 경복궁 앞에 총독부 청사가 금년 새로 들어섰는데 아주 근사합니다. 백작 부인께서도 연초에 신청사가 보시곤 볼만하다 하셨답니다."

정면을 향해 재잘대다 보니 다이치는 어쩐 신바람이 난다. 하루하라 백작 부인은 명문화족 여성다운 품위와 덕망을 갖춘 사람으로, 아들 둘이 모두 장성해 독립한 뒤에도 막내딸을 위해 본가를 지키다 그 딸이 미국으로 유학을 떠난 3년 전 비로소 경성으로 옮겨 왔다.

하나뿐인 영애가 태평양 화륜선에 오른 것은 관동 지역에 무시무시한 대지진이 일어난 바로 그해로, 다이치가 생각하기에 하루하라 가문이 절묘하게 화를 면한 것은 역시 백작 내외가 높은 덕을 쌓았기 때문이 틀림없었다. 그러므로 그는 수년 만에 부모 슬하로 돌아온 이 금지옥엽 아가씨를 어찌하면 편안하고 즐겁게 모실까, 아까부터 차내 거울을 통해 눈치를 보며 신경 쓰고 있는 것이다.

그러나 금지옥엽의 반응은 영 시큰둥했다.

"고모부님 댁까지는 얼마나 더 가야 해?"

움찔한 다이치가 후사경을 통해 힐끗 뒷좌석을 확인했다. 미나는 차창을 향해 눈을 감은 채 불어오는 바람을 온 얼굴로 맞고 있다. 경성의 명소 따위 관심 없으니 빨리 목적지로 실어 나르기나 하라는 표정. 운전기사는 입을 꼭 다물고 광화문 네거리에서 우회전한 뒤 가속페달을 꾹 밟았다.

"거의 다 왔습니다, 아가씨."

하루하라 미나는 여색에 인색한 다이치의 눈에도 대단한 미인이었다. 젊고 아름다운 귀공녀에다 저 대양 건너 서양에서 공부까지 하고 왔다. 마음만 먹으면 평생 맨바닥에 발을 대지 않고 살 수도 있을, 일생 좌절 따위 맛볼 일 없는 백작 영애이니 그 콧대가 후지산보다 높다 한들 누구 하나 고깝게 여기지 않을 것이다. 다이치는 생각하며 정성껏 차를 몰았다.

미나는 경성에 도착한 후 한 번도 백작저 밖으로 나오지 않았다. 그도 그럴 것이 연약한 여자의 몸으로 저 멀리 미국서 조선까지 왔으니 사흘간의 휴식은 다이치 생각에 너무 부족한 게 아닌가 싶었다. 미나가 첫 외출지로 택한 고모부 댁은 광화문통 네거리에서 멀지 않은 중학천변에 있다. 기사는 능숙하게 방향을 바꿔 가며 차를 몰아 정확히 목적지 앞에 멈춰 섰다.

"도착했습니다."

공손히 고하고 얼른 차 밖으로 내리는 남자를 미나는 쳐다보지도 않았다. 그저 열린 차창 밖으로 보이는 한옥만 응시했다. 고색창연한 담장. 날아갈 듯 우아하게 솟은 처마의 곡선. 팔작지붕 위를 덮은 기와의 반지르르한 윤기.

"내리시죠, 아가씨."

차 문을 열어 주며 꾸벅 묵례하는 남자를 미나는 본체만체 스쳐 걸었다. 황토 깔린 바닥을 구둣발로 디디며 대문 쪽으로 향했다. 쩅쩅 내리쬐는 햇볕 아래 단조로운 주택가였다. 공기가 몹시 뜨거운 초여름 오후, 매미 소리조차 나지 않는 골목이 무인지경처럼 조용했다.

"계십니까."

재빨리 여자를 앞지른 다이치가 대문 앞에서 기척을 냈다. 기다렸다는 듯 여자 하나가 나오더니 허리를 깊이 숙여 인사했다. 가볍게 목례로 답하며 미나는 여자가 입은 조선 옷에 시선을 두었다.

"어서 오세요, 아가씨. 주인님께서 기다리고 계십니다."

쉰은 족히 넘었을 여자의 일본어는 영락없는 조선인의 발음이었다. 고마워요. 적당히 대꾸하며 미나는 낯선 형태의 조선식 대문을 신기하게 쳐다보았다. 의젓한 솟을대문 기둥에 정자체로 음각한 나무 문패.

오야케 노리다카[大宅伯敎].

"먼 데서 오시느라 고단하시겠습니다."

"괜찮아요. 며칠 충분히 쉬었거든요."

"참으로 장하십니다. 그 먼 양국까지 공부를 하러 다 가시고."

초면의 조선인 여자는 퍽 친근하게 말을 붙였다. 언제 봤다고 저를 장해하면서 등허리까지 토닥토닥 두드릴 기세다. 내심 어이가 없었지만 미나는 내색하지 않았다.

대문 안 마당은 정갈하고 아담했다. 조경 방식이 미나의 눈에 조금 이색적이었는데, 공들여 꾸민 것처럼 보이지 않는 수수한 모양도 그렇지만 소나무의 빛깔이 특히 그러했다.

깊은 녹색과 푸른 연두. 키 큰 적송과 키가 낮은 반송이 사랑채 곁에 파수꾼처럼 서 있었다. 담장을 따라 매달린 짙은 덩굴에 불꽃같은 능소화가 한창이었다. 능소화. 미나는 그 타는 듯한 주홍빛 꽃 무리에 시선을 빼앗겼다.

"주인님, 조카분 오셨습니다."

하녀가 안쪽을 향해 고하는 동안에도 미나는 화려한 능소화 무리와 청순한 돌담과 늠름한 적송에 사로잡혀 있었다. 날개 같은 처마와 반듯하게 깎은 기둥. 용 비늘처럼 지붕을 뒤덮은 먹색 기와. 우아하고 기품 있는 기와집에서 그녀는 좀처럼 눈을 떼지 못했다.

아름다운 집이었다.

홀린 것 같기도 하고 반한 것 같기도 하다. 아니, 무어라 표현하든 결국 같은 말일 거라고 미나는 생각했다. 아름다운 대상에 압도당하는 것. 꼼짝없이 붙들려 바라볼 수밖에 없는 것. 밑도 끝도 없이 기쁘고 감동스러워 그만 숨마저 멈추게 되는 것.

만일 사랑에 빠진다면, 바로 이러한 느낌일 거라고.

"미나."

젊은 남자 목소리에 미나는 선잠 깨듯 고개를 돌렸다. 저만치 사랑채 마루 위에 사내 둘이 나란히 서 있었다. 공손히 허리 숙여 인사하자 젊은 쪽이 구두에 발을 꿰며 마당으로 내려섰다. 말끔한 얼굴에 금테 안경. 눈이 마주치자 미나가 활짝 웃었다.

"히타로 오빠."

"이게 대체 몇 년 만이냐. 이야, 이제 아주 다 자랐구나."

"오빠는. 제가 지금 몇 살인데 다 자랐대요."

오야케 히타로는 올가을에 서른둘이 된다. 저보다 정확히 열 살 어린 사촌의 나이를 모를 리 없으나 미나는 워낙에 여자 귀한 집안에서 막내둥이로 예쁨 받으며 자랐다. 그러니 스물이 아니라 마흔이래도 그의 눈에는 열 살짜리 어린애로 보일 것이다.

"서양 물 먹더니 몰라보게 미인이 됐어."

"동양 물 먹을 때도 미인이었는데요."

"녀석, 숙녀 되려면 아직도 멀었구나."

히타로는 서양식으로 가볍게 포옹해 온 외종매의 어깨를 토닥여 응했다. 그에게서 떨어져 선 미나가 마루 위에 선 노인을 올려다보았다. 뒷짐을 지고 이쪽을 내려다보는 노인은 새하얀 바지저고리 차림이다. 유카타도 로브도 아닌, 풀 먹여 빳빳하게 잘 다듬은 조선 옷.

"고모부, 저 왔어요."

"그래. 어서 올라오너라."

"네."

대답하며 미나가 뒤쪽을 향해 고개를 돌렸다. 그림자처럼 서 있던 다이치는 손에 든 꾸러미를 여자에게 넘겨준 다음 마루 위에 선 노인을 향해 깍듯이 허리를 접었다.

"안녕하셨습니까, 박사님."

조선에 온 내지인은 대저 이류나 삼류라지만 그 속에는 분명 일류도 섞여 있다. 다이치가 생각하기에 본토에서도 꿀리지 않을 일류 내지인이라면 주인으로 모시는 하루하라 백작과 더불어, 눈앞의 저 오야케 노리다카 박사를 빼놓을 수 없었다.

오야케는 미술사학, 그중에서도 동양 건축을 전공한 학자로, 동경제국대학 부교수로 재직하던 시절 메이지 정부가 학교에 촉탁한 사업을 위해 처음 조선에 왔다.

식민지의 유적 현황 파악이 목적이라던 첫 조사는 막상 병합이 이뤄지기 8년이나 앞서 시작됐는데, 그때 마흔이 채 못 되었던 오야케는 조사단을 이끌고 대한제국 영토를 돌며 전국에 흩어진 유적을 답사해 대략의 목록을 정리했다. 근대적 시설이라고는 경성 중심가의 외국 공관 건물 몇 개와 짧은 철도가 전부인, 수도도 포장도로도 전무한 조선반도는 탐스러운 미개발지였다.

일목요연하게 정리해 올린 보고서는 정부를 흡족케 했으나 동경에 돌아간 오야케는 심한 갈증에 시달렸다. 시일에 쫓겨 잠깐씩 둘러본 반도의 건축물이 자꾸만 눈앞에 떠올라 몸이 달 지경이었다. 그 기묘한 상사병을 견디다 못해 그는 틈틈이 조선을 드나들기 시작했고, 종국에는 교수직을 내려놓고 아예 옮겨 와 버렸다. 경성의 대궐에 아직 황제가 살던, 제국의 황도였던 시절이었다.

"수고했네. 별채에서 기다리게."

"아닙니다, 박사님. 저는 차에서 기다려도,"

"영암댁. 별채로 모시고 수정과 좀 내오게."

별안간 튀어나온 조선어에 다이치는 흠칫 굳어졌다. 그로선 거의 알아듣지 못하는 언어지만 유창하다는 건 충분히 알겠다. 예, 어르신. 장단 맞추듯 마당에 선 여자의 대답도 깍듯한 조선어.

"편히 있게, 스즈키."

어지간히 불편한 기색으로 선 남자를 향해 그런 다음 오야케는 휙 몸을 돌려 안으로 들어가 버렸다. 여전하시네. 미나는 웃음을 참으며 걸음을 옮겼다.

미나가 오야케 부자를 마지막으로 본 것은 4년 전. 오야케의 부인이자 미나의 고모인 하나코의 장례에서였다.

여자 귀한 가문에 첫딸로 태어나 하루하라 하나코라는, 음률이 다분히 시적인 이름을 받은 오야케 부인은 원체 병이 잦고 체질이 약한 사람이었다. 그러니 그녀가 죽었을 때 하루하라 백작이 매형을 원망한 것도 영 터무니없는 건 아니었다. 편하고 쾌적한 곳으로만 모셔도 부족할 고귀한 누님을 감히 저 열악한, 수도 시설조차 제대로 갖추지 않은 조선 땅에 데리고 갔으니.

사실 남편을 따라 조선으로 건너가겠다 고집부린 것은 애당초 백작의 고귀한 누님이었고, 오야케 하나코는 남편이 아끼는 조선식 기와집에서 죽는 날까지 만족하며 살았지만, 각별한 누님을 잃은 하루하라 백작은 홀아비가 된 매형에게 시종 냉담한 태도를 숨기지 않았다.

"자, 미나. 이 집이 단이 좀 높아서."

히타로가 시범 보이듯 앞장서 기단을 오르더니 이쪽을 향해 손을 내민다. 혼자서도 충분히 오를 것 같았지만 미나는 사촌의 호의를 사양하지 않았다. 그의 손을 잡고 가뿐히 마루 위에 올라서 마당 쪽을 내려다보았다. 돌담에 요염하게 감겨 안긴 능소화 무리.

"고모부는 여전하시네요."

"감사한 일이지."

"저러다 조선 갓까지 구해다 쓰시겠어요."

"이미 몇 개 갖고 계신다. 정자관이라고, 조선 사대부들이 집 안에서 쓰던 갓인데 사랑에서 쓰고 계신 걸 두어 번 뵈었지."

못 살아. 미나는 어이가 없어 웃고 말았다.

조선 물건에 대한 오야케의 애정은 거의 광적이라 할 만했다. 반들반들하게 가꿔진 사랑채는 일체 개량하지 않은 순 재래식 한옥이다. 지붕과 담장에는 사시사철 기왓골이 가지런해 이끼 한 톨 도는 법 없었고, 때마다 창호지를 갈고 기름칠을 해 온 집 안의 문짝이 달덩이처럼 보였다.

사랑방에 들어가면 이곳에 기거하는 사내가 일본인인지 조선인인지 방문객은 다시 한번 종잡을 수 없게 된다. 고상한 병풍과 다소곳이 놓인 서안 모두 조선 선비가 애용하던 물건이다. 오야케는 명주에 솜을 두어 정성껏 바느질한 보료에 책상다리를 하고 앉아 책을 읽는데, 대나무를 가늘게 쪼개 엮은 발까지

척 내려 두기 일쑤였다.

식사 때가 되면 조선인 찬모가 부엌에서 차린 상을 통째 들고 사랑채로 대령한다. 유려한 통영소반에 광택이 은은한 안성 유기. 오야케 노리다카는 이제 일본식 목기보다 조선의 묵직한 금속 식기를 즐겨 사용했다.

"그래, 경성엔 언제 왔느냐."

"사흘 전에요. 금일이 나흘째예요."

"피로하겠구나."

"며칠이나 걸린 거지?"

"미국에서 동경까지만 스무 날이요. 내지에서 이리로 넘어오는 데 또 이틀 걸렸고요."

대답한 미나가 다완을 들어 수정과를 한 모금 더 마셨다. 진한 계피 향이 훅 끼쳤을 땐 이게 뭔가 싶었는데 쌉쌀하고 달큰한 것이 썩 구미에 맞았다. 언젠가 이걸 마셔 본 적이 있던가. 미나는 답 없는 자문을 던져 본다.

"바다 구경은 원 없이 했겠구나."

말하며 보료 위 상석에 앉은 노인이 보일 듯 말 듯 미소 지었다.

"조선에 온 소감이 어때."

히타로가 가벼운 말투로 물어 왔다. 미나는 대답 대신 회청색 다완에 반쯤 담긴 수정과를 내려다보았다. 일본인들은 예나 지금이나 조선 사발을 명품으로 쳐 지극히 탐을 냈다. 이제 열도에서도 원하는 만큼 다완을 들여갈 수 있으려나. 새삼 궁금해하며 입을 열었다.

"척박한 반도 땅이 이렇게나 개발되다니, 대일본제국의 눈부신 발전에 감격했어요."

사랑방에 일순 정적이 내렸다. 오야케 부자는 소리 내지 않은 채 미나에게 집중한다. 히타로가 곧 코끝으로 피식 웃으며 제 몫의 다완을 입으로 가져갔다.

"역시 숙녀 되려면 한참 멀었어."

"왜요? 우리 아버진 껄껄 웃으시던데."

"어련하시겠냐. 외숙이야 너라면 수염을 잡아 뜯어도 예뻐하시지."

수정과를 삼키며 히타로는 슬쩍 화제를 옮겨 본다.

하루하라 백작의 딸 사랑이 유별나다는 것은 동경 사교계 누구나 알고 있다. 그는 미국행 화륜선도 가장 꼭대기, 일급호텔처럼 꾸며진 일등 선실에 딸을 태웠는데, 일본에서 스무 살 안팎의 유학생을 거기 태울 만한 사람은 허영심 많은 몇몇 유력 가문 정도일 것이다. 하루하라 백작가는 그럭저럭 체면을 유지할 능력은 있어도 대부호는 아니었다. 부담스러울 것이 번연한데도 그의 딸 사랑은 과연 소문만큼이나 애끓는 모양.

"네 혹여 미국인들 앞에서 그런 망신스러운 소리는 하지 않았길 바란다."

오야케의 냉한 말투에 미나가 슬쩍 웃었다. 화제 돌리기에 실패한 히타로는 별수 없이 관망하기로 한다.

"미국도 식민지가 있는 나라인데요, 고모부."

"남의 허물이 내 허물을 덮어 주는 건 아니지."

"고모부는 제국 확장이 자랑스럽지 않으세요?"

"창피한 일이다. 대단히 부끄러운 일이야."

"강한 민족이 약한 민족을 다스리는 건 역사 내내 되풀이돼 왔어요."

"과거는 현재를 합리화할 수 없다. 진보하지 않으면 역사는 쓸모가 없어. 문명 세상에서 침략은 야만적인 행동이다."

히타로는 느긋이 수정과 마시며 부친과 외종매 사이 대화를 지켜보았다. 말수 적은 아버지가 유일하게 다변해지는 것은 오직 토론에 나설 때인데, 특히 조국의 '대단히 부끄러운' 확장이 주제로 오르면 끝까지 논쟁을 마다치 않았다. 이때 끼어들거나 만류해 봤자 부친의 성을 돋워 분위기만 더 험악해질 뿐이라는 걸 그는 반복적인 경험을 통해 잘 알고 있었다.

"하지만 만물은 우승열패잖아요. 강한 것이 살아남고 약한 것이 도태되면서 결과적으로 전체 집단이 발달한다. 다윈의 진화론처럼요. 약육강식이 엄연한 자연의 섭리인데요."

"힘에 따라 먹고 먹히는 것은 짐승의 습성이지 사람의 도리가 아니다. 약육강식을 앞세우는 건 스스로 금수임을 인정하는 꼴밖에 안 돼. 우리는 문명인이야. 남의 것을 억지로 빼앗는 건 어떤 명분을 갖다 붙여도 강도 짓에 불과하다."

"고모부는 조선이 독립하길 원하세요?"

"그들이 원한다면 막을 수 없지."

"하지만 우리한테서 독립한다고 뾰족한 수가 있을까요? 어차피 힘 있는 다른 나라에 또 지배당할 텐데."

어조를 조금 바꾸며 미나가 서양식으로 어깨를 으쓱했다.

"다시 지나로 돌아가진 않을 테고, 다음 주인은 누가 되려나. 아, 어쩜 미국이 될 수도 있겠네요. 그래도 미국보단 우리가 낫지 않나. 같은 동양인인데."

"중국은 조선을 통치하지 않았다. 그리고 중국인들은 학문이라도 전해 줬지."

"우린 철도 깔아 줬잖아요."

"……너는 꼭 하루하라 같은 말을 하는구나."

"저도 아직은 하루하라거든요. 아마 곧 바뀔 것 같지만."

"네 아버지는 몰라도 미나 너는 그러면 안 돼."

"어째서요?"

유수처럼 말을 받던 오야케가 문득 입을 다물었다. 저를 보는 노인을 빤히 마주 보며 미나가 약간의 웃음기를 섞어 되물었다.

"반도인의 피가 섞여서요?"

그리고 오야케 부자는 다시 침묵한다.

위로 장성한 오빠만 둘을 둔, 백작가의 금지옥엽 미나의 생모는 조선인이다. 조선에서 태어나 자라던 미나를 본가로 데려와 입적시킨 후에도 백작은 4년간 막내딸을 대외에 내놓지 않았는데, 혈연으로 맺어진 오야케 가족마저 열 살이 된 후에야 미나를 처음 보았다.

난데없이 나타난 백작 영애가 사생아라는 것은 누구나 알았지만 그 생모가 조선인이라는 사실은 거의 알려지지 않았다. 더욱이 조선이 제국의 일부가 되고 조선인에 대한 멸시가 한층 심해진 지금, 미나의 생모는 집안사람들에게조차 공공연한 비밀이자 암묵적인 금기였다.

"반도인의 피가 섞인 일본인은 너뿐만이 아니지. 아스카 시대 때부터,"

"천 년도 더 된 얘기는 그만두시고 저부터 좀 환영해 주세요, 고모부."

지금 하나뿐인 조카딸 사 년 만에 보시는 거라구요. 미나가 볼멘소리를 하며 예쁘게 웃었다. 이쯤에서 대화를 전환해야 한다는 건 세 사람 모두 잘 알고 있었고, 덕분에 미나는 히타로와 달리 보기 좋게 화제 돌리기에 성공할 수 있었다.

"여기 선물도 풀어 보시고요. 제가 고모부 드리려고 얼마나 심혈을 기울여 골랐는지 아세요?"

여자가 제 곁에 놓아둔 꾸러미를 끌어와 비단 보자기를 풀었다. 매끄러운 나무 상자 버클을 열고 뚜껑을 젖히자 가지런히 누운 쿠바산 시가가 나왔다. 미국인들은 이 타바코를 최고로 치더라고요, 귀엽게 생색내며 눈매를 흰다. 아들만 셋인 오야케의 눈에는 나긋하게 구는 처조카가 별수 없이 어여뻐, 뻣뻣하던 입매를 못 이긴 척 풀어 버리고 말았다.

"공부하는 아이를 불러들이다니. 대학이나 마치고 들어와도 되었을 것을."

"그러게 말예요."

"네 아버지가 영 성화더냐."

"아시잖아요. 성미 급한 분인 거."

"그래서. 그 혼사 하려고?"

"안 하면 어쩌고요? 금년마저 넘기면 졸업은 영영 없을 줄 알라고 으름장을 놓으시는데."

미나가 새처럼 가슴을 부풀리더니 과장된 한숨을 폭 내쉬었다. 오야케의 미간에는 깊은 세로 주름.

"상대가 조선인이라면서."

"자작 후계라던데요."

"흥, 제 나라 팔아 얻은 귀족 작위 퍽도 영예롭구나."

"그냥 조선인보다 듣기는 좋잖아요."

"철없는 소리."

"왜요? 고모부는 못마땅하세요? 조카사윗감이 화족 가문 귀공자가 아니라서?"

두 눈을 동그랗게 뜬 미나가 짓궂게 몰아붙였다. 일순 말문이 막힌 사내와 샐샐 웃는 여자 사이 히타로가 소리 죽여 피식댔다. 부친을 놀리는 기술은 역시 이 귀여운 사촌이 저보다 한 수 위라고 생각하면서.

"그렇게나 조선 풍물을 아끼시면서, 조선인이랑 조카딸 혼사는 꺼리시는 거예요?"

"그런 것이 아니라…… 하루하라 그 속셈이 훤하니 그렇지."

쯧. 오야케는 혀를 차며 못마땅한 기색을 숨기지 않았다. 보기 좋게 여윈 얼굴. 새하얀 모시 한복에 감싸인 사내를 바라보며 미나가 서름하게 웃었다.

"아버지도 조선을 좋아하세요. 고모부처럼요."

하루하라 신이치는 대한제국 시절부터 조선을 오가며 언어와 문화를 익힌 사람이다. 부산의 이름난 일패 기생에게 반해 살림을 차렸고 그 몸에서 고명딸을 얻었다. 아비가 부산과 동경을 오가는 동안 미나는 생모의 손에 크다가, 그 생모가 병으로 세상을 뜬 후에 백작을 따라 처음 열도 땅을 밟았다. 여섯 살 되던 해였다.

"아무래도 너무 서두르는 게 아닌가 싶다. 결혼이라는 것이 원 이렇게 후다닥 치를 일이냐 말이다."

"어차피 할 거면 미루는 게 또 무슨 의미겠어요. 얼른 해치우는 게 낫지."

"신중하게 생각해라, 미나. 네가 싫다면 네 아버지도 강요는 못 할 게다."

"외숙이 미나에게 강요라니. 도저히 상상이 안 되는데요, 아버지."

히타로가 슬쩍 끼어들며 웃었다. 그러자 미나는 제가 대접받은 수정과의 풍미와 다완의 아름다움으로 화제를 옮겼고, 오야케는 신이 나서 조선 다완의 신비로운 우아미를 한참 동안 찬양했다. 그에 더해 제가 입은 모시옷의 멋스러움과 실용성까지 아낌없이 찬미하고 난 뒤에야 여독이 덜 풀렸을 조카가 피곤하겠다며 아들에게 배웅을 명했다. 미나가 손목시계를 보니 오후 다섯 시를 넘어 있었다.

사랑방을 나오자 한낮의 더위도 한풀 꺾여 있었다. 해가 기울고 그림자가 길어지면서 기와집을 둘러싼 색채가 미묘하게 변했다. 마당에 내려선 여자가 반송 쪽으로 다가가 뾰족한 침엽을 들여다본다. 가까이 서니 물큰 짙어지는 솔향.

"고모부는 오빠가 편지에 쓴 그대로시네요."

"내가 거짓말하는 것 봤냐."

"우리 아버지랑 왜 앙숙인지 알 것 같아."

"대세를 거스르면 적이 많은 법이지."

"저러다 조선 사람들 독립운동이라도 거드시겠어요."

"들키진 마셔야 할 텐데 말이다."

"오빠."

기가 막힌 미나가 입을 벌리자 히타로는 싱긋 웃어 보였다. 농담이라는 첨언은 나오지 않았다.

"그리고 네 얘기 말인데, 나도 아버지와 생각이 같다."

"약육강식이 짐승의 습성인 거요?"

"아니, 그거 말고."

결혼 말이야. 그가 웃으며 덧붙였다.

"외숙께서 어련히 숙고하셨겠냐마는 내 보기에 그 친구는 네 짝으론 좀."

"오빠가 그 사람을 아세요?"

"아냐고?"

히타로는 재미있다는 듯 헛 하고 웃더니,

"경성부민 열에 넷은, 아니 다섯은 알걸."

외사촌 누이를 바라보며 살짝 얼굴을 기울였다.

"경성 사람 절반이 안다니 유명 인사라도 되는 모양이네요."

"유명 인사지. 유명 인사야."

"자작 후계라서요? 아님 경성 최고 부잣집 상속자라서?"

"그것도 그렇고 뭐 이래저래, 유명하지 않기가 어려운 사람이긴 하다."

히타로는 말을 아끼듯, 혹은 더 적절한 말을 고르듯 잠깐 틈을 두었다가 다시 입을 열었다.

"외숙께서 꼭 그 집안과 혼사를 하고 싶으신 거라면 그 친구보단 그 아우 쪽의 행실이 깔끔한 것 같던데."

"행실이요?"

아우 쪽이 깔끔하다니. 그럼 형의 행실은 지저분하단 말인가. 미나가 흥미롭다는 듯 눈썹을 살짝 들어 올렸다.

"그렇지만 작위는 장남한테 세습되잖아요. 재산도 마찬가지고."

"재산이야 그렇지. 작위는 뭐……."

히타로는 말을 흐리며 제대로 끝맺지 않았다. 작위는 뭐. 화족도 아니고 조선귀족 작위가 무슨 의미가 있냐는 뜻인지, 부친의 말마따나 제 나라 팔아 얻은 영예롭지 않은 작위 따위 있으나 마나라는 뜻인지 미나는 알 수 없었다. 어쩌면 둘 다일지도.

"아버지 말씀으론 인물이 아주 좋다던데요."

"인물이야 좋지."

"키도 크고."

"아세아에선 구경하기 어려운 체형이랄까. 사무원보다 군인 쪽이 어울릴 사람이다."

"저도 직접 보면 마음에 꼭 들 거라 하시던데."

히타로는 그쯤 말을 멈추고 외사촌 누이를 바라보았다. 여자의 얼굴 위로 동경에서 본 소녀가 겹쳐졌다. 꽃처럼 어여쁘게 웃던, 누구의 눈길이라도 사로잡았을 아이. 형제라고는 무뚝뚝한 형만 둘인 히타로는 하나뿐인 외종매를 귀여워했다.

"우리 아버진 제가 뭘 좋아하는지 잘 아시거든요. 한 번도 실망스러운 선물을 주신 적이 없어요. 그러니까 이번에도 틀림없을 거예요. 장담해요, 오빠."

미나는 총명하고 당돌한 성격을 타고났다. 눈치가 빠르고 애교도 부릴 줄 알아 집안 어른들에게 두루 예쁨 받았다. 냉소적인 구석이 있어서 놀리거나 비꼬기도 잘하지만 그건 짓궂은 성격 탓이지 악의는 없으며, 특히 조선에 대해 냉하게 구는 것은 히타로가 보기엔 일종의 자기 보호였다. 여린 속살을 지키려 가시를 세우는 고슴도치의 본능 같은 것.

"미국에 돌아가려면 저도 남편이 필요하거든요. 까짓 결혼쯤 해 버리면 그만이죠. 설마 죽기야 하겠어요?"

히타로는 미나에게서 화족가 여자들의 전형, 요컨대 소극적이고 조용하고 겸손한 태도 같은 것을 찾을 수 없었다. 제아무리 서양의 신학문과 사상이 범람하여도 보수적인 화족 가문들은 여전히 전통적인 내자의 미덕을 딸과 며느리에게 가르치고 있으니, 이처럼 돌출된 미나의 언행들은 그저 타고난 성향이라고밖에 설명할 길이 없다.

'경성에 가게 됐으니 미리 말씀드리지만, 누군가 저를 두고 망나니 백작 영애라 이르더라도 놀라지 마세요. 그거 학교 다닐 때 제 별명이었으니까.'

히타로는 마지막으로 받았던, 샌프란시스코 우체국 소인이 찍힌 편지를 떠올리며 다시 한번 얕게 코웃음 쳤다.

"미나. 금일 저녁에 한가하니?"

물으며 그는 눈앞에 선 여자를 본다. 시원하게 뻗은 팔다리가 고양이처럼 늘씬하고 유연해 보인다. 총명하고 어여쁜 아이. 레이스로 장식된 화려한 블라우스와 사내의 것처럼 단순한 바지. 사랑스럽고 냉소적인, 그래서 때때로 안쓰러운 외사촌 누이.

"네 신랑 될 사람, 한번 보러 갈 테냐?"

히타로는 하나뿐인 외종매가 행복하길 바란다.

청계천 이남의 황금정은 경성은 물론이요 조선 팔도의 모든 재화가 모여드는 곳이다. 동서로 시원하게 뻗은 길을 따라 조선은행, 식산은행, 동양척식주식회사의 으리으리한 석조건물이 들어서 황금이란 이름값을 하는데, 조선귀족회관도 바로 그 황금정 이정목, 동척 경성 지사 오른편에 있었다.

"경성식 연회라."

"일본식과 다를 건 없어."

"그럼 서양식과도 별다르지 않겠네요."

"너는 좀 실망할지도 모르지."

"그럴 리가요. 경성에서 열리는 서양식 연회는 생전 처음인걸요."

사촌의 팔짱을 낀 채 여자가 웃는다. 정장을 갖춰 입고 머리칼을 잘 다듬은 히타로도 말쑥한 얼굴로 따라 웃었다.

회관은 밖에서 보았을 때보다 내부가 넓었다. 바닥에 깔린 카펫, 곳곳을 장식한 꽃이며 휘장이 제법 세심히 신경 쓴 티가 났다. 그러나 건물 자체는 미나의 눈에 그리 잘 지어진 건축은 아니었다. 이곳저곳 공은 들였으되 세련된 맛이 없었다.

연회장은 이미 사람들로 북적이고 있었다. 백발의 노인부터 사교계에 갓 나온 앳된 남녀까지 다양한 사람들이 군상화처럼 한 폭에 담겼다. 대부분 양장을 했으나 화려한 기모노로 꾸민 여자들도 있었다. 누런 견장과 번쩍이는 계급장을 단 제복 차림의 남자들도 곳곳에 섞였다. 미나로서는 처음 보는 풍경이었다.

넓찍한 홀에 재즈 음악이 흐르고 있었다.

미국에서 탄생한 이 새로운 장르의 음악은 지금 서양에서 온통 인기다. 샌프란시스코에서도 식당이며 카페마다 재즈 레코드를 틀어서 특유의 음색과 박자에 미나도 익숙했다. 그녀는 연회장 정면에 설치된, 야트막한 무대 위에서 연주 중인 5인조 악단을 눈으로 훑었다. 분방한 미국의 재즈밴드와 달리 차림새도 태도도 엄숙한 것이 이색적이었다.

"이거 누구 생일 연회라고 했죠?"

"민정운 후작이라고, 중추원 부의장이다."

"흐응, 후작. 나라 팔아 얻었다는 영예로운 귀족 작위가 경성에 꽤 많은 모양이에요."

"목소리라도 낮춰 줘서 고맙구나, 미나."

히타로가 속삭이듯 대꾸하자 미나가 푸드득 웃었다.

"근데 중추원이 뭐예요, 오빠?"

"총독부 자문기관이야. 약식 의회 같은 건데 자문이라는 건 기실 형식에 불과하고, 주로 총독부에 호의적인 조선인들 데려다 감투 하나씩 씌워 주는 거라고 보면 된다."

"아하."

"오야케 시학관님?"

소리 낮춰 대화하며 홀을 가로지르던 두 사람이 동시에 걸음을 멈췄다. 미나는, 히타로를 향해 허리를 꾸벅 접은 뒤 악수에 응하는 낯선 남자를 바라보았다.

"가키자와 군. 자넬 여기서 볼 줄은 몰랐군."

"국장님이 대리로 보내셔서요."

"아. 수고가 많구만."

알은척해 놓고 막상 대답은 듣는 둥 마는 둥, 미나 쪽만 흘낏대는 남자에게 히타로는 별수 없이 의례적인 소개를 했다.

"총독부에서 같이 일하는 동료다. 이쪽은 내 외종매일세."

"시학관님 외종매라면, 아, 법무국장님 따님! 하루하라 백작 영애십니까?"

남자가 점잖게 호들갑을 떨자 히타로는 조금 난처하게 웃었다. 멀지 않은 곳에서 재잘대던 사람 두엇이 이쪽을 힐끔댔다.

"어이쿠, 이거 뵙게 되어 영광입니다, 하루하라 양."

가키자와 스바루라고 합니다. 남자가 차렷 자세를 하더니 아까처럼 또 단호히 허리를 접는다. 미나는 맞절하거나 악수를 청하는 대신 그저 부드럽게 웃어 보였다.

"하루하라 미나예요."

"알고 있습니다."

"저를요?"

"아, 물론 뵙는 건 처음이지만 존함은 익히 들어 알고 있었다는 말씀입니다."

존함이라니. 미나는 저도 모르게 터진 코웃음을 막아 내지 못했다.

"그런데 경성엔 어떻게? 미국 유학 중이시라고 들었는데요."

"방학이라 잠깐 들어왔어요. 일이 있어서."

"아, 그렇군요."

어딘가에 제 일행이 있을 텐데도 가키자와는 몸을 옮길 생각이 없어 보였다. 넓은 얼굴에 목이 짧은 남자는 넥타이를 어찌나 꽉 졸라맸는지 보는 사람이 다 갑갑할 정도였다. 숨은 제대로 쉬는 거겠지. 미나는 생각하며 가련하게 허둥대는 남자를 마주 보았다.

"그, 미인이시란 말은 익히 들었는데, 실제로 뵈니 정말로 아름다우십니다."

남자가 대단히 용기를 낸 모양으로 그러더니 귀 언저리를 홱 붉혔다. 이런. 히타로는 이 어색한 만남을 어떻게 끊어 내야 할지 이제 조금 고민에 빠진다.

"고맙습니다. 가키자와 씨도, 음, 구두가 멋져요."

"아, 그렇습니까? 이번에 내지서 새로 맞춰 보내온 건데, 그렇게 말해 주시니 기쁘군요."

맙소사. 미나는 터지려는 웃음을 참으려 입술을 동그랗게 말았다.

"경성엔 처음이십니까, 하루하라 양?"

"네, 처음이에요."

"얼마나 계실 예정이신지."

"글쎄요. 결혼식 마치고 곧 돌아가야죠. 미국은 가을부터 새 학기니까요."

"아, 결혼이라면,"

"제 결혼이요."

"예? 아아, 결혼, 결혼하십니까?"

당황한 남자가 말을 더듬었다. 미나는 여전히 썩 즐거운 표정.

"아직 거기까진 소문이 안 난 모양이네요? 저 결혼하러 온 거예요, 경성에."

"아…… 예, 그렇군요. 이거 제가 실례했습니다."

"실례될 것 있나요, 누구나 하는 일인데. 가키자와 씨는 결혼하셨나요?"

"예? 아, 아뇨, 저는 아직……."

남자의 얼굴이 급기야 잉크를 푼 것처럼 벌게졌다. 원, 결혼하자는 것도 아니고 결혼했냐고 물었을 뿐인데 저토록 수줍어할 것까지야. 미나는 재미있다는 듯, 그리고 조금은 안쓰러운 눈으로 허둥대는 남자를 바라보았다. 그리고 그때껏 틈만 노리던 히타로가 드디어 나섬으로써,

"자네 일행이 기다릴 텐데 우리가 너무 오래 붙잡아 뒀군. 가키자와, 그럼 다음 주에 청사서 보세."

돌발한 상황은 그런대로 부드럽게 마무리되었다.

"재미있는 동료네요."

"순진한 친구야."

"그래 보여요."

"아무리 그렇지만 결혼이라니. 그런 말까지 할 필요는 없었잖냐."

"사실이잖아요."

"아직 결정된 건 아니지 않아. 당사자끼리 채 선도 보지 않았는데."

히타로가 말하며 얼굴을 찌푸렸다. 경성은 동경보다도 좁아서 소문이 무척 빠르다느니, 유명 인사에 대한 풍문은 내지인 조선인 가릴 것 없이 까마귀처럼 앞다퉈 물어 나른다느니 하는 잔소리를 미나는 가볍게 흘려들었다. 그가 무엇을 걱정하는지 그녀라고 모를 리 없었다.

"부모가 혼처를 권할 수는 있어. 하지만 결정은 본인이 하는 거다."

"보나 마나 제 마음에도 들 거라니까요? 아버지가 고르신 사람이라면."

"미나."

"걱정 말아요, 오빠."

미간을 찌푸린 히타로를 향해 여자가 대수롭지 않게 웃었다. 부친의 안목을 믿는 것과 별개로 미나는 이미 알고 있었다. 그녀는 아버지가 고른 남자와 결혼할 것이다. 상대가 누구이건 간에 올해, 스물두 살이 되기 전에, 결혼식을 올리고 최대한 빨리 미국으로 돌아갈 것이다. 경성에 오기로 결정한 순간부터 미나의 마음은 그리 정해져 있었다.

"그 사람은 어디 있어요? 여기 오는 거 맞아요?"

"그러게 말이다. 오긴 올 텐데."

여전히 조금 언짢은 얼굴로 히타로가 천천히 주위를 둘러보았다. 임영환 자작은 생일을 맞은 민 후작과 껄끄러운 사이이니 분명 아들을 보내 체면치레를 할 터였다. 임영환은 쌀쌀맞고 거만한 데다 북적대는 곳을 좋아하지 않아 얼굴을 비쳐야 할 자리에는 으레 후계자인 장남을 대신 보내곤 했다.

사촌 오빠가 눈으로 주위를 훑을 동안 미나는 급사의 쟁반에서 백포도주 한 잔을 집어 들었다. 한 모금 삼켜 보니 새큼달큼한 맛이 나쁘지 않았다. 생각하며 그녀는 성심껏 차려입은 연회장 안 사람들을 구경하기 시작했다.

저만치 앞 후리소데 차림의 여자 하나가 시선을 채었다. 소매가 발목까지 내려오는 복숭아색 기모노는 지극히 화려해 도저히 아니 볼 수 없는 존재감이다. 미나는 여름에도 정성껏 허리에 둘러 감은 넓은 오비와 금빛 찬란한 자수에 눈길을 주었다가, 하얗게 드러낸 목덜미며 모양 좋게 틀어 올린 머리를 지나 거기 꽂은 칸자시까지 차례로 살폈다. 백화점 진열대에 오른 구두를 보듯, 반쯤은 호의적이고 또 반쯤은 시큰둥한 시선이었다.

여자는 몸에 걸친 옷만큼은 아니더라도 꽤 호감 가는 인상이다. 일행과 이야기를 나누던 여자가 입구 쪽을 보더니 옆 사람을 톡톡 건드린다. 신호를 받은 쪽은 입술을 작게 벌리고, 이내 두 여자가 똑같은 표정으로 같은 곳을 보는 모양을 미나는 포착해 냈다. 반짝이는 눈동자와 상기된 얼굴들. 무얼 보기에 저토록 꿈꾸는 표정을 짓나. 미나는 자연스레 그들을 따라 시선을 옮겼다.

그곳에는 한 쌍의 여닫이문이 있었다. 명부의 입구처럼 시커멓고 웅장한 문. 활짝 열려 완전히 개방된 그 입구 앞에 한 남자가 있었다. 검고 웅장한 문을 배경으로 석상처럼 우뚝 서 있었다.

그리고 그 남자에게 시선이 닿은 순간, 미나는 매우 진기한 경험을 했다.

남자는 압도적인 장신이었다. 미국인들 체형에 익은 미나의 눈에도 그의 체격은 첫눈에 경탄스러웠다. 사무원보다 군인 쪽이 어울릴 사람. 히타로의 평은 적절했다.

몇 겹의 옷에 감싸여 있건만 남자의 몸은 마치 돌을 쪼아 만든 것 같았다. 보는 것만으로 단단한 근육의 경도가 고스란히 느껴졌다. 미나는 샌프란시스코 박물관에서 보았던 중세 판금갑옷을 떠올렸다. 타고난 데 더해 꾸준히 단련하지 않고서는 도저히 얻을 수 없는 체형이었다.

동양의 혈통으로서는 좀 이질적인, 그래서 약간의 위화감을 피할 수 없는 체형과 달리 남자는 뚜렷한 동양인의 눈매를 지녔다. 홑겹에 눈꼬리가 긴 저런 모양을 가리켜 봉황의 눈이라 하던가. 얼굴빛이 희고 콧대가 우뚝하고 눈썹이 선명한 사내는 귀상이라던데. 어디선가 주워들었을 비유를 떠올린 순간,

충돌하듯 남자와 눈이 마주쳤다.

창처럼 견고한 시선이 여자의 눈을 꿰찔렀다. 미나는 관통당한 듯 일시에 숨을 멈췄다. 찰나의 순간은 정지했고, 그녀는 숨 쉬기를 잊었다는 사실조차 잊어버렸다.

남자의 얼굴은 굳은 듯 표정이 없었다.

그는 그리 멀지 않은 저만치, 연회장 한중간에 선 채 저를 보는 여자를 지그시 마주 보았다. 대놓고 쳐다보는 무례를 탓하는 것 같기도 했고 똑같은 무례로 돌려주겠단 도발 같기도 했다. 미나는 남자의 의도가 어느 쪽인지 읽어 낼 수 없었다. 지독히도 건조한 얼굴이었다. 조형물처럼 감정 없는 낯에 다만 두 눈만이 형형했다.

찌르듯 깊숙한 눈 맞춤을 끝낸 것은 남자 쪽이었다. 그는 미나의 곁에 선 히타로에게 짧게 시선을 주더니 다시 눈을 옮겨 여자의 얼굴로 되돌아왔다. 꼬리가 긴 눈매는 여전히 금속처럼 차고 예리했으나 미나는 아주 미세한 표정 변화를 읽어 냈고, 그 순간 별수 없이 가슴이 쿵 내려앉았다.

덫처럼 엄습해 온 직감은 그로써 확신이 되었다.

"하야시 씨!"

여자의 부름에 남자가 재깍 고개를 돌렸다. 비음 섞인 목소리는 복숭아색 후리소데를 입은 그 여자다. 미나는 끝나 버린 눈 맞춤이 섭섭했다. 웃으며 알은체한 여자가 원망스럽고 부드럽게 웃는 남자의 얼굴이 보기 싫었다. 무엇보다 하야시. 명백한 일본인의 이름이 실망스러워 가슴이 다 쿵쾅거렸다.

그 모든 감정들은 그야말로 순식간에, 눈조차 한 번 깜빡이지 않은 찰나에,

스스로 어찌해 볼 겨를도 없이 번개처럼 와르르 번쩍이고 사라졌다.

"가토 양."

"그렇잖아도 언제 오시나 했어요. 이 근처에서 근무하시잖아요?"

"지금 막 나오는 길입니다. 마무리할 일이 있어서 좀 늦어졌군요."

"늦긴요, 리셉션은 아직 시작도 안 했는걸요. 그나저나 퇴근 직후에도 멋지시네요. 피로하실 텐데."

"가토 양이야말로 대단히 아름다우십니다. 언제나 그렇지만."

회장 내 흐르는 재즈 선율 사이로 남녀의 대화는 마치 확성기를 단 것처럼 도드라졌다. 미나는 누가 보아도 추파가 분명한 여자의 발간 눈빛과, 그 시선을 기꺼이 받으며 미끈하게 웃는 남자를 계속하여 바라보았다.

필요 이상으로 진한 눈빛과 유려한 미소였다. 여자를 유혹하려 작정한 듯 적극적인 화려함. 미나는 딴사람처럼 돌변한 남자의 얼굴이 거슬렸다.

"하야시 씨는 늘 듣기 좋은 말씀만 하시니까요."

"저는 사실을 말할 뿐입니다."

"아이 참, 이렇게 다정한 신사분을 누가 당해 내겠어요."

"숙녀 앞에서는 저 같은 사내도 신사가 되는군요."

미나는 온갖 아름다운 것들을 좋아하지만 천박한 건 질색이다. 그럴듯한 여자 앞에서 쓸개 빠진 것처럼 웃고 있는, 저 하야시라는 남자는 매력적인 거죽을 썼으나 별수 없이 값싼 인간처럼 보였다. 아아, 그렇구나. 사교계에는 돈 많은 과부를 노리는 하이에나 같은 치들이 있다지. 미나는 입 속으로 대뜸 조롱을 퍼붓느라, 알지도 못하는 남자에게 이토록 격분하는 까닭에 대해 미처 따져 볼 생각을 하지 못했다.

"저 사람이다."

히타로의 목소리에 그녀가 홱 고개를 돌렸다. '역시'와 '설마'가 뒤엉켜 말문이 막혔다. 하지만 그럴 리가. 일본인의 성을 가진 조선인도 있단 말인가.

"네 아버지가 고르신 선물."

그때 남자가 이쪽으로 고개를 돌렸다. 여전히 해사하게 웃는 눈매를 미나는 미심쩍은 얼굴로 바라보았다. 남자는 가토라는 여자에게 부드럽게 작별 인사한 다음, 이쪽을 향해 몸을 틀어 보폭을 옮기기 시작했다.

그가 연회장을 대각선으로 곧게 가로질렀다. 활강하는 검독수리처럼 거침없이 접근했다. 사람들 사이를 물처럼 가르며 다가오는 남자를 미나는 묶인 듯 바라보았다. 그녀의 눈 속에서 그는 뚜렷하게 웃고 있었다. 사냥감을 발견한 맹금처럼. 날카롭고도 달콤하게.

넋을 놓은 암컷을 단숨에 채어 버릴 듯이.

가까이 다가오자 짙은 향수 냄새가 훅 끼친다. 묵직하고도 세련된, 잘 말린 향목처럼 정중한 침향이었다. 지척에 선 사내가 풍기는 짙은 향내를 미나는 속수무책 들이마셨다. 여자를 잡아챌 듯 걸어온 남자는 언제 그랬냐는 듯 고개를 돌려 히타로 쪽을 보았다. 그리고 몹시 호의적인 미소.

"오야케 시학관님."

히타로는 예상 못 한 접근에 아주 잠깐 머뭇대다 되물었다.

"나를 압니까?"

"모를 리가 있습니까."

재미난 농담이라도 들은 듯 남자가 웃었다. 서양인처럼 대담하고 세련된 미소.

"오야케 히타로 씨. 총독부 학무국 시학관님 아니십니까."

조만간 제 처내종형이 될 분이기도 하고. 저를 보는 남자의 눈에서 히타로는 제법 뻔뻔한 생각을 읽어 냈다. 상황이 당초의 계획과 조금 다른 방향으로 흘러가고 있었다. 이편에서 먼저 알은척할 작정이었는데.

히타로를 이용해 변죽을 울린 남자가 여자에게 시선을 옮겼다. 미나는 저를 보는 상대와 똑바로 눈을 맞춘다. 잔잔히 웃음 띤 눈가에서 분명한 의중이 읽혔다. 자, 어디 한번 시작해 볼까. 그 다분한 연출성을 남자는 굳이 숨기려 들지도 않았다.

"함께 오신 숙녀분은 초면입니다만."

낮게 울리는 음성. 나무랄 데 없이 완벽한 일본어. 귀를 스친 소리들을 곱씹으며 미나는 오른손을 내 악수를 청했다.

"하루하라 미나예요."

남자가 여자의 눈을 본다. 비스듬히 내리깐 눈꺼풀 끝에 속눈썹이 길었다. 미나도 작은 키가 아니건만 시선을 맞대려니 턱을 제법 들어야 했다. 여자의 눈에 고인 남자의 시선이 뺨을 타고 턱을 지나 손으로 흘러내렸다. 순간 뱃속 어딘가가 간지러워 미나는 아랫배에 힘을 주었다.

"아."

뜻 모를 감탄사를 뱉으며 그가 조금 늦게 여자의 손을 맞잡았다. 커다란 손바닥과 긴 손가락. 지그시 움키는 악력. 뜨겁고 건조한 손이다.

"하야시 슌세입니다."

미나는 기어이 눈살을 찌푸리고 말았다. 예의에 어긋나는 행동이지만 무례하기는 상대방이 더했다. 뭐야, 이 남자. 초면에 장난치는 거야? 그 생각을 꿰뚫어 본 모양으로 남자가 낮게 웃었다.

"오래 기다렸습니다."

드디어 뵙는군요. 덧붙이며 그가 손에 힘을 실었다.

"하루하라 양."

맞닿은 손바닥이 뜨거웠다. 악수 한번 했을 뿐인데 깃털이 훑은 듯 팔꿈치까지 간질거렸다. 악수는 조금 길다 싶은 시점에 끝났고, 미나는 놓여난 오른손에서 저릿한 환각을 느꼈다.

그리고 그 갑작스러운 느낌들을 태연하게 숨겨 냈다.

"반가워요."

"저야말로."

"초면에 실례지만, 제가 만나야 할 분은 조선인이라고 들었는데요."

"맞습니다."

남자가 아무렇지 않게 고개를 끄덕였다. 그러고는 세련된 동작으로 품에서 명함첩을 꺼냈다. 이건 또 무슨 매너람. 그가 건넨 명함 한 장을 미나는 미심쩍은 얼굴로 받아 읽었다.

동양척식주식회사 경성 지사

관리부 주임

하야시 슌세[林峻世]

"임준세."

명함을 들여다보는 여자에게 남자가 말했다.

"조선식으로 읽으면 그렇게 됩니다."

임준세. 그가 다시 한번 말해 주었다. 들으며 미나는 명함 속 이름을 응시했다. 세 개의 한자. 일본식으로도 조선식으로도 읽히는 이름이라.

"……공교로운 일이네요."

"감사한 일이지요."

"……."

"혼란을 드렸다면 죄송합니다. 내지 분들은 역시 그쪽을 더 편해하셔서. 기억하기도 쉽고요."

친절하기 그지없는 표정으로 남자가 말했다. 임(林)은 일본에서도 드물지 않은 성씨로 하야시라고 훈독된다. 하지만 그건 일본인의 이름이지 조선인의 것이 아니었다. 조상으로부터 받은 가문의 이름을 멋대로 갈아 부르다니. 미나로서는 뜨악하다 못해 혐오스럽기까지 했다.

"……준세. 예쁜 이름이네요."

"고맙습니다. 자주 듣는 말이긴 합니다만."

대답하며 그가 다시 한번, 몹시도 사교적인 미소를 지었다.

준세는 순정의 일본식 발음이다. 순정(純正), 순수하고 올바름. 혹은 순정(順正), 도리를 따라 올바름. 지독히도 안 어울리는 이름이네. 생각하면서 미나는 그의 명함을 다시 내려다보았다.

동양척식주식회사.

가라떴던 눈을 들어 남자를 바라본다. 여전히 이쪽을 비스듬히 내려다보는 장신의 남자. 짙은 눈매와 우아한 속눈썹, 미소 띤 입술. 정중한 향내를 풍기는 가슴과 우람한 어깨. 판금갑옷 같은 육체를 감싼 최고급 양장.

미나는 이토록 천박한 사내를 어디서도 본 적 없었다.

"여기 오길 잘했네요. 어떤 분인지 궁금했는데."

여자가 처음으로 웃었다. 부드럽게 웃는 입술과 눈동자에 준세는 번갈아 시선을 주었다. 그리고 응답하듯 이어지는 미소.

"어떻게, 궁금증이 좀 풀리셨는지 모르겠습니다."

미나는 대답하지 않았다. 생긋 웃으며 가볍게 고개만 끄덕일 뿐이었다. 엄숙한 악단의 활기찬 재즈 연주가 절정을 향해 치달았다. 히타로는 편치 않은 기색을 애써 숨겼다. 준세는 무어라 대꾸하지 않은 채, 유유히 웃는 낯으로 여자의 흰 얼굴만을 바라보았다.

식도원의 하야시. 사람들 입에 오를 때 남자는 주로 그렇게 불린단다.

"식도원이 뭐예요?"

"경성에서 제일가는 요릿집이다."

히타로는 권번 기생이 나오는 최고급 요정이란 부연을 하지 않았지만 미나도 그 정도 넘겨짚을 눈치는 있었다. 식도원의 하야시. 그녀는 맥주잔을 움키며 픽 웃었다.

"재미있는 사람이네."

"어째서 네 짝으로 꺼려진다는 건지 이제 알겠지."

"그 집 어머니는 아들을 가만두나 봐요. 우리 오빠들이 그랬음 새언니들보다 어머니 잔소리에 먼저 시달렸을 텐데."

"임 자작은 부인이 없어."

미나는 뜻밖의 사실에 눈을 조금 크게 떴다.

유력한 시댁 후보지만 자작가에 대해 그녀가 아는 것은 많지 않았다. 경성 최고 갑부에 천황이 부여한 작위를 지녔으며 조선에서는 보기 드물도록 영리하고 상식적이며 예절과 사리를 분별할 줄 아는 집안, 이라는 것까지가 아버지로부터 들은 평의 종합이다. 상대는 그 집안의 모든 것을 상속받게 될 장남이며 아래로 아우 하나가 있다는 것 외에 그 모친에 대한 이야기는 들은 바가 없었다.

"오래전에 돌아가셨나요?"

"그렇게 오래전은 아니지. 아직 십 년이 채 되지 않았으니."

"저런. 병으로요?"

히타로는 입을 다문 채 누이를 본다. 미나도 병으로 생모를 여의었던 사실을 연상한 것은 자연스러웠다. 그는 잠깐 망설이다 입을 뗐다. 어차피 이 도회 사람 모두가 알고 있는 사실이니 나중에 들으라며 미루는 것도 우스운 일이었다.

"너는 잘 모르겠지만 칠 년 전에, 조선에서 큰 소요가 있었다."

경성에서 시작되어 반도를 휩쓴 소요 사태는 열도의 일본인들에게도 충격이었다. 그때 동경에 있던 히타로는 경성의 부친이 걱정되어 허겁지겁 전보를 쳤으나, 내 걱정은 말 것이며 네 몸이나 성하고 싶으면 당분간 조선해협 건널 생각은 말라는 답신만 받았다.

식민지 백성의 저항에 아연실색한 제국은 총독을 교체하고 보통학교를 늘리고 반도에 깔아둔 헌병들을 순사 제복으로 갈아입혔다. 조선인의 신문 발간을 허용하고 총독부에 조선인 관료를 대거 채용했다. 이른바 문화통치의 시작이었다.

"제국 정부는 소요 사건이라 하고 조선인들은 만세운동이라 부르지. 그때 경성에서, 자작저로 몰려간 폭도들이 부인을 해쳤다는구나."

미나는 순간 잘못 들은 줄 알았다.

"조선인들이…… 자작 부인을 죽였다고요? 같은 민족끼리요?"

"일본에 협조하는 조선인은 일본인보다 더한 증오의 대상이 되지. 그런 사건들이 적지 않아."

동포의 손에 모친을 잃은 남자.

미나는 임준세라는 남자의 태도와 말투를 다시 떠올렸다. 살해당한 가족에 대한 기억이 얼마나 끔찍할지 그녀로선 상상할 수 없었다. 다만 그 참혹한 가정사가 그에게 몹시 뚜렷한 흔적을 남겼다는 건 알 수 있었다.

적개심에 대한 적개심. 원한에 대한 원한. 가문을 증오하는 동포를 혐오하는 남자.

미나는 한동안 입을 다문 채 맥주잔에서 올라오는 기포를 바라보았다. 끊어졌던 대화는 잠시 후에야 다시 이어졌다.

"그나저나 여기, 분위기가 참 좋네요."

히타로는 어색함을 물리치듯 예쁘게 웃는 누이에게 그럴듯한 미소를 돌려주었다. 미나가 제 몫의 맥주잔을 입으로 가져가며 사람들로 꽉 찬 홀을 눈으로 훑었다.

"아까 그 귀족회관보다 백배는 나아요."

본정(本町. 혼마치. 현재의 충무로)에 위치한 카페 리버티는 아늑하게 꾸며진 곳이었다. 가타카나 활자를 백색 전구로 장식한 간판부터 나쁘지 않았다. 매끈한 나무 패널로 벽을 두르고 창가에는 커튼을 드리웠다. 벨벳을 씌운 소파와 테이블. 일관성 없이 놓인 각양의 의자들. 고전적인 기물을 분방하게 배치한 주인의 취향이 마음에 들었다.

"나도 이야기만 들었지 와 본 건 처음이다. 이 부근에선 꽤 이름난 곳이거든."

"오빠 이런 데 안 와요?"

"청사 부근의 카페는 동료들과 가끔 가지만, 혼마치까지야 뭐 올 일이 있어야지."

"오빠도 참, 너무 일에만 매달리고 그러지 마요. 책상 앞에서 호시절 다 보내려고 그래요?"

"틀린 말은 아니다만 갓 스물 넘긴 누이한테 들을 소리도 아닌 것 같은데."

"열 살이나 위의 오빠를 두고 먼저 결혼하게 생겼으니 그렇죠."

"내 호시절은 내가 알아 할 테니 넌 네 일이나 잘 생각해. 그나저나 시간이 너무 늦은 것 아닌가? 외숙모 걱정하시겠다."

여전히 웃는 얼굴로 미나가 손목시계를 들여다봤다. 아닌 게 아니라 벌써 아홉 시에 가까워지고 있었다. 집에서 궁금해할 테지만 히타로와 있는 걸 알렸으니 괜찮을 것이다. 생각하며 맥주잔을 입에 대고 크게 한 모금 삼켰다.

"아직 괜찮아요. 그런데 여긴 카페라면서 어째 술 마시는 사람이 더 많아 보이네요."

"조금 있으면 저 무대 앞이 댄스홀로 바뀔 거다. 경성 카페들은 새벽 서너 시까지도 영업을 해. 커피나 차보다 술 종류를 고루 갖춰 놓고 장사하니, 구미 쪽과 분위기는 많이 다를 거야."

어쩐지. 미나가 고개를 끄덕였다.

미국의 카페와 식당에서는 술을 팔지 않는다. 주류 판매가 완전히 금지된 지 7년째라고 했다. 밀주를 파는 곳이 꽤 많다는 말을 들었지만 가 본 적은 없었다. 밀주라니. 미나 같은 여자, 그것도 외국인은 언감생심 꿈도 못 꿀 일이었다.

부유하고 자유롭고 여유로운 나라. 어지간한 집집마다 자동차를 굴리고 최고 통치권자를 투표로 선출하는 나라에서 고작 맥주 한 잔 사 마실 자유가 없다니. 미나가 그 나라에서 본 불가해한 것들은 한두 가지가 아니지만, 그중 가장 괴상한 장면을 꼽으라면 역시 금주법이었다.

미국인도 갖지 못한 그 자유를 경성 사람들은 누리고 있었다.

"그런데요, 오빠."

땅콩 한 알을 집으며 운을 떼자 히타로가 묻는 눈을 한다.

"저쪽 바에서 누가 자꾸 우릴 쳐다봐요."

"바에서? 급사가 말이냐?"

"급사는 아니고, 주인이나 지배인 같아 보이는데."

"그렇다면 뭐, 미나 널 보는 거겠지."

사내들 눈은 다 똑같으니까. 피식대는 히타로를 향해 애매하게 웃어 보인 미나가 그의 어깨 너머로 다시 한번 시선을 던졌다.

저만치 안쪽에 꾸며진 바 끝에 선 남자는 서글서글한 인상이다. 타이 없는 셔츠에 짙은 회색 조끼로 양장을 한, 후리후리한 몸집의 그는 삼십 대 초반쯤 되어 보였다.

히타로와 함께 들어와 자리 잡은 직후, 미나는 맥주 두 병을 주문받은 급사가 저 남자에게 다가가 귀엣말을 하는 것을 보았다. 그리고 급사가 가져온 맥주를 마시는 동안 저 남자는 내내 저렇게 서서, 글라스와 냅킨 따위를 매만지며 몇 번이나 이쪽을 힐끔대는 것이다.

불쾌하기보다 의아한 시선이었다. 그래서 미나는 되받아쳐 보기로 했다. 눈이 마주치자 남자는 싱긋 웃더니 곧 아무렇지 않게 눈길을 돌렸다. 별 이상한 남자도 다 있어. 미나는 고개를 갸웃거려 속내를 표현한 뒤, 더 이상 제 쪽을 보지 않는 남자로부터 시선을 거뒀다.

"이만 일어나자. 숙모야 싫은 소리 하실 리 없지만 외숙께 걸리면 내가 큰일이다."

"오빠랑 같이 있다고 말씀드렸는걸요. 이것만 다 마시고 가요. 나 여기 맘에 들어."

맥주를 반병 넘어 마신 미나는 기분이 붕 뜨는 것 같았다. 두 눈을 휘며 웃는 외종매를 히타로가 귀엽게 바라보았다. 미나는 구두 신은 발끝을 까딱거리며 카페 안 사람들을 구경했다.

어둑한 실내 어딘가에서 명랑한 웃음소리가 터졌다. 유성기가 쏟아 내는 음악이 가볍고 경쾌했다. 얼음을 채운 아이스커피, 탐스러운 거품이 흐르는 맥주, 농염한 빛깔의 위스키. 저마다 입에 맞는 음료를 앞에 두고 사람들은 웃고 떠들며 시간을 보내고 있었다.

여자들은 상큼한 단발에 여름 클로슈. 남자들은 회중시계와 반짝이는 가죽 구두.

홀 안에 가득한 사람들. 일본인과 구별 없이 섞인 조선인들에게서 식민지 백성의 무력함은 보이지 않았다. 억압이나 고통, 비애 같은 것도 찾아볼 수 없었다. 나라를 팔아먹은 동족을 가혹히 응징하는 모습, 남의 집에 몰려가 그 부인을 살해하는 잔혹한 장면과도 도저히 연결되지 않았다. 미나의 눈에 비친 그들은 막연히 들었던 풍문과 완전히 다른 모습이었다.

"여긴 꼭 동경 같아요. 긴자랑 전혀 달라 보이지 않아."

"내 동경 떠난 지 칠 년째지만, 긴자에 있는 것 중 혼마치에 없는 건 아마 없을걸."

조선인들은 세련되고 유쾌하며 여유롭다. 일본이 받은 서구식 문명과 향락의 세례를 이들도 똑같이 누리고 있었다. 보타이를 맨 급사와 주홍빛 립스틱을 바른 여급들. 편안히 앉아 웃고 떠드는 손님들. 그 사이를 채운 빛과 음악.

사방 어디에도 타 인종의 벽안이 보이지 않는, 온통 저와 닮은 사람들뿐인 공간에서 미나는 비로소 고향에 돌아온 편안함을 느꼈다. 또한 달콤한 아이스커피와 새하얀 맥주 거품 속에서, 조선은 진실로 행복해 보였다.

"저 안쪽은 뭘까요? 꼭 요릿집 객실 같은데."

벽에 바짝 붙여 꾸민 바를 지나 좁은 통로 쪽으로 닫힌 문짝 두어 개가 보였다. 복도가 얼마나 깊은지 이렇게 봐서는 잘 모르겠으나 안쪽에 공간이 더 있는 것은 틀림없었다. 여자의 시선이 닿은 쪽으로 고개를 돌려 확인한 히타로가 아아, 짧은 감탄과 함께 설명을 내놓았다.

"격리된 내실이지. 그러니까 음, 돈을 좀 더 지불할 사내들을 위한 곳?"

"난봉꾼들을 위한 곳이구나."

똑똑하게도 알아들은 여자를 향해 그가 웃음을 터뜨렸다. 미혼의 누이와 나누기엔 적절치 않은 화제였으나 미나는 이제 일일이 눈을 가려 줘야 할 정도로 어리지 않았다.

"남자들은 좋겠어요. 요릿집도 있고 카페도 있고. 동경이나 경성이나 갈 곳도 놀 것도 이렇게나 풍성하니."

노래하듯 비아냥거리는 여자에게 히타로는 웃기만 할 뿐 대꾸하지 않았다. 그러는 동안 미나는 맥주잔을 들어 입에 대고 끝까지 마셨다. 마지막 한 방울마저 삼키고 잔을 내려놓은 찰나, 출입문이 열리더니 키 큰 남자 하나가 안으로 들어왔다. 낯설고도 낯익은 남자. 그를 본 미나는 순간 제 눈을 의심했고, 이어 이 불유쾌한 우연에 눈살을 찌푸렸다.

임준세였다.

남자가 등장하자 가게 안이 묘하게 분주해진다. 아까부터 이쪽을 힐끔거려 신경 거슬리게 하던, 서글서글한 주인 남자가 활짝 웃으며 바깥쪽으로 걸어 나왔다. 그가 손짓하자 급사 하나가 주방으로 달려가고 주홍색 립스틱을 바른 여급 하나가 날렵하게 손님 곁에 따라붙었다. 무릎 위로 깡총 올라온 치맛단 아래 늘씬한 종아리. 준세는 카페 주인과 요염한 여급을 시종처럼 거느린 채, 마치 제집처럼 익숙한 태도로 안쪽을 향해 성큼성큼 사라졌다.

지켜보던 미나가 기어이 싸늘한 탄성을 뱉었다.

"하."

고상한 숙녀들을 후리던 것으론 성에 안 찼던 모양이지. 카페 여급이라도 주무르며 풀어야 할 만큼 당장의 회포가 그득 쌓이셨나. 주인 남자가 날 힐끗대던 것도 설마 단골손님의 혼담 대상이라는 걸 알아서? 비약이라는 것을 알면서도 감정은 이미 이성을 앞질러 넘치고 있었다.

도대체, 저 남자는 어디까지 천박할 작정인 걸까.

오히려 잘되었다. 불쾌한 와중에도 미나는 그리 생각했다. 값싼 상대에겐 원하는 값을 치러 주면 그만이니 되레 간단할 것이다. 어차피 이 결혼에서 미나가 원하는 것 또한 그리 값진 것은 아니며, 서로 귀한 것을 바라지 못할 바에야 차라리 혐오하는 것도 나쁘지 않을 테다.

"그만 일어나요, 오빠. 집에 갈래요."

뱃속에 남은 불쾌감을 누르며 미나가 히타로를 향해 웃어 보였다. 술을 마신 탓인지 여름밤의 열기 때문인지 새삼 얼굴에 열감이 느껴졌다. 어서 집으로 돌아가 땀이 밴 블라우스를 벗어 던지고 싶었다.

미지근한 욕조에 몸을 담그고 한참 동안 목욕을 해야지. 깨끗한 잠옷을 입고 침대로 올라가 푹 자고 나면 불쾌한 밤은 지고 맑은 새날이 밝아 있을 것이다. 미나는 생각하며 핸드백을 챙겨 미련 없이 자리에서 일어섰다.

하루하라 미나는 어릴 때부터 그리 고분고분한 성격이 아니었다.

충동적이고 고집이 있어 말썽을 만드는 천성은 아주 어렸을 때부터 발휘돼 생모를 난감하게 만들었다. 내가 니 때문에 내 명에 못 산다. 미나가 생떼를 쓰거나 말을 듣지 않거나 흙투성이가 되어 헤벌쭉 웃을 때면 생모는 한숨을 폭폭 쉬었는데, 딸의 그 감당 못 할 성격이 제어되기 시작한 것은 슬프게도 어미의 예언이 맞아떨어진 후부터였다.

황족과 화족 자제들이 다니는 동경의 가쿠슈인에 미나는 열 살 때 입학했다. 난데없이 등장한 백작 영애는 쌀통에 든 콩 한 알처럼 삐죽이 겉돌았다. 똑같은 교복을 입고 한 교실에 앉아 있었어도 미나는 그들과 끝끝내 섞일 수 없음을 알고 있었다.

자신을 겨냥한 소리 없는 따돌림이 아니더라도 미나는 이미 스스로 다른 소녀들과 다르다고 생각했다. 무리 지어 낯선 이를 배척하는 귀공녀들은 그저 우습고 유치할 뿐이었다. 어울리고 싶은 마음이 없는 것은 이쪽도 마찬가지였으므로, 쌍방의 따돌림은 서로를 밀어낼 뿐 누구에게도 상처를 줄 수 없었다.

그런 까닭에 미나의 학교생활은 단조로웠다. 대기실에서 기다리다 쉬는 시간마다 교실로 와 찻물을 대령하는 보모만이 유일한 말 상대였다. 외톨이였지만 외롭다는 생각은 해 본 적 없었다. 낯선 환경에 불만 없이 적응하는 것은 백작가에 들어가며 체득한, 이를테면 생존의 기술이었다.

"아가씨, 스에키예요."

화장대 앞에 앉아 머리를 빗으며 미나는 문밖의 기척에 응했다. 들어와. 말이 떨어지기 무섭게 방문이 열리더니 작달막한 여자 하나가 들어왔다.

"아침 식사 준비되었습니다."

"아버지 나가셨지?"

"아뇨, 아가씨. 주인님과 마님 두 분 다 다이닝에 계세요."

"이런."

거울 속의 미나가 한숨을 폭 내쉬었다.

"스에키."

"예, 아가씨."

"아버지 화나신 기색이던?"

"음……."

하녀는 난처한 듯 눈을 굴리더니,

"조금요?"

"아, 진짜."

경성에 와 알게 된 이 앳된 하녀는 거짓말엔 영 재능이 없는 것 같다. 생각하며 미나가 브러시를 내려놓고 일어섰다. 원피스 차림의 그녀가 똑바로 일어서

자 상대보다 한 뼘 넘게 키가 컸다. 왜소한 하녀는 문 쪽으로 걸어오는 상전을 위해 얼른 한옆으로 비켜섰다.

미나의 침실은 이층에, 식당과 응접실은 일층에 있다. 하루하라 신이치가 경성에 부임하면서 새로 지은 백작저는 남대문 밖 남산 기슭 남산정에 있다. 일본인들의 저택과 별장이 모인 남산에는 지난해 으리으리하게 낙성된 조선신궁이 있고, 작년까지는 총독부 청사도 근처에 있었다.

남촌에 있던 총독부가 북촌으로 옮겨 가면서 신이치의 출퇴근 시간도 길어졌다. 올빼미처럼 밤에 일하는 것을 선호하는 그로서는 꿀 같은 아침잠이 줄어든 게 기꺼울 리 없었다. 그러나 옛 황궁 앞에 당당히 선, 대리석과 화강암으로 휘감고 내부엔 승강기까지 갖춘, 명실공히 동양 최대의 최신 건물을 매일같이 드나드는 뿌듯함이란 고작 삼십 분가량의 수면 따위에 댈 게 아니었다.

"좋은 아침이에요. 아버지, 어머니."

활기차게 등장한 미나를 위해 식탁 곁에 선 하녀가 의자를 빼 주었다. 사뿐히 앉아 냅킨을 펼쳐 무릎 위를 덮는 동작이 흐르듯 자연스럽다. 중년의 하녀가 오목한 사기그릇 하나를 받들어 미나의 앞에 놓아 주었다. 크림수프에서 달콤한 우유 냄새와 매큼한 후추 향이 올라왔다.

"출근이 늦으시네요, 아버지."

"네 얼굴 보고 가려고 늦춘 참이다."

안 그러셔도 되는데. 미나는 속으로 대꾸하며 스푼을 집어 들었다.

"네 어제 열 시 넘어 들어왔다며."

"경성 시가 구경하느라 시간 가는 줄 몰랐어요. 정신 차려 보니 그렇게 됐지 뭐예요."

"히타로 그 녀석은 어딜 그렇게 쏘다녔다더냐? 아직 여독도 풀리지 않은 아이 빨리 들여보내지 않고."

남자가 노한 기색을 숨기지 않자 하녀를 비롯한 모든 여자들이 입을 다물었다. 이럴 줄 예상했던 미나는 잠자코 팔을 뻗어 빵 하나를 집었다. 따뜻하고 말랑한 빵을 떼어 과일잼을 바르는 딸을 보면서도 사내는 불평을 멈추지 않았다. 도대체가 오야케들은 하나같이 거슬리는 구석뿐이니. 들으란 듯 투덜대는 남편을 곁눈질하며 유미코가 끼어들었다.

"고모부님께는 안부 잘 여쭈었고?"

"네, 어머니."

"박사님이 반가워하셨겠구나. 건강하시지?"

"무척요. 집에도 안부 전하라고 하셨어요."

"그래. 나도 조만간 한번 찾아봬야 하는데 말이다. 부인 없는 집에서 불편한 건 없으신지."

"불편할 게 뭐요. 아랫사람들이 어련히 알아서 수발들까."

남자가 불퉁하게 중얼대자 좌중은 다시 침묵. 입을 다문 백작 부인은 제 몫의 커피 잔을 우아하게 들어 올렸다. 영국산 본차이나가 달그락, 영롱한 소리를 냈다.

간간이 식기 부딪히는 소리 외에 저택은 조용했다. 너른 창을 통과한 오전의 햇살이 깨끗한 마룻바닥을 적셨다. 응접실에 놓인 유성기에서 피아노 독주곡이 은은하게 흐르고 있다.

심기 불편한 신이치와 못 본 척하는 유미코 사이에서 미나는 태연하게 잼 바른 빵 한 조각을 입에 넣었다. 낯선 분위기에 안절부절못하는 것은 오직 죄 없는 하녀들뿐이다. 그들은 감히 눈을 굴려 눈치를 살피지도 못한 채 각자의 발끝만 내려다보고 서 있었다.

"이 수프 맛있다. 시즈코 솜씨야?"

"예, 아가씨."

"조금만 더 줘. 맛있어."

"감사합니다, 아가씨."

중년의 하녀가 재바르게 그릇을 날라 오면서 분위기가 조금 환기되었다. 미나는 백작 부인의 뒤에 선 스에키를 향해 암호처럼 생긋 웃어 보였다. 왜소한 하녀는 수줍게 마주 웃고는 얼른 다시 눈을 내리깔았다.

"저 그 사람 만났어요, 아버지."

"그 사람이라니."

"저랑 결혼할 남자요."

"임 군을?"

신이치가 미간을 모으며 딸을 바라봤다. 커피를 마시던 유미코도 소리 없이 시선을 준다.

"어제 귀족회관에 갔거든요. 히타로 오빠랑."

"귀족회관? 히타로가 널 연회에 데려갔단 말이냐?"

"네. 무슨 후작 생일이었다던데."

"민정운."

너를 거기 데려갔단 말이지. 중얼거린 사내가 생각하듯 느긋이 눈을 굴리더니,

"잘했구나."

지체 없이 흡족한 기색을 드러냈다.

"그렇지 않아도 한번 자연스럽게 보도록 할 참이었다. 요새 젊은 사람들은 역시 우리 때랑은 다르니까. 본인의 의사라는 것도 있고. 네가 내키지 않는다면 나도 무리해서 시킬 생각은 없다."

오야케가 맘에 드는 짓을 할 줄도 아는군. 신이치가 비스듬히 웃으며 딸에게 물었다.

"그래, 어떻던?"

미나는 그저 웃는 것으로 대답을 대신했다.

"그 친구, 나도 직접 본 것은 한 번뿐이지만 건실해 보이더구나. 집안도 집안이거니와 사람 자체가 마음에 들어. 듬직하달까. 사내답고."

건실하고 듬직하고 사내답고. 미나는 그중 어느 것도 공감할 수 없었으나 그저 웃는 것으로 속내를 눙쳤다. 집안보다 사람이 마음에 든다는 아버지의 주장도 물론 믿지 않았다.

"네 어찌 말이 없어? 설마 부끄러우냐?"

신이치가 가늘게 뜬 눈으로 딸의 얼굴을 들여다보더니 웃음을 터뜨렸다. 천하의 말괄량이가 부끄럼도 타고 장하구나, 장해. 돌변한 분위기에 하녀들은 안심하면서도 적이 당황한 기색이었다. 고인 물처럼 늘 변동 없는 주인이 삽시간에 노했다가 웃었다가. 백작가를 모신 지 수년 만에 처음 보는 광경이었다.

"이참에 아예 선을 보자구나. 서로 얼굴도 익혔다니 정식으로 한번 만나 봐."

제 몫의 커피 잔을 들어 올리며 신이치가 말했다.

"앞으로 어찌할 건지 당사자끼리 이야기도 나눠 보고. 부담 없이 말이다."

나는 전적으로 네 뜻에 맡길 테니. 신이치가 '네 뜻'에 강세를 실으며 딸의 얼굴을 응시했다. 닮은 듯 닮지 않은 부녀의 시선이 자연스레 맞닿았다. 날카로운 눈매에 실린 분명한 애정. 미나는 그제야 고개를 끄덕이며 네, 짧게 대답했다.

모처럼 오가던 식탁의 활기는 그것으로 끝이었다.

하루하라 백작저는 동경에서도 경성에서도 숲속의 사원처럼 평화롭다. 유성기 바늘 아래 돌아가는 레코드판이 고상한 클래식을 쏟아 내고, 속삭이듯 나지막한 말소리가 드문드문 들리며, 하녀들의 발걸음과 손놀림은 늘 조용하고 야무지다.

미나가 기억하는 생의 거의 모든 광경은 그러한 평온 속에 존재했다. 정교히 빚어낸 평화. 바깥세상의 풍진은 한 티끌도 찾을 수 없는, 유리병 속 같은 저택의 가풍은 누구보다 안주인인 유미코의 역할이 컸다.

미나는 백작 부부가 서로에게 언짢아하는 모습을 단 한 번도 본 적 없었다. 그들이 다투는 광경은 감히 상상조차 할 수 없었다. 그것 또한 유미코의 덕이라는 것을 미나 역시 잘 알고 있었다.

하루하라 유미코는 결코 감정을 드러내지 않는다. 사리에 맞는 말만 하고 온화한 표정을 잃지 않으며 큰 소리로 웃거나 화내는 일이 없다. 남편의 사생아를 받아들여 10년 넘게 길러 내는 동안에도 얼굴 한번 찡그린 적 없었다. 본 적도 없는 시앗의 미모를 고스란히 물려받은 딸을 남몰래 구박 한 번 하지 않았다.

그 딸이 어여뻐 어쩔 줄 모르는 남편에게 동조하지 않았으나 싫은 눈치도 주지 않는다. 그렇다면 유미코는 남편을 지극히 사랑하여 그의 모든 허물마저 감싸 주고 싶었나. 누군가 그리 감탄한다면 미나는 비웃음을 숨기지 않을 것이다. 사랑이라니. 건조하도록 무난한 관계는 무관심의 증명일 뿐 사랑의 증거가될 수 없다.

그러니 사랑, 사랑이라니.

미나는 아버지를 바라보았다. 신이치는 다소 여윈 체격이나 키가 크고 체형이 우아하다. 날 때부터 몸에 밴 화족의 품위와 오만에 가까운 자긍으로 다분히 상대를 쩔쩔매게 하는 사람이다. 그런 아버지가 남달리 저를 아끼고 사랑한다는 것을 미나는 의심하지 않았다.

다만 제 피를 이은 혈육을 귀여워하는 것과 별개로, 완벽한 타자를 사랑한 적이 아버지에게도 있었는지 가끔 궁금했다.

아버지는 어머니를 사랑할까. 사랑하는 여자를 두고 다른 이를 품을 리 없으니 그건 아마 아닐 것이다. 그렇다면 아버지는 생모를 사랑했을까. 그 질문에 대한 답을 미나는 감히 구할 수 없음을 안다.

"이만 나가 보마. 배웅은 되었으니 천천히 들어라."

간단히 식사를 마친 남자가 저택을 나선 후에도 식탁은 변함없이 평온했다. 남편을 배웅하고 돌아온 유미코는 딸이 식사를 끝낼 때까지 자리를 뜨지 않았다. 어제 있었던 일이 궁금할 법도 하건만 묻지 않았고 미나 또한 먼저 말문을 열어 대화를 시작하지 않았다. 혈연 없는 모녀 사이의 침묵은 그러나 오래 입은 옷처럼 따가운 데가 없다.

미나는 그저 곰곰이, 과일잼 바른 빵을 씹으며 생각에 몰두했다.

'오래 기다렸습니다.'

수리처럼 활강하던 걸음새. 노골적인 유혹의 눈길. 판금갑옷 같은 육체와 천박한 태도. 정중한 향내와 값싼 미소.

'하루하라 양.'

미나는 누군가를 미워해 본 적이 없었다. 미움을 살 만한 상대는 간간이 있었으나 미워할 가치가 있는 사람을 아직 만나지 못했다. 누군가를 증오하기란 상당한 감정과 관심이 소요되는 일이니까.

그런데 그 남자. 몇 시간 전 처음 만난 그 낯선 남자가 이다지도 끈질기게 불쾌한 까닭을 그녀는 알 수 없다.

'하야시 슌세입니다.'

탁.

손에 든 스푼을 식탁 위에 내려놓았다. 하녀들이 슬그머니 눈치를 살폈다. 미나는 곁에 놓인 커피 잔을 들어 훌쩍 한 모금 마셨다. 짝을 잃고 멀뚱히 놓인 소서에 유미코가 말 없는 눈길을 주었다.

뱉도 없는 사내 같으니.

속으로 중얼대며 입 안의 커피를 삼켰다. 잘 내려진 향긋한 커피가 오늘따라 아무렇지도 않다. 미나는 커피 잔을 든 채로 유리창 밖 정원을 향해 고개를 돌렸다. 파란 하늘 아래 잔디와 조경수들. 경성의 여름도 동경처럼 물기가 많다 들었는데 오늘 아침 공기는 보송하기만 했다.

그러니 참으로 이상한 일이다. 이토록 맑은 새날이 밝았는데도, 불쾌한 밤은 어쩐지 끝나지 않고 있었다.

장곡천통에 위치한 조선호텔은 경성부청, 덕수궁과 커다란 삼각을 이루고 있다.

독일인이 설계한 이 사 층짜리 건물은 조선 최초의 승강기를 설치한 곳으로, 지금도 그렇지만 갓 문을 열었을 때는 상류층에 인기가 대단했었다. 경성에서는 중한 손님이 오거나 귀히 대접해야 할 상대가 생기면 으레 여기 방을 잡아 묵게 하는데, 이 호텔을 거쳐 간 고관대작이며 세도가는 일일이 그 이름을 다 읊을 수 없을 정도다.

그 호텔 일층에 위치한 커피숍은 마치 유리온실 같았다.

이국적인 조경수들이 화분에 담겨 보기 좋게 배치됐다. 테이블은 드문드문 차 있고 두런두런 대화 소리는 레코드 교향악으로 적당히 가려졌다. 새하얀 창틀과 투명한 유리창이 커피숍 전면을 둘러싸고 있었다. 결벽적으로 말끔한 전면창 너머로 고색창연한 조선식 건물이 보였다.

탑 같기도 하고 정자 같기도 한 그 삼 층짜리 팔각 건물을 미나는 아까부터 뚫어져라 바라보고 있다.

월대 위에 올라앉은 황궁우는 오색단청으로 꾸며졌다. 조선이 제국이던 시절, 황제가 하늘에 제를 올렸다는 이곳은 지은 지 10년 만에 망국의 유품이 되었다. 그로부터 다시 열여섯 해가 지난 지금은 호텔 커피숍의 예스러운 장식품으로 부유한 방문객들의 구경거리가 되었다.

황제의 제단을 바라보며 미나는 새삼 제 나이를 더듬어 본다.

미나가 여섯 살 되던 해에 대한제국은 멸망했다. 목소리와 몸태가 고왔던 생모도 같은 해 세상을 떴다. 여섯 살짜리에게 어미의 죽음은 가히 세상의 종말이었으나, 조국의 실종은 아무런 의미도 갖지 못했다.

미나는 사라진 어미를 찾으며 운 적은 있어도 잃어버린 나라를 슬퍼한 기억은 전혀 없었다. 누구에게나 자기를 낳아 준 나라가 있고 누구나 그 나라를 위해 목숨을 바쳐야 한다는 것을 배울 만큼 자랐을 때는 조선어보다 일본어에, 조선인보다 일본인에 익숙해져 있었다.

그녀에게 조선은 세상을 뜬 어미와 같다. 병약하여 제 곁을 떠난 것이 원망스럽고 오래도록 함께하지 못한 것이 애달프다. 때때로 막연히 그리우나 결코 다시 만날 수 없음을 안다. 떳떳지 못한 것 같아 숨기고 싶다가도 그런 마음을 품은 것이 곧 서글퍼진다.

함부로 그리워할 수도, 마음 놓고 원망할 수도 없는 대상 앞에서 미나는 한때 방황했었다.

제 몸에 흐르는 절반의 피를 앙칼지게 비하하는 것은 그로 인해 터득한 기술이었다. 둔감해지기 위해서. 스스로 먼저 상처를 내면 외부로부터 상처받지 않게 되니까. 수없이 긁어내고 딱지를 뜯고 또다시 긁어내고. 무르던 살갗은 덕분에 고목의 수피처럼 딱딱해져, 이제 누군가 도끼질을 쾅쾅 한대도 눈 하나 깜짝 않을 자신이 있었다.

황궁우에서 시선을 뗀 그녀가 저만치 커피숍 입구를 바라보았다. 검정 보타이를 맨 젊은 급사와 눈이 마주쳤다. 냉큼 달려오려는 그에게 고개를 저은 뒤 손목시계를 들여다본다. 오후 여섯 시 십 분. 정확히 약속한 시간이었다.

미나는 아이스커피 한 잔을 앞에 두고 창가 자리에 홀로 앉아 있다. 잘게 부순 얼음을 채운 연갈색 커피는 그녀 입에 지나치게 달아서 딱 한 모금 마시고 건드리지도 않았다. 해거름을 향해 가는 초여름의 오후가 과히 덥지 않았다. 모가지가 긴 유리잔 안에서 얼음이 녹아 가고 있다. 투명한 잔의 표면을 타고 주르륵 흐르는 물방울.

"와 계셨군요."

흐르는 물기를 멍하니 보던 미나가 퍼뜩 고개를 들었다. 하릴없는 생각에 잠겨 잠시 넋을 잃었던 모양이다. 눈을 들자 코앞에 선 남자의 하반신이 눈에 들어왔다. 회색 양장에 감싸인 허벅지. 언뜻 팽팽한 그 허벅지 옆으로 커다란 손. 길고 매끈한 손가락.

묵직하고도 세련된, 몹시도 도회적인 침향.

"서둘러야 했는데. 실례가 큽니다."

그가 의자를 빼내 앉는 동안 미나는 괜찮아요, 의례적인 대꾸를 중얼거렸다. 때맞춰 다가온 급사에게 준세는 여자와 같은 것을 주문했다. 미나는 커피가 꽤 달다고 말해 주려다 그만두었다.

오늘의 약속은 공식적인 만남답게 양가의 아비가 주선했다. 딸의 취향에 맞춰 조선호텔 커피숍을 고른 것은 신이치의 배려였고 아들의 퇴근 시간에 맞춘 오후 여섯 시 직후는 임영환의 고려였다. 커피숍 따위 거칠 것 없이 곧장 그 호텔 연회장으로 가면 오죽 좋겠느냐는 심정을 누르며, 두 가장은 장차 그들을 하나로 묶어 줄 자식들에게 장소와 시간을 일러 주었다.

기대를 짊어진 남녀는 이제 무대 위의 배우처럼 마주 앉았다.

미나는 둥근 테이블 건너편에 앉은 상대를 바라보았다. 연회색 양장의 깊은 라펠과 감색 타이. 타이의 완벽한 매듭 위로 툭 불거진 목울대. 넓게 뻗은 어깨부터 팔로 이어지는 선이 다시 보아도 갑주처럼 단단해, 부드러운 색채로 차려입었음에도 남자는 얼마간 위압적으로 보였다.

"다시 보니 좀 달라 보입니까."

멀뚱히 쳐다만 보는 여자에게 충분히 시간을 준 뒤 준세가 웃으며 물었다. 미나는 웃는 듯 마는 듯 변함없는 표정으로 대꾸한다.

"그런 생각을 한 건 아닌데요."

"저는 그렇게 생각한 참입니다."

"내가 달라 보인다고요?"

"예."

그는 양쪽 입꼬리를 조금 더 올리더니,

"이렇게 밝은 날 보니 훨씬 더 미인이십니다."

아무렇지 않은 얼굴로 낯간지러운 소리를 했다.

미나는 그만 말문이 막혔다. 미풍처럼 웃는 남자를 바라보다가 곧 차갑지 않게 코웃음 쳤다. 도착해서 앉자마자 사탕발림부터 넙죽넙죽. 어떻게든 빠르게 결판을 내겠다는 의지를 그는 숨기려 들지 않았고, 그로써 미나는 불필요한 연극을 이쯤 해도 되겠단 확신을 얻었다.

"애쓸 필요 없어요."

여자가 말하며 빗장처럼 팔짱을 꼈다.

"난 당신이랑 결혼할 거니까."

순간 뜻밖에도 준세의 미간에 실금이 갔다. 상대의 저의를 헤쳐 낼 듯 눈을 약간 가늘게 떴다. 고정된 것처럼 웃고 있는 입매와 의심하는 눈길이 기묘하게 공존했다. 미나는 제 눈을 똑바로 들여다보는 그 시선을 피하지 않았다.

거짓이 아니라고 판단했는지 남자가 앉은 자세를 약간 이완한다. 아울러 한숨 비슷한 웃음.

"탈락할까 긴장했는데 어째 좀 허탈하군요."

"그만 긴장 풀어요."

"이럴 줄 알았으면 장소를 바꿀 걸 그랬습니다. 저녁 식사나 할 수 있는 곳으로."

"벌써부터 그럴 필요 있나요. 곧 질리도록 같이 먹게 될 텐데."

준세가 오묘한 표정을 지었다. 미나는 거기서 꺼림칙한 의심을 보았다. 그는 남을 쉽게 믿는 성정이 아닌 모양이다. 스스로 진실되지 못한 사람은 또한 의심이 많은 법이니까.

"나 뭐 하나 물어봐도 돼요?"

"얼마든지."

"몇 살이에요?"

당돌한 질문에 남자가 잠깐 웃는가 싶더니,

"메이지 삼십오 년 삼월생입니다."

다시 한번 여자의 말문을 막아 놓았다.

보기보다 나이가 적단 생각은 미처 들지도 않았다. 저보다 세 살 가까이 위라는 계산은 쉬웠지만 미나는 머릿속이 복잡해졌다. 명치(明治, 메이지) 35년. 조선인들도 물론 일본의 연호를 쓰겠으나, 스물넷이란 나이 대신 구태여 제국의 연호를 붙여 생년을 강조한 것은 그녀의 귀에 아첨으로밖에 들리지 않았다. 정말 뭐 이런 남자가 다 있지. 이제는 헛웃음도 안 나온다.

"묻고 싶은 거 하나 더 있는데."

열 개를 물어도 좋다는 얼굴로 남자가 이쪽을 마주 본다.

"그쪽은 이 결혼 왜 하고 싶어요?"

"내 대답에 따라 결정이 번복될 수도 있는 겁니까?"

"솔직한 대답이 아니라면 그럴지도 모르죠."

준세는 잠시 말을 않았다. 뾰로통하게 저를 보는 여자의 얼굴만 가늠하듯 응시했다. 종잡을 수 없이, 갓난 망아지처럼 이리저리 뛰는 이 귀공녀를 어찌 다뤄야 하나 고민하는 눈치였다. 그러나 남자는 오래 계산하지 않았다.

"총독부에서 근무하고 싶습니다."

"······너무 솔직하시네."

"조선에서는 최고의 직장이라서요. 총독부가."

"동척도 꽤 괜찮은 곳이라고 들었는데요."

"거긴 두 번째."

사내는 최고만을 탐해야 한다고 배워서. 준세가 덧붙였다.

"내 아버지께서 늘 말씀하시길, 사내란 모름지기 가장 귀한 것을 욕심내야 한다고 하셨습니다. 깊이 동감하는 바이고, 기꺼이 그 뜻을 이어 갈 생각입니다."

기가 막혀서. 미나는 피식 웃으며 팔짱을 풀었다. 그러니까 이 남자는 나를 총독부 진출을 위한 교두보로 삼겠다는 소리. 솔직한 건지 뻔뻔스러운 건지 구분은 어려웠으나 적어도 거래를 할 의사는 충분해 보인다. 그래서 미나는 하야시 씨, 또렷한 발음으로 그를 불렀다.

"그렇게 출세하고 싶어요?"

"안 됩니까?"

"지금 좀 지나치게 솔직하신 것 같은데."

"솔직하지 않으면 탈락할 수도 있다 하셔서."

"총독부 말고 미국에 가는 건 어때요?"

미국. 갑자기 튀어나온 말에 준세가 살짝 눈썹을 들어 올렸다.

"학업을 계속할 계획입니까?"

"거기서 계속 살 계획이에요."

"……전혀 몰랐던 계획이군요."

"출세하고 싶다면서요. 최고로 출세하고 싶으면 서양엘 가야죠. 이 극동에 처박힌 식민지 총독부가 아니라."

말하며 미나가 상체를 앞으로 당겼다. 마주 앉은 남녀의 시선은 이제 완전히 얽혔다. 쟁반을 든 급사가 다가와 아이스커피 한 잔을 준세 앞에 놓아 주었다. 급사가 물러갈 때까지 대화는 잠깐 멎었고, 남자는 음료를 건드리지도 않았다.

그는 오직 여자의 두 눈만을 꿰뚫을 듯 바라보았다.

"난 미국에 돌아가고 싶어요. 거기서 독립해 살고 싶은데 그러려면 학교를 졸업해야 하고, 졸업하려면 아버지 지원이 필요해요. 내가 이 결혼을 하려는 이유는 그거예요."

남자의 시선 속에서 미나는 목이 말랐다. 겁날 까닭이 없는데도 묘하게 몸이 뻣뻣해졌다. 익숙지 않은 긴장감이 전신을 조이는 것 같았다. 미나는 비로소 그가 웃고 있지 않다는 사실을 깨달았다.

"나랑 같이 가요. 미국에서 공부를 하든 펀펀히 놀든 어느 쪽이라도 좋아요. 내후년까지만, 딱 이 년만 있어 주면 돼요."

찌를 듯한 눈으로 묵묵히 듣던 남자가 피식 웃는다. 어느 대목이 웃겼는지 미나로선 알 수 없었고 궁금하지도 않았다. 그저 즐거운 미래에 대한 복음을 들려주는 것만이, 이 갑갑한 극동을 벗어나 진정으로 출세할 길을 일러 주는 것만이 그녀가 당면한 목표였다.

"태평양 건너는 순간부터 준세 씨 마음대로 살게 해 줄게요."

"하루하라 양이 마음대로 살겠다는 뜻으로 들립니다만."

"그래야 공평하지 않겠어요?"

"이런. 부부간에 우애가 아주 깊어지겠습니다."

"다시 말하지만 애쓰지 말아요. 나도 바보는 아니니까."

미나가 곱게 웃으며 고개를 살짝 기울였다.

"당신이 원하는 건 내가 아니잖아요."

"……"

"이 결혼을 이용하려는 건 나도 마찬가지고요. 그러니까,"

그러니까. 여자는 말끝을 길게 늘이며 숨을 들이켰다.

"남편 노릇 해 줄 필요 없어요. 미국에 돌아갈 수만 있다면 난 만족할 거고 그때부터 당신은 자유예요. 거기서 따로 살든, 출세를 하든, 조선으로 돌아오든, 뭐든 마음대로 해도 좋아요. 이혼 한 번쯤 하더라도 남자한테야 흠될 것 없잖아요? 당신이 마음만 먹으면 거기서 아주 재미있게 지내다 올 수도 있을 거예요."

거기까지 말한 미나가 입을 다물었다. 준비한 미끼를 모두 풀어놓았으니 침착히 앉아 입질을 기다릴 순서였다. 여자는 노련한 강태공처럼 기대를 숨기고 관망하는 척,

남자를 바라보았다.

그의 얼굴에서 가장 먼저 들어오는 곳은 역시 눈이다. 색채가 연한 미나의 것과 달리 그의 눈동자는 한밤처럼 까맣다. 흰자위와 뚜렷이 분간되는 검은 동자는 헤프게 웃고 있을 때조차 푸르게 빛났다. 상대의 꺼풀을 벗겨 안에 든 것을 꺼낼 것처럼 날카로웠다.

칼로 그은 듯 꼬리가 길게 빠진, 굵은 눈매의 서늘한 기운과 달리 남자의 입술은 경박하다. 불그스름하고 매끈하고 도톰한 모양새부터가 점잖은 사내의 입매는 아니었다.

그 경박한 입술은 활발히 웃고 확실히 말했다. 웃음이든 말이든 얼버무리는 법이 없었다. 그 입술을 볼 때마다 미나는 괜히 스스러워 눈길을 주지 않으려 했으나, 그럴수록 그리로 들러붙는 시선이 또한 지남철에 쇳조각 이끌리듯 하여 도리가 없었다.

그 입술은 한동안 꾹 다문 채 열리지 않았다.

미나는 그제야 남자의 눈에서 시선을 돌렸다. 이거야 원, 눈싸움하는 것도 아니고 서로 간 빤히 보는 응시가 과하다 싶었다. 대신 그의 어깨 즈음을 바라본다. 군인처럼 웅장히 벌리고 앉은 남자의 어깨. 목을 조인 타이와 흰 셔츠로 감싸인 가슴. 정중하고도 도회적인 향내.

문득 숨 쉬기가 조금 불편해져 미나는 마른침을 삼켰다.

"대단히 솔깃한 제안입니다만,"

잠깐의 숙고 끝에 준세가 말을 이었다.

"내 조건은 충족이 안 되는군요."

"조건이라뇨. 설마, 또 총독부 얘기하는 거예요?"

미나는 어이가 없어서 살짝 눈살을 찌푸렸다. 세상에 미국 유람을 마다하고 조선 관청에 취직시켜 달라는 반편이가 다 있을 줄이야. 거기서 꼭 일을 해야겠어요? 저도 모르게 되물은 목소리가 꼭 어린애 투정처럼 들려 입을 다물었다. 그래서인지 준세가 시선을 내리며 웃는다. 언뜻 비웃음 같아 미나는 뜻밖의 모멸감을 느꼈다.

"일 년."

차례를 넘겨받은 남자가 제안했다.

"일 년만 여기 있읍시다. 그 후에 원하는 대로 해 드릴 테니."

남녀의 시선이 다시금 서로를 겨냥했다.

"일 년 후에, 태평양을 건너든 미국에서 살든, 하루하라 양 원하는 대로 해

드리겠습니다."

한 해쯤 경성에서 살아 보는 것도 재미있을 겁니다. 덧붙이며 준세가 웃었다. 예리한 눈매와 경박한 입술. 그 시선에 꿰뚫린 미나는 남자의 역제안을 거절할 수 없음을 직감했다.

"그 정도면 서로 공평할 듯한데. 어떻습니까."

일 년. 미나는 머릿속으로 달력을 넘겨 본다. 열두 달은 과히 길지 않은 기간이나 조선에서 보내리라고는 또한 예상치 못한 시간이었다.

한 해 동안 경성에 산다. 너무나 흐릿하여 감히 그려 본 적 없는 고향. 함부로 그리워할 수도 마음 놓고 원망할 수도 없는 땅. 이미 죽어 사라진 어머니와 같은 조선에서.

이 남자와 함께.

"승낙하시겠습니까. 하루하라 양."

커피숍에 흐르는 음악이 흔적도 모르게 바뀌었다. 이울어 가는 태양에 그림자가 조금씩 길어졌다. 창가의 남녀는 신뢰 없이 서로를 마주 본다. 호텔 뒤뜰에 선 황제의 제단이 담담하게 그들을 굽어보았다.

황금정 노른자위에 위치한 청화정(淸華亭)은 경성에서 손꼽히는 일본식 요리점이다. 벽이 두껍고 내실이 깊어 은밀한 이야기를 지닌 사람들이 즐겨 찾는 이곳은 이 층으로 이루어져 있는데, 후원에 꾸며진 가레산스이(枯山水. 일본식 정원)가 운치 있기로 이름났다.

일본식 석정은 물 한 방울 없는 마른 정원이지만 지면 전체에 새하얀 백사를 깔아 시원스럽다. 군데군데 놓인 자연석과 주위를 둘러싼 상록관목들. 갈퀴질로 그은 직선과 곡선이 선승의 공간처럼 환상적인 풍정을 자아냈다.

해가 지고 어스름이 깔리자 정원에 놓인 석등에 불이 들어왔다. 반딧불 십여 개가 노랗게 깜빡이며 허공을 떠다녔다. 활짝 열린 장지문 너머 열기 가신 밤 공기가 쾌적했다.

"석정이야말로 일본 문화의 정수지요."

미나는 맞은편에 앉은 사내에게 시선을 주었다. 단조로운 검정색 양장을 차려입은 사내는 일본어가 유창했지만 조선인의 억양을 숨길 수 없다. 중년을 넘겼음에도 어깨가 우람하고 가슴팍이 든든한 것이 장남에게 물려준 체형 그대로였다. 임영환 자작이 금테 안경을 추어올리며 말을 이었다.

"정과 동, 선의 미학이 녹아 있으니 그 의미가 깊고. 조형이 정갈하며 아름다워 또한 보기가 좋고. 참으로 일본의 높고 귀한 풍격은 석정에 모두 들어 있습니다."

시아버지 될 사내의 예찬에 은은히 미소하며, 미나는 상견례 자리야말로 어색하고 불편한 모든 것이 들어 있다고 생각했다.

최고급 요릿집 밀실에 앉은 여섯 남녀는 그 구성부터가 대단히 서먹했다. 정원을 향해 수직으로 놓인 장방형 교자상을 중심으로 두 가문이 세 명씩 대치하듯 마주 앉았다. 가뜩이나 서먹한 자리가 더 부자연스러운 것은 남자 쪽의 모친이 없기 때문일 것이다. 임가의 부인이 없다 보니 자리 배치도 묘하게 틀어져서 준세는 예비 장모와, 미나는 예비 시동생과 이마를 마주하고 식사하게 됐다.

"신혼집에 가장 큰 공을 들인 곳도 석정입니다. 눈에 차는 바위를 구하느라 온 경성의 석재상을 들들 볶았지요. 정원석 중 가장 큰 것은 금강산에서 가져온 돌인데, 아, 채석지를 몰랐는데도 첫눈에 이거다 싶지 뭡니까."

미나는 일본식 정찬으로 화려한 상 너머 젊은 남자를 바라보았다. 준세의 아우이자 자작가의 차남인 임준태는 눈매가 둥글고 눈빛이 부드러워 그 형과 인상이 사뭇 달랐다. 연년생이라기에 동무처럼 보일 거라 막연히 예상했던 그녀는 형제간 너무도 다른 분위기에 내심 놀랐다. 준태는 제 아비처럼 안경을 쓰고 단순한 원단의 남색 양장을 입었는데 학자풍으로 산뜻하여 멋스러웠다.

"그나저나 결혼식까지 시일이 넉넉지 않아 걱정입니다. 집은 이달 내로 낙성될 예정이라니 신혼집 꾸미는 일은 백작 부인께 부탁드리겠습니다. 시모 될 사람이 없어 여러모로 신경 쓰지 못한 구석이 많을 겁니다."

영환이 유미코를 향해 묵례하며 공손히 예의를 차렸다. 부족하나마 힘쓸 테니 염려 마시라는 응답과 함께 부인도 똑같이 맞절을 한다. 신혼집. 미나는 못 들은 척 젓가락으로 초밥 하나를 집으며 준세 쪽을 힐끗 바라보았다.

아버지와 아우 사이에 앉은 준세는 장대 같은 임가 남자들 사이에서도 단연 돋보였다. 옅은 줄무늬가 들어간 진회색 양장부터가 화려하게 도드라졌다. 여느 때처럼 완벽하게 매듭지은 타이에 금줄을 단 핀을 꽂아 장식했고 웃옷의 가슴 포켓에는 행커치프가 눈에 띄었다. 마치 금일은 내가 주인공이요, 위세라도 하듯 작정하고 화사한 차림새였다.

"신혼집을 백작저 근방에 마련하긴 했으나, 귀한 영애 출가시키고 서운한 마음이 덜어지실진 모르겠습니다, 국장님."

"서운해도 별수 있습니까. 아무리 귀애한들 딸자식을 평생 끼고 살 순 없는 노릇이니."

"그래도 저렇게 얌전한 따님을."

"아직 철부지라 임 군이 많이 봐줘야 할 겁니다."

딸과 예비 사위를 번갈아 보며 신이치가 기분 좋게 웃었다. 제 이름이 나오자 준세도 시선을 맞추며 적당한 표정을 지어 보인다. 결혼을 앞둔 새신랑답게 수줍고도 기대에 찬, 보는 이마저 절로 미소 짓게 만들도록 사랑스러운 표정이었다.

능란하기는. 조소하면서도 미나는 가슴이 울렁거렸다. 상견례. 결혼식. 신혼집. 현실로 다가온 낱말들이 자꾸만 마음에 파문을 일으켰다.

"아버지가 원체 저를 과소평가하세요."

그래서 부러 상큼하게 웃으며 대화에 끼어들었다. 오늘 미나는 주홍빛 후리소데 차림이다. 발목까지 닿는 긴 소매며 허리를 칭칭 감은 오비, 좁은 치마폭까지 하나같이 불편하기 짝이 없는 아름다운 옷. 소매부터 매듭까지 온통 자수로 화려한 이 옷은 미혼의 처녀만을 위한 것이니, 미나가 이 기모노를 입는 것도 오늘로 마지막이 될 터였다.

"이래 봬도 아버지 명 받자마자 한달음에 태평양을 건너온 딸인데도요."

"아무렴 국장님께서도 겸양이 지나치십니다. 말이 나와서 말이지만 저는 미나 양 속이 깊어 얼마나 놀랐는데요. 학업도 쉬어 가며 당분간 어른들 가까이 있겠다니, 이 얼마나 기특하고 어여쁜 생각입니까."

영환이 기다렸다는 듯 맞장구를 치며 껄껄 웃는다. 귀여운 예비 며느리와 말을 나누게 된 것이 흐뭇한 눈치였다.

"큰일 치르고 서두르는 것도 유익하지 않으니, 넉넉한 방학이라 생각하고 푹 쉬다 가면 좋을 겝니다. 그나저나 그간 그 먼 곳에서 혼자 몸으로, 어려운 일이 많았을 터인데 참으로 기특해요."

"공부야 쉽지만은 않아도 다른 건 그리 어렵지 않았어요. 친척 댁에서 보살펴 주셨거든요."

"아, 미국에 일가가?"

"이 아이 외가붙이가 있지요."

신이치가 끼어들며 아내를 바라보았다. 유미코가 자연스레 말을 받았다.

"제 사촌 동생이 샌프란시스코에 있습니다. 미나한텐 당이모가 되지요."

"아, 그렇습니까."

"그 처제 남편이 미국서 법학을 공부했다더군요. 미나, 엔도가 일하는 곳이 검찰청이라고 했나?"

"네. 샌프란시스코 지방검찰이요."

"아, 그래. 그렇지."

신이치가 술잔을 집어 입술을 적셨다. 식사는 절반도 채 하지 않았으나 어차피 음식을 위한 자리는 아니었다.

"미국 가면 임 군도 법학을 공부하는 게 어떻겠나? 우리 집안에도 법관이나 경무관 하나쯤 있어 나쁠 것 없을 텐데."

신이치가 덧붙이자 영환이 두 눈을 내리떴다. '우리 집안'으로 한데 묶인 것이 흡족한 동시에 백작을 실망시킬 것이 민망했다. 그가 알기로 장남의 흥미는 재무 쪽이지 법학과는 거리가 멀었다.

그때껏 잠잠하던 준세가 입을 뗐다.

"저는 총독부 법무국장께서 독심술사라는 말이 우스갯소리인 줄 알았습니다만, 지금 참 몹시 놀랐습니다."

말하며 저를 보는 신이치와 눈을 맞췄다. 단정한 시선과 부드러운 미소에 약간의 놀라움.

"저 또한 경무에 뜻이 있어 그쪽으로 전공을 정하려던 참입니다."

"그래?"

"예. 그렇지 않아도 조만간 말씀을 드리고 싶었는데,"

준세가 손에 든 젓가락을 내려 두었다. 영환은 금시초문인 아들의 장래 희망에 적이 놀라운 기색을 숨긴다. 미나는 마주 앉은 준태가 제 형 쪽으로 힐끗 고개 돌리는 것을 보았다.

"미국 가기 전에 경무국에서 일을 해 보면 어떨까 싶습니다."

"경무국?"

"예, 국장님."

신이치는 훤칠한 사윗감을 빤히 쳐다보았다. 경무국. 총독부 경무국이라. 그는 자타가 공인하는 예의 그 독심술을 펼칠 것처럼, 청년의 검은 눈동자를 깊이 들여다보았다.

준세의 모친이 기미년 폭도들의 손에 죽었다는 것은 신이치도 물론 안다. 하나뿐인 사위로 임준세를 택한 까닭은 여러 가지가 있지만 그 특별한 가정사 또한 고려 대상이 됐다. 조선인에게 미움받는 조선인. 조선인을 증오하는 조선인. 동족을 향한 지울 수 없는 원한은 영원히 꺼지지 않는 불길처럼, 하루하라의 귀한 딸을 더욱 안전히 지켜 줄 것이다.

신이치는 하나뿐인 딸을 흡족히 여의기 위해 오랫동안 고민했다. 혼맥의 가치를 생각하면 동경의 유력가 쪽으로 욕심을 부릴 수도 있었으나 미나는 오점을 지닌 딸이었다. 그가 있는 한 가문 내에서 그 누구도 딸을 업신여길 수 없어도 백작저 밖이라면 사정이 달랐다. 제아무리 하루하라의 성을 받았다 해도 사생아, 조선인이 낳은 불온전한 화족임은 속일 수도 변할 수도 없는 사실이었다.

그러니 부유한 조선귀족이야말로 훌륭한 절충안이다. 부와 권세를 갖춘 집안의 후계자. 혼혈 화족을 감히 무시할 수 없는 조선인. 미나는 물론 자신에게도 든든한 지원이 되어 줄 대부호. 귀공자라 그런지 결벽이 어지간해서, 요릿집을 그렇게 드나들어도 여태 끼고 잔 기생은 한 명도 없답니다. 석 달간 뒷조사를 시킨 심부름꾼마저 혀를 내둘렀을 때 신이치는 너털웃음을 터뜨렸다. 임준세는 완벽한 사윗감이었고, 더군다나 말괄량이 딸을 어찌 움직였는지 당분간 경성에 잡아 두기까지 했다. 여러모로 기특하기가 이를 데 없었다.

"나쁘지 않은 생각이로군. 실무를 맛보면 학업에도 한결 방향성이 생길 테고."

그리하여 그는 쉽게 고개를 끄덕였다.

"조만간 자리 하나 마련하도록 하지."

흔쾌히 승낙한 백작이 술잔을 훌쩍 비웠다. 준세가 공손히 술병을 받들어 빈 잔을 채웠다. 장인이 기꺼이 술을 받음으로써 분위기는 화기가 돌았다. 이어 제 아버지의 잔에도 술을 따르는 손길. 미나는 그 훗훗한 광경을 관망하면서, 준세의 커다란 손에 갇힌 백자가 꼭 새장 안에 든 비둘기 같다고 생각했다.

기울어진 병 주둥이에서 투명한 술이 조르륵 흘렀다. 어디선가 북장단에 맞춰 고토 타는 소리가 들려온다. 일본 현의 소리는 조선의 여름밤과 썩 잘 어울렸다.

오랜만에 듣는 그 전통 선율에 미나는 귀를 기울였다. 어색하고 불편한 상견례는 사내들의 웃음소리로 부드럽게 위장되었다. 어느덧 어둔 하늘에 시든 달이 떠오르고, 석정에 깜빡이던 반딧불은 하나둘 자취를 감추었다.

뜨거운 태양 사이로 정오 사이렌이 뚜우, 길게 울었다. 갓 오후에 들어선 카페 리버티는 다소 한산했다. 손님들로 붐비기에는 아직 이른 시간이었다.

한여름의 볕이 유리창 안으로 세차게 쏟아진다. 새로 든 손님 한 쌍이 창가 자리에 앉자 여급이 커튼을 당겨 과한 빛을 가렸다. 그리고 뒤축 높은 구두를 맵시 있게 디디면서 바 쪽으로 살랑살랑 걸어갔다. 재생이 끝난 유성기판이 멈춰 있었다.

판을 바꾸는 것이야 홀에서 일하는 누구에게나 쉬운 일이다. 여급은 영어를 읽을 줄 모르지만 유성기판에 박힌 상표가 '콜롬비아 레코드' 라는 것은 알았다. 며칠 전 새로 들여온 이 판이 요새 미국에서 한창 유명한 재즈 악단 음반이라는 것도 사장에게 들어 알고 있고.

여급은 멈춰 버린 유성기를 다시 돌리고 판 위에 바늘을 놓았다. 조용하던 카페에 다시 활기찬 음악이 흐르기 시작했다.

리버티는 매일 오전 열 시부터 새벽 세 시까지 영업을 한다. 반공일 공일 따질 것 없이 날마다 같은 시각에 개장하고 폐장한다. 영업시간이 길다 보니 근무는 이교대인데 직원들은 오전반과 오후반으로 나눠 불렀다. 월급 받아 가는 이를 모두 합치면 식구가 족히 스무남은 명은 될 것이다.

여급은 새로 받은 주문대로 커피를 만들기 시작했다. 요즘은 계절이 계절이니만큼 역시 아이스커피가 제일 인기 있다. 설탕과 크림을 듬뿍 넣어 얼음을 채운 달콤한 아이스커피는 한 잔에 이십오 전이나 하는데도 불티나게 팔렸다. 일본인 상점이 즐비한 본정 한복판에서 리버티는 조선인 일본인을 가리지 않는다. 커피 한 잔, 위스키 한 병에 숱하게 쓸 돈을 지닌 자라면 누구나 대환영이었다.

그러니 모르긴 몰라도 황 사장은 아마 떼돈을 벌 것이다. 여급은 유리컵에 설탕을 정량대로 넣으면서 맞은편 카운터에 선 남자를 힐끗 쳐다봤다.

여급이 알기로 리버티의 주인 황찬은 금년 서른세 살 먹은 노총각이다. 낯빛이 밝고 서글서글하여 미남 축에 드는 데다 허우대도 멀쩡하건만 어찌 여태 장가를 아니 갔는지는 직원들 사이에 리버티 최대의 미스터리였다.

황 사장은 매일 정오쯤 나와 새벽 마감까지 가게를 지켰다. 오후반 여급들은 비싼 술을 파는 이들이라 권번 기생들 못지않게 교태가 있는데도 사장이 그들 중 누구에게도 추근추근하게 굴었단 소리는 한 번도 나온 적이 없었다. 그가 카페를 차리고 영업을 시작한 지 벌써 4년째이니, 황 사장을 두고 남색설이며 고자설까지 온갖 듣기 민망한 풍설이 나도는 것도 과한 일은 아닐 것이다.

그래도 고자보다는 역시 남색 쪽이 그럴듯하지 않을까 생각하는 차에 출입문이 열렸다. 눈을 옮겨 보니 맥고모자를 쓴 청년 하나가 제 몸통만 한 상자를 들고 들어오고 있다. 손님인 줄 알았던 여급은 대수롭지 않게 시선을 거두어 커피 만들기에 집중했다. 매달 말일마다 배달을 오는 조선인 청년이었다.

"여어, 제비 같은 놈 왔느냐."

카운터에 기대 선 찬이 놀리듯 알은척을 한다.

"안녕하셨습니까, 사장님."

"오냐. 제비 너도 별일 없었고?"

"예."

청년은 상자를 든 채 꾸벅 인사를 하더니,

"한데 어찌 저더러 백날 제비라 하십니까? 장가 윤식이란 번듯한 성명이 있는데요."

"물 찬 제비마냥 날쌔게도 다니니 그렇지. 왜. 듣기 싫으냐?"

"이제부텀은 윤식이라 부르십시오. 아버지가 지어 주신 이름입니다."

"하, 고놈 참 더위를 먹었나 따박따박 말이 많네."

찬이 푸드득 웃더니 안쪽을 향해 턱짓했다.

"늘 놓던 곳에 두고 가면 된다."

그러고는 카운터 위에 펼쳐 둔 신문으로 무심히 눈길을 박는다.

장윤식은 여급이 서 있는 바를 지나 내실 쪽으로 향했다. 칠 호실. 가장 안쪽 방 앞에 서서 뒤쪽을 힐끗 살피더니 기척도 내지 않고 문을 열었다. 안으로 쑥 들어가자마자 문부터 닫고는 품 안의 상자를 바닥에 내려놓았다.

널찍한 내실은 호두나무 판으로 창 없이 벽을 둘러놓았다. 천장 조명에 더해 보조등까지 켜 두었지만 조도가 낮아 한밤중의 유흥지 같다. 윤식은 방금 전까지 정수리 위에서 이글대던 한여름의 태양을 떠올렸다. 바깥세상과 이곳은 마치 딴 세계처럼 판이했다.

눈이 마주치자 소파에 앉아 있던 여급이 가볍게 몸을 일으켰다. 여자는 아무 말도 하지 않고 윤식과 눈인사를 하더니 곁을 스쳐 또각또각 밖으로 나갔다. 깡충하게 짧은 치마와 주홍색 립스틱. 문이 달칵 닫힌 후에도 향수 냄새가 선명해 그는 괜히 코를 벌름거렸다.

디근자로 둘러 놓인 소파에는 이제 남자 혼자 앉아 있다. 청년이라면 누구나 동경할, 바라보는 것만으로 황홀하도록 근사한 사내가. 그러나 오늘만큼 윤식은 그에게 감탄하지 않았다. 눈이 마주치기 무섭게 따지듯 다가서는 입 안에 꽉 찬 것부터 대뜸 뱉어 놓았다.

"혼인하십니까?"

준세는 조금 당혹한 눈으로 상대를 바라보았다. 숨소리를 색색대며 귀 언저리를 붉힌 윤식이 답지 않게 도발적으로 이쪽을 보고 있다. 예상치 못한 상황이었으나 까닭은 곧 납득이 가는 바라, 그는 얕은 코웃음과 함께 농처럼 나무랐다.

"사람을 보았으면 인사부터 해야 옳지 않을까."

"온 서울 바닥에 소문이 파다하던데요. 좀 있으면 부산까지도 금방이겠습니다."

"그렇다면 실망인데. 나는 조선 팔도가 다 이미 아는 줄 알았다."

"신부가 왜녀라는 게 사실입니까?"

왜녀. 한 치 망설임 없는 말투에 준세가 씁쓸히 웃는다.

"그렇게 됐다."

"형님!"

윤식이 날벼락이라도 맞은 것처럼 인상을 썼다. 그러고는 열이 뻗쳐 견딜 수 없는 양 머리에 쓴 모자를 홱 벗어 들었다. 억누르듯 애써서 낮춘 목소리.

"도적과 피를 섞다니요? 원수와 어찌 한집에 살 수 있습니까?"

두 남자뿐인 내실에 일순 정적이 감돈다. 선 채로 씩씩대는 청년의 숨소리만 침묵 속에 흩어졌다. 소파에 앉은 준세는 몹시도 분해하는, 당장에 울음을 터뜨리려도 이상하지 않을 청년을 담담히 바라보았다. 그리고 분기를 가라앉힐 틈을 주듯 잠시간 말을 않다가,

"부산 상황부터 전해 봐라."

변함없는 표정으로 차분히 재촉했다.

장윤식은 열여덟 살로 당의 막내다. 부산과 경성 사이, 지점과 당원들 간 연락책을 맡고 있는 그는 매달 말일 이곳에서 준세를 만난다. 리버티의 사람들이 수상히 여기지 않도록 배달을 핑계로 상자를 품에 안고서, 슬쩍 내실에 들러 말만 전하고 바람같이 물러간다. 어물쩍대며 낭비할 시간이 없다는 것은 윤식도 잘 알고 있었다.

"말도 마십시오. 하루하루가 박빙입니다."

그래서 그는 평소보다 조금 빠르게 말을 이었다.

"이달에도 이사 두 분이 경찰서에 끌려가 취조를 당하셨습니다. 다행히 무혐의로 풀려나긴 했지만 아시다시피 서에 한 번 들어갔다 나오면 여간 골병이 들어야지요. 김 이사님은 예순이 넘으셨는데 벌써 이태째 자리보전하고 계십니다. 개새끼들, 혐의도 없는 노인을 그 지경으로……."

개만도 못한 새끼들. 그가 숨을 고르듯 나지막이 욕설을 중얼댔다.

"지난주엔 일경들이 경리과에 들이닥쳐서는 회계 출납을 보여 달라 어거지를 부려서 다들 식겁했습니다. 제출용 장부를 미리 준비해 뒀기 망정이지 하마터면 크게 낭패 볼 뻔했지 뭡니까."

"최 사장님은 무사하시고."

"예, 뭐, 그 새끼들도 감히 사장님까지 들쑤실 엄두는 못 내고 있지요. 지금은 마산에 가 계십니다. 며칠 내로 돌아오실 거고요."

단숨에 말을 뱉어 낸 윤식이 마른 입술을 혀로 축였다. 그리고 생각에 잠긴 듯 허공 어디쯤을 응시하는 남자를 바라보았다. 그는 사내들이 갈망하는 모든 것을 한데 합쳐 빚어 놓은 사람 같다. 이다지도 근사한 분이 어찌 왜인의 여식과. 윤식은 더 이상 무어라 말은 못 하고 애꿎은 제 입술만 씹었다.

"선생께서는. 달리 전하란 말씀 없으셨고."

"늘 같은 말씀이시지요, 뭐."

준세가 그제 시선을 돌려 윤식의 눈을 마주 보았다.

"여기는 걱정 말고 몸조심하라. 고맙고, 대견하고, 귀히 쓰겠다."

그로부터 두 사람은 다시 잠깐 말을 않았다.

윤식은 배고픈 강아지처럼 준세의 얼굴만 쳐다본다. 전해 들은 말을 곱씹듯 그는 입을 꾹 다물고 있었다. 시간이 너무 가는데. 슬슬 초조해지려는 찰나 남자가 입술을 뗐다.

"최 사장님 돌아오시거든,"

그리고 윤식은 그의 목소리에 신경을 집중한다.

"경성지점은 포기하는 게 낫겠다고 전해라."

"예?"

"부산에는 선생께서 계시지만 여기는 경찰이 들이닥쳐도 막아 줄 사람이 없어. 경성에서 꼬리를 잡히면 본사까지 직격탄이니 안전을 기해 일단은 닫는 게 좋겠다고. 직원들은 부산으로 옮기고, 여의치 아니하면 당분간 내가 데리고 있을 수 있다고 말씀드려라."

세 명. 많으면 다섯 명까지는. 덧붙이는 말까지 윤식은 새기듯 꼼꼼히 들었다.

"틀림없이 기억했느냐?"

"예. 이 정도야 식은 죽 먹깁니다."

"그래."

쓰게 웃어 보이는 청년에게 준세도 가볍게 미소하며 고개를 끄덕였다.

어떠한 경우에도 편지나 전보는 허용되지 않는다. 서로 간 소통하는 모든 소식은 오로지 당원끼리 입에서 입으로, 기록 없이 외워서 전달한다. 당에 대한 내용은 결코 문자로 남기지 말 것. 절대 엄수해야 할 당규 가운데 하나였다.

"그 밖에 전할 말씀 없으시고요? 더 외울 수 있는데요."

"이달엔 이것뿐이다."

"예. 그럼 다음 달에 뵙겠습니다."

"잠깐만."

지딱 몸을 돌리려던 청년이 묻는 눈으로 이쪽을 보았다. 자리에서 일어선 준세가 품에서 지갑을 꺼내더니 안에 든 지폐를 모조리 꺼내 내밀었다. 십 원권이 예닐곱 장에 백 원권 지폐도 한 장 끼어 있다. 윤식이 돈을 보더니 조그맣게 입을 벌렸다가 다시 꾹 다물었다.

"차 타기 전에 요기라도 해라. 부산까지 먼 길인데."

"형님, 이건 일 년도 넘게 먹겠습니다."

"어서. 너무 지체됐다."

윤식이 망설이듯 잠깐 눈치를 보더니 돈을 받아 품에 넣었다. 고맙습니다. 깊이 고개 숙여 인사한 뒤 들고 있던 맥고모자를 눌러썼다. 그가 내실 밖으로 사라진 뒤, 널찍한 공간에 홀로 남은 남자가 다시 소파 위에 앉았다.

준세는 문밖으로 멀어지는 발소리에 귀를 기울였다.

경성에서 날품 팔아 사는 조선인들은 한 달 급료로 오 원씩 받는 경우도 허다하다. 방금 집어 준 돈은 1년이 아니라 그 두 배라도 먹고살 수 있는 액수였다. 그러나 뜻밖의 거금을 품에 넣은 청년은 깨끗한 식당을 찾지 않을 것이다. 간판도 없는 간이식당에 쭈그리고 앉아서 멀건 국밥이나 국수 한 그릇으로 허기나 채우고 기차에 오를 것이다. 그렇게 한 푼도 축내지 않고 부산으로 가져가 준세의 전언과 함께 고스란히 사장에게 바칠 것이다.

사 형제인 윤식은 세 형님이 모두 만주에서 독립군으로, 노모는 중국인들조차 거들떠보지 않는 척박한 땅을 일궈 낟알을 주우며 살고 있다. 늘 가족들을 걱정하는 윤식이 제 입으로 들어가는 것이라면 밥 한술도 아껴 돈을 모아 만주로 보내는 것을 준세도 알고 있었다. 굶어 본 사람만이 배고픈 자의 고통을 안다. 그는 이백 원에 가까운 거금을 결코 사사로이 쓸 사람이 아니었다.

동전 한 푼이 귀한 것은 비단 윤식뿐만이 아니다. 조선인들은 대부분, 억세게 운이 좋거나 더럽게 비위가 좋은 소수를 제외하고는 너 나 할 것 없이 가난했다. 준세처럼 운과 비위를 모두 갖춘 조선인은 소수 중에서도 극소수였으며, 그 사실을 상기할 적마다 그는 귓전에서 마귀처럼 낄낄대는 자괴와 싸워야 했다.

허술한 국밥이나마 먹고 가면 좋으련만. 준세는 청년이 사라진 문 쪽을 응시하며 잠시 그런 생각을 했다.

닫힌 문이 열리고 후리후리한 사내가 불쑥 들어온 것은 그때였다.

"또 용돈을 집어 준 겐가? 온 목덜미까지 잔뜩 벌게졌던데."

"갔습니까."

"진작 사라졌지. 순 제비 같은 녀석 아닌가. 어쩌나 몸이 날랜지."

긴 다리로 휘적휘적 걸어온 남자가 쟁반에 받쳐 온 아이스커피 한 잔을 준세 앞에 내려놓았다. 그리고 대각선 자리에 털썩 앉더니 호주머니에서 담배를 꺼내 문다. 리버티의 지배인이자 바지 사장인 황찬은 지독한 애연가라 입에서 담배 떨어지는 때가 드물었다.

"지점 닫으라는 소리 전했나?"

"예."

짧게 대답한 준세가 기다란 손끝으로 눈가를 문질렀다. 찬은 고개를 끄덕이며 성냥을 그어 담배에 불을 붙였다.

"본사에서 결정 나면 당분간 남은 지점 어음은 가게 통해 돌려야 할 수도 있습니다."

"감당할 수 있겠어?"

"빠듯하게나마 가능할 겁니다. 아니 되면 융자라도 받아야지요."

"아, 이래서 명함이 좋아. 동척 주임님한테는 어느 은행에서건 척척 돈들을 빌려주니."

너스레 떠는 소리에 준세는 억지로 조금 웃어 보였다. 그의 자금 동원력이 동척 명함 때문만은 아니라는 것을 둘 다 알지만 모르는 척 웃는다. 가끔은 시답잖은 농담과 허랑한 웃음조차 절실할 때가 있으니까.

"이참에 가게를 하나 더 열 궁리도 하고 있습니다."

"카페를?"

"아직은 생각만 하고 있지만, 골동품점이 어떨까 싶은데."

"골동품이라."

"조선인들이 내놓는 책이나 도자기 같은 것들이 여기서는 너무 헐값에 팔리지 않습니까. 서양에도 동양 미술품을 수집하는 이가 많다니, 골동품을 모아 그쪽으로 수출하면 훨씬 높은 값을 받을 겁니다."

"내 참, 이 친구 이러다 아예 무역상을 차리겠구만."

논에는 물을 대야 곡식이 나듯 사람의 활동에는 반드시 돈이 필요하다. 태어나 빈손으로 죽는 것만으로도 평생 돈이 드는 것이 인간의 생인데, 무장한 적을 몰아내고 빼앗긴 땅을 되찾는 기적은 막대한 자금 없이 결코 이뤄질 수 없는 일이었다.

"무역회사 사장도 한번 해 보셔야지요."

"아서게. 내 깜냥으론 이 카페 하나 감당하기도 버거워."

"충분히 잘하고 계십니다."

"놀리는 게지?"

"그럴 리가요."

기미년에 설립되어 7년째. 부산에 근거지를 둔 백산무역주식회사는 조선의 자본가들이 조직적으로 독립 자금을 대는 거의 유일한 창구다. 목마른 동포들에 생명 같은 물을 대고 있는 이 수상한 회사를 사냥개 같은 경찰이 파헤치는 것도 놀라운 일은 아니었다.

"결혼 준비는 잘돼 가나?"

준세는 갑작스러운 화제 전환에 눈길을 돌렸다. 경성 바닥에 온통 소문이 짜해. 신부가 아주 미인이라던데. 다리를 꼬고 앉은 찬이 손톱 끝을 갉작이며 덧붙였다. 가만히 듣고 앉은 준세는 아무런 표정이 없다.

"총독부 법무국장 춘원신일의 금지옥엽. 꽃다운 스물한 살에, 미국 가주 주립대학에서 경제학을 전공한 미모의 재원."

동경 학습원 시절 별명은 망나니 백작 영애. 노래하듯 장단을 붙이며 찬이 키득댈 때도 준세는 웃지 않았다.

"춘원 그 냉랭한 자가 매우 극진히 사랑하는 딸이라던데."

"자세히도 아십니다."

"생모가 조선인이라면서."

하여간에 정보력. 준세는 그제야 맥없이 조금 웃었다.

"화족의 딸입니다. 누구의 배를 빌렸든."

"우리말은 할 줄 알고?"

"글쎄요. 아마 아닐 겁니다."

"흐음."

알 수 없는 감탄사와 함께 남자가 담배 연기를 길게 뿜었다. 부옇게 흩어지는 연기 사이로 옆얼굴의 선이 또렷하게 도드라졌다. 목적 없이 그것을 바라보며 준세는 여자를 떠올렸다.

'하루하라 미나예요.'

여자가 양장 바지를 입은 광경을 그는 그날 처음 보았다. 사내의 것 같은 검정 바지 위에 지극히 화려한 블라우스. 남장도 여장도 아닌, 그토록 전위적인 차림새를 한 여자는 연회장을 통틀어, 아니 경성 전체를 헤아려 유일할 것이라 그는 확신했었다. 기막힌 것이 어디 차림새뿐이던가. 서양 사내 모양으로 악수를 청하던 매너는 또 어떻고. 초면의 여자와 대뜸 손부터 맞잡은 건 준세 인생 최초의 경험이었다.

하루하라 백작의 고명딸에게 아버지는 오랫동안 눈독을 들이고 있었다. 그 딸이 순수한 혈통이 아니라는 것을 알았을 때는 오히려 기뻐했다. 명문화족가의 딸을 며느리로 맞는 것은 언감생심이겠으나 흠이 있는 딸이라면 이쪽에도 기회가 있다고 믿는 것 같았다.

그에 더해 화족이랍시고 콧대만 다락같이 높은 것보다야 차라리 하자가 좀 있는 편이 임영환은 며느릿감으로 더 낫다고 여겼다. 그가 남산 기슭에 소유한 땅 한 덩이를 떼어 신혼집을 짓기로 한 것도 벌써 1년 전이니, 장남의 결혼은 그때 이미 결정돼 있던 셈이다.

'준세. 예쁜 이름이네요.'

하루하라 미나는 생기가 넘치는 미인이었다. 온통 화려한 차림의 사람들 사이에서도 첫눈에 띄어 준세를 놀라게 했다. 겁도 없이 낯선 사내를 빤히 쳐다보던 눈동자. 코를 대면 크림 냄새가 날 것 같은 뺨. 어깨에 닿도록 가지런히 잘라 낸 머리카락은 만져 보고 싶단 생각이 들어 당혹스럽기도 했다.

그 여자는 이제 그와 같은 집에 살게 될 것이다. 매일 얼굴을 보고 밥을 먹고 말을 섞게 될 것이다. 어쩌면 가끔씩은, 서로 마주 보고 웃을 때도 있을 것이다.

그러나 그것들이 대체 무슨 의미를 지닌단 말인가.

'원수와 어찌 한집에 살 수 있습니까?'

하루하라 미나는 화족의 여식이다. 침략자가 극진히 사랑하는 딸이다. 지배자 일족의 사랑스러운 꽃이다.

남의 땅을 제 뜰처럼 사뿐사뿐 거니는, 경성의 무수한 왜녀 중 일개일 뿐이다.

'공부를 하든 펀펀히 놀든 어느 쪽이라도 좋아요.'

온 세상에 겁날 것 없는 천방지축 귀공녀.

'태평양 건너는 순간부터 준세 씨 마음대로 살게 해 줄게요.'

여자는 처음부터 끝까지 우월감을 숨기지 않았다. 칼자루를 쥔 쪽은 자신임을 강조하듯 제멋대로 남자를 휘둘러 댔다. 도도한 표정과 거침없는 말들. 고상한 예절 틈으로 보란 듯이 드러내던 조소와 멸시. 모멸감 따위 오래전 잊은 줄 알았건만, 여자의 모든 것은 그의 무뎌진 신경을 툭툭 건드렸다.

건방지기 짝이 없는 여자.

"준세."

부르는 소리에 준세는 상념을 멈췄다. 담배를 쥔 찬이 이쪽을 보고 있다. 묻는 눈으로 바라보자 그는 잠시 뜸을 들이더니,

"지나친 모험은 지양하는 게 어때."

웃음기 없는 얼굴로 말을 이었다.

"백산이 무너지더라도 해외로 자금 보낼 길은 또 찾으면 돼. 그러나 한 번 잃은 목숨은, 두 번 다시 못 찾지 않나."

준세는 대답하지 않았다. 늘 그렇듯 입을 다문 채 눈앞의 사내를 지그시 마주 보았다. 염려가 분명한 눈으로 찬이 반쯤 남은 담배를 입으로 가져갔다. 깊이 들이마신 뒤 천천히 뿜어내는 회색 연기.

"백산은 무너지지 않을 겁니다."

"……."

"무너지게 두지 않을 겁니다."

준세가 거푸 단언했다. 찬은 잠자코 담배만 들이마신다. 누구도 말없이 시간은 째깍째깍 흐르고, 회중시계를 열어 본 준세가 자리에서 일어섰다. 무릎 앞에 놓인 커피는 채 건드리지도 않았다.

"들어가 봐야겠습니다. 점심시간이 촉박해서."

테이블 위 재떨이에 꽁초를 비비며 찬이 뒤따라 일어섰다. 여느 때처럼 타이 없이 단추 한 개 끄른 셔츠. 거기에 준세가 잠깐 눈길을 주었다.

"직장 생활도 참 쉬운 게 아니군."

"어려울 것도 딱히 없습니다."

"어련하시겠나."

찬이 피식 웃더니 머리를 살짝 흔들었다. 그리고 입구 쪽으로 걸음을 옮기는 남자를 뒤따랐다. 이 문을 나서면 두 사람은 다시 능청스러운 카페 사장과 난봉꾼 단골손으로 돌아갈 것이다.

닫힌 문을 앞에 두고 준세가 말했다.

"금일도 영업 잘 하시고."

"여부가 있겠습니까."

지체 없이 말을 받으며 찬이 일본식으로 허리를 접었다.

"가게는 걱정 마십쇼, 사장님."

유창한 일본어로 그러고는 제품에 키득댄다. 체고가 엇비슷한 두 사내가 서로의 얼굴을 바라본다. 그 서글서글 웃는 얼굴을 마주한 채, 준세는 비로소 진심을 담아 미소 지었다.

2.
남
산
정
신
혼
집

1926년 9월

　신혼집은 남산 기슭 남산정에 있다. 갓 지은 문화주택들이 모인, 서양식 지붕이 즐비한 남산정은 일본인들이 모여 사는 남촌에서도 가장 고급의 부촌이었다.

　그 집들로부터 조금 떨어진 곳에 일본식 가택이 있다. 높은 담장으로 둘러싸여 외부와 격리된 그 집은 주택이라기엔 과히 으리으리하고 저택이라기엔 다소 아담한 규모였다. 회청색 평기와를 올린 이층집은 구조며 꾸밈새가 영락없는 일식이었다.

　산기슭의 나무를 베어 내고 택지를 닦을 때부터 소문은 생쥐처럼 온 도회를 돌았다. 경성 제일 갑부 임영환이 공들여 짓는 집이래. 장남과 맏며느리가 들어갈 신접살림집. 일본인 기술자와 조선인 인부들이 꼬박 반년을 뚝딱대며 올린

집은 지대가 높아서, 대문 앞에 서면 저 아래 본정 시가가 훤히 내려다보였다.

대문을 지나 안으로 들면 아기자기 배치된 분재형 소나무들이 보인다. 높이 쌓아 올린 담장 안에 아늑히 들어앉은 집은 주인 내외의 본채와 사용인들이 머무는 별채, 자그마하게 딸린 별간으로 이루어져 있었다.

고풍스러운 외양과 달리 신혼집 내부는 일식과 양식이 혼재돼 있다. 마루를 깔고 장지와 미닫이를 달아 공간을 분할한 것은 일본식이요, 큼직큼직한 방에 입식 가구를 갖춰 놓은 것은 서양식이다. 이 층으로 올린 본채는 복도며 계단까지 번듯하고 널찍했는데, 유리를 끼운 창호로 볕이 쏟아져 온종일 환하게 채광이 좋았다.

시아버지가 특히 심혈을 기울였다는 석정은 후원에 있다. 용안사를 모방한 듯한 마른 정원은 바닥 전체에 백사를 깔아 한여름에도 숫눈이 쌓인 것 같았다. 백사부터 정원사까지 온통 내지에서 공수해 왔다는 후원에 조선의 것이라고는 금강산에서 채석한 바위 하나와 조선식 석등뿐이다.

그 석등을 처음 보고 미나는 웃었는데, 일본 풍물을 그리도 예찬하는 임영환이 저 석등만은 조선의 것을 골랐으니, 그의 눈에도 일본 석등이 어지간히 못난 모양이라 그만 실소가 터지고 말았다. 이 집을 통틀어 유일한 조선식일 저 석등이 일본 문화의 정수라던 석정에 놓여 있는 것 또한 아이러니였다.

본채에서 조금 떨어진 곳에는 별간이 있다. 얼추 자동차 한 대가 들어갈 크기라 차고인 줄 알았지만 준세의 차는 늘 대문 앞에 세워져 있었다. 궁금해서 그가 출근한 뒤 슬쩍 한번 가 보았는데, 문이 잠겨 있지 않아 의외라고 생각했다. 내부에는 아령과 역기, 샌드백 따위 운동기구만 종류별로 놓여 있었다. 문단속을 않는 것이 납득되도록 별 볼 일 없는 공간이었다.

"차 한 잔 드릴까요, 마님?"

응접실 소파에 앉아 뜰을 내다보던 미나가 고개를 돌렸다. 검정 원피스에 하얀 에이프런을 두른 하녀가 진지한 얼굴로 이쪽을 보고 있다.

"스에키."

"예, 마님."

"그 마님 소리 안 하면 안 되겠지?"

앳된 하녀는 당황한 듯 동그란 눈을 한 차례 깜빡였다.

"그럼 무어라 불러요?"

"글쎄. 원래대로 부르는 건 안 되겠고."

"이제 아가씨가 아니시니까요."

"그럼 그냥 미나 씨, 그러면 안 되나."

반쯤은 농담 삼아 한 말인데 스에키는 웃지 않았다. 웃기는커녕 여전히 진지한 얼굴로 조금 허둥대다가,

"그렇게 부르는 건 주인님께서……."

반만 뱉은 말을 삼키듯 입을 꾹 다물었다.

준세는 제 아내를 무척이나 깍듯이 대한다. 안사람에게 꼬박 경어를 쓰는 사내가 있다는 소리를 스에키는 들은 적도 본 적도 없지만 이 집의 주인은 제 아내에게 결코 말을 낮추지 않았다.

그것이야 부부가 된 지 겨우 나흘째라 아직 어색해 그러겠거니 치더라손, 더 놀랍고 민망한 것은 호칭이었다. 하루하라 양. 남자는 사흘 전 제 민적으로 들어온 여자를 여전히 친정의 이름으로 공대했다.

'이제 나도 임미나가 됐네요.'

'조선에서는 부인이 남편의 성을 따르지 않습니다.'

결혼식 날, 준세는 치렁치렁한 웨딩드레스 자락을 추슬러 주며 다정하게 말했다.

'조선의 법도를 따랐다면 백작가의 영예로운 성을 잃지 않아도 되었을 터

라, 그만 안타까운 마음이 들어서.'

조선과 일본의 법도가 다르다는 것쯤 미나도 알고 있었다. 화족의 딸과 결합한 이상 준세 또한 일본 법을 따라야 한다는 것도.

'물론 제국의 법률이니 복종해 마땅하지만 말입니다.'

미나의 귀에 그 말은 마치 선언처럼 들렸다. 법률이 아니었다면 그 어떤 것도, 이름조차도 너와는 공유하지 않았을 거란 선언. 제도의 강제성에 의지한 결합. 이 결혼의 본질은 오직 그 정도에 불과하다고.

"그래, 뭐, 편할 대로 해. 마님이든 아가씨든, 아무려면 어때."

아무려면 어떤가. 하루하라 미나든 임미나든, 남이 나를 어떻게 부르든 내가 나인 것은 변치 않는데. 피차간 셈부터 까 보이고 시작한 관계, 기대할 것도 서운할 것도 없다. 미나는 생각하며 다만 어쩔 줄 모르고 섰는 하녀를 위해 차를 한 잔 청했고, 하녀가 소리 없이 주방으로 물러감으로써 다시 홀로 남게 되었다.

초가을 햇볕이 가득한 뜰로 그녀는 시선을 되돌렸다. 더없이 아름다운, 화창한 날이었다.

결혼식이 열린 날도 이렇게 날씨가 좋았다. 예식은 조선호텔 대연회장에서 성대하게 치러졌다. 신랑 신부가 선을 본 커피숍과 벽 하나를 사이에 둔 연회장이 온 경성의 유명 인사로 바글거렸다.

총독부의 일본인 관료와 중추원의 조선귀족들이 점잔을 빼며 악수를 나눴다. 동척이니 식은이니 일일이 나열하기도 어려운 회사들에서 사장, 취체역, 행장 따위 직책을 지닌 자들이 동부인하여 참석했다. 누런 견장과 번쩍이는 계급장을 단 장교들도 빠지지 않았다.

그 우아한 아수라장 속에서, 미나는 순백의 웨딩드레스에 백조처럼 감싸여 있었다.

생의 본격을 맞은 신부에게 모두의 시선이 집중됐다. 서양 인형 같네요. 어쩜 꼭 자기로 빚은 것 같죠. 신부 대기실의 부인들이 과장되게 찬탄할 때마다 검은색 기모노를 차려입은 유미코가 딸 대신 웃어 주었다. 반쯤 열린 커튼 사이로 가을의 볕이 흩날리고, 신부를 둘러싼 여자들의 말소리가 먼지처럼 흩어졌다.

그때 미나는 거대한 유리창 너머, 어김없이 창밖에 선 황궁우를 보고 있었다. 오색단청으로 치장한 장식품을 바라보며 궁금해했다. 저 망국의 제단은 이 결혼을 축복할까 아니면 저주할까. 황궁우는 입이 없으니 물어도 대답을 들을 수 없는 노릇이지만, 나라면 별로 축복해 주고 싶지 않을 것 같다고 그녀는 생각했다.

대기실에 볼모처럼 갇혀 있던 신부와 달리 신랑은 연회장을 누비며 손님들을 맞았다. 여느 때처럼 훌륭히 사교적으로, 조금은 수줍은 듯, 백작가의 사위이자 자작가의 후계에 걸맞은 품위를 잊지 않고. 턱시도로 신랑의 예장을 갖춘 준세는 영화 속 배우처럼 위화감이 없었다. 비슷비슷하게 꾸민 사람들 틈에서도 그는 유감없이 돋보였다.

그 남자의 팔짱을 끼고 행진하는 동안 미나는 아무 생각도 하지 않았다. 기쁠 이유도 없지만 슬플 까닭은 더더욱 없었다. 오히려 코르셋으로 조인 가슴이 꽤나 세차게 울렁거렸다. 발칙스러운 거래든 제도에 의지한 결합이든 그들의 결혼은 현실이었다. 성이 바뀌고 집이 바뀌고 동거인이 바뀌는 일상의 대변혁이었다.

결혼. 그제야 걷잡을 수 없이 기분이 묘해지면서, 혹 내가 엉뚱한 일을 저지른 건 아닌가 뒤늦게 조금 꺼려지는 마음이 들었다.

"흠."

미나는 괜히 목을 가다듬는다. 왼손 약지에 낀 다이아몬드 반지가 이물처럼 새삼스럽다. 오른쪽 엄지와 검지로 보석을 만지작대면서 그녀는 회상을 이어 갔다. 하객들의 열렬한 갈채 속에 행진하던 것을 떠올렸다.

어깨를 펴고 오직 앞으로, 앞으로만 걷던 모습.

베일 속에서 두 눈을 내리깔고 걷는 동안 미나의 신경은 온통 손끝에 가 있었다. 오른손으로 붙든 남자의 왼팔. 매끄러운 턱시도 아래 단단한 육체. 그 감촉에 온 정신을 집중한 채 손가락에 힘을 주었었다.

지금 생각해도 왜 그랬는지 모를 일이다. 왜 그렇게 그 팔을 생명 줄이라도 되는 양 꽉 붙들었는지. 낯선 사람들의 시선 속에서, 치렁치렁한 드레스와 높은 구두를 극복하려 애쓰는 동안, 의지할 수 있는 단 하나의 대상이라 그렇게 필사적으로 붙잡았을까.

"옥로차예요, 마님."

하녀의 기척에 미나는 비로소 상념을 접었다.

"침실로 가져다줄래? 거기서 마실게."

"예, 마님."

소파에서 일어나 방으로 향했다. 침실에 들어가 후원 쪽으로 난 장지문을 열었다. 벽면 하나를 채운 문이 밀려나자 석정의 새하얀 백사가 눈부셨다. 임무를 다한 하녀가 물러가고, 미나는 다시 혼자 남겨졌다.

산속의 신사처럼 고즈넉한 집. 이 집은 지나치게 적요하다.

달랑 부부만 사는 집이 소란할 일도 없겠으나 출근한 남편이 돌아와도 적막은 물러가지 않았다. 밤이 되면 고요는 오히려 침잠하듯 더욱 깊게 가라앉았다. 저녁 식사 시중을 마친 하녀들이 별채로 건너가고 나면 젊은 남녀는 단둘이 남겨지지만, 이곳에서는 신혼집에서 벌어지리라고 마땅히 기대되는, 은밀하고 외설적이며 때에 따라 다소 소란스럽기도 한 그런 일들은 결코 일어나지 않았다.

결혼 나흘째. 준세는 미나에게 손끝 하나 대지 않고 있다.

그들은 번거롭다는 핑계로 신행을 마다하고 결혼식을 치른 호텔에서 첫 밤을 보냈다. 가장 호화롭다는 이백일 호 스위트에서 미나는 화장을 씻어 내고 한참 동안 목욕을 했다. 몇 번이나 손을 멈추고 심호흡하며, 초야에 대한 두려움과 약간의 만용을 번갈아 품었다.

곧 스물두 살이 되는 건강한 여자에게 두려움보다 큰 것은 호기심이었다. 제 것의 두 배는 족히 됨직한 손과 우람한 어깨와 허벅지의 부푼 근육 같은 것들에 대한 본능적인 끌림이었다. 합리성으로 설명할 수 없는 그것은 이성의 바깥에 도사린 인력이었다. 속내야 어쨌건 결혼은 사실이었다. 미나는 그를 거부하지 않을 작정이었다.

그러나 준세는 목욕을 마치고 나온 여자를 다름없이 바라보더니, 매너 좋게 침실을 양보하고는 응접실로 건너갔다. 그리고 날이 밝을 때까지 없는 사람 시늉이라도 하는 것처럼 기침 소리 한번 내지 않았다.

'남편 노릇 해 줄 필요 없어요. 강요할 생각 없고 원하지도 않아요.'

그는 과연, 남편 노릇 같은 건 결코 하지 않기로 마음먹은 모양이었다.

미나는 안락의자에 등을 기댄 채 차를 한 모금 마셨다. 눈앞에 펼쳐진 마른 정원은 정지한 세계처럼 생기가 없다. 하얀 모래와 검은 암석, 틈새에 낀 암녹색 이끼. 완벽히 멎은 그 화면을 그녀는 감흥 없는 눈으로 바라보았다.

그때 딱새 한 마리가 날아와 석등 위에 앉았다. 가슴이 노랗고 날개가 검은 자그마한 새는 석등 위에서 꽁지를 까불대며 고개를 갸웃거린다. 박제품 같던 석정이 일순 활기를 띠었다.

지켜보는 여자의 입가에도 미소가 돌았다.

미나는 가슴을 부풀리며 숨을 들이마셨다. 상큼한 공기 속에 섞인 흙내와 나무 향. 선선한 대기에서 샌프란시스코와 비슷한 냄새가 났다. 순간 밑도 끝도 없이 외로워져, 따뜻한 찻잔을 움킨 손에 힘을 주었다.

여름내 뜨겁게 달아올랐던 경성은 이제 가을 속으로 식어 가고 있다. 한 번도 달구어진 적 없는 신혼의 침실은 서늘한 숲의 입김으로 가득하다. 미나는 저도 모르게 어깨를 움츠렸다. 얇은 스웨터 한 장 걸친 몸이 소슬했다.

바야흐로 가을이었다.

동양척식주식회사의 근무제는 하루 여덟 시간이다. 국제협약이 정한 바를 충실히 따른 기준이지만 극동의 주민들은 본래 필요 이상으로 근면하여, 정해진 시간만 채워 일하는 이는 거의 없었다. 관리부 주임 임준세는 그런 의미에서도 사내에 썩 유명했다.

그는 오전 아홉 시 반에 출근해 오후 여섯 시에 퇴근한다. 점심시간마저 정확히 삼십 분 제하고 에누리 없는 여덟 시간 근무를 한 뒤 시곗바늘이 수직으로 시계판을 가르는 순간 펜을 놓고 일어나 웃옷을 걸친다. 동료들은 두 눈 시퍼렇게 뜬 상사 따위 아랑곳 않는 배짱과, 모두가 자리를 지키는 중에 홀로 퇴근하는 뻔뻔함과, 그럼에도 트집 잡을 수 없는 그 일 처리 능력을 속으로 다 몹시 부러워했다.

준세가 일하는 관리부는 농민들에게 소작료를 거둬들이고, 소작권을 주거나 박탈하고, 소작료 납부 현황을 일목요연히 통계하는 따위 업무를 한다. 정해진 규정에 따라 집행만 하면 되는 일들이라 기획력도 창의력도 별 발휘할 필요가 없는 부서였다. 게다가 회사 전체로 보면 대부업과 증권업에 비해 토지관리는 더 이상 주력사업이 아니라서 관리부의 업무는 그나마 많지도 않았다.

대한제국 시절 세워진 동척은 조선의 농토와 임야를 아귀처럼 매입했다. 땅

팔기를 주저하는 자작농에겐 땅을 담보로 융자를 주고 높은 이자를 매겨 야금야금 땅을 넘겨받았다. 그렇게 차지한 농지를 일본인에게 되팔아 반도로의 이민을 장려했는데, 그 활약에 힘입어 조선에는 이제 일본인 지주들이 거미줄처럼 퍼져 있다. 20년도 채 못 된 사이의 일이었다.

조선인의 팔 할은 농민이다. 그 농민의 팔 할이 소작농이고 그중 절반은 소출의 반 이상을 지주에게 바쳐야 한다. 변변한 찬도 없는 판에 곡식은 아무리 아껴 먹어도 보릿고개가 금방이었다. 굶으며 일할 수 없으니 빚을 얻어 입에 풀칠을 하고, 간신히 추수 맞아 소작료 바치고 봄에 진 빚 갚고 나면 남는 것은 해마다 더 적어졌다.

부쳐 먹던 땅이나마 빼앗기지 않으려 아등바등하다 보면 아들은 머슴살이 딸은 첩살이다. 이 악물고 입을 덜어도 가난은 깊은 수렁이라 헤어날 길이 요원했다. 견디다 못해 고향을 등지고 만주로 터전을 옮겨 보아도 척박한 벌판에서 고생은 한가지였다. 일평생 몸이 부서져라 일한들 흙 한 줌 제 것으로 하지 못한 조선인은 농노와 같았다. 실로 가축보다 나을 게 별로 없었다.

그 모든 비탄과 한숨과 통곡의 꼭대기에 동척이 있다.

짧아진 가을 해가 뉘엿뉘엿했다. 으리으리한 사옥 지붕 위로 해거름의 탁한 빛이 스며들었다.

"먼저 들어가 보겠습니다."

준세는 오늘도 정확히 오후 여섯 시에 회사를 나섰다. 후문을 통해 빠져나와 늘 같은 자리에 둔 자동차에 시동을 걸었다. 아버지는 채신머리없다며 혀를 차기 일쑤였으나 그는 운전수를 따로 두지 않았다. 능숙하게 차를 몰아 주차장을 빠져나가자 입구를 지키던 경비원이 거수경례를 붙였다.

가스등이 켜진 황금정 거리는 금빛으로 찬란하다.

넓게 닦인 도로 위를 그는 거침없이 주행했다. 독일에서 들여온 검은색 사륜차가 황혼을 갈랐다. 가을바람 스산한 경성에는 머잖아 어스름이 내릴 것이다. 본정행 전차가 들어오면서 댕댕댕 종소리를 내자 소달구지 끌던 사내가 고삐를 당겨 길옆으로 비켜섰다. 전차 안에는 퇴근한 사람과 하교한 학생으로 가득했다.

동경에서 고등학교를 졸업한 직후 준세는 조선으로 돌아왔다. 제국대학으로 진학이 보장된 형편이었고 집에서도 대학 가기를 강권했으나 그는 일본 땅에 더 머물 생각이 없었다. 해협을 건너 부산에 도착하자마자 백산무역주식회사를 찾아갔다. 스무 살의 겨울. 백산 선생과는 두 번째 만남이었다.

'지피지기라. 상대를 알고 나를 알면 백전백승이라 하였네.'

그때, 마흔이 채 못 되었던 선생은 청년이 되어 찾아온 준세를 담담히 맞았다.

'자네는 스스로부터 먼저 알게. 적을 알아도 나를 모르면 번번이 흔들리게 되지. 평온한 시절이라면 모를까, 작금 같은 난세에 그런 자가 해낼 일은 아무것도 없다네.'

경성으로 돌아온 준세는 말단 사무원으로 동척에 입사했다. 귀족가 자제가 특혜 없이 취직했다며 청렴하단 소리까지 들었다. 동척 입사는 체제에 대한 충성의 증명이요, 넓은 의미에서는 일종의 가업승계이기도 했다.

준세의 조부는 멸망한 제국에서 대신을 지낸 사람으로 동척의 창립 위원 중 한 명이었다. 국권 이양의 공을 인정받아 남작의 작위를 받았고 그 아들은 더욱 착실히 친일하여 자작으로 승작되었다. 경성의 귀족들이 준세를 두고 백작위를 노린다 수군대는 것도 무리는 아닌 것이 그 집안의 내력이 원체 그러했다. 백산 같은 이에겐 작금의 조선이 난세라지만, 임가와 같은 가문에는 절호기회요 태평성세였다.

"어이, 야마모토! 여기!"

"아, 늦어서 미안하네."

자동차는 흥청거리는 본정을 지난다. 밤을 앞둔 본정에서는 벌써부터 향락의 냄새가 풍기기 시작했다. 주점과 카페, 양장점과 양품점이 즐비하게 어깨를 맞댄 거리에 가스등이 환하게 들어와 있었다. 처마 밑에 매달린 일본식 제등도 석류알처럼 빨갛게 불을 밝혔다.

"어서 오십시오!"

"네 사람 자리 있나?"

"예, 예, 물론입지요. 이쪽으로."

준세의 차는 사방에 흥건한 웃음과 인사, 대화들을 스쳤다. 본정 입구를 지나 천천히 주행하는 사륜차를 행인들이 힐끔거렸다. 기모노와 양장 차림의 남녀들. 번쩍이는 박래품에 대한 경탄의 시선들. 그러나 운전석에 앉은 사내는 그 어느 것에도 눈길을 주지 않는다.

그는 한 손으로 운전대를 쥔 채 오직 정면만을 보았다. 화려한 상점의 조명에도, 요란하게 꾸민 여자들에게도 미동 않던 눈동자가 어느 순간 오른쪽으로 움직였다.

리버티.

환하게 불이 들어온 간판 아래 양장을 한 청년 무리가 입장하고 있다. 단골손인지 찬이 직접 입구까지 나와 굽실대며 맞이하고 있었다. 장사꾼의 웃음으로 활짝 핀 얼굴. 준세는 짧게 그를 일별한 뒤 곧 아무렇지 않게 시선을 거뒀다.

백산무역 경성지점은 결국 지난달 문을 닫았다.

회사는 수년째 결손을 면치 못하고 있다. 이문을 남기기 위해 설립된 곳이 아니니 어찌 보면 당연한 일이었다. 직원들 월급 주고 세금 내고 남는 돈은 탈탈 털어 만주와 상해로 보내는데, 동전 한 닢 남지 않아도 주주들을 붙잡아 두려면 배당금도 꼬박 지급해야 했다.

그러다 회계에 구멍이 나면 최 사장이 막아 주었다. 경주 최 부잣집 재력이 아니었다면 백산은 애저녁에 파산하고 말았을 것이다. 그가 사재를 담보로 수없이 은행 융자를 받았으나 독립 자금이란 밑 빠진 독에 물 붓기와 진배없어서, 쌓여 가는 적자에 허덕이던 중 결국 감사역 하나가 경영진을 상대로 공금 횡령 소송을 걸기에 이르렀다. 회사 돈이 뭉텅이로 사라진 건 사실이니 횡령은 횡령이었다.

복심에서 패소 후 중역들이 한꺼번에 물러나 사장직은 공식적으로 1년째 공석이다. 극심한 경영난에 경찰의 압박까지 심해져 활동 범위가 갈수록 좁아지고 있었다. 어지간히 무던하던 당원들도 이제는 불안을 감추지 못했다.

'지점 닫자마자 놈들이 쳐들어와 한바탕 난리를 쳤습니다. 경찰 놈들 등쌀이 여간 아니에요. 최 사장님, 그 강고한 어른께서도 당분간 바짝 숙이라 당부를 하실 정도니 말 다 했지요. 경성 당원들도 부디 몸조심하라 하셨습니다.'

마지막으로 본 윤식은 한 달 전보다 강파르게 보였다. 폭염 다 지나고 가을이 오는데도 그만은 여전히 화염 속에 사는 것 같았다. 윤식은 쫓기는 사람처럼 전언을 쏟아 놓은 다음 잠깐 입을 다물었다가,

'혼인 축하드립니다.'

꾸벅 인사를 하고는 채 붙잡을 새도 주지 않고 사라져 버렸다. 그리고 사흘 뒤 결혼식을 치를 때까지, 그것이 준세가 당원으로부터 받은 유일한 축하였다.

부산의 백산도 경성의 황찬도 그의 결혼을 축하하지 않았다. 왜인과의 결합을 축복할 수도 위로할 수도 없어 모두가 차라리 아무 말도 하지 않는다는 것을 준세는 알고 있었다. 그러니 서운하거나 서글픈 마음은 전혀 없었다. 그는 하루라도 빨리 경무국에 접근해야 했고 본가의 시야에서 벗어나야 했다. 생에 마지막이 될 업무로 속히 뛰어들 발판이 필요했다.

하루하라 미나와의 결혼은 그런 의미에서 최선의 선택이었다.

'남편 노릇 해 줄 필요 없어요.'

결합 없는 결혼 생활. 목적을 위한 한시적 동거. 그것은 확실히 괴상한 관계였으나, 준세가 보기에 여자는 별 무리 없이 수긍하는 것 같았다.

그러니까 문제는 그 자신이다.

하루하라 미나를 볼 때마다 그는 기이한 경험을 했다. 그것은 꽤 모호하고 복잡한, 말로 설명하기에 좀 난해한 느낌이지만 요컨대 시선의 문제라고 할 수 있을 것이다.

여자가 시야에 들어오면 시선이 뜻대로 통제되지 않았다. 탄성 좋은 고무공처럼 이리저리 엉뚱한 방향으로 튀었다. 치맛단 아래로 뻗은 다리와 발목의 뼈마디, 어린 가지처럼 날렵한 손가락. 특히 보얀 뺨. 완만하고 둥근 광대 아래 희미한 솜털이 돋은, 크림 냄새를 풍길 것 같은 그 여린 살결로 걷잡을 수 없이 눈길이 가는 것이다.

그럴 때면 마치 살얼음이 앉듯 몸이 경직됐다. 눈에 닿은 여자의 모습에서 저도 모르게 다른 감각을 연상했다. 감촉, 냄새, 소리 같은 것. 멋대로 엄습한 상상은 당혹스럽도록 생생했다.

그 지경까지 이르면 급기야 불편해져서 자리를 피한 적도 있었다. 신혼집에 들어온 지 불과 나흘째. 여자와의 동거에 대해 아무 생각 없던 준세는 예상치 못한 복병을 만나 고전하는 기분이다. 이래저래, 도무지 편치 않은 여자였다.

그러나 한집에 살게 된 이상 피할 수도 없는 여자.

그는 대문 앞에 차를 세우고 시동을 껐다. 회사에서 집까지는 여유를 부려도 십오 분이면 충분했다. 조수석에 둔 서류 가방을 들고 차에서 내리자 기다렸다는 듯 대문이 열렸다. 퇴근 시간마다 뜰에 나와 기다리기라도 하는 건지. 덕분에 준세는 지금껏 한 번도 초인종을 누를 기회가 없었다.

"오셨습니까, 주인님."

스물이 채 되지 않았을 왜소한 하녀가 허리를 깊이 숙여 그를 맞았다. 주인님이라는 일본어 호칭이 거슬렸으나 아무 말 하지 않았다. 신혼집에 기거하는 사용인은 그가 본가에서 데려온 조선인 찬모와 백작저에서 보낸 어린 하녀 둘뿐이다. 이름이 스에키[末嬉]라고 했나. 준세는 하얀 에이프런을 두른 하녀의 곁을 말없이 스쳐 대문을 통과했다.

본채 현관에는 중년의 찬모가 서 있었다. 마찬가지로 공손한 환대를 받고 침실로 향했다. 그가 매일 밤 이층 서재에서 자는 것과 별개로 이 집의 침실은 엄연히 하나라서 옷장이며 이불장 모두 그곳에 있었다. 맘 같아선 이층에 따로 방을 꾸미면 좋겠건만 각방 쓴다고 광고할 수도 없는 노릇이고. 그 자그마한 하녀가 백작가에 아무런 말도 전하지 않을 거라고 그는 믿지 않는다. 생각하며 미닫이를 열자마자 안에 선 여자와 눈이 마주쳤다.

"왔네요."

미나가 반기는 척 웃어 보였다. 준세는 의식적인 미소와 함께 방으로 들어가 미닫이를 닫았다. 옷장으로 걸어가 문을 열고 옷걸이를 꺼내는 손길이 자연스럽다.

"금일도 집에 있었습니까."

"딱히 갈 데도 없어서."

"날씨가 좋던데."

"그렇더라고요. 이런 날은 참 일하기 싫었겠어요."

"집에서 종일 뭐 했는데요."

"시간 죽였죠. 정원도 내다보고 차도 마시고. 아, 책도 읽고."

말하며 그녀가 침대 위에 놓은 책을 들어 보였다. 옷걸이에 웃옷을 걸어 옷장 안에 넣은 남자가 그쪽으로 힐끗 고개를 돌렸다. 두툼한 양장본은 거리가 멀어 제목을 읽을 수 없다.

"심심해 죽는 줄 알았어요."

여자가 푸념하며 생긋 웃었다. 부드럽게 휜 눈매에 준세의 눈길이 멎었다.

"명일부터는 시가 구경이라도 하지요. 경성에 더 이상 볼 게 없다면 인천이나, 개성 같은 곳도 짧게 다녀오기 좋을 겁니다. 곧 단풍철이니 단풍 구경도 괜찮을 거고. 자동차는 언제든 준비할 테니."

살뜰히 생각해 주는 척 제법 정성스러운 얼굴이다. 그러나 시가 구경이든 단풍 구경이든 결국은 너 혼자 가라는 소리. 대꾸 없이 쳐다만 보는 여자에게 준세가 모르는 척 싱긋 웃었다.

"밥 먹읍시다. 배고픈데."

망설임 없이 미닫이를 열고는 앞장서 침실을 나섰다. 홀로 섰던 미나도 그의 뒤를 따랐다. 식당에는 두 명의 하녀가 저녁을 차려 놓고 대기 중이었다. 김이 오르는 국그릇에서 일식 된장 냄새가 달큼했다.

신혼집의 저녁 식탁은 대체로 일본식이다. 나무로 만들어 옻칠을 한 밥공기부터가 그랬다. 조선인 찬모는 자작가에서 오래 일한 사람이라 일본인 상전을 모셔 본 일이 없는데도, 사전에 따로 공부를 한 건지 끼니때마다 그럴듯한 상을 차려 냈다.

내지 출신 마님을 위해 매운 음식은 피하는 모양이었다. 특기인 고추장 주물럭이 불고기로 바뀌었고 생선조림도 고춧가루 없이 간장으로만 간을 했다. 빛깔이 좀 붉다 싶은 음식은 작은 종지에 담아 준세 앞에만 놓는다.

"회사 일은 바쁘지 않아요?"

"시급한 업무를 다루는 부서가 아니라 바쁠 건 없습니다. 동경 본사에 올릴 보고서 작성하는 정도가 제일 큰일이니까."

"그래서 퇴근 시간이 칼이구나."

"오래 있는다고 월급 더 주는 것도 아니라서."

준세가 대답하자 미나가 피식 웃었다. 마주 앉아 식사하는 남녀는 그리 어색하지 않았다. 식탁에서 그들은 그나마 가장 부부처럼 보였다.

"그런데 왜 하필 동척이에요?"

여자가 물으며 생선조림으로 젓가락을 가져간다.

"거기가 조선에서 두 번째로 좋은 직장이라고, 전에 말했던 것 같은데."

막힘없이 대답한 그가 된장국을 훌쩍 마신다.

"동척에서 일하는 조선인이 많은가요?"

"많지는 않으나 없는 것도 아닙니다. 감사역 중에도 한 분 계시고."

"불편하지 않아요?"

"뭐가 말입니까?"

되묻는 남자는 뻔뻔스럽도록 천진한 얼굴이었다. 커다란 손이 동그스름한 국그릇을 소리 죽여 식탁에 내려놓았다. 일본식 식사 예절이 잘도 몸에 배었다. 도대체 이 남자는 왜 이렇게 사사건건 얄미운지. 미나가 눈을 가늘게 떴다.

"그런 데서 일하는 거, 나라면 별로 편치 않을 것 같아서."

준세는 항상 웃고 있다. 서글서글, 언죽번죽, 뻔뻔하게 잘도 웃는다. 상현달을 눕혀 놓은 것처럼 호선을 그린 입술은 날 때부터 저리 생긴 게 아닐까 싶도록 천연스러웠다.

천박하지만 신분에 걸맞게 비굴하지는 않은, 과장 없이 잔잔한 웃음. 그러나 저 미소를 걷어 내면 지독히도 건조한 얼굴이라는 걸 미나는 알고 있다. 처음으로 눈이 마주친 순간, 너무나 강렬해 숨을 멎게 했던 그 형형한 눈동자도.

그래서 미나는 그가 웃지 않기를 바랐다. 화가 나게 만들어서라도 미소를 잃게 하고 싶었다. 화나게 만들고 싶다니. 스스로 생각해도 참 이상한 욕구였으나 그녀는 그 얼굴을 다시 한번 보고 싶었다.

건조하고 차가워 깨질 것 같던 얼굴.

"시중에 우리 회사에 대한 오해가 많은 편이긴 합니다."

"오해라."

"착취니 수탈이니, 그런 건 자본 운영을 모르는 이들이 하는 말이지요. 정명한 방법으로 거래한 결과를 그리 매도하니 안타까울 뿐이고."

한마디로 자본주의가 뭔지 모르는 겁니다. 대수롭지 않은 말투로 준세가 덧붙였다. 자본주의. 경제학을 전공한 여자는 소리 나지 않게 젓가락을 내려놓았다.

"그런 게 자본주의라고 생각해요?"

"제국 정부는 조선인들의 토지 소유권을 인정했습니다."

"동척의 매수권도 인정했죠."

"정당한 값을 치르고 사들였으니 또한 합법적인 거래였고."

"정당한 값이라는 건 누구의 기준인데요? 법을 만든 사람은 또 누구고요?"

"하루하라 양은 공산주의를 추종합니까?"

"뭐라고요?"

"시장의 자연스러운 이치를 부정하는 게, 내 귀엔 어째 공산주의자의 웅변처럼 들려서."

이 남자가 정말. 미나는 허공을 향해 기가 찬 웃음을 뱉었다. 등 뒤에 선 하녀들이 긴장하기 시작한다.

"힘의 논리가 작용한 거래가 정당할 수 있나요?"

"시장에서 자본은 최대의 힘이지요. 어떤 계약이든 자본을 지닌 쪽이 유리한 건 사실이지만, 그게 정당하지 않다고 한다면 현 경제체제에서 과연 어떤 거래가 정당할 수 있을지 모르겠군요."

"지금 돈의 힘을 말하는 게 아니잖아요."

쏘는 듯한 여자의 눈길에 제법 푸른 날이 섰다. 그를 대하는 준세는 여전히 흥미로운, 또는 흥미를 가장한 얼굴이다.

"자본주의는 자유를 전제로 하는 거예요. 내가 조선의 사정은 잘 모르지만, 동척이 국책기업이라는 건 알거든요."

말을 이을수록 미나는 뱃속 어딘가가 뜨거워졌다.

"경제는 유기적인 체계라 지나치게 기울면 결국 전체가 침몰해요. 이치를 아는 농부는 결코 제 땅을 혹사시키지 않죠. 사과 농사 짓겠다면서 나무를 뿌리째 뽑으면 되겠어요? 그런 자들이야말로 자본주의가 뭔지 모르는 것 같은데."

한번 터진 말들이 주체할 수 없이 쏟아졌다. 남자의 시선은 여전히 여자의 눈동자.

"아니면, 나무 따위 말라 죽어도 상관없다고 생각하거나."

말을 맺은 미나가 가슴을 크게 들썩였다.

심장이 마구 뛰었다. 뜨겁게 끓어오른 피가 목구멍 아래 부글부글 차는 것 같다. 가슴속 우뚝 솟은 기둥에 누군가 쿵 하고 도끼날을 박은 기분이었다. 소중한 무언가가 공격당한 느낌. 자존심, 자긍심, 혹은 정의감 같은.

급류 같은 감정을 추스르며 그녀는 생각한다. 자존심, 그래 이건 자존심이다. 유학까지 한 경제학도 앞에서 자본주 운운하니 도대체 기가 막혀서.

나더러 공산주의자냐고? 저는 제국주의자 주제에. 자본주의와 식민주의도 구분 못 하는 주제에. 입 속으로 마구 뇌까리며 미나는 등 뒤에 선 하녀에게 손짓을 했다. 입맛이 달아나 식사를 계속할 마음이 없어졌다.

"스에키, 나 물 좀."

"예, 마님."

준세는 여전히 말없이 여자를 지켜보았다. 하녀가 건네준 유리잔을 움켜쥐는 손. 입술을 대고 조금 급하게 마시는 모습. 반쯤 비운 물잔을 식탁 위에 탁 내려 두는 것까지 곰곰이 지켜보았다.

미나가 다시 저를 마주 볼 때까지 그는 입을 열지 않았다. 대꾸할 말을 찾는 중인지, 반박할 마땅한 말이 없어서인지. 그도 아니면 그저 더 논쟁할 마음이 사라졌는지.

잘 차려진 음식을 앞에 둔 채 두 사람은 잠시 침묵했다.

미나는 남자를 바라본다. 사뭇 도전적인 눈길로, 최대한 냉소적으로 보이려 노력하면서. 예상 못 한 반격에 그는 좀 당혹한 것 같았다. 입가의 미미한 웃음기가 여전했으나 눈가엔 조금 다른 빛이 묻어 있었다.

경멸도, 비웃음도, 수용도 아닌 모호한 것.

그러나 그 기색은 아주 잠깐 머무른 뒤 사라졌고 곧 침묵만이 어색하게 이어졌다. 미나는 남자가 더 이상 이 화제를 이어 갈 의사가 없다는 것을 알아차렸다.

"스에키."

한참 만에 입을 연 준세의 첫마디는 의외였다. 미나는 제 등 뒤를 바라보는 남자를 미심쩍은 눈으로 보았다. 예, 주인님. 하녀도 긴장한 듯 얼른 대답하며 한 발 앞으로 나섰다.

"조선식 이름이, 말희인가."

미나는 저도 모르게 미간을 좁혔다. 일순 기이한 정적이 흐르는 집 안에서 태연한 사람은 준세뿐이었다. 어린 하녀는 사색이 되고 중년의 찬모는 입을 다물었다. 대문부터 후원까지 온통 일본식인 집. 이 집에 정작 일본인은 단 한 명뿐이란 사실은 그 한 사람을 제외한 모두가 알고 있었다.

"죄, 죄송합니다!"

대죄를 청하듯 고개를 꺾은 하녀를 미나는 말없이 바라보았다. 아니, 말을 잃었다는 표현이 더 정확할 것이다. 조선인의 완벽한 일본어와 태도가 놀라웠고, 경성에서 만난 하녀를 당연히 일본인이라 여겼던 그녀 자신 또한 놀라웠다. 그나저나 이 애는 뭐가 죄송하다는 걸까. 조선인인 것이? 저를 일본인으로 오해하게 한 것이? 아니면 완벽한 일본인 시늉에 실패한 것이?

바닥에 엎드려 오체투지라도 할 것 같은 하녀를 보면서 미나는 놀란 기색을 드러내지 않으려 애썼다.

"말희."

"⋯⋯예, 나리."

남자가 부르자 하녀가 기어들어 가는 조선어로 대답했다. 미나를 의식한 듯 준세는 아무렇지 않게 일본어로 말한다.

"명일부터는 밖에서 기다리지 말아요. 초인종을 괜히 달아 둔 게 아닙니다."

그리고 미나는 식탁 앞에 굳은 듯 미동 없이 앉은 채로, 조선말과 일본말 사이 갈팡질팡하는 어린 하녀와, 그 하녀에게 꼬박 경어를 쓰는 남자를 가만히 듣고 있었다.

일본에는 저보다 아래인 사람을 존대하는 사내가 없다. 적어도 미나가 아는 바로는 없었다. 일본인들은 상하 관계가 뚜렷해 복종하고 복종을 요구함을 당연시한다. 하루하라 백작 같은 권위적인 사람은 물론이고 히타로처럼 서양식 사상과 예절에 익숙한 남자도 예외는 아니었다.

그러니 저토록 유려한 일본어로 하녀를 존대하는 남자라니. 순간 지극한 위화감이 들어 미나는 그만 목덜미가 사늘해졌다.

여기는 동경이 아니다. 완벽한 일본어를 구사하는 이들은 그러나 일본인이 아니다. 이곳은 경성이다. 주인으로 불리며 행세하고 있으나, 이 땅에 진정으로 속하지 않은 사람은 또한 하루하라 미나 하나뿐이다.

이 남자도 지금 나한테, 그 말을 해 주고 싶은 걸까.

"식사 마저 합시다. 국 다 식겠는데."

준세가 젓가락을 든 채 가볍게 웃어 보였다. 하녀들은 등 뒤에서 가지런히 대기 중이었다. 그러나 미나는 그와 마주 웃지도 식사를 계속 하지도 않았다. 입 안이 깔깔해 아무것도 먹고 싶은 생각이 없었다. 앉은 자리에 자갈이 깔린 듯 몹시 불편했다.

대책 없게도 샌프란시스코가 그리워졌다.

당장 그리로 돌아갈 수 없다면 잠깐이라도 달아나고 싶다. 아무도 없는 곳으로. 커다랗고 텅 빈 침대가 놓인 부부 침실로라도. 후원을 향해 둔 안락의자에 앉아 석정의 석등을 바라보고 싶다. 그곳은 사원처럼 적요하고 고독한 곳이지만, 귀여운 딱새 한 마리가 날아와 준다면 그리 외롭지는 않을 것이다.

그런 생각들을 하며 미나는 아무렇지 않게 식사하는 남자를 바라보았다. 상대를 남겨 두고 먼저 일어서기엔 몸에 밴 예절을 차마 거스를 수 없었다. 그래서 그녀는 별수 없이 앉아 있다. 남자가 식사를 마칠 때까지. 이 모든 상황 속에서도 불편한 기색 없는 남자를 속으로 부러워하면서. 나는 왜 저처럼 뻔뻔할 수 없는가 조금 한심히 여기며.

그리고 생각했다. 별것 아닐 거라 여겼던 경성에서의 1년은, 어쩌면 지나치게 긴 시간이 될지도 모르겠다고.

가을볕이 유난한 날이었다.

새파란 하늘에 하얀 구름이 산맥 같았다. 키 작은 관목과 분재들 사이로 매화나무가 노랗게 얼룩지고 있다. 바람이 지날 때마다 수천 개의 잎사귀가 은빛으로 반짝였다.

오후 들어 해가 제법 뜨거워지자 하녀들이 집 안의 직물을 거둬 널었다. 바지랑대로 지탱한 빨랫줄에 이불과 수건, 카펫이 순서대로 내걸렸다. 탁, 탁, 기다란 장대로 먼지 터는 소리. 규칙적인 그 소리가 신혼집의 적막을 잠깐 흔들어 놓았다.

하루하루 지날수록 낮의 길이는 야금야금 짧아지고 있다. 정오 즈음 펼친 책을 다 읽기도 전에 바깥에는 벌써 볕이 쇠해졌다. 요즘 미나가 몰두하는 시간 죽이기 방법은 단연 독서다. 단골로 가는 서림이 생기면서 책이 한 권 두 권 늘어나더니, 이제 슬슬 침실 바닥에 탑처럼 쌓이기 시작했다.

짧은 해가 지고 창백한 달이 뜨면 숲속에서 도롱도롱 벌레가 운다.

미나는 읽고 있던 책에서 눈을 뗐다. 마룻바닥을 디디는 발소리가 다가오고 있다. 남자는 체구에 비해 조용히 움직이는 편이지만 이 시각의 집 안은 워낙 고요해서, 자그마한 소리도 충분히 공기를 흔들었다.

사내의 걸음은 침실 앞 복도를 지나 일층 끝에 위치한 욕실 쪽으로 멀어졌다. 이어 드르륵 미닫이 열리는 소리. 저도 모르게 귀를 기울이던 여자가 탁상시계로 눈을 돌렸다. 역시나 시곗바늘은 정확히 밤 아홉 시를 가리키고 있었다.

그의 하루는 놀랍도록 단조로웠다. 식도원의 하야시라더니, 그 멋들어진 별칭이 무색하도록 준세는 꼬박 집에서 저녁을 먹었다. 요릿집과 카페 순회가 시들해진 탓인지, 집에 있는 여자를 의식해서인지는 모를 일이다. 어쩌면 그 아버지를 의식한 탓일 수도.

준세는 매일 저녁 여섯 시를 조금 넘겨 귀가한다. 마주 앉아 식사를 한 후에는 곧장 이층 서재로 올라간다. 거기 틀어박혀 뭘 하는지 미나로선 알 수 없고 궁금하지도 않았지만 추측건대 회사에서 가져온 서류를 보거나 신문을 읽거나 할 것이다. 그때쯤이면 하녀들이 별채로 물러가 집 안에는 두 사람만 남겨지고, 달이 돋은 하늘 아래 벌레들이 섧게 울어 대기 시작했다.

목재로 지어진 집은 소리의 흔적을 피할 수 없다. 보통 사람보다 덩치가 큰 사내라면 말할 것도 없었다. 이 집에서 그가 움직이는 동선을 미나는 대부분 들을 수 있다. 계단에 깐 마루가 삐걱대는 소리. 발뒤꿈치가 바닥에 닿으며 쿵쿵 울리는 소리. 욕실 미닫이가 드르륵 열리는 소리. 그 소리들이 가까이 다가올 적마다 그녀는 저도 몰래 숨을 죽이곤 했다.

준세의 일과는 정확했다. 불과 며칠 만에 깨쳤을 만큼 명료한 일정이었다. 미나가 파악한 바에 따르면 그는 한 시간 전 별간에 나갔고, 정확히 한 시간 만에 돌아와 방금 하녀가 받아 놓고 간 목욕물에 몸을 담그고 있을 것이다. 목욕에 소요하는 시간은 약 십 분 내외. 그는 몸을 자주 씻는 편이지만 욕조 안의 시간을 느긋이 즐기지는 않는 것 같았다.

기척에 귀를 기울이던 미나가 붉은색 가름끈을 책갈피에 끼웠다.

읽고 있던 양장본을 덮어 두고 침대에서 내려왔다. 안락의자 위에 둔, 보얗게 개킨 차렵이불 한 채를 품에 안고 침실을 나섰다. 솜을 얇게 둔 이불은 그럼에도 제법 부피가 상당해서 시야를 온통 가려 버렸다. 그녀는 더듬더듬 미닫이를 닫고 맨발로 복도를 걸었다. 남자가 있는 욕실 앞을 지날 때는 도둑처럼 발꿈치를 들었다.

이층으로 향하는 계단을 오르며 다시 한번 마음을 다잡았다. 오늘은 담판을 지어야 해. 결혼하고 보름이 지날 동안 그는 아침과 저녁, 하루 두 번 식탁에 마주 앉는 걸 제외하면 아주 약간의 틈도 주지 않았다. 그러니 불편해서 도저히 살 수가 있어야지. 한집에 지내는 하숙생끼리도 이 정도는 아닐 것이다. 못해도 앞으로 두어 해는 함께 지내야 할 사이, 언제까지 이렇게 소 닭 보듯 지낼 수는 없는 노릇이었다.

그래서 햇볕에 내다 말렸던 이불을 구실 삼아 그를 찾아갈 생각을 해낸 것이다. 목욕까지 마치고 잠자리에 들기 전, 어디로도 도망갈 수 없는 이 시각에.

집의 이층은 거의 서재를 위해 올렸다 해도 믿을 만했다. 규모부터 압도적인 서재 옆으로 다다미 깔린 방이 두 개 더 있긴 하지만 거긴 말 그대로 빈방이라 방석 하나 놓여 있지 않았다. 그러므로 미나는 이층에 올라올 일이 전혀 없었다. 하나뿐인 서재는 엄밀히 말해 공동의 공간인데도 결혼식을 치르기 전, 신혼집을 둘러보러 왔을 때 딱 한 번 텅 빈 내부를 구경했을 뿐이다.

불 꺼진 서재 앞에 선 채로 미나는 잠깐 뜸을 들였다. 품에 안은 이불에서 햇볕에 그을은 먼지 냄새가 났다.

숨을 들이켜며 미닫이를 열자 컴컴한 공간이 입을 벌렸다. 먹물 같은 어둠보다 여자를 압도한 것은 향내였다. 남자가 쓰는 향수 냄새. 흐리지만 확실한 그 향기가 경고처럼 발목을 붙들었다. 여긴 네게 허락된 공간이 아니야. 소리 없는 음성을 미나는 무시했다.

벽을 더듬어 전등 스위치를 올렸다. 충분한 조명이 들어오자 조금 안심이 된다. 미닫이를 닫고 이불을 내려 둘 만한 곳을 눈으로 찾았다. 가죽을 씌운 체스터필드 소파. 그것 외에 몸을 누일 만한 다른 가구는 달리 보이지 않았다. 그녀는 저도 모르게 한숨처럼 콧김을 뱉었다.

두꺼운 가죽을 팽팽하게 당겨 씌운 소파는 결코 침대 대용이 될 수 없는 디자인이다. 그 커다란 덩치를 여기다 구겨 넣는 장면을 상상하자 눈살이 다 찌푸려졌다. 설마 바닥에서 자는 건 아니겠지. 차라리 그쪽이 더 편할 거라는 생각이 들 정도로 소파는 형편없는 대안이었다.

접이식 침대 같은 걸 두면 괜찮을 텐데. 미나는 샌프란시스코 당이모부의 서재에 있던, 책장처럼 세울 수 있는 머피 베드를 떠올렸다. 그리고 미국에서 흔한 그 물건을 조선에서도 구할 수 있을 거라 확신했다. 긴자에 있는 것 중 혼마

113

치에 없는 건 없다고 했으니까.

미나는 불편한 마음으로 소파 위에 이불을 내려 두었다. 그리고 상당히 채워진 서가를 둘러보기 시작했다. 대부분 일본어로 쓰였거나 번역된 책들이고 영어로 된 책들도 심심찮게 섞여 있다. 조선어 서적은 눈에 띄지 않았다. 경제학서, 백과사전, 교양서적, 각종 전집들. 저마다 번듯하게 장정된 책들 사이 끼어 있는, 모서리가 닳은 낡은 책 한 권에 미나의 눈길이 멎었다.

성경전서.

갈색 가죽에 금박을 눌러 입힌 한자를 눈으로 읽은 뒤 별 생각 없이 시선을 돌렸다. 그가 기독교도라는 소리는 들어 보지도 못했거니와 그렇다 한들 어차피 믿지 않았을 것이다. 신앙심이 없어도 성서 한 권쯤 서재에 갖춰 둔 이는 많다. 서양 문물에 대한 찬양을 표현하기에도 그만큼 훌륭한 소품은 없으니까.

서가에 빼곡한 책들을 여자는 계속하여 눈으로 훑었다. 영미권 고전으로 추앙받는 문학작품들이 상당했다. 러시아 작가들의 소설이 많은 것은 의외였는데 특히 톨스토이 전집을 보고 미나는 눈을 의심했다. 그 남자가 레프 톨스토이를 읽는 모습은 도저히 그려지지 않아서, 역시 저건 교양을 과시하기 위한 장식용이 틀림없다고 거의 확신했다. 임준세가 〈사람은 무엇으로 사는가〉를 탐독하는 모습이라니. 차라리 미나가 반야심경 같은 걸 암송하는 장면이 훨씬 그럴듯할 것이다.

임준세가 무엇으로 사느냐 알아맞혀 보라면 오래 고민할 것도 없을 테다. 그는, 제도와 관습이 공인한 그녀의 남편은 한마디로 출세를 위해 사는 사람이다.

'그렇게 출세하고 싶어요?'

'안 됩니까?'

고약하리만치 명료한 그 목표 아래 다른 가치는 별 의미를 갖지 못했다. 그는 모국을 죽인 지배자와 기꺼이 동화될 정도로 의리가 없고, 가문의 이름을 대수롭잖게 여길 만큼 명예를 모르며, 속수무책인 동족을 쥐어짜면서도 천연스럽고 뻔뻔스럽기 그지없었다. 정의감이나 자비심 같은 건 부드럽게 웃으며 묵살할 인간. 이기적이고 교악한 남자. 그러니 그런 남자의 서재에 톨스토이와 성서가 놓여 있다는 것은, 그 위대한 작품들의 입장에서 본다면 일종의 모독이었다.

미나는 반감을 누르며 옆 서가로 고개를 돌렸다. 붉은색 표지를 씌운 양장본이 눈에 들어왔다. 레미제라블. 점입가경이라더니. 그녀가 기어이 미간을 좁혔다.

그 유명한 장편 소설은 영어로 번역된 다섯 권짜리 완역 전집이었다. 발췌본이나 축약본이 아닌 전집으로 이 작품을 소장한 사람을 미나는 처음 봤다. 정확히 말하면 그녀 본인을 제외하고 처음이었다.

그중 한 권을 뽑아 펼친 것은 충동적인 행동이었다. 빳빳한 새 책 냄새가 풍길 줄 알았으나 놀랍게도 밑줄이 그어져 있었다. 파란색 잉크로 강조된 문장들. 칼날 같은 직선이 시선을 낚아챘다.

사랑에는 중간이 있을 수 없다. 파멸과 구원, 둘 중 하나뿐이다.

미나는 저도 모르게 숨을 멈췄다.

그것이 모든 인간 운명의 딜레마.

밑줄 그어진 문장은 그것이 전부였다. 무난한 어휘에 단순한 구조였으나 얼른 해석할 수 없었다. 이런 구절이 있었나. 세 번도 넘게 읽은 책인데 전혀 기억나지 않는다. 잘 안다고 믿었던 대상이 대뜸 낯설게 느껴졌다.

파멸. 구원. 운명.

그때 드르륵 문이 열렸다. 미나는 서가 앞에 선 채로 고개를 돌렸다. 유카타 차림의 남자와 눈이 마주쳤다. 물기에 젖은 머리칼. 습기 머금은 이마. 미간에 옅은 실금과 희미하게 이지러진 눈매.

폭우처럼 가슴이 뛰기 시작했다.

준세는 서재 안으로 들어오지 않았다. 입구에 선 채 여자를 바라보며 아무 말도 하지 않았다. 불쾌감을 누르는 것 같기도 했고, 당황해 말을 잃은 듯 보이기도 했다. 벌어진 유카타 앞섶 아래 맨가슴이 조용히 부풀었다. 저도 모르게 그리로 시선을 준 미나는 곧 제풀에 허둥대며 들고 있던 책을 덮었다.

"아, ……왔네요."

준세가 제목을 확인하듯 책 표지에 눈길을 준다. 미나는 도둑질이라도 들킨 것처럼 뱃속이 뜨끔해졌다. 최대한 아무렇지도 않게 책을 세워서 제자리에 꽂아 넣었다. 심장이 야단스레 쿵쿵대고 있다.

"아까 낮에 볕이 좋아서, 이불을 다 내다 말렸거든요. 그래서……."

미리 가져다 놨어야 했는데. 변명처럼 덧붙이는 여자와 그 여자가 가리키는 차렵이불을 준세가 차례로 훑었다. 불거진 목울대가 한 차례 잠겼다가 다시 솟았다.

그는 대꾸하는 대신 걸음을 옮겨 서재 안으로 들어섰다. 벗은 발이 바닥을 디딜 때마다 목재가 낮게 울린다. 그는 여자로부터 멀지 않은 곳, 그러나 충분히 가깝지는 않은 곳에 멈춰 섰다. 등 뒤의 미닫이문은 여전히 활짝 열린 채였다.

"레미제라블, 나도 이 책 있어요. 그러니까, 미국에요. 짐이 많아서 못 가져왔거든요."

어색한 공기를 흩뜨리려 미나는 짐짓 쾌활하게 떠들어 본다. 그러나 별 소득은 없었다. 그는 불청객이 몹시도 불편하며 어서 나가 주길 바란다는 기색을 숨기지 않았지만 그녀는 모른 척 버텨 보기로 마음먹었다. 언제까지 이렇게 지낼 순 없는 노릇이잖아, 다시 한번 속으로 되뇌면서.

멀지도 가깝지도 않은 거리를 두고 그들은 서로를 마주 보았다.

준세는 나이에 비해 성숙해 보인다. 서른을 넘긴 사내처럼 원숙한 구석이 있는데, 미나는 그것이 밤바다처럼 검은 저 눈동자 때문이라고 생각했다. 검은색은 빛이 가진 모든 색의 총합이다. 가장 화려하고 강인한 색. 어떤 색채를 부어도 물들지 않는 유일한 색. 그 눈을 마주할 때마다 미나는 막연히 막막해지곤 했다.

지금처럼.

"하루하라 양."

침묵 끝에 그가 뱉은 말은 한숨에 가까웠다. 이어 체온이 실린 비누 냄새.

"내가 당신이라면 이 시간에 이런 차림으로, 여기 오지 않을 것 같은데."

준세가 상기시키듯 눈꺼풀을 지그시 내리깔았다. 여자의 몸에 걸친, 허리를 조여 묶은 나이트가운 앞섶을 따라 그의 시선이 죽 흘러내렸다. 노골적인 눈길이 맨살에 닿는 것 같아 미나는 저도 모르게 발가락을 옴찔거렸다.

더불어 뜨거운 모멸감이 와락 쏟아졌다. 그러니까 이건 마치, 야심한 시각에 사내를 유혹하려는 작부라도 된 기분. 그러나 외간 남자도 아니고 한집에 사는, 엄연한 부부 사이에 이렇게까지 거리를 둘 건 또 뭐란 말인가. 순간 울컥 분기 비슷한 것이 치밀어 미나는 목소리 끝을 살짝 떨고 말았다.

"지금 경고하는 거예요?"

"조언이겠지요."

뾰족하게 날을 세운 여자를 향해 준세가 입매를 누그렸다.

"하루하라 양은 물론 친절한 마음으로 배려한 것이겠으나, 점잖지 못한 남자 입장에서는 곡해해 받아들이기 꼭 알맞은 상황이라 그럽니다."

맘 상하게 할 의도는 전혀 없다는 듯 그가 조금 더 능숙한 미소를 곁들였다.

"그러니 부디 오해는 마시길."

그러니까 이 남자는 늘 이런 식이다. 발끈하면 쉽게 물러서고 노기를 보이면 순순히 웃어 버린다. 충돌은커녕 아주 사소한 접촉조차 미리미리 차단해 부딪힐 기회를 만들지 않았다. 그러한 태도는 일견 몹시 신사적인 배려처럼 보이지만, 그 본심 정도 파악할 머리와 눈치쯤은 미나에게도 있었다.

지나치게 친절하고 깍듯한 대우는 완곡한 거절이다. 그 이상 가까워지지 말자는 권유다. 예절이 필요한 타인으로 남아 달라는, 제가 그은 선 밖에 머물러 달라는 냉정한 당부다.

"그리고 이런 말을 해서 안됐지만,"

말을 잃은 여자를 향해 그가 살짝 고개를 기울였다.

"나는 그리 믿을 만한 사내가 아닙니다."

"당신은,"

"그래도 개의치 않는다면야 나로서는 마다할 이유가 전혀 없습니다만,"

멋대로 말을 끊은 남자가 눈을 가늘게 떴다. 느슨하게 걸친 유카타 아래 우람한 어깨.

"긍지 높은 백작 영애께는 대단한 무례가 아닐까 싶은데."

준세는 마무리하듯 말끝을 길게 늘였다. 약간 빠른 어속에도 나무랄 데 없이 발음이 정확했다. 그 잰 듯한 어투마저 꾸역꾸역 저를 밀어내는 것 같아 미나는 그만 뱃속이 차갑게 식어 버렸다.

조언? 오해? 마다할 이유가 없어? 우습지도 않은 거짓말인 줄 내가 모를 것 같아? 터질 듯한 말들이 목구멍 안에 우글댔으나 차마 입이 떨어지지 않았다.

그 정도로 뻔뻔해질 각오까지는 아직 갖지 못한 모양인지.

"마음 써 주어 고맙습니다. 번거롭게 만들어 또한 유감이고."

남자는 차렵이불 쪽을 눈짓하며 살짝 미간을 일그러뜨렸다. 진실로 유감스러워 어쩔 줄 모르는 것처럼.

"그리고 피차간 불편하지 않도록, 앞으로 여기 출입은 삼가 주면 고맙겠습니다."

미나는 정말로 무어라 할 말이 없었다.

"그럼 이제 내가 아래층까지 데려다드려야 할까요."

놀리듯 매너를 가장하는 남자로부터 등을 돌렸다. 그리고 활짝 열린 서재 문을 통과해 서둘러 계단을 내려왔다. 일층의 침실로 돌아와서는 미닫이를 쾅 닫지 않으려 노력했다. 까닭도 모르고 비참해진 미나는 여러 차례 숨을 몰아쉬었다.

"바보처럼……."

이불 따위를 핑계로 기회를 시도하다니. 뻔히 들여다보이는 발상이 한심스럽고 창피해서 얼굴이 다 뜨거워진다. 그러나 수치심보다 견딜 수 없는 것은 거절당했다는 사실이다. 그리고 보기 좋게 거절당한 뒤에야, 미나는 어설프게 위장했던 속마음을 쓰리게 인정했다.

그와 가까워지고 싶었다.

식탁 위를 겉도는 대화 이상의, 가식적인 미소 너머의 무언가를 나눠 보고 싶었다. 성벽 같은 울타리 너머 남자의 영토를 들여다보고 싶었다. 그가 풍기는 체온과 향내에 좀 더 가까이 가 보고 싶었다. 어쩌면 그 남자도 같은 생각을 하고 있지 않을까, 섣불리 기대하며 가슴을 울렁였다.

한심하기 짝이 없는 희망을 품었다. 천박하고 이기적인, 그에 더해 오만하고 냉정하기까지 한 저따위 사내에게.

"내가 미쳤지."

침실을 서성이다 침대 끝에 걸터앉았다. 반쯤 열린 장지문 너머 고요한 석정에 시선을 두었다. 캄캄한 밤하늘에 둥글게 차오른 달이 부연 빛을 뿌리고 있다. 미나는 은화처럼 반짝이는 달을 보다 문득 생각했다.

위층의 남자도 저걸 보고 있을까.

"하."

벌떡 일어나 장지문을 쿵 닫았다. 침대 위로 기어올라 머리맡에 둔 책을 펼치고 아까 읽던 곳을 찾아 다시 읽어 내려간다. 그러나 단어는 모래처럼 자꾸만 부서져 내리고, 서너 번 애를 쓰던 미나는 결국 항복하듯 두 눈을 감아 버렸다.

'파멸과 구원. 그것이 인간 운명의 딜레마.'

붉은 갓을 씌운 램프의 빛이 흰 벽에 아른아른 무늬를 그렸다. 무르익은 야음 속에서 도롱도롱 벌레가 운다. 커다란 부부 침대를 독차지한 여자는 오래도록 잠을 이루지 못했다.

풍요하고 허영에 찬 대도회라면 어디든 사교계가 있기 마련이다. 극소수의 사람만이 가질 수 있는 것들. 남달리 운 좋은 이들끼리 유대를 다지는 그 세계는 필연적으로 배타적이고 별수 없이 피상적이다.

그러니 꼭 기억해야 할 철칙 하나. 이 세계의 목적은 어디까지나 유대라는 것을 잊으면 안 된다. '우정'도 아니고 '애정'은 더더욱 아니고 그저 당분간, 더 이상 필요치 않을 때까지만 서로의 몸을 느슨히 묶어 두는 '유대'. 여기서는 미소를 아끼지 말되 결코 상대에게 마음을 주어선 안 된다. 그것을 잊는 순간 상처받고 걷잡을 수 없이 우스워질 테니까.

"아끼는 영양을 여의시어 상심이 크시겠습니다, 국장님."

"훌륭한 사위를 얻었으니 기쁜 일이지요."

"정말이지 잘 어울리는 한 쌍이에요. 이렇게 아름다운 내외간이라니, 백작님과 부인께서 얼마나 자랑스러우실까."

"미욱한 여식에게 과찬이십니다, 유아사 부인."

정무총감 관저에서 열린 다회는 하루하라 백작 부처와 그 딸 내외를 위한 것이었다. 정무총감 유아사 구라헤이 남작과 신이치는 같은 화족인 데다 사사롭게는 대학 동문이라 교분이 도타운데, 빈말일지언정 제게 아들이 하나 더 있었더라면 미나를 며느리 삼았을 거라 했을 만큼 서로에게 호감이 상당한 관계였다.

"임 군과는 식장에서 인사 나누고 금일이 두 번째인가."

"그렇습니다, 총감님. 귀한 자리에 초대받아 영광입니다."

"젊은 친구가 겸양은. 이제 자주 보게 될 테니 인사치레는 그쯤 하게."

미나는 상석의 호스트와 예의 바르게 환담 중인 준세를 곁눈으로 보았다. 정무총감은 총독 바로 아래 총독부의 이인자로 실세 중 실세다. 출세하고 싶다더니 소원 성취 했네. 사교에 여념이 없어 보이는 남편을 향해 그녀는 속으로 비아냥거렸다.

검은색 하오리하카마를 차려입은 준세는 영락없이 일본 사내처럼 보였다. 임가의 문장인 국화 문양 다섯 개가 은사로 장식된 기모노 예복을 미나는 오늘 처음 보았다. 고관의 다회에 초청받은 예로 나무랄 데 없이 완벽한 차림이었다.

다도의 절차와 예절에 대해서도 그는 매우 능숙했다. 커다란 손으로 우아하게 다완을 다루는 손길. 다다미 깔린 바닥에 무릎 꿇고 앉아 주인과 맞절하던 모습. 서먹하게 굴거나 실수라도 할까 봐 내심 신경을 썼던 것이 우습게 느껴질 정도로 준세는 미나만큼이나, 어쩌면 그녀보다 더 완벽한 태도로 흠 없는 다객 노릇을 해냈다.

그러니 볼수록 놀라운 남자가 아닌가. 본토에서 나고 자란 화족 가문의 귀공자라 해도 누구 하나 의심치 않을, 일본인의 이상에 일본인보다 더 가까운 남자. 미나는 임 자작의 치밀한 가정교육에 박수라도 쳐 주고 싶은 심정이었다.

"장인께 듣기를, 명년부터 경무국에서 일해 볼 작정이라고."

"부족하나마 최선을 다하겠습니다."

"기특한 생각이지. 참으로 기특한 생각이야."

총감이 고개를 주억거리며 오른손에 쥔 포크를 가볍게 흔들었다. 하나같이 고풍스러운 기모노 차림의 여섯 남녀는 완벽한 서양식 만찬을 즐기는 중이다.

"조선이 도약하려면 임 군 같은 청년들이 힘을 보태 주어야지. 누가 뭐래도 조선반도는 제국의 기둥일세. 내선이 두루 발전해야 아세아도 힘차게 번영할 것이 아닌가?"

연설조에 스스로 고무된 듯 총감이 힘차게 고개를 끄덕였다. 아울러 참으로 든든한 사위를 얻으셨습니다, 신이치를 추키는 것도 잊지 않았다.

"다른 곳도 아니고 경무국에 관심이 있다니 역시 좀 더 마음이 가기도 하고."

동그란 안경을 낀 유아사는 본토에서 내무성 경보국장과 경시총감을 거친, 자타가 공인하는 치안 전문가다. 관동대지진 때 그가 현지의 경무를 총괄했다는 것을 미나도 아버지에게 들어 알고 있었다. 신이치는 딸이 지진 직전 일본을 떠난 것을 대단한 다행으로 여겨 아직까지도 평생의 행운 중 하나로 그 일을 꼽곤 했다. 하나뿐인 딸이 그 끔찍한 재화를 피한 것은 정말이지 천우신조였다고.

"그나저나 곧 미국으로 떠난다니 아쉽군요. 총독부도 인재가 절실한데요."

"공부 마치고 돌아와서 더 큰 보탬이 되어야지요. 두 사람 모두 말입니다."

"금세 돌아오면야 작히 좋겠습니까마는,"

유아사가 말끝을 늘이며 검지 끝으로 안경을 추어올렸다.

"어째 구미에 가면 젊은 사람들은 영 거기가 좋은 모양이더군요. 제 조카 녀석 하나도 독일 유학을 보내 놨는데, 졸업 후에도 석사니 박사니 연장할 핑계만 찾더니 학위 다 마치고도 여태 돌아오질 않고 있어요."

"저런. 선진 학문을 익혔으면 하루바삐 조국 발전에 보태지 않고."

"내 말이 그 말입니다, 하루하라 국장. 요새 청년들은 애국심이 얕아서 참 큰일이에요. 조국이 있어 내 한 몸도 영예를 누리는 것인데, 원, 나라를 잃어 봐야 정신들을 차릴지."

미나는 일순 숨을 멈췄다. 왼쪽에 앉은 준세를 강하게 의식하면서도 그녀는 꼼짝하지 않았다. 시선의 움직임조차 누군가에게 들킬세라 그저 손에 쥔 포크의 뾰족한 끝만 응시했다. 총감의 명백한 실언이었으나 누구도 감히 내색하지 못했다. 그러나 기모노 예복 차림으로 서양식 만찬을 나누는 여섯 명의 남녀. 이 자리에 조선인이 있다는 사실을 까맣게 잊은 것은 비단 호스트뿐만이 아니었다.

자칫 거북할 상황에서 총감은 노회한 실력을 발휘해, 외려 엄숙한 낯빛으로 준세에게 말했다.

"그러나 임 군처럼 건실한 청년은 다르겠지. 뉴욕이니 베를린이니, 외국 도회에 홀려 조국을 잊어선 안 되네."

"감히 그럴 리가 있습니까, 총감님."

그리고 여느 때처럼 완벽히 침착한 목소리. 미나는 그제야 자연스레 왼쪽으로 살짝 고개를 틀었다. 준세는 교실에 앉은 모범생처럼 진지한 얼굴로, 입가에는 보일 듯 말 듯 한 미소마저 품은 채 유아사를 보고 있었다. 포크와 나이프를 쥔 커다란 두 손. 매끈하고 긴 손가락도 태연하기 그지없었다.

"총감님 말씀처럼 조국의 영예가 곧 개인의 영광이지요. 저 또한 신민의 도리를 잊지 않고 항시 새기려 노력하고 있습니다."

"역시, 명문의 혈통은 속일 수 없는가 봅니다. 폐하와 조국에 대한 충심이 이다지도 대를 거듭하니."

유아사가 껄껄 웃자 신이치는 동조하듯 입꼬리를 끌어당겼다. 화기롭게 웃는 모두를 위해 미나도 의례적인 미소를 흉내 냈다.

"그러니 내 항상 하는 말이지만, 조선에서도 대표를 뽑아 제국의회에 보낼 수 있어야 한다니까요. 본토에는 엄연히 보통선거가 실시되는데 여기서는 내지인들에게조차 참정권이 없으니, 이거 참으로 불공평한 일이 아닙니까."

총감의 웅변이 다시 시작되자 미나는 고스란한 제 접시 위의 음식을 바라보았다. 무례하지 않으려면 좀 더 먹어야 하는데 도무지 그럴 마음이 들지 않았다. 나이 든 사내들의 대화가 한참 더 이어질 동안 그 부인들은 벙어리처럼 한마디도 하지 않았다. 제국과 정치와 헌법을 논하는 자리에 감히 끼어들 엄두조차 내지 못하는 것 같았다.

미나는 제 왼쪽에 앉은, 불과 한 뼘가량 떨어진 남자를 의식한다. 준세는 백부뻘 되는 사내들의 말을 충실히 경청하고, 이따금 작게 고개를 끄덕이고, 그들이 웃을 때 따라 웃으며 세련되게 장단을 맞추고 있다. 검정 하오리에 감싸인 몸이 무사처럼 거대해 보였다. 그리고 어깨 즈음 수놓인 은빛 문장. 미나는 그 둥근 국화 문양을 잠시 보다가, 곧 고개를 돌려 맞은편의 아버지를 향했다.

하루하라가는 매화를 문장으로 쓴다. 미나는 신이치와 유미코의 기모노에 새겨진 익숙한 문양을 번갈아 보았다. 그리고 턱을 내려 제 소매에 수놓인 임가의 문장을 눈으로 훑는다. 아직은 낯선 국화 문양.

그러려니 새삼 불만스러워졌다. 결혼으로 성이 바뀐 것도, 민적을 옮긴 것도, 남의 집 가문을 옷에 새겨야 하는 것도 왜 저여야 하는지. 처가 덕을 바라고 데릴사위 노릇 하는 건 오히려 임준세 쪽 아닌가. 하루하라 준세라고 성을 갈아 주면 본인도 더 좋아할 것 같은데.

'하루하라 양.'

그럼에도 그리 불릴 때마다 가슴이 싸늘해지는 건 또 어째서인지.

미나는 접시 위 푸른 완두콩 한 알을 포크로 쿡 찍어 꿰뚫었다. 그리고 무료한 대화에 한쪽 귀를 열어 둔 채 잡생각에 몰두했다.

신혼집 앞마당에는 풍성한 국화 화단이 조성돼 있다. 그 화단 곁에 꽃밭을 지키듯 듬직한 매화나무 한 그루가 서 있다. 수령이 50년은 족히 되어 보이는 그 나무는 옮겨 심은 것이 아니라 본래 그 자리에 있던 것이라고 임영환은 극구 강조했다. 신혼집 뜰에 어울린 양가의 상징물이 얼마나 아름다울지 앞당겨 감탄하면서.

'봄에는 매화, 가을엔 국화가 볼만하게 필 겁니다. 향기도 그윽하겠거니와 운치가 그만이겠지요.'

미나는 화단에 잔뜩 부풀어 오른 꽃봉오리들을 떠올렸다. 시부의 말대로 제 계절을 맞은 꽃은 조만간 흐드러져 국향이 만개할 테다. 국화와 매화 모두 향기가 그윽하며 운치 또한 그만일 것이다.

그러나 앞으로 수없이 계절이 바뀐다 해도, 그 꽃들이 함께 피는 일은 없을 것이다.

"임 부인은 도메소데가 잘 어울리네요."

"고맙습니다, 유아사 부인. 처음 입은 건데 아직 좀 어색하네요."

"후리소데처럼 화려하진 않지만 정숙한 여자에겐 도메소데야말로 가장 아름다운 옷이죠."

"본인이 미인인데 무슨 옷인들 아름답지 않을까. 준세 군은 장인께 두고두고 잘해야겠어."

"여부가 있겠습니까. 평생 받들어 모시기로 각오했습니다."

"하하, 원 넉살도 좋고. 정말이지 사위 참 잘 보셨습니다, 국장."

그러니 미나 또한 이 철칙을 꼭 기억해야 한다. 목적은 어디까지나 유대라는 것. 더 이상 필요치 않을 때까지만 서로의 몸을 느슨히 묶어 두는 것. 이토록 배타적이고 피상적인 관계에서는 환한 미소를 아끼지 않되, 결코 마음을 주어선 안 된다는 것.

결단코 함께 필 수 없는 꽃이 있다. 태생적으로 섞이지 못할 사람이 있다. 그래서 미나는 다시 한번 새기듯 상기한다. 순진하게도 그런 상대를 마음으로 대했다가는, 정녕 걷잡을 수 없이 우스워지고 말 테니까.

지루한 다회와 더 지루한 만찬을 끝낸 후 미나는 아버지의 차에 올랐다. 신이치는 사위와 회포를 풀겠다며 아내와 딸을 기사에게 맡겨 먼저 보냈다. 유미코는 대수롭지 않게 고개를 끄덕였고, 스즈키 다이치는 오랜만에 백작 영애를 모시는 기쁨을 누렸다.

대화정 정무총감 관저에서 황금정까지는 자동차로 십 분도 채 걸리지 않는다. 운전하는 내도록 준세는 거리가 가까워 그나마 다행이라고 생각했다. 뒷좌석에 앉은 신이치는 직접 운전하는 사위를 신기해했고, 그 덕에 요릿집까지 이동하는 동안 화제가 궁하지는 않았다.

"이렇게 한번 봐야지 생각은 했어도 도무지 틈이 나야 말이지."

준세는 공손히 잔을 받들어 신이치가 따라 주는 술을 받았다. 기모노 차림의 여자들이 들어와 조촐한 술상을 차린 뒤 깍듯이 물러간 직후였다. 활짝 열린 미닫이 밖으로 밤하늘에 별이 총총하다. 이층에 위치한 내실은 지난여름 상견 례를 했던 방보다 작고 아늑했다.

"혹 불편한가? 미처 마음 쓰지 못했다면 이해하게. 내 며느리는 둘이지만 사위는 처음이라."

"아닙니다, 아버님. 그럴 리가요."

준세는 싹싹하고도 정중하게 고개를 저었다. 신이치가 보일 듯 말 듯 입꼬리를 끌어당겼다.

"총감이 자네를 썩 마음에 들어 하는 것 같더군."

"아버님의 후광 덕 아니겠습니까."

"아니, 유아사는 내가 잘 알지. 듣기 좋으라고 맘에 없는 말을 하는 사람이 아니야."

그럴 위치도 아니고. 덧붙이며 그가 말을 이었다.

"총감도 아까 말했지만 조선에는 자네 같은 인재가 필요하네. 총독부에 자네 같은 사람이 필요해. 경무국이든, 우리 법무국이든."

거기까지 말한 뒤 신이치는 술잔을 들어 입으로 가져갔다. 맑은 곡주의 향이 짙었다. 가볍게 입맛을 다셔 만족감을 표시한 그가 사위를 향해 고개를 들었다. 순순하게 이쪽을 보는 훤칠한 청년. 갓 맞이한 딸의 남편은 신이치에게 아직 조금 낯설었다.

"해서 말인데, 나는 자네가 이대로 조선에 머무르면 좋겠어."

"……그 말씀은."

"미국 유학 같은 건 없던 일로 하고 말일세."

"하지만 아시다시피 안사람이 학업을 마치고 싶어 합니다."

"학업은 무슨. 결혼까지 한 여자가 공부는 더 해서 무엇 하겠나?"

거침없는 직설이다. 그제 술자리의 목적을 파악한 준세는 난처한 기색을 숨기지 않았다. 어느 정도는 진심이었다.

"어디 자네가 말해 보게. 내 말이 그른가?"

부드럽게 다그치자 여전히 난색을 한 채 조금 웃는다. 신이치는 응답하듯 엷게 미소 지었다.

"정 공부가 하고 싶으면 여기서도 충분히 할 수 있지. 어디 미국에만 대학이 있다던가? 두 사람 함께 동경에서 수학하면 좋을 것 같은데."

준세는 제게 결정권이 있는 것이 아니라는 듯 눈을 내리깐 채 얌전히 경청했다. 마주 앉은 사내가 잔을 내려 두자 재깍 술병을 집어 알맞게 채웠다. 그로부터 신이치는 제가 졸업한 동경제대의 유서 깊은 학풍이며 고매한 교수진, 내각에서 활약 중인 동문들의 이름까지 몇 꼽아 나열했고, 준세가 적당히 맞장구치자 사위도 같은 대학 동문이 될 수 있다는 걸 여러 번 강조했다.

"자네도 알다시피 내 딸이라고는 그 애 하나뿐일세. 멀리 보내고 싶지 않아."

술잔을 입으로 가져가던 준세가 시선을 들었다. 이쪽을 응시하는 초로의 사내. 매서운 눈매가 뚫을 듯 그의 눈을 바라보고 있다.

"해서 말인데 내 조급하게 구는 것은 알지만, 하루빨리 기쁜 소식이 들리길 기다리고 있다네."

그러자 준세는 정말로 난처해져 다소 애매하게 웃고 말았다. 신이치는 그를 새신랑의 수줍음쯤으로 이해한 것 같았다.

"이러니저러니 해도, 여자들이란 자식이 생기면 온통 거기에 매달리게 되거든."

모성애는 본능이니까. 신이치가 강조하듯 덧붙였다.

"설마 임신한 몸으로 화륜선을 타지는 못할 것 아닌가. 남의 나라 가서 고생스레 학위 따 오는 것보다야 내 나라에서 자식 기르며 사는 게 진정한 행복이지. 미나가 왜 그렇게 미국엘 가고 싶어 하는지 난 도통 이해가 안 되네. 그 녀석은 도무지 겁이 없어 탈이라니까."

준세는 신이치의 면도날 같은 눈매를 바라보았다. 불만을 가장한 말투였으나 깊이 스민 애정이 그의 눈에조차 분명했다. 준세가 알기로 하루하라 신이치는 '진정한 행복' 따위 물렁거리는 단어를 입에 올릴 인사가 아니었다. 또한 저토록 부드럽게 투덜거리는, 감정에 겨운 애틋한 위인은 더더욱 아니었다.

"내 말, 무슨 뜻인지 알겠나?"

준세는 대답을 유보한 채 반백발의 왜인을 마주 보았다. 조선에 머무는 몇 안 되는 화족이자 차기 정무총감이 될 수도 있는 거물. 유리 조각처럼 예리하고 차가운 사내가 촌구석 늙은이처럼 외손주를 보여 달라 조르고 있다. 하나뿐인 딸을 제 곁에 영영 눌러앉게 해 달라고.

"예, 아버님."

그래서 준세는 다시 한번 성공을 예감했다. 손에 잡힐 듯 가까워진 표적의 냄새마저 그는 맡을 수 있었다. 하루하라 미나는 가장 깊숙하고 치명적인 곳으로, 가장 빠르고 안전한 방식으로 그를 데려다줄 것이다.

"무슨 말씀이신지, 충분히 알아들었습니다."

그는 중임을 하달받은 사병처럼 깍듯이 묵례했다. 신이치가 옅은 미소와 함께 고개를 끄덕였다. 밀실의 두 사내는 공모하듯 술잔을 주고받았다. 청량한 가을밤이 깊어 간다.

백작은 정확히 청주 한 도쿠리를 비우고 일어섰다. 그가 결코 과음하는 법이 없다는 것은 성명과 작위만큼이나 잘 알려진 사실이다. 자네 정말 괜찮겠나? 요정 밖에 대기하던 제 차에 올라타며 그는 연거푸 사위에게 확인했다. 물론입니다, 아버님. 아무렇지 않은 얼굴로 재차 안심시킨 뒤에야 신이치를 태운 자동차는 먼저 떠났다.

심야의 황금정은 인적 없이 고요하다.

희부연 가스등이 켜진 도로변에 준세는 제 사륜차와 덩그러니 남았다. 길 끝에서 불어온 소슬바람이 하오리 자락을 건드리고 지나갔다. 지켜보는 이 없는 한밤중의 대로. 그제 문득 피로감이 몰려들어, 그는 운전석에 들어가 앉아 눈을 감았다.

백산무역에 대한 압박은 작년부터 시작됐다. 경찰은 최 사장이 사적으로 이용하는 은행까지 동원해 조사망을 좁혀 오고 있었다. 부산부 차원의 범주가 아닌 것이 명백했다. 부청을 움직이는 것은 경성의 윗선,

총독부 경무국.

현 총독이 문화통치를 제창한 이후 총독부는 조선인을 대거 채용했으나, 경무국은 늘 성역처럼 제외되었다. 그곳에 근무한 조선인은 준세가 알기로 한 손에 꼽힐 정도였다. 특히 고등경찰 업무를 전담하는 보안과의 경우 사무관은 물론 통역조차 조선인은 들이지 않았다.

그러니 그가 보안과에 입성한다면 조선인으로는 가히 최초 타이틀을 얻게 되는 셈이다.

준세가 머리에 쓴 최초의 월계관은 그것뿐만이 아니다. 가장 빛나는 것을 꼽자면 조선인으로 동경 제일고를 차석 졸업한 것이 그랬고, 가장 최근의 것으로는 왕공족이 아닌 조선인으로 화족가의 사위가 된 것이 그랬다. 조선인이라는 단서가 붙는 한 그의 생은 화려한 최초의 기록들로 점철되다시피 했다.

그것들 가운데 상당수는 최초이자 최후가 될 가능성이 다분한데, 화족의 여

식과 혼인한 것이 특히 그랬다.

일본의 황족 또는 화족과 결합한 조선인은 옛 황실의 후손뿐이다. 피할 방도가 없어 마지못해 따른 강제혼이었다. 조선 왕가의 피를 묽히기 위한 그 방책은 가축을 접붙이거나 노비를 짝지우는 것처럼 이왕가에는 더할 수 없는 굴욕이었다. 그러나 그것이 제 백성을 지켜 내지 못한 선대의 죄를 갚기 위해 감수해야 할 형벌이라면, 뭐 그럭저럭 참아 낼 명분은 되지 않겠나 준세는 생각했다.

반면 왕공족이 아닌 조선인은 화족과 혼인의 접점이 전혀 없다. 행세깨나 하는 친일파들조차 제 자식을 왜인과 짝지우려 하지 않았다. 오만하기 짝이 없는 화족들이 조선인과 사돈을 맺는 것은 더더욱 가당찮은 일이었다. 그러니 백작 영애를 처로 맞는 절세의 행운을 거머쥔 것은 준세가 생각하기에, 두 가장과 두 남녀의 대단히 독특한 필요가 절묘하게 작동해 준 덕택이었다.

하루하라가는 먼 옛날 천황가의 일족이었다는 전설 같은 영예를 제외하면 별 실속은 없는 가문이다. 기름진 영지를 지닌 다이묘도, 막부를 좌우하는 세력가도 아니었던 가문을 별안간 일으킨 것은 메이지 유신이었다.

선대는 세태를 읽는 눈이 있어 유신에 참여한 공로로 백작위를 획득했고, 작위를 이어받은 신이치도 이지적인 감각을 앞세워 행정관과 외교관, 귀족원 의원으로 활약했다. 준세가 알기로 그가 조선 땅을 오가기 시작한 것은 사십 대에 갓 들어섰을 무렵, 러일전쟁이 한창이던 대한제국 말기였다. 총독부에 부임해 눌러살게 된 것은 이제 5년이 조금 넘었다.

하루하라 신이치는 본토의 내각에 욕심이 없는 것 같다. 조선에 나와 있는 왜의 정치인과 군인들이 본국으로의 금의환향을 목적으로 삼는 것과 달리 신이치는 동경에 돌아갈 생각이 없었다. 마지막 사돈으로 조선귀족을 고른 것이 그것을 말해 준다. 일생 별다른 곡절 없이 환갑을 넘긴 그는 이대로 식민지에서 군림하며 여생을 보낼 작정이 틀림없었다.

거기까지 생각한 준세가 감은 눈을 천천히 떴다.

넓게 닦인 황금정통을 따라 전차가 드르르 지나간다. 한밤중이라 텅텅 빈 찻간에 승객은 몇 되지 않았다. 고단한 얼굴로 앉은 중년 부인과 문득 눈이 마주쳤다. 머리를 쪽 찐 부인은 기모노 차림의 사내를 멍하니 쳐다보다가 얼른 시선을 거두었다. 그리고 그녀를 태운 전차가 완전히 지나갈 때까지, 준세는 시동을 넣지 않고 그대로 운전석에 앉아 있었다.

서늘한 바람이 불기 시작하면 어김없이 그는 환영을 본다.

'그리하여 비뚤어지고 뒤틀린 이 세대에서 허물없는 사람, 순결한 사람, 하느님의 흠 없는 자녀가 되어, 이 세상에서 별처럼 빛날 수 있도록 하십시오.'

낯선 이들에게서 그는 여인의 모습을 본다. 침착하고 잔잔한 음성을 듣는다. 곱게 빗어 쪽 찐 머리와 둥근 이마. 그 이마를 거쳐 곧게 뻗은 양쪽 어깨를 지나 가지런히 맞붙은 두 개의 손.

'준세야.'

이 생의 진실은 언제부터 사라졌을까. 되짚어 볼 필요도 없이 그는 아주 잘 알고 있다. 그를 품은 모체가 생명을 잃던 순간. 피투성이가 된 채 시간의 저편으로 쫓겨난 순간. 그 순간 세상의 진실은 사라졌고, 폐허처럼 빈자리엔 비틀리고 시커먼 감정들만 남아 버렸다.

'기꺼이 제물이 되겠습니다. 목숨을 바쳐도 좋습니다.'

차가운 계절이 돌아오면 그는 되돌아간다. 열일곱 살. 뜨거운 절망을 감춰내려 몸부림치던 시절로. 산산조각 난 세상 앞에 망연자실한 소년은 생을 이어갈 이유가 절실했다. 증오에 떠밀려 쓰러지기 직전의 그를 구해 낸 것은 역설적이게도 또한 증오의 힘이었다.

그로부터 7년째. 끈질긴 증오는 여전히 그의 생을 지탱한다.

준세는 능숙하게 자동차를 전진시켰다. 훤히 아는 길목을 따라 남산을 올랐다. 최대한 느리게 주행했는데도 집까지 이십 분이 채 걸리지 않았다. 대문 앞에 차를 멈춘 뒤 시동을 껐다. 처마 아래 켜진 상야등이 끙끙대며 어둠을 밀어내고 있다.

초인종을 누르자 기다렸다는 듯 하녀가 달려 나왔다.

"아이고, 늦으셨네예, 서방님."

열한 점이 다 되도록 아이 오셔가. 중년 여자의 속삭이는 말투에서 준세는 뚜렷한 안도를 들었다. 큰이모뻘 되는 찬모는 자작 부인이 살았을 때부터 임가를 위해 밥을 지은 사람으로, 야문 솜씨만큼이나 심성이 선해 믿음직한 이였다. 준세는 대문간에 선 그네의 차림새에 시선을 준다. 품이 낙낙한 검정 원피스에 하얀 에이프런. 가화동 본가에 있을 때는 늘 치마저고리 차림이었단 것에 생각이 미칠 무렵, 그는 제 몸에 걸친 하오리하카마를 깨닫고 씁쓸한 한숨을 뱉었다.

"어여 들어가시소. 이쯤 오실 것 같아가 목욕물 받아 놨습니더."

"동래댁."

허둥대며 본채 쪽으로 몸을 돌리려던 찬모가 묻는 눈으로 그를 올려다본다. 염려하듯 제 얼굴을 살피는 눈길을 준세는 말없이 마주 보다가,

"고마워."

밑도 끝도 없는 소리에 동래댁이 눈을 한 번 끔뻑이고는 피식 웃었다.

준세는 그네가 저를 연민하는 것을 안다. 쟁쟁한 가문 출신 왜녀를 아내로 맞아 도저히 편치 않다는 것, 그 신혼의 처와 사이가 좋지 않다는 것도 눈치채지 못했을 리 없었다.

그러나 연민, 연민이라니.

임준세는 건장한 육체를 지닌 청년이자 부호의 후계다. 동래댁은 혈육 한 점 없이 늙어 가는 외톨이 과부다. 그토록 판이한 세상을 살아가면서도 같은 민족

이라는 사실이 서로를 연민하게 만들었다. 상호 간 건네는 짤막한 시선과 쓸쓸한 미소도, 남몰래 주고받는 위로라는 것을 준세는 안다.

"원 약주를 과히 하셨는가배. 별 황송한 말씀을 다 하십니더."

아무렇지 않게 대꾸한 찬모가 앞장서 본채로 향했다. 뒤통수에 동그랗게 쪽 찐 머리. 의복이 바뀌어도 비녀만큼 고수한 것이 고집인지 관성인지 모르겠으나 준세의 눈에는 나쁘지 않았다.

집 안은 조용했다. 응접실에 놓인 괘종시계가 열 시 사십 분쯤을 가리키고 있다. 현관에 나와 맞는 이는 아무도 없었다. 텅 빈 집 마루에 올라서며 준세는 뜻밖에도 약간의 불편함을 느꼈다.

'지금 경고하는 거예요?'

이미 사흘 전의 일이다.

그때, 오밤중에 나타난 여자 앞에서 준세는 당황했다. 서재의 불이 켜져 있는 것을 알아챘을 때부터 이미 얼마쯤 긴장하고 있었다. 미닫이를 열어 안에선 여자를 발견했을 때, 새하얗게 흘러내리는 가운 차림의 여자와 눈이 마주쳤을 때 그는 자신이 숨을 멈췄단 사실을 깨달았다. 당혹감은 그로써 더욱 무거워졌다.

재빠른 몸의 반응은 의지와 상관이 없었다. 소리를 듣거나 땀이 나는 것처럼 스스로 제어할 수 있는 영역이 아니었다. 그래서 준세는 어색하고도 해사하게 웃는 여자와 마주 웃을 수가 없었다. 그저 뻣뻣하게 굳은 몸을 어쩌지 못한 채, 보얀 뺨과 도드라진 쇄골과 하얀 맨발을 의식하지 않으려 애썼다.

해야 할 일들과 해선 안 되는 일들을 다시 한번 상기했다.

'당신은,'

예고 없이 침입한 여자는 상처받은 기색을 숨기지 않았다. 평가하건대 본인의 생각과 느낌을 좀처럼 위장하지 못하는 여자였다. 이만하면 그가 파악한 첫

인상이 꽤 적중한 셈이다. 둔한 건 결코 아닌데 교활하지 못하고 치밀함과는 더더욱 거리가 멀다. 다만 솔직하게 나서는 당돌함, 그 무모한 용기만큼은 인정할 만했다.

'그런 게 자본주의라고 생각해요?'

동경에서 준세는 사회주의나 아나키즘에 경도된 상류층 청년을 수도 없이 보았다. 그 배부른 유행은 경성에도 옮겨와 귀족 자제 모임이니 청년구락부니 하는 사교 모임의 필수 화제가 된 지 오래였다. 기득권의 요람에서 자란 젊은 이들이 젠틀맨 클럽에 둘러앉아 인민의 평등을 옹호하는 장면이라니. 준세가 본 광경 가운데서도 가히 우습기로 손에 꼽혔다.

'힘의 논리가 작용한 거래가 정당할 수 있나요?'

최고급 양장에 구두를 신은 자칭 아나키스트들은 제국정부조차도 거들떠보지 않는다. 일본과 조선의 경찰들이 사회주의자와 무정부주의자들을 박멸하려는 것과 대조적이었다. 그러니까 정부조차 공인한 그들의 '신념'을 축약하자면, 한마디로 깜찍하게 꼴값하고 있다는 소리.

'아니면, 나무 따위 말라 죽어도 상관없다고 생각하거나.'

준세는 알고 있다. 자신이 평생 누린 것들에 대해. 그것들의 안락함과 유약함과 얄팍함에 대해 잘 알고 있다. 그러므로 그는 하루하라 미나 같은 부류를 익히 안다고 확신했다. 남들은 목숨을 걸고 투쟁하는 신념을 색다른 장신구쯤 여기는 부류. 그런 부류를 준세는 아주 잘 알고 있었다.

'하루하라 양.'

그러므로 그는 여자가 다가오지 않기를 바란다. 남은 시간 동안 아무것도 기대하지 않기를 바란다. 한 집에 놓인 두 점의 가구처럼 서로의 삶에 관여하지 않기를.

'피차간 불편하지 않도록, 앞으로 여기 출입은 삼가 주면 고맙겠습니다.'

남은 시간 동안. 그게 얼마든.

자신의 시간이 얼마나 남았는지 준세는 알 수 없었다. 진실로 그는 알 수 없었다. 지금 이 순간에도 누군가 백산무역과 리버티의 관계를 추적하고 있는지, 무슨 이유에서건 경찰이 그 카페를 수상쩍게 여기는지, 혹은 이미 안팎으로 사복경찰들이 어슬렁대고 있는지.

그들은 당장 내일이라도 가게에 들이닥쳐 황찬을 끌고 갈 수 있었고, 고문과 협박을 견디지 못한 그가 임준세의 이름을 댈 가능성도 분명히 존재했다. 그러니 남은 시간을 헤아리는 건 어리석은 짓이다. 지하운동에 뛰어든 사람들에게 미래의 단위는 하루, 일주일, 혹은 길어야 한 달이다.

그는 타비 신은 발을 옮겨 마루가 깔린 복도를 걸었다. 부부 침실은 굳게 닫혔으나 미닫이의 창호지가 노르스름한 빛에 젖어 있었다. 안에 있는 여자는 날 기다리고 있을까. 그러나 준세는 침실 문을 여는 대신 그대로 지나쳐 걸었다. 그가 여자를 보는 것은 내일 아침이 될 것이다.

'하루빨리 기쁜 소식이 들리길 기다리고 있다네.'

신이치가 학수고대하는 소식은 영원히 없을 것이다. 그의 딸은 곧 쫓겨나듯 미국으로 떠나게 될 테니. 백작은 조선인 사위 덕에 큰 망신을 당할 것이며 그로 인해 두 번 다시 반도 땅에 발붙이기 어려울 것이다.

영광스러운 조선귀족, 임영환 자작 역시.

결혼으로 맺어진 두 집안은 세간의 경악과 조롱을 뒤집어쓰게 될 테다. 모든 것이 산산조각 난 뒤 분노로 몸을 떨 그들을 떠올리면 준세는 즐거워졌다. 그에게 보장된 최후의 유희는 죽음의 고통을 상쇄하고도 남을 것이다.

그러므로 그는 여자가 다가오지 않기를 바란다. 폭발을 앞둔 폭탄으로부터 가능한 멀찍이 떨어지길 바란다. 여자 또한 스스로 원한 바를 얻게 될 것이니 그때까지 아무것도 기대하지도, 서로의 삶에 티끌만치도 관여하지 않기를.

'나는 그리 믿을 만한 사내가 아닙니다.'

그러나 그것은 여자를 위해서인가 아니면 그 자신을 위해서인가. 준세는 김이 서린 거울 앞에 자문했다가 이내 질문을 조금 후회했다. 어느 쪽이든 무슨 상관인가. 어차피 도착점은 바뀌지 않는데.

거울 속 흐릿한 사내를 향해 어깨를 폈다. 가슴팍에 새겨진 은빛 문장이 수증기에 번져 보인다. 한나절에 걸쳐 충실히 웃던 얼굴엔 이미 지운 듯 표정이 없다. 준세는 미간을 약간 찌푸린 채, 서슴없이 왜복의 매듭을 풀어냈다.

십여 개의 낮과 밤이 사라졌다. 달이 바뀌어 남산의 단풍도 서서히 절정에 다가섰다. 성큼성큼 나아가는 계절 안에서 신혼집은 꾸준히 정체돼 있었다. 화단에 만개한 국화가 진한 향기를 풍겼지만, 집 안의 모든 것은 설산에 갇힌 듯 조금도 변화하지 않았다.

"마님. 차 한 잔 드릴까요?"

중년의 찬모가 조심스레 의향을 묻자 미나는 책장에서 고개를 들었다. 응접실 끝의 괘종시계로 눈길이 간 것은 자연스러웠다. 열 시 반. 아침 식탁에서 커피를 마신 지 아직 두 시간도 채 지나지 않았다.

준세는 출근 전 아침 식사를 빠뜨리지 않는다. 하녀들이 차려 주는 토스트며 수프, 오믈렛 같은 것들과 함께 커피 한 잔을 마신 뒤 출근한다. 완벽한 정장을 갖춘 차림새로, 잘 정돈된 머리칼 끝에 약간의 물기를 남긴 채, 세련되고도 짙은 향수 냄새를 풍기면서. 그가 식사를 마칠 때까지 미나는 네글리제에 로브를 걸치고 마주 앉아 커피를 마셨다.

그녀는 매일 아침 현관문이 열리는 소리에 눈을 뜬다. 귀를 기울이면 마루를 딛는 사내의 발소리가 들린다. 그는 땀으로 흠뻑 젖은 채 욕실로 향했다가, 곧 말끔한 얼굴과 축축한 머리를 하고서 침실에 들어왔다. 그러고는 간밤에 여기서 잔 사람처럼 아무렇지 않게 옷장 문을 열었다. 느슨하게 걸친 유카타와 심상한 아침 인사. 기형적인 부부의 아침은 이제 우습도록 자연스러웠다.

그가 옷장 앞에 서면 미나는 자리를 비켜 준다. 기지개를 켜며 침실을 나와서 식당으로 가 물을 한 잔 청한다. 유리잔에 가득 따른 물을 천천히 마신 뒤 방으로 돌아가면 준세는 셔츠의 마지막 단추를 채우고 있다. 타이를 고르고 매듭 짓는 과정을 그는 다 혼자 감당했다. 독신 남자처럼 능숙한 손놀림에 아내의 시중 따위는 낄 데도 없어 보였다.

그가 정말로 이층 서재에서 자는지 아니면 제가 잠든 틈을 타 집 밖으로 나가는지 미나는 모른다. 궁금하지 않은 것은 아니었지만 구태여 알아낼 마음도 없었다. 좀 더 솔직히 말하자면, 차라리 알고 싶지 않았다.

시간이 흘러도 준세의 경계에는 틈이 보이지 않았다. 거대한 암벽처럼 시간이 흐를수록 무너지지 않을 거란 확신만 더해졌다. 그 와중에도 사려 깊은 태도와 부드러운 미소는 조금도 변치 않아서, 미나는 도자기 가면 같은 남자의 웃는 얼굴 앞에 슬슬 비참해지고 있었다.

하녀들은 그녀를 거의 경외한다. 스에키는 아무것도 책망하지 않는 미나 앞에서 여지껏 고개를 들지 못하고, 중년의 찬모는 서툰 일본어를 또박또박 발음하려 혀에다 잔뜩 힘을 준다. 그들 앞에서 미나는 대단히 무시무시한 상전이된 기분이 들었다. 거만하게 굴면서 표독스레 **뺨**이라도 쳐야 할 것 같았다. 이 집에 사는 세 명의 조선인은 명백히 그녀를 꺼려했고, 그걸 아는 미나는 섬처럼 소외된 채 점점 더 고독해졌다.

고독. 그래. 이 감정을 설명할 단어로 그보다 더 적절한 건 없는지도 모르겠다.

이 집에서 미나는 외로웠다. 군식구처럼 자꾸만 눈치가 보였다. 가쿠슈인에서 수년간 외톨이로 지내면서도 단 한 번 외롭다 느낀 적 없었건만, 어찌 된 것이 이 집에서는 불과 한 달도 견뎌 내기 어려웠다.

한 달. 이제 고작 한 달을 채웠을 뿐인데.

따뜻한 환대 같은 건 애당초 기대하지 않았다. 냉담하고 무던해지려 해도 그조차 뜻대로 되지 않는다. 미나는 저를 향한 하녀들의 깍듯한 공대가 가당찮게도 구박처럼 느껴졌다. 너는 결코 환영받을 수 없는 사람, 섞일 수 없는 존재라는 명제를 제 이마에 새기고 또 새기는 것 같았다.

무엇보다 임준세. 저를 향한 그 남자의 지독히도 심상한 미소가 가시처럼 뺨을 긁고 또 긁었다.

"아니, 차는 됐어. 택시 한 대 불러 줘."

"외출하시게요?"

"응. 삼십 분 후에 나간다고 하고."

"예, 마님."

찬모의 대답을 듣고 미나는 소파에서 일어섰다. 일본인이 운영하는 택시회사에 전화하면 재깍 집 앞으로 차를 보내 준다. 산허리에 외따로 떨어진 이 집에서는 자동차 없이 나가기가 수월치 않았다. 스커트에 뒤축 높은 구두를 신고서는 거의 불가능하다 해도 좋을 것이다.

침실로 돌아가 옷장을 열었다. 남자의 셔츠들이 가장 먼저 보였다. 하녀들이 세탁해 잘 다려 놓은 그것들은 상점에 진열된 물건처럼 보기 좋게 걸려 있었다. 제 것에 비해 터무니없이 커다란 사내의 옷. 이 옷을 입은 남자가 얼마나 근사한지 그녀는 안다. 미나는 저도 모르게 슬며시 손을 뻗었다가 곧 제풀에 고개를 돌리고 말았다. 지켜보는 사람은 없지만 이건 몹시 자존심 상하는 일 같다.

나한테 손가락 하나 대지 않는 남자를.

"흥."

콧방귀를 뀌면서 미나는 금고를 향해 몸을 굽혔다. 손잡이를 돌려 잠금을 풀고 안에 든 지폐 뭉치를 꺼냈다. 백 원권 한 장을 뽑은 뒤 잠깐 생각하다가 십 원권도 서너 장 뽑아 쥐고 금고 문을 닫았다. 텅 비어 있던 지갑이 아주 쉽게 채워졌다.

적당한 옷을 골라 입고 옅은 화장을 하고 클로슈를 눈썹 위까지 눌러썼다. 손가락 끝으로 향수를 문지르며 시계를 보자 얼추 열한 시. 택시는 이미 대문 앞에 대기 중이다.

"안녕하십니까, 마님. 혼마치로 모실까요?"

"아니, 종로. 화신상회로."

"알겠습니다."

단골손을 태운 택시가 종로를 향해 달렸다. 경성에는 자동차가 꽤 많지만 그보다 인력거가 훨씬 더 많다. 소나 나귀에 짐을 싣거나 달구지를 매달아 끌고 가는 사람도 심심찮게 볼 수 있었다. 차창 밖으로 쉼 없이 지나가는, 제법 눈에 익은 거리 풍경을 미나는 바라보았다.

'긴자에 있는 것 중 혼마치에 없는 건 아마 없을걸.'

경성살이 넉 달째. 미나는 이제 히타로의 평이 상당히 후했다는 걸 안다.

동경에 있는 것 중 경성에 없는 건 한두 가지가 아니지만, 그중 하나만 꼽으라면 단연 백화점일 것이다. 수입품을 취급하는 양품점은 많아도 일본이나 미국에 있는 것처럼, 거대한 건물에 세상 모든 물건을 모아 놓은 듯한 백화점은 미나가 보기에 아직 한 곳도 없었다.

경성에서 가장 크다는 종합상점들을 그녀는 모두 구경했다. 유일하게 가 보지 못한 곳이 종로의 화신상회였다. 조선인이 운영하는 화신상회는 북촌에서

조선인들을 상대로 장사하는 곳이다. 청계천 이남에 몰려 사는 일본인들은 올
일이 없는 곳이었다.

"찾는 물건이 있으신가요?"

양장을 한 점원이 상냥한 조선어로 말을 걸었다. 대꾸를 망설이자 그제 아뿔
싸, 당혹감을 드러내며 황급히 고개를 조아렸다. 이어 공손한 일본어.

"아, 죄송합니다. 필요한 것이 있으면 분부하십시오, 손님."

그 순간 미나는 묘한 기분에 휩싸였다. 조선인으로 착각당한 것이 조금 기꺼
웠고 점원을 사과하게 만든 것이 꽤나 맘에 걸렸다. 그냥 지나치려던 진열대로
다가간 것은 그 때문인지도 몰랐다.

고개를 숙여 유리로 짠 진열대 안을 들여다본다. 눈치를 살피던 점원이 슬며
시 다가와 몇 가지를 꺼내 보인다. 그의 일본어는 썩 유창하지 않았지만 판매
원 특유의 붙임성이 언어를 초월했다.

오랜만에 접한 낯선 사람에게서 미나는 강렬한 온기를 느꼈다. 부담 없이 나
누는 일시적인 교류가 희한한 안도감을 주었다. 엉성한 일본어로 쉼 없이 떠드
는 점원이 살가워서 소리 내 웃기까지 했는데, 결국 그가 잘 어울릴 거라며 추
천한 자수정 귀걸이를 골라 값을 치렀다.

"감사합니다! 안녕히 가십시오! 또 오십시오!"

미나는 새로 산 귀걸이를 달고서 느긋이 상회의 물건들을 구경했다. 히타로
에게 선물할 넥타이핀과 고모부가 좋아할 만한 다완도 한 세트 샀다. 그러고
보니 히타로의 생일이 이달에 있었다. 오빠는 출근했겠지만 고모부는 집에 계
실 거야. 오야케의 집이 있는 중학동도 북촌이란 데 생각이 미치자 미나는 즉
시 상회를 빠져나왔다. 인력거를 찾던 눈에 전차가 들어온 것은 그때였다.

미나에게 북촌의 지리는 낯설다. 그러나 오야케의 집이 총독부에서 멀지 않
다는 건 알고 있다. 총독부 앞에 내려 인력거를 타면 되겠지. 어렵잖게 계획을

정한 뒤 그녀는 전차 정류장에 섰다. 샌프란시스코에 있을 때는 자주 전차를 이용했지만 경성에서는 아직 한 번도 타 보지 못했다.

북촌답게 차를 기다리는 이들은 온통 조선인이었다. 하얀 두루마기에 고무신을 신고 중산모를 쓴 사내. 유행 지난 양장을 조금 요란스레 차려입은 청년. 면 포대기에 아기를 둘러업은 치마저고리 차림의 부인.

엄마 등에 순하게 업힌 아기는 미나와 눈이 마주치자 끼득끼득 웃기 시작했다. 고개를 돌린 아이 어머니가 제 또래 여자를 보더니 경계 없이 생긋 웃어 보인다. 아기를 들여다보던 미나도 여자와 눈을 맞춘 채 비슷한 표정을 지어 보였다. 훈훈한 온기가 몸속에 잔잔히 퍼지는 것 같았다.

"종로 이정목이올시다!"

전차가 도착하자 차장이 우렁차게 소리쳤다. 미나는 그가 일본어로 같은 말을 다시 외친 후에야 무슨 뜻인지 정확히 알 수 있었다. 사람들을 따라 차에 오르자 가위와 표를 든 차장이 요금을 거뒀다. 그는 마지막으로 미나 앞에 오더니,

"표 찍으시오."

아무렇지 않게 조선어로 말한다. 앞선 사람들이 하는 양을 미리 봐 둔 그녀가 일 원짜리 한 장을 내밀자,

"어디까지 가시오?"

다시 조선어로 묻는다. 무슨 뜻인지는 눈치로도 알아챌 수 있겠으나 대답까지 제대로 해낼 자신은 없는지라, 미나는 별수 없이 일본어로 답했다.

"총독부까지요."

차장은 아무렇지 않은 얼굴로 표 한 장을 잘라 내 거스름돈 한 움큼과 함께 건네주었다. 그리고 미나의 얼굴과 차림새를 눈으로 슬쩍 훑은 뒤 전차 앞쪽으로 휘적휘적 걸어갔다. 사람들을 실은 차가 곧 달리기 시작하고, 경쾌한 속도감

속에서 미나는 약간 즐거워졌다.

경성은 한 도회에 두 개의 세계가 공존하는 것 같았다. 북촌의 조선과 남촌의 일본이 서먹한 내외간처럼 동거했다. 섞이지 못한 채 어깨를 맞댄 물과 기름처럼. 그러나 이 세상이 본래 그런 것이 아닌가 미나는 생각해 본다.

무엇을 기준으로 삼든 간에 세계는 언제나 둘로 나뉘어 공존했다. 부유한 자와 궁핍한 자, 배운 자와 무지한 자, 건강한 자와 병든 자. 어떤 식으로든 그리 갈릴 수밖에 없는 것이 세상이라면, 경성에 공존하는 두 개의 세계도 비단 일본인과 조선인의 것만은 아니지 않을까.

"요보, 요보."

생각을 멈춘 미나가 고개를 들었다. 맞은편에 예닐곱 살쯤 된 소년이 서 있었다. 스웨터와 양장 바지에 에나멜 구두를 신은 소년은 제 어머니로 보이는 부인과 함께 있다. 장난기가 줄줄 흐르는 얼굴로 소년이 다시 한번 동그랗게 입술을 모았다.

"요보, 조센징."

약간 의아한 얼굴로, 미나는 소년의 시선 끝에 있는 여자를 보았다. 젊은 부인은 소년의 돌팔매 같은 외침에 당혹감을 숨기려는 것 같았다. 등에 업은 아기를 어르는 척 고개를 돌려 외면하려 했다. 그러나 아이들이란 어린 짐승과 같아서 제게 겁먹은 상대를 귀신같이 알아챈다. 의기양양해진 소년이 낄낄대며 같은 말을 반복했고, 미나는 그제야 그게 조선인을 조롱하는 말이라는 것을 깨달았다.

"바보 같긴. 요보, 요보."

아이가 패악을 부리고 있는데도 소년의 어머니는 나서지 않았다. 못 들은 척 아이의 스웨터에 뭉친 보푸라기만 떼어 주고 있었다. 얌전한 기모노 차림의 여자를 미나는 더없이 황망한 눈으로 바라보았다.

어미의 묵인 아래 아이는 점점 더 거세게 날뛴다. 급기야 등에 업힌 아기가 울음을 터뜨리자 조선인 여자는 새빨개진 얼굴로 부지런히 아이를 얼렀다. 아기의 울음소리와 소년의 웃음소리가 뒤섞여 미나는 귀가 다 멍멍해졌다. 그러나 전차 안의 그 누구도 끝끝내 나서지 않았다.

"총독부올시다!"

소란 속을 달리던 전차가 멈춰 섰다. 미나는 우르르 하차하는 사람들을 따라 떠밀리듯 정류장에 내려섰다. 전차와 사람들이 각자의 행로를 따라 떠나 버린 뒤에도 잠시간 우두커니 그 자리에 서 있었다. 눈앞에 산처럼 버티고 선 총독부 청사가 보였다. 아버지의 집무실이 있을, 궁성처럼 새하얗게 빛나는 그 건물을 미나는 한동안 바라보았다.

'크리스토퍼 콜럼버스가 아메리카 대륙을 발견한 것은 십오 세기였죠. 당시 북미 지역 원주민 인구는 수천만에서 극단적으론 일억 명까지도 추산되는데, 유럽인들의 이주가 시작되면서 그들 구십 퍼센트 이상이 사라졌습니다.'

미국인들은 원주민을 몰아내고 새 문명을 건설한 것을 신대륙 개척이라 불렀다. 셀 수 없는 사람을 몰살하고 세운 나라가 150년 후인 지금 자유와 평화의 수호자를 자처하고 있다. 미국 대학의 역사 강의를 들으며 미나는 생각했었다. 어쩌면 시간의 힘이란 그토록 막강해서, 어떠한 죄악도 희석시켜 결국엔 망각하고 미화하는지도 모른다고.

죄를 저지른 자들이 사라지고 나면 그들의 자손은 죄의식을 느끼지 않는다. 물려받은 유산에 흥건한 핏자국을 닦아 내고 무구한 표정을 짓는다. 풍요한 재산은 기꺼이 대를 물려도 부끄러운 죄는 이어받지 않은 것처럼.

그러니 언젠가는, 충분한 시간이 흐르면 이곳 경성에서도 망국의 한이 잊히게 될까. 일본도 150년쯤 지나고 나면 자비와 박애의 수호자를 자처하게 될까. 우리의 후손들도 피투성이 유산을 깨끗이 닦아 내고 무구한 얼굴을 하게 될까.

그런 생각이 들 적마다, 미나는 스스로를 괴롭히는 이 모든 번민이 한없이 무의미하게 느껴졌다.

"그들 앞에서 마음이 편치 않은 건,"

여자가 잠시 말을 멈췄다. 양손으로 받들어 쥔 다완에서 훈김이 피어오르고 있다.

"역시 저도 조선인의 피를 받았기 때문일까요."

온돌로 데워진 사랑방은 훈훈했다. 보료 위에 정좌한 오야케 노리다카가 처조카를 마주 보았다. 오늘의 그는 바지저고리 대신 편안한 양장 차림이다.

"사람의 피를 받았기 때문이겠지."

녹차 한 모금을 삼킨 그가 부드럽게 단언했다.

"훔쳐 온 열매를 나눠 먹은 사람은 죄의식을 가져 마땅하다. 설령 몰랐다 해도 남의 것을 먹은 줄 뒤늦게 알았다면 미안함을 느껴야 사람이야."

미나는 푹신한 방석 위에 앉아 곰곰이 듣기만 했다.

"남의 가족을 해치고, 땅을 빼앗고, 그 땅에서 난 것들로 배를 채웠다. 어찌 죄의식을 느끼지 않을 수 있겠느냐."

"일본에서는,"

미나가 입술을 떼며 탁자 위에 다완을 내려 두었다.

"다른 사람에게 조그만 폐라도 끼치면 안 된다고 배우잖아요. 신세를 지면 반드시 갚아라, 낯선 사람을 예의 갖춰 대해라, 무례하게 굴지 말아라. 다들 그렇게 배우고 또 그렇게 하잖아요. 그런데 어째서……."

"조선인은 사람이 아니라고 생각하기 때문이겠지."

미나의 입매가 굳어졌으나 오야케는 예사로운 어조로 말을 이었다.

"타인에게 저지르는 대부분의 잘못은 상대를 사람으로 생각하지 않기 때문이다. 상대도 나처럼 고통을 느끼고, 두려움을 알고, 지키고 싶은 것들이 있다는 사실을 잊는 순간 인간은 잔인해져. 그 대상이 짐승이든, 같은 사람이든 말이다."

사내가 소리 없이 긴 숨을 내쉬었다.

"그러니 네가 그들 앞에 떳떳하지 않다면, 미나 네가 아직은 사람이라는 증거가 아니겠느냐."

마르는 입술을 녹차 한 모금으로 적신 뒤 그는 무릎 꿇고 앉은 여자를 바라보았다. 흠잡을 데 없이 올바른 예를 갖춘 자세에서 그는 먼저 떠난 부인을 본다. 하나뿐인 남동생이 첩실에게서 낳은 딸. 미나와 죽은 아내는 분명한 혈연으로 이어져 있다. 오야케가 저와는 피 한 방울 섞이지 않은 처조카를 각별히 여기는 까닭도 결국은 그 때문일 것이다.

"경성에서 지내는 게 불편한 모양이로구나."

"어느 정도 각오는 했었는데, 요즘은 자꾸 잘못 판단한 게 아닌가 싶어요."

"복학을 미룬 것이 후회되느냐?"

미나가 씁쓸히 웃으며 고개를 떨어뜨렸다. 결혼한 것이 후회된다는 말은 입속으로도 차마 하지 않았다.

"고모부."

"말해 봐라."

"고모부도 여기 처음 오셨을 때, ……저 같은 생각 하셨어요?"

다시 눈이 마주쳤다. 대답을 기다리는 조카에게 오야케는 의미 모를 미소만 돌려주었다. 그는 어린 여자의 눈에서 뚜렷한 혼란을 본다. 그러나 진지한 방황은 고민 없는 신념보다 희망적이란 것을 그는 또한 알고 있다.

"두려워하지 말아라, 미나."

그래서 오야케는 말투를 한껏 누그러뜨렸다.

"조선인은 따뜻한 사람들이야. 우리를 경계할지 모르나, 아마 경계하는 것이 당연하겠지만, 일단 마음을 열면 더없이 포근한 사람들이다."

미나는 방석을 적신 온돌의 온기를 새삼 인지했다.

"아니, 조선인이고 일본인인 것이 중요한 게 아니지. 상대의 마음을 얻고 싶다면 그저 진심으로 대하면 된다. 어느 민족이든 마음은 통하기 마련이니까."

그것으로 대화는 더 이상 이어지지 않았다. 질문의 핵을 교묘히 피한 답이었으나 미나는 다시 묻지 않았다. 그녀가 구하려는 건 조언이지 함께 푸념할 상대가 아니었다.

이왕 왔으니 점심이나 먹고 가라는 권유에도 미나는 자리에서 일어섰다. 폐 끼치고 싶지 않아서요. 바닥에 놓아둔 핸드백을 집어 들며 그러자 오야케가 피식대며 손을 내저었다. 그 얼굴이 새삼 히타로와 닮았다고 생각하면서, 미나는 영암댁이 대문 앞에 불러 둔 택시에 올랐다.

"이것 가지고 가세요, 아가씨."

"이게 뭔데?"

그녀는 열린 차창을 통해 넘겨받은, 푸른 보자기로 곱게 싼 단지를 내려다보았다. 되묻듯 고개를 들자 창문 밖에 선 중년 여자가 푸근하게 웃는다.

"수정과 좀 담았어요. 지난번에 좋아하셨다 하셔서."

"……."

"계피가 몸을 따뜻하게 한답니다. 주무시기 전에 한 잔씩 드시면 숙면에도 좋고요."

미나는 곧장 대답하는 대신 물끄러미 여자를 바라보았다. 저고리의 새하얀 동정과 길게 늘어뜨린 옷고름을 지나 참빗으로 곱게 다듬어 쪽 찐 머리를 보았다. 기억 속에 듬성듬성 남은 형상들.

"고마워."

짧게 대답하자 차가 출발했다. 미나는 후사경에 비친, 단전에 양손을 모은 여자의 모습을 완전히 사라질 때까지 바라보았다.

자동차는 종로를 지나 남쪽으로 달렸다. 청계천을 건너 남촌으로 들어서자 차창 밖 풍경이 익숙해졌다. 저만치 남산에 올라앉은 신사의 거대한 맞배지붕이 보였다. 남대문에서부터 산 중턱의 신사까지, 새하얀 화강석으로 조성한 경사로에 여느 때처럼 관람객들이 오르고 있었다.

총독부가 공들여 지은 조선신궁은 경성 유람에 빠질 수 없는 명소다. 매일같이 사람들의 발길이 이어지지만 방문객 대부분이 조선인이라 참배객은 드물었다. 조선인들에게 신궁은 볼만한 구경거리지 절을 하는 곳이 아니었다.

미나를 태운 자동차는 이제 남산정 비탈길을 오르기 시작한다. 참배객 없는 신사만큼이나 주택가는 조용하다.

"여기서 세워 줘요."

"댁으로 가시지 않구요?"

"좀 걷고 싶어서."

집에 조금 못 미쳐 택시를 세웠다. 이 정도면 걸을 만하겠다 싶은 지점에 내려서 수정과 단지를 품에 안았다. 짐은 무겁지 않았다. 미나는 가슴을 부풀려 큰 숨을 들이쉰 다음, 담장이 높은 집들 사이로 천천히 걷기 시작했다.

쏟아지는 햇살 틈으로 새소리가 종종댄다.

가을의 경성, 특히 남산정에서 가장 마음에 드는 것은 상큼한 햇살, 그리고 공기였다. 흙 내음과 뒤섞인 식물의 숨을 들이마시면 정신이 번쩍 들 정도로 머리가 맑아졌다. 미나는 어릴 때 살던 부산에서도 이런 냄새가 났던가 떠올려 본다. 아담한 기와집 대청마루에 앉아 놀던 장면이 기억에 남아 있지만 공기의 냄새까지는 가늠되지 않았다.

생모의 기일이 내달이다. 미나는 어머니의 생일은 잊어도 기일만은 꼬박 기억했다. 죽은 자를 기리는 것은 어차피 산 자의 몫이니 직접 겪은 기억을 품는 것도 당연할 테다. 이맘때쯤이면 어김없이 그 생각을 하는 것도, 조선 땅에 있는 지금 그 생각이 유별난 것도 모두 그래서일 테고.

상념에 몰두한 채 걷다 보니 어느새 대문 앞에 다다랐다. 미나는 초인종을 누르려다 그만두고 핸드백을 뒤져 열쇠를 꺼냈다.

문을 열고 들어서자 샛노란 국화 향이 훅 끼쳤다. 풍성한 황금빛이 앞뜰 가득 넘실대고 있었다. 화단 곁에 선 매화나무도 잎사귀에 붉은 물이 들었다. 미나는 시간의 흐름을 새삼 실감하면서 수정과 단지를 품에 안고 본채로 향했다.

집 안은 텅 비어 있었다. 아무도 없는 현관을 지나며 미나는 구태여 소리 내사람을 부르지 않았다. 괘종시계를 보니 바늘이 막 한 시를 넘기고 있다. 하녀들이 마님에게 먹을거리를 챙겨 주고 별채로 물러가 점심을 먹을 시각이었다.

점심. 생각하자 갑자기 허기가 몰려와 주방을 두리번거렸다. 그러나 허기를 채우려면 어찌해야 할지 감도 안 잡힌다. 말끔하게 치워진 찬장에는 뚜껑 덮은 단지들이 가지런히 놓여 있고, 화덕 위의 무쇠솥은 감히 열어 볼 엄두도 나지 않았다.

"별수 없게 됐네."

휴식 중인 여자들을 방해하고 싶지 않지만 미나는 스스로 음식을 챙겨 먹어 본 적이 없었다. 동경에서도 미국에서도 식탁을 차리고 치워 주는 사람은 항상 있었다. 조금만 기다리면 하녀들이 돌아오지 않을까. 괘종시계의 변함없는 시계판을 바라보던 미나는 배 속에서 꼬르륵, 소리가 나자 별수 없이 현관을 나섰다.

본채에는 별채로 연결된 호출종이 있다. 하다못해 창문을 열고 소리쳐 불러도 충분히 들릴 거리다. 그러나 미나는 목청껏 누군가를 부르는 저속한 교양은 배운 바 없고, 식사 중일 하녀들을 불러들이기도 내키지 않았다. 별채까지 걸어가 문을 두드린 건 그래서였다.

나무로 짠 출입문이 똑똑 울리자 안쪽에서 중년 여자가 벌컥 문을 열었고,

"아이고, 마님."

미나는 깜짝 놀란 찬모의 등 뒤로 고소한 냄새를 맡았다.

"어, 언제 들어오셨어요? 아니 어떻게 직접……."

"지금 막 왔어. 식사 중이야?"

"예, 예, 이제 먹으려는 참인데……."

"잠깐 들어가도 될까?"

외출한 줄 알았던 상전이 난데없이 들이닥치자 동래댁이 주춤주춤 비켜섰다. 구두를 벗은 미나는 실크 스타킹 신은 발로 마루에 올라서더니 냄새의 진원을 따라 안쪽으로 걸어 들어갔다. 짭조름하고 고소한 음식 냄새. 개다리소반 위에서 냄새를 풍기는 그것은 바닥이 넓은 양푼에 담긴, 고추장을 넣고 비빈 밥이었다.

참을 수 없이 고소한 참기름 냄새. 절로 침이 고였다.

"이거 더 있어?"

그제야 상전의 용건을 알아차린 동래댁이 허둥지둥 나섰다.

"저희는 점심 지나도록 안 들어오실 줄 알고…… 제가 얼른 가서 상 봐 드릴."

"그만둬. 번거롭게."

여기서 먹어도 돼. 덧붙이며 양푼 앞에 무릎을 꿇고 앉자 말희가 후다닥 방석을 끌어왔다. 미나는 그 무명 방석 위에 옮겨 앉으며 어색하게 선 두 여자를 올려다보았다.

"같이 먹자."

세상에 상전과 겸상을, 그것도 양푼에 비빈 밥을 나누라니. 그들은 선 채로

난감한 시선을 교환했으나 곧 주춤주춤 앉는 수밖에 다른 도리가 없었다.

한 사람분의 찬밥과 나물과 양념을 더해 슥슥 밥을 비비는 동안 미나는 잠자코 양푼 속만 들여다보았다. 동래댁은 참기름까지 새로 두른 밥을 사기 사발에 담아 마님 앞에 놓아 준 뒤 남은 밥은 양푼째로 제 앞에 놓았다. 미나는 양푼 안에 꽂힌 두 개의 숟가락을 힐끗 본 뒤 제 몫의 젓가락을 집어 들었다. 음식을 눈앞에 두자 맹렬한 허기가 쾌감처럼 느껴졌다.

"잘 먹겠습니다."

잘 비벼진 밥을 한 입 넣으니 가히 황홀경이다. 짭짤하고 매콤하고 고소한, 선명한 맛들에 절로 신음이 나왔다. 환상적이네. 미나가 말도 없이 밥을 싹싹 긁어 먹자 말희는 진기한 구경하듯 쳐다봤다. 방석 위에 무릎을 꿇고 앉은, 세련된 양장의 일본 여자가 고추장에 비빈 밥을 젓가락으로 먹는 광경. 과연 진기한 장면이긴 했다.

"잘 먹었습니다."

빈 사발을 상 위에 올려 두며 미나가 치사했다. 그릇을 상에 놓고 먹는 것이 조선식 예절이라는 걸 알았지만 몸에 익지 않은 자세라 자신이 없었다. 묵직한 그릇을 내도록 들고 있었더니 손목이 약간 뻐근했다. 고모부는 이 그릇들을 어떻게 쓰시는 걸까. 조선인처럼 능숙히 식사하는 오야케의 모습을 미나는 머릿속에 그려 본다.

"보다시피, 나 매운 음식 좋아해. 김치 같은 것도 잘 먹어."

먹어 본 지는 오래됐지만. 미나가 덧붙이며 찬모를 바라보았다. 이 낯선 상황과 대화에 아직 적응 못 하는 모양으로 그들은 여전히 대꾸가 없다.

"혹시 그, 밀가루 반죽에 파 넣고 기름에 부친 음식 알아? 오징어 같은 것도 들어가고. 조선 음식인데."

"파전이요? 해물파전 말씀하시는 건가."

동래댁이 말문을 열었다.

"저희 고향 파전이 조선서두 유명하지요. 부산 동래파전이라고."

"동래댁 고향이 부산이야?"

되묻자 찬모가 우습다는 듯 껄껄 웃었다.

"동래가 부산이지요. 지금은 부산부지만 저 어렸을 적엔 동래부라고 불렀어
요. 부산 가 보신 적 없으시죠, 마님? 내지서 건너오실 때 잠깐 기차역 들르신
거 말고요."

미나는 놀라움과 반가움을 숨기지 않았다. 이 여자도 부산에서 왔다니. 동향
이다.

"나 거기 살았어. 어렸을 때."

"예? 부산에 사셨다고요?"

"응. 다섯 살 때까지 거기서 살았어."

헉. 말희가 충격적인 숨을 들이켰다.

"그럼 조선어도 할 줄 아세요?"

"조금?"

원 세상에나.

"조선어로 내 뒷얘기 할 생각이면 목소리를 최대한 낮추도록 해. 쉬운 말은
제법 알아들으니까."

아무렇지 않은 얼굴로 농담을 던지자 두 여자가 어색하게 웃었다. 진짜로 뒷
얘기 할 건가 보네. 웃음기를 섞어 투덜대자 그들이 조금 더 밝게 웃었다.

"말희."

"……예, 마님."

미나가 면구한 표정의 하녀에게 말을 걸었다. 스에키가 아니라 말희. 작은
체구의 십 대 소녀는 여전히 조금 쭈뼛댔다. 저런 동생이 있었더라면 미나는

무척 귀여워했을 것이다.

"성은 뭐야?"

"최가예요. 최말희."

"말희. 예쁜 이름이야. 프랑스 소녀 같잖아."

마리. 다시 한번 중얼거리자 소녀가 웃었다. 동래댁은 젊은 여자들을 푸근하게 번갈아 본다. 그리고 하나의 양푼에 꽂힌 두 개의 숟가락. 나 때문에 식사들 못 하는 거야? 재촉하듯 되묻자 여자들은 그제 입으로 음식을 가져가기 시작했다.

"나중에 파전 만들어 줘. 어릴 때였지만 나 그거 참 좋아했거든."

"저도 아주머니가 부친 파전 먹고 싶어요. 워낙 솜씨가 좋으시니까요."

"맞아. 동래댁 실력이 시즈코보다 나아."

"시즈코가 누구야?"

"백작저에 계시는 찬모예요. 내지분."

"아, 다른 건 몰라두 조선 음식이야 조선인 찬모가 질 수 없지요. 조만간 실력 발휘 좀 해 봐야겠네."

이야기는 조선의 음식에서 시작돼 미국의 풍물로 넘어간다. 여자들은 더 이상 서로에 대한 호기심을 감추지 않는다. 동래댁의 일본어가 막히면 말희가 자연스레 말을 옮겨 주었고, 미나는 뜻밖의 조선어까지 알아듣는 실력을 발휘해 감탄을 샀다. 샌프란시스코와 동경과 부산이 번갈아 화제에 올랐다. 질문과 대답, 또 질문과 대답, 간간이 터지는 웃음소리.

그들과 교환하는 시선 속에서 미나는 더 이상 불편함을 느끼지 않았다. 받아들여졌다는 안도감으로 시간 가는 줄 몰랐다. 기쁨으로 넉넉히 배가 부르고, 타인들과 둘러앉은 자리는 따뜻했다.

준세는 돌변한 식탁을 내려다본다. 일단 놀라운 것은 벌겋게 양념한 고추장 주물럭이다. 커다란 접시에 넉넉히 담아낸 음식은 그의 눈에도 상당히 매워 보였다. 그 곁으로 배추김치 한 보시기가 탐스럽게 담겨 있고, 그 옆 종지에 담긴 것은 고추장에 박았다가 송송 썰어 낸 고추장아찌. 하나같이 희한한 풍경이었으나 그중 가장 낯선 것이라면 역시,

"이거 진짜 맛있어, 동래댁."

그 벌건 음식들을 거리낌 없이, 보란 듯이 맛나게 먹는 여자였다.

"감사합니다, 마님."

부듯하게 웃는 찬모에게 준세는 다시 눈길을 옮겼다. 아울러 기묘하게 돌변한, 너무도 명백해서 도저히 눈치채지 않을 수 없는 화해의 공기를 감지했다. 낮에 대체 무슨 일이 있었던 건지. 아침까지만 해도 이런 분위기가 아니었던 것 같은데.

"말희."

"예, 마님."

"나 따뜻한 물 한 잔 줄래?"

"예, 마님."

준세는 아무렇지 않은 기색으로 다만 식사에 열중한 여자를 본다. 냉소도 당혹감도 드러내지 않으려 신경 쓰면서. 세 명의 조선인 사이 고립됐던 여자는 불과 한나절 사이 훌륭하게도 판도를 뒤집어 놓았다. 이제 세 명의 여자들 사이 고립된 것은 오히려 임준세 쪽 같다.

"동래파전 먹어 봤어요?"

준세는 고개를 든 여자를 마주 보았다. 입가엔 여전히 엷은 미소.

"아, 동래댁이 당신 집안 찬모였지. 바보 같은 소릴 했네요, 내가."

"……."

"우리 내주에 집에서 파전 부쳐 먹기로 했어요. 막걸리랑 같이. 파전은 꼭 막걸리랑 먹어야 한다면서요. 막걸리 마셔 본 적 있어요?"

재잘대는 여자를 향해 그는 온화한 표정을 잃지 않았다. 곁에서 시중드는 하녀들과 최대한 비슷한 얼굴을 하려 애썼다. 아울러 이 집에서 무슨 일이 벌어진 건지 추측해 보았으나 알 길이 없었다. 그는 그저 황당할 따름이다. 조카딸이나 사촌 언니를 보듯 친근해진 하녀들의 눈길도, 별안간 태도를 바꿔 소녀처럼 활달하게 구는 여자도.

"준세 씨가 그렇게 정구를 잘 친다면서요. 언제 한번 구경시켜 줘요. 나도 동경서 학교 다닐 땐 정구 좀 쳤었는데."

그래서 준세는 서서히 짜증이 밀려왔다.

매콤하고 풍미 좋은 음식 대신 맨밥을 씹으며 그는 생각한다. 이 여자는 지금 나랑 뭘 하자는 건가. 제멋대로 미국이니 유학이니, 결혼이나 남편 같은 건 구두창이나 장신구쯤 되는 것처럼 떠들더니 이제 와 생각이 바뀌기라도 한 건가.

어째서 마음이 달라졌을까. 여기 한 달쯤 있어 보니 도무지 무료해서? 무언가 색다른 놀잇감이 필요해서? 그래서 나랑 다정한 내외 노릇이라도 해 보고 싶어졌나?

볼수록 건방지기 짝이 없는 여자 아닌가.

'나는 그리 믿을 만한 사내가 아닙니다.'

그렇게까지 친절히 일러 주었건만, 여자는 깨끗이 무시하기로 한 모양이었다.

"내달에 공회당에서 실내악 공연이 있대요. 아버지가 초대권 보내 주신다고 하셨어요. 레퍼토리는 모르지만 기대돼요. 클래식 콘서트 너무 오랜만이라."

새처럼 경쾌한 목소리였다. 부지런히 지저귀던 미나는 말희가 건네준 물을 한 모금 마신 뒤 다시 말을 이었다.

"경성공회당이 여기서 먼가요? 크라이슬러도 거기서 독주회를 했다면서요? 준세 씨는 바이올린 좋아해요?"

준세는 아무렇지 않은 얼굴로 음식을 삼키고는 공회당이 우리가 결혼한 호텔과 길 하나를 사이에 두고 있다고 대답했다. 더불어 나는 바이올린이나 서양 음악 따위에 관심이 없고, 외국의 유명 연주자에 대해서도 시시콜콜 알지 못하며, 그들이 일본 순회공연의 일환으로 경성에 들르든 말든 내 알 바 아니라는 말까지 쭉 덧붙이고 싶었으나 참았다.

그렇게 하고픈 말들을 억지로 삼켜 낸 순간, 걷잡을 수 없이 모멸감이 밀려왔다.

그는 참을성을 최대로 발휘해 짜증과 화증을 참았다. 멋대로 비집고 들어오려는 여자를 참았다. 이 모든 연극이 돌연 신물 나 자리를 박차고 싶었으나 참았다. 참는 것에는 족히 이골이 난 줄로 알았건만 뜻밖에도 힘이 들었다. 그래서 준세는 잠깐 입을 다물고 조용히 감정을 다스렸다.

점점 미소를 유지하기가 어려워진다.

"어디 불편해요? 안색이 안 좋은데."

별수 없이 그는 시선을 들어 눈을 마주쳤다. 큼직한 눈으로 이쪽을 바라보며 여자가 고개를 갸웃거렸다. 무어라 대답해 줄 말을 찾기도 귀찮아 차라리 답하지 않는 쪽을 택했다. 마음 같아선 서재로 올라가고 싶었으나 식사는 이제 겨우 시작됐을 뿐이다. 그는 한숨을 삼키며 아직 수북한 제 밥그릇을 내려다보았다.

"음식이 너무 매운가?"

미나가 농담하듯 중얼대며 생긋 웃었다. 뒤에 선 하녀들이 실바람처럼 웃는다. 그러나 준세는 억지웃음조차 지어내기 힘들어, 간신히 경련 같은 미소를 만들어 냈다.

이것은 굴욕감이다. 임준세는 그렇게 결론 내렸다.

시작부터 굴욕적인 결혼이었다. 이 결혼의 주체는 처음부터 끝까지 하루하라였으니까.

신여성이니 여성해방이니 하는 서양 사조가 일찍이 경성과 동경을 휩쓸고 있으나, 혼인은 남편이 아내를 취하는 과정이란 인식은 아직 엄연하다. 제아무리 신사조의 바람이 거세다 한들 오랜 관습과 생각마저 하루아침에 바뀌는 건 아니었다. 아내와 연인을 존중하는 것이 신사의 필수 조건이라지만 그것은 바꿔 말하면 젠틀맨의 매너가 있어야 숙녀도 대접받을 수 있다는 뜻. 남자는 마땅히 아량을 베푸는 쪽, 시혜자의 입장에 서 있어야 하는 것이다.

이 결혼의 기형성이 어디 그뿐인가. 일본인과 조선인, 정복자와 피정복자, 침략자와 피해자라는 그들의 도식은 남녀가 이루어야 할 조화로운 구도와 또한 정확히 반대였다. 정복하고 침략하는 것은 마땅히 남자 쪽이지 감히 여자가 맡을 역할이 아니다.

그러니까 준세가 생각할 때 본인이 하루하라 미나에게 느끼는 감정들, 까슬까슬하고 뻣뻣하고 걸리적거리는 이 모든 불편한 느낌들은 분명 거기에 뿌리를 두고 있었다.

질겨질 대로 질겨진 인내력이 통 힘을 못 쓰는 것도 그래서다. 그 여자가 선사하는 모멸감은 여태 겪어 본 무엇보다 강하기 때문에.

'준세 씨가 그렇게 정구를 잘 친다면서요. 언제 한번 구경시켜 줘요.'

그저 명목상의 결혼만을 유지하자고, 그렇게 반복적으로 암시와 당부를 했음에도 못 알아들은 척 시침 떼는 꼴이라니. 눈치가 없거나 지능이 달리지 않는 여자라는 걸 알고 있기 때문에 더더욱 불쾌했다. 내 의사 따위는 얼마든 묵살하겠다는 뜻 아닌가.

"하."

준세는 억지로 읽으려 애쓰던 책을 결국 덮고 말았다.

서재에는 늘 그렇듯 남자 혼자뿐이다. 벽 두 개에 연이어 책장을 짜 넣은 이 공간은 그가 가장 오래 머무는 곳으로 침실을 겸한다. 침대가 없어 바닥에서 자야 하는 형편이지만 준세에게 그건 아주 사소한 문제일 뿐이었다. 으리으리한 침대에서 자던 시절이 그에게도 있었으나, 본가의 푹신한 침실보다 딱딱한 이곳의 바닥이 마음은 한결 편했다.

그 여자만 아니면 훨씬 더 편하겠는데.

준세는 덮은 책을 한쪽으로 밀어 놓고 아래 서랍을 열었다. 양철로 만든 압정 통을 꺼내 뚜껑을 열었다. 뾰족한 압정들이 짤강대는 통 안에서 자그마한 열쇠를 꺼내 왼쪽 서랍에 꽂았다. 잠금이 풀린 서랍 안에 서류철 하나가 들어 있었다.

서류철은 그의 검지 한 마디 두께였다.

안에 든 각종 전표와 영수증을 꺼내니 한 움큼이다. 직접 나가 지키지 않아도 가게 하나를 꾸리려면 이것저것 신경 쓸 일이 많았다. 서류상 그와 하등 관계 없는 카페라도, 회계를 정리하고 수익 늘릴 방도를 찾아야 하는 것은 역시 실소유주인 그의 책임이었다. 황찬은 은밀히 정보를 모으거나 능청맞은 사장 시늉에 재능을 발휘하는 사람이지만 경제랄지 경영 같은 것에는 영 소질이 없었다. 여태 그 흔한 예금통장, 보험증서 한 장 없는 사람이니.

준세는 만년필을 집어 뚜껑을 열었다. 책상 한쪽에 세워 둔 주판을 끌어와 영수증의 지출 내역을 계산하기 시작했다. 펜으로 쓴 숫자들이 차곡차곡 칸을 채워 갈 동안 주판알 움직이는 소리는 거의 들리지 않았다. 영수증 너덧 장쯤은 암산으로도 충분하다.

그러다 문득, 머릿속에서 돌아가던 숫자가 뚝 멈췄다.

'실내악 공연이 있대요. 아버지가 초대권 보내 주신다고 하셨어요.'

음악회라니 태평스럽기도 하지.

'준세 씨는 바이올린 좋아해요?'

새삼스럽게 내 취향은 왜 물은 건데. 좋든 싫든 당연히 같이 가야 하는 것을.

불쑥 끼어든 잡생각이 계산을 망쳐 버렸다. 숫자들이 뒤엉켜 처음부터 다시 셈해야 하게 생겼다. 준세는 기어이 미간을 구기며 펜을 놓고 고개를 들었다. 왼편을 쏘아보는 눈길에 짜증이 가득했다.

책상 왼편의 벽에는 못 보던 책장 하나가 서 있었다.

책 한 권 꽂히지 않은 커다란 책장은 오늘 아침까지만 해도 없던 것이다. 필요하지 않은 물건을 사들인 건 그렇다 쳐도 남의 공간에 멋대로 가구를 들인 심보는 대체 어디서 나온 건지 모르겠다. 억지로 저녁 식사를 마치고 서재에 올라왔을 때, 준세는 이 생뚱맞은 책장을 보고 하마터면 욕을 뱉을 뻔했다.

'여기 출입은 삼가 주면 고맙겠습니다.'

그렇게까지 얘길 했건만. 내 말 따위는 가소로워 귓등으로도 안 듣는다는 거지. 오만하고 경박하고 제멋대로인 여자. 무엇 하나 겁날 것 없는 화족의 여식.

"후……."

여자를 생각하자 감정이 파도처럼 출렁였다. 준세는 두 눈을 감고 얕은 한숨을 내쉰다. 이래서야 함께 사는 여자를 계속 아무렇지 않게 대할 수 있을지 모르겠다. 그로서는 생각지도 못한 난관이었다. 그냥 조용히, 얌전히만 있어 줘도 아무 문제 없을 텐데. 변수조차 될 수 없어야 하는 여자가 왜 이렇게 자꾸 신경을 건드리는지.

한 달. 이제 고작 한 달을 채웠을 뿐인데.

그때 멀지 않은 곳에서 기척이 들렸다. 준세는 감았던 눈을 뜨고 귀를 기울였다. 이 시각 이 집에서 소리를 만들 사람은 본인을 제외하고 한 명뿐이다. 여자가 이리로 오고 있다는 확신이 들자마자 그는 책상 위의 서류철을 덮어 한쪽에 밀쳐놓았다. 그리고 책을 끌어당겨 아무 데나 펼침과 동시에 똑똑, 미닫이를 두드린 여자가 드르륵 문을 열었다.

준세는 더 이상 억지로 웃을 수 없다.

"잠깐 들어가도 되죠?"

멋대로 들어온 여자가 뒤늦게 승낙을 구하며 이쪽으로 걸어왔다. 그러고는 책상 앞에 앉은, 대꾸 없이 쳐다만 보는 남자를 향해 조금 멋쩍게 웃더니,

"수정과예요."

자그마한 백자 다완을 쟁반째 책상 위에 내려놓았다. 난데없이 퍼지는 계피 향. 준세는 이 갑작스러운 상황 앞에 침묵했다.

"아까 낮에 고모부 댁에 들렀거든요. 거기서 얻어 왔어요."

"……"

"향이 좋더라고요. 난 이거 올여름에 처음 먹어 봤는데."

"……"

"자기 전에 마시면 좋대요. 계피가 잠을 잘 자게 해 준다나. 알고 있었어요?"

미나는 오늘 저녁부터 이상할 정도로 살갑게 굴고 있었다. 어색한 듯 다소 머뭇거리면서도 예쁘게 웃으며 끊임없이 말을 걸었다. 준세는 그런 여자를 가만히 바라본다. 화장기 없는 얼굴과 소녀 같은 빰과 종알대는 입술을 눈으로

스친다. 크림색의 실내복과 길게 걸친 나이트가운을 훑는다. 보얗게 드러난 목덜미와 쇄골에 눈길을 준다. 황망하고 불쾌한 가운데 생각한다. 이 여자는 도대체,

내가 저를 어쩌길 바라는 건가.

"그것보다도 지금,"

준세는 더 이상 하고픈 말을 삼키지 않기로 했다.

"나한테 뭘 원하는 건지 궁금합니다만."

통하지 않는 상대에게까지 웃음을 낭비할 생각은 없으니.

"결혼만 하면 내 마음대로 살게 해 준다고 했던 것 같은데."

낮게 말하며 자리에서 일어섰다. 선 채로 그를 내려다보던 미나는 이제 턱을 위로 들어야 했다. 아울러 서재에는 긴장이 흐르기 시작한다. 신장과 몸집의 차이가 확연해졌기 때문만은 아니었다.

"아. 태평양 건넌 후부터 해 준다 했었나."

준세는 책상 너머에 선 여자에게 천천히 다가갔다. 두 사람 사이 간격이 한 발짝 이내로 좁아질 때까지. 긴장한 여자를 내려다보며 그는 묘한 기분이 들었다. 아마 치졸한 우월감인가 싶다. 짜릿한 분노 같기도 했고, 미진한 쾌감 같기도 했다.

"하루하라."

"……."

"당신은 내가 우습지."

어쩌면 이것은 그저, 극심한 갈증 같기도.

준세는 제 얼굴만 쳐다보는 상대와 지그시 시선을 맞대었다. 들이쉬는 숨 속으로 여자의 화장품 냄새가 스몄다. 그러고 보니 이렇게 가까이 선 것은 처음이다. 타인의 시선이 닿지 않는 곳에서, 의좋은 신혼부부를 가장할 필요가 없는

곳에서 이처럼 붙어 선 것은 처음이었다.

그리고 그 순간 저도 모르게, 그는 여자를 덮쳐 쓰러뜨리는 상상을 했다.

준세는 제 머릿속에 욕정의 대상으로 특정한 여자를 등장시킨 적이 없다. 그의 머리는 늘 생각할 것으로 차고 넘쳐서 여자에게까지 할당할 공간이 없었다. 요릿집에서 어울린 사내들이 당연한 듯 기생을 부를 때도, 바짝 붙어 앉은 그들이 교태를 부리며 슬쩍슬쩍 그의 몸을 건드릴 때도, 그녀들이 풍기는 향수와 분 냄새를 들이마실 때도 음험한 상상을 하지는 않았다. 준세는 그에 대해 본인이 상당한 자제력과 도덕심을 지녔기 때문이라고 생각해 왔다. 스스로 그러한 결백성에 대한 자부심도 없다고 할 수는 없었다.

'기꺼이 제물이 되겠습니다.'

이왕 제단에 오르기로 작정한 이상, 흠 없는 몸을 바쳐야 하는 것이 어찌 처녀 제물뿐이겠냐는 생각도 했다.

"임준세."

그러니 그런 종류의 음심을 품게 하는 것이야말로, 이 여자가 불편한 가장 큰 이유인지도 모른다.

"당신은 내가 무서워?"

"……."

"무서운 게 아니라…… 더러운 건가."

여자의 말에 준세는 보일 듯 말 듯 눈살을 찌푸렸다. 저를 올려다보는 갈색 눈동자를 번갈아 훑었다. 어조도 표정도 완전히 달라진 여자는 잠깐 입을 다물고 침묵하더니,

"봐 달라고 구걸할 생각 없어요. 난 그냥."

시선을 피하듯 눈길을 떨어뜨렸다.

"서재에 침대 들여놨어요."

"……."

"그거 알려 주려고 온 거예요."

미처 대답할 겨를조차 없었다. 미나는 달아나듯 몸을 돌려 문 쪽으로 걸어갔다. 깨끗이 소제된 마룻바닥을 하얀 맨발로 탁탁 디디며. 말없이 선 남자를 홀로 남겨 두고.

"편히 자요."

그 말에도 준세는 대답하지 못했다. 우뚝 선 채로 여자가 있던 빈 공간만 내려다보았다. 멀어지는 발소리가 완전히 사라질 때까지 움직이지 않았다. 제가 디디고 선 마루 아래, 침실로 돌아간 여자가 어떤 얼굴을 하고 있을지 상상하지 않으려 애썼다.

잠시 후에야 그는 고개를 든다. 몸을 돌려 낯선 책장으로 다가간다. 끄트머리에 붙은 자그마한 걸쇠가 눈에 들어왔다. 한숨을 삼키며 걸쇠를 풀자 책장 앞판이 떠밀리듯 앞으로 쓰러졌다. 소리 나지 않도록 조심스레 내리자 책장은 감쪽같이 침대가 됐고, 준세는 저도 모르게 손을 펼쳐 제 얼굴을 쓸어내렸다. 책상 위 다완에서 향긋한 계피 향이 진동했다.

머피 베드와 수정과 사이에 그는 그렇게 서 있었다.

변명의 여지가 없다. 더없이 졸렬하게 굴었단 생각에 심장이 다 뛰었다. 저를 보던 여자의 눈길과 가늘게 떨리던 목소리가 생생했다. 아울러 그는 인정할 수밖에 없었다. 미나가 그에게 선사하는 것은 굴욕감도 모욕감도 수치심도 아니었다.

그것은 두려움이다.

그는 여자의 접근이 싫은 것이다. 제게 다가오는 여자를 피하고 싶은 것이다. 하루하라 미나가 불편한 까닭은 자꾸만 저를 끌어당기기 때문이다. 그리고 임준세는 보이지 않는 그 인력 때문에 제 의지와 계획이 망가지는 것을 원치 않는다.

'편히 자요.'

그는 흐리게 자조했다. 오만하고 경박한 것은 그 자신이라서. 제멋대로 착각하느라 진의를 살피지 못한 것도 자신이라서. 반면에 하루하라 미나는, 그와 한집에 살고 먹고 잠자는 신혼의 아내는 남편을 아주 정확히 파악하고 있는 것 같아서.

준세는 고개를 돌려 서재 입구 쪽을 바라보았다. 아무도 없는 그곳엔 누군가 들어왔던 흔적조차 없었다. 그러나 그는 마룻바닥 위에 흩어진 발자국을 본다. 사뿐히 흩어진 하얀 발자국들.

'당신은 내가 무서워?'

여자가 옳았다.

그는 그녀가 두렵다.

3.
테
러
리
스
트
들

경성의 가을은 웃지 않는 무희 같다. 화려한 옷자락을 흔들면서도 어딘가 싸늘한 기색을 감추고 있다. 미나가 느끼는 이 계절의 표정은 그러했다.

십일월 문턱을 넘어서자 남산의 홍엽은 최고조에 달했다. 단풍나무가 피처럼 붉어지고 은행나무는 온통 황금빛이었다. 울긋불긋한 색채는 동경과 별다르지 않았으나 시기는 경성 쪽이 한결 빨랐다. 동경의 단풍은 앞으로 한 달은 더 있어야 절정에 이른다.

가을이 깊어 갈수록 하늘은 더욱 높아졌다. 구름 한 점 없이 온통 푸른빛으로 아득했다. 해가 사위고 나면 이른 저녁부터 기온이 뚝 떨어졌다. 석양이 채 저물지 않는데 놀랍도록 쌀쌀해질 때도 있었다.

그런 날이면 미나는 읽던 책을 잠시 덮고 양모로 짠 숄을 어깨에 걸쳤다. 감기 걸린다고 하녀들이 재촉할 때까지 앞마당이나 뒤뜰에 나와 있길 고집했다. 가을 단풍은 한낮의 투명한 햇살과도, 높고 푸르른 하늘과도, 새하얀 후원의 석정과도 너무나 잘 어울려 마냥 바라보고 싶었다.

이 아름답고 서늘한 계절을 미나는 오직 혼자서 누리는 중이다.

'나한테 뭘 원하는 건지 궁금합니다만.'

그날 이후로 준세의 퇴근 시간이 늦어졌다. 저녁을 먹고 들어오는 날이 잦아졌다. 주인님께서 요새 많이 바쁘신 모양이에요. 동래댁은 일 인분의 저녁상을 차려 주면서 번번이 송구한 얼굴을 했다.

찬모가 솜씨를 발휘해 파전을 부친 날도 미나는 혼자 저녁을 먹었다. 잔칫집처럼 고소한 기름내가 진동하는 집 안에서, 뽀얀 막걸리까지 곁들여 꾸역꾸역 다 먹었다. 그때 준세는 부산 출장 중이었다. 바쁠 것도 없는 부서라면서 일주일이나 지방에서 뭘 하는지 미나는 궁금해하지 않으려 애썼다.

요즘 그녀는 늦게 자고 늦게 일어난다.

매일 아침 남편이 침실에 들어와 옷장을 열 때까지도 침대에 누워 꼼짝하지 않았다. 반대쪽 벽을 향해 돌아누워서 그가 나갈 때까지 기다렸다. 아침 식탁을 차리는 소리가 들리고 커피 냄새가 퍼져도 일어나지 않았다. 식사를 마친 준세가 집을 나선 뒤에야 부스스 몸을 일으켜 겉옷을 걸쳤다. 냉랭하다 못해 완전히 얼어붙은 주인 내외를 하녀들은 그저 모르는 척했다. 그들 처지에 감히 아는 척할 수도 없는 노릇이었다.

'하루하라.'

미나는 그날 저를 보던 남자의 눈길을 잊을 수 없다.

'당신은 내가 우습지.'

날카로운 무언가에 깊이 찔린 것 같았다. 손가락처럼 굵은 철심이 가슴 한복판을 뚫은 기분이었다. 구멍 난 상처에서 뜨거운 것이 흘러나왔다. 밤새 뒤척이면서도 끝내 울지 않은 것은 순전히 자존심 때문이었다. 거부당한 것도 모자라 홀쩍홀쩍 우는 꼴은 스스로 용납할 수 없어서.

'봐 달라고 구걸할 생각 없어요.'

그런대로 의연히 대꾸하고 자리를 뜬 것이 다행스러웠다.

그날 밤, 미나는 오래도록 잠들지 못했다. 이불 속에 웅크리고 누워서 생각하고 또 생각했다. 그는 왜 나를 미워할까. 내가 뭘 그리 잘못했을까. 나름대로 마음을 다했다고 여겼는데 대체 무엇이 잘못된 걸까.

그토록 날 미워하는 남자에게, 나는 왜 또 굳이 다가가려 기를 쓰고 있을까.

어두운 침실 허공에 내도록 그 얼굴이 떠다녔다. 미미하게 찌푸린 채 내려다보던 얼굴. 건조하고 차가워 깨질 것 같은 얼굴. 화나게 만들어서라도 보고 싶던 그 얼굴을 막상 대면하자 온몸이 얼어붙었다. 거기서 미나가 본 것은 경멸이었고, 사랑받는 것에 익숙한 여자는 칼이라도 맞은 기분이었다.

그리고 그제야 똑똑히 알 수 있었다. 임준세는 흐물대며 장난치는 남자가 아니라는 걸. 한집에 사는 여자를 놀리는 것도 유치한 줄다리기를 하는 것도 아니라는 걸. 그는 진심으로 그녀를 원치 않는다. 마음을 나누는 것은 고사하고 한 공간에 있는 것조차 질색한다. 친절한 웃음 뒤에 감춰 둔 것은 다름 아닌 경멸이다.

그가 결혼한 까닭은 오직 그녀와 그 집안을 이용하기 위해서다.

'무서운 게 아니라…… 더러운 건가.'

그래서 미나는 이제야말로, 부질없는 희망 따위는 접기로 했다.

경성에도 이제 서양음악이 흔하다. 요즘에는 미국에서 들어온 재즈 음악이 특히 인기였다. 그러나 서양음악이라면 뭐니 뭐니 해도 정통 클래식이 교양의 첨단이라, 대청마루에 유성기 한 대씩 들여놓은 가정이라면 으레 클래식판을 구비해 걸곤 했다.

그러나 판이 아닌 실제 공연은 경성에 아직 드물다. 일본에서 유학한 홍난파가 재작년 바이올린 독주회를 치른 예가 있으나 그 외에는 이렇다 할 서양음악 연주자가 거의 없는 형편이었다. 금일의 공연은 동경에서 온 연주자들의 콘서트로 그랜드 피아노까지 가세한 실내악이었다. 고급 여가에 목마른 경성 상류층이 이 좋은 기회를 놓칠 리 없었다.

조선호텔 식당은 평시보다 더 잘 차려입은 남녀들로 북적였다. 길 건너편 경성공회당의 공연 시작은 일곱 시 반. 양식당에서 포도주 한 잔씩 곁들여 식사를 한 뒤 입장하면 딱 알맞은 시간이었다. 양장을 한 급사들이 우아하게 돌아다니는 이곳에도 클래식 음악이 흘러나오고 있다.

준세는 하얗고 둥근 제 접시를 내려다봤다. 소스를 끼얹은 고깃덩이가 반쯤 남아 있었다. 그는 오른손에 쥔 나이프를 접시 끝에 걸쳐 놓고 유리잔으로 손을 뻗었다. 급사가 프랑스산임을 강조하며 따라 준 적포도주였다.

"미국에는 심포니 콘서트도 흔하지 않나?"

"아무래도, 대도시마다 관현악단이 있으니까요."

"동경도 이번에 만든다 하긴 하더라만."

"그래요?"

"음. 신문에서 읽었다. 금년 가을에 창단한다고. 아마 벌써 했는지도 모르지."

준세는 포도주를 한 모금 삼키며 두 남녀의 대화를 들었다. 오붓한 테이블에 둘러앉은 사람은 세 명이지만 대화를 나누는 건 두 사람뿐이다.

"넥타이가 멋져요, 오빠."

"고맙구나."

"선물한 여자분 안목이 높나 봐."

"유도신문은 좋았다만 아버지가 주신 거다."

"이런."

곁에 앉은 미나가 키득거렸다. 준세는 적당한 미소를 지어 보이며 다시 한번 다행스럽다고 생각했다. 히타로가 아니었다면 지금쯤 여자와 단둘이서 몹시 불편했을 것이다.

"고모부는 누구한테 이런 멋진 걸 받으셨대요?"

"글쎄. 당신도 기억 못 하시더라마는 아마도 예전 제자가 아닐까."

"흠, 그럴까요? 의심스러운데."

"아버지가 들으시면 기막혀 하시겠군."

히타로 앞에서 미나는 놀랍도록 활기를 회복했다. 즐겁게 재잘대고 경쾌하게 웃었다. 숨죽인 채 돌아누워 자는 척하거나 시선을 회피하지 않았다. 준세는 오늘 저녁 화사하게 차려입은 여자가 택시에서 내렸을 때, 반가운 얼굴로 히타로에게 다가가 팔짱을 꼈을 때, 두 사람을 따라 호텔 로비를 지날 때부터 지금까지 줄곧 그 생각에서 벗어날 수 없다.

그녀가 얼마나 생기 넘치는 여자였는지.

'그쪽은 이 결혼 왜 하고 싶어요?'

그러고 보니 또 이 호텔이다. 선을 본 게 유월 말이었으니 어느덧 넉 달 전. 준세는 커피숍 창가에 홀로 앉아 있던 여자를 떠올렸다. 도도하게 반짝이던 눈동자와 웃음기 어린 표정을 생각했다. 그 모든 것이 넉 달 만에 사라졌다. 아니, 실은 불과 두 달 만에.

그들이 결혼한 지도 어느덧 두 달을 넘기고 있다.

"그렇지만 넥타이보다 역시 핀이 더 예뻐요."

"그거야말로 안목 높은 숙녀가 고른 거니까."

"나 굉장히 기대하고 있어요, 오빠."

"안 그래도 고민 중이다. 뭘로 이 빚을 갚아야 할지."

히타로가 웃으며 포도주 잔을 집어 들더니,

"역시 남편의 조언을 구해 봐야 하나."

준세에게 말머리를 돌렸다.

그건 아마도 대화에서 소외된 그를 위한 배려였을 것이다. 그러나 준세는 이 사촌 오누이가 차라리 저를 쭉 없는 셈 쳐 주길 바라고 있었다. 그는 두 사람과 즐거운 대화를 이어 갈 자신이 없었다. 히타로의 넥타이핀이 지난달 미나에게 생일 선물로 받은 것인 줄도 그는 방금 알았으니까.

남편의 조언 같은 걸 원한다면 더더욱 해 줄 말이 없었다. 그는 제 아내가 무엇을 좋아하는지 전혀 모르기 때문에. 준세는 미나가 어떤 색깔을 좋아하고 어떤 음식을 잘 먹는지, 목걸이와 팔찌, 모자와 구두 중에서 어느 쪽을 더 선호하는지 따위 기호에 대해 아는 바가 전무했다.

그래서 별수 없이 말문이 막혔다. 이래서 그냥 쭉 없는 셈 쳐 주길 바란 거였는데. 준세가 서둘러 적당한 대응을 강구하려는 찰나,

"남한테 힌트 받는 건 반칙이죠. 선물은 정성이라구요."

미나가 끼어들어 어색함을 막아 냈다. 아, 그런가. 대수롭지 않게 중얼대는 히타로를 향해 멋쩍게 웃어 보임으로써 준세는 난관을 피해 냈다. 그리고 접시 위 스테이크를 약간 큼직하게 잘라서 입에 넣었다. 식사에 집중한 그를 남겨 둔 채로 사촌 간의 대화는 다시 이어졌다.

공연 시작을 십오 분 앞두고 세 사람은 호텔을 나섰다. 전등으로 환히 밝혀진 공회당 앞이 인력거와 자동차로 북적이고 있었다. 준세는 팔짱 끼고 걷는 사촌 남매로부터 두어 걸음 뒤처진 채, 저만치 세워 둔 제 차를 습관처럼 눈으

로 확인했다.

상업회의소 건물인 공회당은 경성 최대 공연장이다.

오늘의 초대권은 총독부 간부들에 선사된 것으로 신이치가 보내왔다. 히타로 몫까지 끼운 것은 아마도 미나의 요청이었을 것이다. 가지 않을 핑계를 궁리하는 것보다 불편함을 물리쳐 줄 사람을 청하는 게 낫다는 결론은 준세 생각에도 합리적이었다.

생각하며 그는 미나의 왼편으로 조금 다가갔다. 다른 사내가 남편을 제치고 에스코트하는 것이야 그 남편이 허락하면 전혀 문제 될 것 없는 예절이다. 미나는 공회당 내부를 둘러보다 천장의 어느 장식을 가리켰고, 히타로가 뭐라고 대꾸하자 소리 내 웃었다. 가지런한 이를 드러내면서 즐겁게 웃는 얼굴. 준세는 어쩐지 유쾌하지 않다.

세 사람에게 할당된 자리는 무대에서 정면으로 두 번째 줄이었다. 두 남자 사이에 앉은 여자는 숫제 오른쪽으로 몸을 기울이고 그쪽과만 대화를 나눴다. 왼쪽에 앉은 준세는 슬슬 불쾌해지는 것 같기도 하다.

외따로 떨어져 말 상대도 없으니 내부 풍경이나 훑을 수밖에. 그는 붉은 벨벳을 씌운 의자에 앉은 채 천천히 시선을 움직였다.

장을 가득 메운 관객들은 저마다 한껏 멋을 부렸다. 대부분 양장을 했지만 기모노를 입은 여자도 적지 않았고 한복으로 곱게 차린 부인도 눈에 띄었다. 벌써부터 뭉실뭉실 모피를 두른 사람도 있었다. 낯익은 얼굴과 눈이 마주치면 준세는 능숙하게 눈인사를 나눴다. 경성에서 이런 연주회에 올 만한 사람들은 어차피 고만고만 정해져 있다. 군데군데 아는 얼굴이 있는 것도 당연했다.

공연은 예정 시간을 오 분 넘기고 시작됐다. 연미복과 드레스로 차린 다섯 명의 연주자가 입장하자 기대에 찬 박수가 쏟아졌다. 크기가 제각각인 현악기 네 개와 피아노 한 대.

합주는 곧 터져 나오듯 시작됐다.

지금 연주되는 곡이 슈베르트의 피아노 오중주라는 것을 준세는 입장할 때 받은 인쇄물에서 보아 안다. 슈베르트든 모차르트든 어차피 중요하지 않지만. 준세도 서양음악을 접할 기회는 종종 있었지만 거기 취미를 붙이거나 일가견을 이룰 생각은 해 본 적이 없었다. 그에게 음악이란 연회장의 주흥이나 담소를 위한 배경음이지, 이렇게 잘 차려입고 똑바로 앉아서 경건히 경청할 만한 것이 아니었다.

그러므로 다섯 대의 악기가 이루는 조화라든지 숙련된 연주자의 기교 따위는 그의 주의를 끌지 못했다. 그저 피할 수 없는 일을 해내는 심정으로 앉아 있을 뿐이었다. 아무 생각도 하지 않으려 애썼지만, 자꾸만 오른쪽으로 신경이 기우는 것을 그는 또한 막을 수 없었다.

무대는 밝고 관객석은 어둡다. 오른쪽에 앉은 여자는 눈을 감고 있다. 오중주 선율에 몰두한 듯 무대를 향해 두 눈을 감고 있었다. 곁에서 누가 저를 훔쳐보건 말건 개의치 않는 것 같았다.

미나는 오늘 머리를 틀어 올리고 필박스 모자를 썼다. 짙은 자주색 모자와 옅은 회색 코트가 잘 어울렸다. 준세는 호텔에서 보았던 검정색 원피스도 보기 좋았다고 생각한다. 지금은 겉옷 단추를 여미고 있어 안에 입은 옷이 보이지 않지만.

화장한 얼굴도 그러고 보니 오랜만이었다. 실은 어떤 얼굴이라도 마지막으로 본 게 언제였는지 기억나지 않았다. 새삼 죄책감을 느끼면서 그는 여자의 얼굴을 계속 훔쳐본다. 동그란 이마와 매끄러운 콧날과 가늘고 긴 속눈썹을 눈으로 훑는다. 가장 눈에 띄는 곳은 입술. 입술 선을 따라 대담하게 채운 붉은색 립스틱. 거기 눈길을 주던 준세는 괜히 스스러워 제풀에 시선을 돌리고 말았다.

그리하여 다시 무대에 집중하려 노력했으나 대체 무엇을 봐야 할지 알 수가 없다. 이건 인형극처럼 이야기가 있는 것도 아니고 탈춤처럼 신명 나는 것도 아니고. 유성기로 듣는 것과 뭐가 다른지도 잘 모르겠는데. 속으로 툴툴대면서 그는 다시 오른쪽으로 슬쩍 고개를 틀었다.

귀걸이의 반사광이 눈길을 채었다. 반짝이는 장신구를 핑계로 동그스름한 귀의 윤곽을 눈으로 따라간다. 모자 아래 살짝 드러난 머리칼. 그리고 하얀 목. 가늘고 여린 그 목은 한 손에 쥘 수도 있을 것 같다. 생각한 순간 입 안이 마르면서 입술과 코에 신경이 집중됐다.

준세는 여자의 향수 냄새가 물큰 짙어진 듯한 착각이 들었다. 나아가 저 여린 살갗에 입술을 대는 상상을 했다. 순전한 상상의 감각은 실제만큼 생생해서 그를 흠칫 놀라게 했다.

그 엉큼한 상상이 깨진 것은 두 번째 악장이 막 시작됐을 때였다.

탕!

놀란 미나가 반짝 눈을 떴다. 준세는 소리를 가늠하며 매섭게 신경을 세웠다. 탕! 소리가 다시 한번 나자 비로소 장내가 술렁이기 시작했다. 준세는 완전히 긴장한 채 무대 쪽을 주시했다.

탕탕!

연달은 총성에 누군가 꺅, 비명을 질렀다. 무대 위 연주자들이 허둥대는 와중에 이제 관객석은 완전히 동요하고 있다. 두꺼운 벽 너머로 들린 소리였지만 살인 무기가 지척에서 발사됐다는 사실만으로도 신사 숙녀들은 완전히 공포에 질린 것 같았다.

"뭐지? 뭐예요?"

미나도 허리를 세우고 주위를 두리번거렸다. 긴장한 눈길과 마주친 준세는 아무 말도 하지 않았다. 무슨 일이 벌어졌는지 모르는 건 그 또한 마찬가지였다. 그저 자신과 여자를 무사히 지켜야 한다는 생각을 하면서 차 안에 둔 권총을 떠올렸다. 가져오지 않은 것을 후회했다가 가져왔으면 또 어쩔 것인가 생각을 고쳤다. 이 갑작스러운 사태 앞에 그가 할 수 있는 일은 일단 상황을 파악하려 애쓰는 것.

그때 무대 옆쪽의 출입문이 벌컥 열리더니 웬 남자 하나가 목청을 돋웠다.

"경찰입니다! 다들 진정해 주십시오!"

경찰이라는 말에 웅성거림은 빠르게 잦아들었다. 준세는 사복 차림의 사내를 재빨리 훑었다.

"긴급한 보안 문제로 공연을 중단합니다. 여기 계신 분들은 뒤쪽의 출입문으로 퇴장하셔야 합니다. 다른 출입구는 봉쇄돼 이용할 수 없습니다. 한 분씩 천천히, 경관의 지시에 따라 주십시오."

사복형사가 같은 말을 다시 되풀이하는 동안 제복 입은 경찰관들이 우르르 들어왔다. 저마다 손에 총들을 쥐고 있어 분위기가 사뭇 험악해 보였다. 준세는 총성이 최소 다섯 차례 이상이었던 사실을 상기한다. 교전 대상이 된 자는 어찌 되었나. 답은 역시 절망적이다.

"미나, 괜찮으냐?"

나지막이 묻는 목소리에 준세가 고개를 돌렸다. 괜찮아요. 고개를 끄덕이는 여자의 얼굴이 희었다. 출입구가 뒤쪽에 하나뿐이라 무대 가까이 앉은 그들은 좀 더 기다려야 했다. 연주자들이 퇴장한 무대 위에는 피아노와 빈 의자들만 남아 있었다.

사람들은 질서 있게 장내를 빠져나갔다. 신분증을 확인하느라 속도는 느렸지만 검문하는 쪽도 당하는 쪽도 차분하게 예의를 차렸다. 검문을 맡은 순사들은 본정서 소속으로 전원 일본인이다. 조선 옷을 입었거나 이름이 조선식이면 한 번씩 더 유심히 살폈지만, 관객들 가운데 딱히 의심스러운 이는 보이지 않았다.

"신분증을 제시해 주십시오."

사원증을 받아 든 순사가 눈으로 이름을 읽었다. 하야시 준세. 동척 경성 지사 관리부. 하여간 조센징 극렬분자 때문에 우리 내지인들만 이렇게 고생이라니까. 순사는 동병상련의 마음을 담아 공손히 사원증을 돌려주었고, 준세는 제 턱 밑에 닿을 듯 말 듯 한 경찰모를 향해 가볍게 고개를 까딱였다.

공회당 입구는 생각보다 북적이지 않았다. 앞서 빠져나온 사람들 대부분 서둘러 돌아간 모양이었다. 미나가 코트 소매를 당겨 손목시계를 보았다. 밤 여덟 시 반이 채 되지 않았다.

"폭탄도 던졌다며? 터지질 않아 그렇지."

"조선 놈들 폭탄이야 열에 아홉이 불발인걸."

"재작년 황궁에 던진 것도 불발탄이었잖아."

"기왕에 테러를 할 거면 좀 제대로 만들든가."

"어이, 제대로 만들었으면 지금 우리 다 황천길 가고 있게?"

출입문 곁에 선 사내 셋이 담배를 피우며 낄낄거렸다. 폭탄. 불발. 테러. 준세는 아무렇지 않은 얼굴로 귀담아들었다. 열에 아홉까진 아니더라도 조선인 테러리스트의 폭탄은 종종 불발되는 게 사실이다. 제대로 만든 폭탄도 몇 날 며칠 뱃길을 통과하면 습기와 고장에 노출되기 십상이니 제구실을 하지 못하는 것도 무리는 아니었다. 폭발탄을 조선 땅에 들여오는 것 자체가 목숨을 담보로 한 모험이다.

"오빠는 어떻게 가요? 택시 불러야 하지 않아요?"

출입구 층계를 또각또각 내려가며 미나가 히타로에게 물었다. 세 사람 모두 지척에 있는 사내들의 비웃음을 못 들은 척했다.

"먼저 들어가라. 나는 인력거로 돌아가면 돼."

"그래도 자동차를,"

"괜찮으니 너희나 어서 들어가. 네 얼굴이 영 안 좋다."

저도 괜찮다니까요. 대답하며 미나가 불안하게 주변을 살폈다. 저만치 대기 중인 인력거꾼들이 금방이라도 달려올 듯 채를 쥐고 있다.

"먼저 들어가요. 이 애가 좀 놀란 것 같은데."

히타로의 부드러운 재촉을 준세는 사양하지 않았다.

"그럼 잠시 부탁드립니다."

히타로가 고개를 끄덕이자 그는 곧장 걸음을 옮겼다. 성큼성큼 걸어 금세 차에 도달했다. 운전석에 앉아 시동을 넣자 전조등이 번쩍 밝아지고, 짧게 후진한 뒤 차를 돌리니 공회당이 정면으로 보였다. 남자가 코트를 벗어 여자의 어깨에 걸쳐 주는 모습. 순간 준세는 저도 모르게 눈살을 찌푸렸다. 사촌 간의 우애치곤 좀 유별나지 않나.

"자동차 부르지 않아도 정말 괜찮을까?"

"내 참, 누가 보면 전쟁이라도 난 줄 알겠군."

"집에 도착하면 꼭 전화해 주세요."

"알았다. 어서 들어가 쉬어라."

오누이가 애틋한 작별의 정을 나눌 동안 준세는 운전대를 쥔 채 기다렸다. 운전수가 된 듯한 기분도 유쾌하진 않았지만 옆자리에 올라탄 미나가 히타로의 코트를 벗지 않은 것이 더욱 거슬렸다. 밖에 선 사내에게 적당히 인사한 뒤 곧장 가속페달을 밟았다. 후사경에 비친 공회당은 여전히 빛으로 휘황했다.

차 안에 나란히 앉은 두 사람은 아무 말도 하지 않았다. 남자는 운전에만 집중했고 여자는 내도록 창밖만 바라봤다. 경성은 그리 큰 도회가 아니다. 신식 건물과 주거지가 오밀조밀 모인 남촌은 특히나 넓지 않아서 공회당에서 집까지도 십 분 남짓한 거리였다.

내내 침묵하던 여자가 입을 연 것은 대문 앞에 막 차를 세웠을 때였다.

"미안해요."

시동을 끄던 준세가 고개를 돌렸다. 미나는 그를 마주 보는 대신 정면을 바라보고 있다. 비스듬히 내리깐 속눈썹.

"내가 괜히, 그런 데 가자고 해서."

준세는 뭐라고 말을 받아야 할지 알 수 없었다. 가당찮은 사과보다도 풀 죽은 목소리가 더 귀에 꽂혔다. 미나가 오늘 그에게 말을 건 것은 처음이었다. 어제와 그제를 통틀어도 처음이었다. 마지막으로 대화를 나눈 게 언제였더라. 기억을 찾아내려면 한 열흘쯤 거슬러 올라가야 할지 모른다.

모처럼의 대화가 시작되기도 전에 미나는 차 문을 열고 내려 버렸다.

대문을 향해 걸어가는 뒷모습을 준세는 운전석에 앉은 채로 바라보았다. 초인종을 누른 후에도 여자는 남편 쪽을 돌아보지 않았다. 문을 연 동래댁이 놀란 얼굴로 주인 내외를 살폈다. 미나는 이미 대문 안으로 사라진 뒤였다.

"우예 벌써 들어오십니까. 아직 아홉 점도 아이 됐는데예."

뒤따르며 동래댁이 소곤소곤 물었다. 마님은 진작 본채에 들었는데도 누가 들을까 잔뜩 낮춘 목소리로. 부부 사이가 꽁꽁 얼어붙은 것이 벌써 한 달째이니, 찬모 입장에선 눈치를 살피지 않기도 참 어려운 일이었다.

"염려할 것 없어. 별일 아니니."

준세는 그렇게만 말해 둔다. 모처럼 함께 나갔다가 다투고 돌아온 것으로 오해받더라도 별수 없었다. 서양음악회 구경 갔다 폭사할 뻔했단 소리 같은 건 역시 안 하는 게 나았다.

집 안에 들어온 그는 침실로 가는 대신 응접실 소파에 주저앉았다. 몸에 딱 맞는 겉옷은 물론 매듭지은 타이도 풀지 않았다. 예정보다 일찍 돌아온 주인 내외를 맞아 허둥대는 것은 말희도 마찬가지였다. 준세는 종종대는 소녀를 못 본 척하면서 동래댁에게 물을 한 잔 청했다. 침실의 미닫이가 열린 것은 유리컵에 담긴 물을 단숨에 비웠을 때였다.

발소리에 가만히 귀를 기울인다. 마루를 디디는 이는 여럿이지만 그는 여자가 내는 소리를 구분할 수 있다. 맨발로 타박타박 걷는 소리. 타박타박. 타박타박.

욕실 문이 드르륵 닫히고 말희가 응접실로 나온 뒤에야 준세는 자리에서 일어섰다. 침실로 걸어가 문을 열자 여느 때와 똑같은 향기가 얼굴에 닿았다. 화장품과 향수 잔향이 뒤섞인 냄새. 여자가 풍기는 향내와 흡사하지만 똑같진 않은 냄새. 미나에게서 나는 향기는 이것보다 좀 더 부드럽고, 따스하다.

별걸 다 자세히도 아는군. 준세는 자조와 함께 문을 닫고 방 안을 눈으로 훑었다. 전등을 켜 둔 탓에 널찍한 내부가 한눈에 들어왔다. 옷장 쪽으로 걸어가려던 그가 침대 위에 시선을 두었다. 가벼운 모직 코트 한 벌. 특별할 것 없는 남자의 겉옷이 침대 끝에 가지런히 누워 있었다.

오야케 히타로를 다시 떠올린 것은 의지로 막을 수 없는 일이었다.

일본에는 사촌 간의 결혼이 드물지 않다. 법률로도 관습으로도 문제가 안 된다. 그 사실을 상기하자 준세는 어처구니가 없어졌다. 이미 저와 결혼한 여자, 제 민적에 들어와 성까지 바뀐 여자를 두고 대체 무슨 생각을 하나 싶다가, 허식뿐인 이 결혼의 권위를 강조하는 저에게 오히려 더 당황하고 말았다. 그래서 어쩌자는 건데. 결혼까지 한 여자를 냉대하는 주제에 코트 한 벌에 불쾌해서 뭐 어쩌자고. 도대체 앞뒤가 맞지 않고 줏대도 없는 생각들. 한마디로,

"……미쳤군."

좀처럼 하지 않는 혼잣말을 중얼대며 고개를 흔든다. 주의를 환기하려는 듯 다소 큰 동작으로 옷장을 열었다. 겉옷을 벗어 걸고 타이를 풀어내고 셔츠 단추를 끄르면서도 그는 내도록 신경이 쓰였다. 저 혼자 서 있는 부부 침실. 침대 위에 누운 남자의 옷이.

'미안해요.'

지금 욕실에서 몸을 씻고 있을 여자가.

'내가 괜히, 그런 데 가자고 해서.'

여자를 떠올리며 준세는 천천히 옷을 벗었다. 그리고 맨몸 위에 로브를 걸치며 억지로 생각을 돌렸다.

공회당에 불발탄을 던진 사람은 어찌 되었을까. 붙잡혀 배후를 추궁당할 바에야 총에 맞아 죽는 것이 나을 텐데. 어디에 소속된 누구일까. 아마도 황찬은 답을 알고 있을 것이다. 준세는 마땅히 관심 쏟아야 할 사건을 애써 궁금해하면서, 내일은 리버티에 들러 보기로 마음먹었다.

조선에는 테러 사건이 끊이지 않는다. 공격 대상은 주로 총독부, 경찰서, 그리고 그런 곳에서 일하는 통치자들로, 지금의 총독도 경성 땅 밟자마자 폭탄 투척으로 거한 환영식을 치르기도 했다. 환갑이 넘은 사내의 대담한 행각에 일본인들은 혀를 내둘렀다. 실패한 의거였으나 조선인들에게 그는 영웅이었다. 이민족 치하에서 잠자코 사는 사람들을 자긍심과 부끄러움으로 가슴 뛰게 만들었다.

조선의 테러리스트는 소속이 다양하다. 의열단처럼 신문에까지 오르는 유명 조직도 있고 삼삼오오 뜻을 모은 무명 단체도 있으며 기획부터 실행까지 단독으로 해내는 사람도 있다. 독립운동 단체들은 저마다 노선을 정하기 때문에 상호 간 동지 의식은 있을지언정 통일된 체계는 없었다. 영토도 국민도 없는 나라. 존재하지 않는 나라를 되찾는 싸움에 군대와 같은 조직성은 가능하지 않았다.

"의열단은 아니야. 민간인 공격은 하지 않으니까."

황찬이 단언하며 담배에 불을 붙였다. 급진파 사회주의자나 아나키스트 쪽이 아닐까. 덧붙이는 소리를 들으면서 준세는 생각했다. 민간인과 반역자의 경계는 뭘까. 어젯밤 공회당을 채운 사람들 중 친일하지 않고 착취하지 않고 배반하지 않은 자가 있던가.

"현장에 총독부 요인들이 있었나?"

"국장급 이상은 없었습니다. 과장급은 몇 명 보였습니다만."

"어느 과."

찬이 되물으며 담배를 빨았다. 준세는 기억 속에 저장한 얼굴들을 떠올렸다. 지난 3년여간 요릿집과 카페를 드나들며 부지런히 사귀고 익혀 둔 얼굴들.

"농무, 세무, 산림. 제가 확인한 사람은 그렇게 세 명입니다."

"당장 처단할 가치는 없는 자들인데."

준세는 묵묵부답으로 동의를 표했다. 그리고 대각선에 앉은 사내가 뱉어 내는 담배 연기를 바라보았다. 긴 손가락으로 담뱃재를 톡톡 털어 내는 모습.

"계급투쟁 단체일 거야. 거기도 과격한 친구들이 있으니."

"단독으로 뛰어든 것 같았습니다."

"그랬겠지."

"살아 있을까요."

"글쎄."

대화가 멎었다. 두 사내는 제각기 침묵했다. 그가 누구고 어디 소속이고 무엇을 목적으로 삼았든지 간에 위험한 운동에 몸담은 입장으로서 동질감을 피할 수 없었다. 실패한 의거와 위태로운 생명. 그것은 언제든 그들 본인의 미래가 될 수도 있었다. 신념을 위해 목숨을 건다는 건 원체 그런 뜻이다.

어둑하고 너른 내실에는 두 사람뿐이었다. 활기찬 재즈 음악 소리가 문 틈새로 흘러들었다. 침묵하던 준세가 천천히 입술을 뗐다.

"폭탄이 불발하면 자결해 입을 막는 게 나을까요. 아니면,"

찬은 잠자코 들으며 재떨이에 꽁초를 비벼 끈다.

"가까이 있는 누구라도 처단한 뒤 잡히는 게 합리일까요."

그리고 다시 잠깐의 침묵.

"이왕이면 재판까지 받아 신문에 여러 번 나오는 게 가장 좋겠지. 기왕 죽을 거 뜻이라도 널리 알려야 광복에 득이 되지 않겠나."

찬이 가볍게 대꾸하며 빙글거렸다. 반쯤은 농처럼 들렸지만 준세는 웃지 않았다.

"그나저나 하마터면 영영 못 볼 뻔했구만. 밤새 안녕할 뻔했어."

"언제 어찌 될지 모르는 게 이 바닥이라고 그러셨잖습니까."

"그래도 폭사했단 소식은 듣고 싶지 않네."

"그보다야 역시 암살당하는 편이 낫겠지요. 그렇게라도 널리 알려져야 광복에 득이 될 테니."

"하, 이 친구가 점점."

준세가 독립 자금원이라는 사실을 아는 이는 한 손에 꼽혔다. 정체를 숨겨야 하는 지하운동의 특성상, 본인이 처한 상황과 출신상 그는 친일 부역자로 알려져 있으니, 혈기 넘치는 누군가의 암살 표적이 될 가능성도 과연 없지는 않았다.

그들이 속한 당은 그림자 단체다. 임시정부처럼 깃발을 세우거나 의열단처럼 폭탄을 던지진 않지만 임정에도 의열단에도 보이지 않는 영향을 미치고 있었다. 대한제국 말기에 설립되어 지금까지, 당은 이름도 정체도 드러내지 않고 조용히 독립운동을 이끌어 왔다.

당원들은 본인의 성향과 재능에 따라 다양한 분야에서 활동한다. 임정에 참여하기도 하고 의열단에서 무기를 들기도 하며 사업체를 꾸려 그들의 활동에 필요한 자금을 대기도 한다. 그러나 하나같이 당원임을 철저히 비밀로 부친다. 어떤 형식으로든 항일 독립을 위하여 목숨을 바칠 것. 그러나 그 존재는 결코 외부에 알리지 말 것. 설립 이래 당이 고수해 온 철칙이었다.

'누구라고 하셨습니까? 임영환의 아들이요?'

'정확히는 큰아들이지.'

'동척에서 일하는 그 아들 말씀입니까?'

'맞네. 그 아들.'

'……'

준세는 입당한 지 1년이 채 되지 않았다. 찬이 그를 만난 것은 지금으로부터 3년 전, 백산의 소개를 통해서였다. 그가 자금원이 될 업소를 열 계획이니 명의와 협조를 제공해 달란 부탁을 받았을 때 찬은 진심으로 제 귀를 의심했다.

임준세가 누구인가. 친일파들마저 혀를 차게 만드는 임영환의 맏아들. 동경에 유학했고 동척에 근무하며 집에서도 조선어를 쓰지 않는다는 식도원의 하야시. 설립 때부터 당을 이끄는 백산 선생의 뜻이 아니었다면 찬은 필시 강력한 이의를 제기했을 것이다. 임준세와 접촉하는 것은 그가 생각하기에 너무 위험한 도박이었다.

그리하여 찬은 줄곧 경계를 숨기지 않으나 준세는 묵묵히 리버티를 꾸려 갔다. 수익은 일 전도 남김없이 긁어모아 부산으로 보냈다. 그걸 꼬박 2년간 해낸 뒤에야 입당할 수 있었다. 신입은 기존 당원 두 명의 천거를 받아야 하니,

백산과 함께 나선 것은 당연히 찬이었다. 독립 자금이란 아무나 꾸준히 댈 수 있는 게 아니었다. 사업을 벌일 능력과 목숨을 걸 각오를 모두 갖춰야 한다. 임준세는 명백히 당에 필요한 자원이었다.

"스스로 몸조심해야지. 암살당했단 소리는 더더욱 듣고 싶지 않네."

"제 목숨을 다 걱정해 주시고. 물러지셨습니다."

"어디 자네 목숨이 아까워 그러나. 물주가 없어지면 남은 사람들이 낭패니 그렇지."

짐짓 냉소적인 대꾸였으나 준세는 상대의 본심을 안다.

"왜 이리 안 먹어? 한잔해."

이거 김빠지면 맛없는데. 투덜거린 찬이 맥주잔을 들어 건배를 권했다. 제 취향의 음료가 아니지만 준세는 적당히 응하려 한 모금 삼켰다. 누군가 똑똑 문을 두드린 건 그때였다. 두 번의 두드림은 아무 문제 없다는 뜻. 두 사내는 벌컥 문을 열고 들어온 여자를 동시에 바라보았다.

"역시 내가 날을 잘 잡았지."

후리후리한 여자가 중얼대며 쌩긋 웃었다. 그녀는 찬의 맞은편에 자리를 잡더니 제집처럼 털썩 주저앉았다. 갑작스러운 방문객을 찬은 아무렇지 않게 맞았다.

"놀래라. 그렇잖아도 아나키스트 얘기하던 중이었는데."

"그래요?"

"하여간에 양반은 못 돼."

"그 말씀 한번 과분하시네. 양반 피라곤 한 방울도 안 섞인 년한테."

여자가 픽 웃으며 외투를 벗는다. 뒤따라온 급사가 빈 맥주잔과 새 맥주 한 병을 놓고 나갔다.

"어쩐 일로 이리 늦게 나타나? 만날 초저녁부터 술 부어라 하는 사람이."

"검열 기다리느라."

"이 시간까지?"

"왜 아니겠어요."

"일이 났군."

"예. 정간이랍니다."

"이런. 얼마나."

"한 달."

두 사람의 대화를 잠자코 들으며, 준세는 한숨과 함께 맥주병을 옮기는 여자를 바라보았다.

유강임은 조선어 일간지에서 일하는 사회부 기자다. 보릿대처럼 깡마른 체격이나 강단 있어 뵈는 그녀는 금년 스물여덟로 준세보다 네 살 위였다.

"한 달간 또 부지런히 술 붓게 생겼구만."

"제길, 나도 그냥 여기 여급으로나 취직할까 봐. 후한 손은 팁도 일 원씩 집어 준다던데."

"이리 입 사나운 여급한테 누가 팁을 줄까."

"임 주임님 신혼집에 하녀 한 명 더 필요하지 않아요?"

강임이 제게 말을 돌렸을 때 준세는 곧 당할 일을 짐작했다.

"아니면 자작가에 허드렛일할 종년 자리라도. 내 경험은 없어도 타고난 핏줄이 있으니 아마 썩 잘할 터인데."

그래서 그는 보일 듯 말 듯 웃는 것으로 대답을 대신했다.

"세상이 개화됐기 망정이지, 왕조 때 같았음 나 같은 천것이 어찌 감히 사대부댁 자제와 얼굴 맞대고 얘길 했을까. 그렇죠, 임 주임님?"

준세는 그녀가 제게 적대감을 품고 있음을 안다. 첫 만남 때 본인을 가리켜 '대대로 종노릇한 집안 자손' 이라 소개했을 때부터 강임은 그에 대한 비아냥과

불신을 숨기지 않았다. 준세로서는 익숙한 대접이기도 했다. 그는 매국노의 자손으로, 민족의 반역자로, 민중을 착취하는 부르주아지로 이미 각계각층에서 다양하게 미움받고 있으니까.

아무 대답 않는 준세 대신 찬이 나섰다.

"신문사야 딱하게 됐다마는 덕분에 푹 쉬게 생겼구나."

"쉬기는. 당장에 하숙비 낼 일이 걱정이우. 웬걸, 겨울 앞두고 길바닥에 내쫓기게 생겼으니."

"한 달 정간이라며."

"이이 좀 봐. 한 달간 안 먹고 산답니까?"

강임은 속 편한 소리 한다는 듯 곱게 눈을 흘기고는,

"하긴 이런 날 올 줄이야 진즉 알고 있었지. 툭하면 기사 삭제에 배포 금지에. 그놈의 경무국 검열관, 왜놈 주제에 조선어는 왜 또 그리 잘하는지. 슬쩍만 비꼬아도 귀신같이 알아보고 전화질이니."

빌어먹을. 어김없이 욕설을 덧붙였다.

"그건 그렇고, 간밤에 공회당서 폭탄이 불발했다지?"

"어? 황 사장이 그걸 어찌 아우?"

강임이 놀란 듯 눈을 동그랗게 떴다. 그러나 금세 표정을 뭉그러뜨리고 시침을 뗀다. 하여간에 정보력은. 비스듬한 입술 끝에 약간의 경탄이 스쳤다.

"잡혔나?"

"그렇대요."

"너희 쪽이 아닌 모양이구나."

"공산당이라던데. 나도 얘기만 들었어요, 오늘 아침에."

강임이 맥주 한 모금을 크게 삼키고 말을 이었다.

"요사이 소작쟁의가 여간 시끄럽지 않다 보니. 유산자에 화난 친구들이 꽤

185

많은 모양이더라고."

여자는 '유산자'에 강세를 넣으면서 준세 쪽으로 힐끗 시선을 던졌다.

최근 들어 전국 곳곳에서 소작농과 지주 간 갈등이 심해졌다. 터무니없는 계약 조건을 강요하고 흉년에도 가차 없이 소작료를 거두는 등 지주들의 횡포가 오래됐으니 참다못한 농민들이 꿈틀대는 것이다. 소작농이 떼 지어 지주를 공격하는 사건까지 빈발하고 있었다. 동척도 그중 하나로, 회사 소유의 농지에서 쟁의가 발생했다는 보고를 준세도 매번 들어 알고 있었다.

"공산당이라면, 하부조직인가."

"조직까지는 아니고 뭐 그냥 조그맣게 청년 모임 정도."

"청년 모임에서 폭약까지?"

"그러게, 제대로 된 물건이었음 그리 맥없이 실패했을까. 그치들 덕분에 아무 관계 없는 다른 단체들까지 밤새 연행됐어요. 경무국에서 벼르고 있다가 얼씨구나 싹 잡아들인 거 같아. 제길, 그거라도 터져서 다 날려 버렸어야 하는데."

강임이 아쉽다는 듯 콧잔등을 찡그렸다. 두 사내는 아무 말도 하지 않았다.

"더 내밀한 정보가 있긴 한데 그건 나중에 얘기해 드릴게. 못 미더운 이 앞이라 함부로 지껄이기 좀 꺼려지네."

여자의 말에 준세는 쓰지도 달지도 않은 미소를 지었다. 강임의 말이 그를 겨냥한 도발이며 억지라는 건 여기 앉은 세 사람 모두 알고 있었다.

"밀정 새끼들 활개 치는 거야 하루 이틀 아니지만 이렇게 공교롭기가 또 쉬워야 말이죠. 하필이면 임 주임님 입당한 후부터 경무국 지랄이 한층 가열차졌거든."

총독부가 독립 세력을 와해하려 밀정을 심고 있는 건 공공연했다. 상해에도 만주에도 밀정이 끊이질 않아 이만저만 피해가 아니었다. 그 손아귀 아래 있는 조선이야 더했으면 더했지 덜할 리 없지만, 준세가 총독부에 정보를 흘린다는 주장은 증거는커녕 정황조차 없는 흰소리였다.

"지금 우리 모가지도 간당간당한 거 아니우, 황 사장?"

강임이 그토록 뻔한 생트집을 잡는 것은 역시 제가 마뜩찮기 때문이라고 준세는 생각한다. 아니면 그저 화풀이 상대가 필요하거나. 그러니까, 제가 별간에 두고 애용하는 샌드백 같은. 그래서 그는 탄성 있게 받아쳐 주기로 했다.

"유 기자님한테 제 주변이라도 털어 드려야 하나 싶군요."

"승낙만 하셔요. 얼마든 뒤져 볼 터이니."

"듣자 하니 밀정들 특기가 이간질이라던데."

"오호라, 되레 이쪽을 공격하시겠다?"

"유 기자님이 아니란 보장 또한 없으니까요."

"세상에, 총독부도 눈이 있지. 어찌 나 같은 걸 밀정으로 꼬드기겠어요?"

"밀정 삼기에 더없이 완벽한 분이지요. 대담하고 총명하고 미모까지 출중하시고. 독립운동하는 인사들 중에 제가 보기엔 누구보다 유 기자님이 최적격입니다."

미리 외워 두기라도 한 것처럼 잘도 읊어 댄다. 강임은 기가 차기도 하고 제법 웃기기도 해서 소리 없이 살짝 입을 벌렸다. 미모까지 출중하시고? 여자를 기분 좋게 놀려 주는 저런 재주는 식도원에서 기생들한테 배운 건가.

"다 좋은데 뭘 좀 잘못 알고 계시네. 내가 하는 건 독립운동이 아니에요. 해방운동이지."

강임은 미끈하게 차린 남자를 마주 보며 말을 이었다.

"조선엔 여기 황 사장 같은 민족주의자만 있는 게 아니거든요. 임정이니 운동이니 똑같이 목숨 걸고 있어도 그 뱃속 들여다보면 어떤데? 자본주의자, 공산주의자, 입헌군주론자까지 각양각색인걸. 물론 나 같은 아나키스트도 있고."

준세는 입을 다문 채 조용히 듣고 있다.

"지금은 급한 적부터 몰아내야 하니까 힘 합치고 있지만 글쎄. 왜놈들 물러가고 나면 빈 땅에서 어찌 될지는 아무도 모르죠."

"그건 왜놈들부터 물리친 다음 생각해도 늦지 않아."

"아무렴, 입바른 말은 아무도 듣기 좋아 아니하시지."

강임은 말참견한 찬을 향해 손사래를 치더니,

"임 주임님은 어찌 생각해요? 국가 같은 게 필요하다고 생각해요?"

다시 준세의 주의를 끌어와 말을 이었다.

"조선이란 나라, 왕실이든 황실이든, 그 잘난 군주와 양반들이 나라를 이 꼴로 만들어 놨죠. 국가란 이름으로. 순진한 사람들 짐승처럼 착취하면서."

그래서 난 이왕가라는 말이 좋더라. 왜놈들이 그거 하난 잘 만들었어요. 강임이 싸늘하게 코웃음 쳤다.

"일본도 마찬가지죠. 천황 폐하 뜻이라며 젊은이들 등 떠밀어 중국으로 러시아로, 생판 타지에서 싸우다 개죽음 만들고. 것도 모자라 옆 나라까지 건너와서 더한 짓을 하고 있으니 이왕가보다 한 수, 아니 열 수쯤은 위고."

그러니 누구에게도 조국 같은 건 필요 없다. 국가는 통치자를 위해 봉사하며 착취와 기만의 명분이 될 뿐이니까. 강임이 해방시키려는 것은 조선민족이 아니라 체제에 억눌린 모든 민중이었다. 독립운동의 한 축을 맡고 있지만 아나키즘은 궁극적으로 민족주의에 반대한다. 유강임은 자타가 공인하는 골수 아나키스트였다.

"그러니 어떤 노선에 동참할지 임 주임님도 미리미리 궁리해 두는 게 좋을 거예요. 왜놈들 정말로 이 땅에서 싹 꺼져 버리기 전에."

말하며 그녀는 대꾸 없는 준세를 바라보았다. 넓은 어깨를 벌리고 앉은 남자는 그 매끄럽고 완벽한 양장 속에다 펄떡이는 야생성을 가둬 둔 것처럼 보였

다. 순간 문득 그를 동지로 삼고픈 마음이 솟았다. 강임은 이 갑작스러운 욕심을 신기해하며,

"우리 생전엔 광복 보지 않겠어요?"

호탕하게 한쪽 눈을 찡긋거렸다.

준세는 대답하지 않았다. 이제 겨우 서너 번 만났을 뿐이지만 그는 이 여자의 패턴을 알 것 같았다. 상대를 노하게 하는 것이 목적인 양 유쾌하지 않은 말을 잔뜩 쏟아 놓는 것. 제가 믿는 가치가 우월하다는 걸 냉소적으로 강조하는 것. 그래 놓고 별안간 낙천가가 되어서는 후렴구처럼 반복하는 말.

우리 생전엔 광복 보지 않겠어요?

거기에 준세는 오늘도 대꾸하지 않았다.

두 사람이 내실을 나선 것은 강임이 제 몫의 맥주 한 병을 비우고 준세가 남긴 것까지 몽땅 마신 직후였다. 소문난 주정꾼이 앉자마자 갸냐고 찬이 놀리자 강임은 진짜배기 주정꾼 모임에 간다고 대답했다. 어떤 모임인지 그는 묻지 않았고 궁금해지지도 않았다. 공술을 마다하고 쫓아갈 모임이라면 안 봐도 뻔했다.

그래서 준세는 여자와 나란히 내실을 나섰다. 일행처럼 제게 붙어 걷는 여자에게선 화장품 냄새도 향수 냄새도 나지 않았다. 강임은 여자치고 꽤 큰 편이지만 몸이 깡말라서 더 후리후리해 보였다. 막상 체고는 미나와 엇비슷하거나 약간 더 크지 싶었다.

미모가 출중하다는 건 너스레였지만 아예 어림없는 소린 아니다. 유강임은 피부가 매끄럽고 이목구비가 오밀조밀해 입만 다물고 있으면 제법 귀염성 있는

인물이었다. 하지만 미나처럼 화사하고 생기 넘치는 미인은 아니다. 몸에 밴 도도함이나 오만함도, 그 한 겹 꺼풀 너머 비치는 여린 표정도 유강임에겐 없다.

언제부턴가 준세는 여자를 볼 때 미나를 기준으로 삼고 있었다. 나이와 외모, 성격과 분위기 같은 것들을 저도 모르게 미나와 견주었다. 마치 여성이라는 집단의 대표성을 그녀에게 부여한 것처럼. 그렇게 기준이 생기자 그간 아무 생각 없이 대하던 여자들마저 덩달아 다르게 보이기 시작했다. 강임만 하더라도 체고가 어떻고 외모가 어떻고, 여태껏 그는 전혀 관심이 없었다.

"매너가 영 없으시네."

젠틀맨은 아니시군. 웃음기 섞어 강임이 투덜대자 준세는 그제야 그녀를 의식했다.

"모던 보이들은 여자랑 걸을 때 팔부터 내밀던데."

"유 기자님도 모던 걸인 줄은 몰랐군요."

건성으로 대꾸하며 그는 다시 여자를 떠올린다. 다른 사내의 팔짱을 끼고서 달게 웃던 얼굴을 떠올린다. 그 모습이 아직도 아른아른 거슬리는 건 역시 죄의식 때문일 것이다. 화창한 웃음을 짓뭉개 버렸다는 죄책감. 선한 정성과 마음 씀씀이를 보기 좋게 묵살한 데 대한, 그럼에도 여태 사과 한마디 하지 않은 것에 대한 찜찜함 때문에.

준세는 지난 한 달간 여자를 따돌렸다. 기왕에 틀어진 관계를 돌이키지 않는 편이 낫다는 판단이었다. 이제 와 오해를 인정하고 사과한들 무슨 의미가 있나. 어차피 끝까지 서로를 이해할 수도, 이해를 구할 수도 없는 관계다. 자신과 여자 모두를 위해 그는 차라리 무정해지기로 마음먹었다.

그러므로 그가 고안한 최선의 방책은 마주칠 일을 만들지 않는 거였다. 출장을 핑계로 집을 비우고 할 일도 없는 사무실에 늦게까지 남아서 저녁 먹을 시간을 넘겨 귀가하는 것. 집 밖에 첩이라도 숨겨 둔 남자처럼 아내를 본체만

체하는 것만이 그는 최선이라고 생각했다. 여자와 되도록 마주치지 않는 것만이.

그러니 집도 아닌 밖에서, 이렇게 생각지도 못한 시간에 딱 마주칠 줄은 정녕코 계산에 없던 일이었다.

"임 군."

히타로가 먼저 알은척을 했다. 그제야 준세는 미나만 쳐다보고 있었단 사실을 깨달았다. 어색함을 면하기엔 이미 늦은 뒤였다.

"이거, 코트 돌려받으러 만났다가 졸지에 이리 수행원 노릇을 하고 있지 뭡니까."

히타로가 유한 표정으로 덧붙였다. 설명하듯 손에 든 종이 가방 서너 개를 들어 보였으나 준세의 눈에는 그 반대쪽 팔에 매달린 여자만 보인다. 미나는 여전히 다정하게 사촌의 팔짱을 끼고 서 있었다. 하필이면. 준세는 속으로 한탄했으나 워낙에 상점이 밀집한 곳이 본정이고, 리버티는 부근에서 인기 좋은 카페이니 이들이 여길 찾은 것도 놀랄 일은 아니었다. 재빨리 생각하며 그는 이 어색한 상황을 무마할 적당한 대응을 궁리했다.

놀란 것은 미나 또한 마찬가지 같았다. 앞에 선 남편과 그 곁의 낯선 여자를 번갈아 봤다. 사교적인 표정으로 어지간히 감췄으나 눈매에 흐르는 불쾌감을 준세는 볼 수 있었다. 하필이면. 다시 한번 속으로 한탄하면서 적당한 구실을 짜내려 할 때,

"부인이시군요?"

강임이 먼저 나섰다.

미나는 별수 없이 여자 쪽에 시선을 준다. 입매가 살짝 경직되면서 언뜻 냉기가 감돌았다. 강임은 서글서글하게 웃더니 눈 하나 깜짝 않고 반가운 체 표정을 꾸며 냈다. 제법 유창한 일본어.

"유강임이라고 합니다. 부인께 조선어 교습해 드릴 이를 찾고 계시다 해서요."

경성에서 적적하실 거라고 부군께서. 덧붙이자 미나가 눈을 살짝 가늘게 떴다.

"이래 봬도 신문사서 삼 년 넘어 밥 먹고 살았습니다. 감히 말씀드리지만 독선생으론 적격이지요."

준세는 입을 다문 채 긍정도 부정도 하지 않았다. 어떤 구실을 대도 곧이들리지 않을 상황이라 실은 거의 자포자기한 상태였다. 미나가 저 말을 믿을지 말지보다도 그는 강임의 속셈이 더 궁금했다. 이 여자는 정말로 내가 의심스러워 집에까지 밀고 들어와 볼 작정인 건가.

"그렇군요. 참 고마운 말이지만 개인교습은 필요 없습니다."

미나는 부드럽게 웃으며 대꾸했다. 깍듯이 예를 갖춘 말과 달리 눈빛엔 은근한 날이 서 있다.

"우린 조만간 미국으로 돌아갈 거니까요."

히타로가 슬쩍 누이의 눈치를 살핀다. 미나의 시선은 줄곧 강임의 눈에만 걸려 있었다.

"곧 떠나게 될 텐데, 내가 조선어를 배워 어디다 쓰겠어요?"

"……"

"남편에게 영어 독선생이 필요하다면 또 몰라도."

농담하듯 친절한 어투로 미소 짓는 얼굴. 거기까지 말을 마친 뒤에야 미나는 준세에게 눈길을 돌렸다. 눈이 마주치는 순간 미소는 보일 듯 말 듯 경직됐다.

"늦는다기에 나도 잠깐 나왔어요. 너무 늦지 않게 들어갈게요."

흠잡을 데 없도록 나긋한 말투였으나 눈매는 별수 없이 샐쭉했다. 나는 여기서 더 놀다 갈 테니 너 먼저 집에 들어가란 소리. 그래서 준세는 저도 모르게 슬쩍 웃고 말았다. 이 난감한 상황에서 여자가 귀엽단 생각이 드는 건 역시 제가 미쳐서인가 보다.

"괜찮으니 오빠와 천천히 시간 보내요. 그럼 부탁드립니다."

오누이 각각에게 적당한 말과 인사를 건넨 뒤 그가 벽 쪽으로 몸을 옮겨 길을 터 주었다. 미나는 강임을 향해 살짝 고개를 숙여 보이고는 곁을 스쳐 카페 안으로 들어갔다. 히타로와 함께 온 곳이 내 가게라니. 준세는 어째 좀 유쾌한 생각이 들어서 또 피식 웃었다. 외간 여자와 카페에서 나오다 아내한테 걸린 주제라는 건 까맣게 잊어버리고.

도저히 일행 같지 않은 두 남녀는 나란히 출입문을 통과했다. 밤공기가 제법 차가웠다. 가게 앞에 세워 둔 자동차 쪽으로 걷는 동안 강임이 말을 걸었다.

"혼마치 리버티 하면 왜인들도 알아준다더니만. 장사 수완 한번 좋네요."

고귀한 화족들까지 왕림을 하시고. 칭찬인지 비아냥인지 분간 안 가는 소리를 준세는 모른 척 들어 넘겼다. 미안하고 겸연쩍어 해 보는 소리라는 것쯤 아니까.

"임시로 일할 곳이 정말로 필요한 거면 가게에 자리 하나 마련해 드리지요."

그래서 그는 탓하거나 불쾌한 내색을 하는 대신 그저 그렇게만 대답했다.

"먼저 가 보겠습니다."

눈짓에 가까운 목례를 건성으로 던지고 차 문을 연다. 운전석에 앉아 시동을 걸더니 뒤도 안 돌아보고 차를 몰아 길 저편으로 가 버린다. 카페 앞에 홀로 남겨진 강임은 사륜차 꽁무니를 향해 가볍게 피식거렸다. 심지라도 댄 것처럼 꼿꼿한 자세와 도도하게 경직된 입매. 남편과 아내가 똑 닮은 걸 보니 저 부부도 참 만만치 않게 생겼다.

'우린 조만간 미국으로 돌아갈 거니까요.'

금시초문이지만 내 알 바는 아니지. 강임은 생각하며 제 갈 길을 따라 성큼

성큼 걷기 시작했다.

십일월은 기이한 달이다. 생모가 죽은 날과 미나가 태어난 날이 모두 들어 있다. 겨울을 향해 소리 없이 미끄러지는 계절. 미나에게 이 달은 생명과 죽음이 공존하는 시간이다.

십일월 초열흘은 생모의 기일이다. 아무도 기리는 이 없는 날을 미나는 매년 잊지 않았다. 제를 올리거나 향을 피우진 않았지만 잊고 넘기는 일 없이 꼬박꼬박 기억했다. 기일을 기념하는 미나만의 방식은 혼백에게 말을 거는 것이다. 엄마. 어렸을 적 하던 대로 입술을 달싹이면 허공에서 누군가 대답하는 것 같았다.

'민아.'

기억 속에 잔존하는 생모의 모습은 몇 개 되지 않는다. 얼굴이 하얗고 몸매가 낭창하고 늘 방 안에만 있었다는 몇 가지가 전부다. 기생이 무엇이고 첩이 무엇인지 알 리 없던 나이였다. 조촐한 기와집은 풍족했고 부리는 사람들은 엄마를 아씨, 저는 애기씨라고 떠받들었다. 아버지는 함께 살지 않았지만 미나는 가장의 역할이 원래 그런 건 줄 알았다.

아버지는 키가 크고 멋진 사람이었다. 가끔씩 집에 올 때면 딸부터 찾았다. 뒤따른 시종이 잔뜩 들고 온 선물도 대부분 딸을 위한 것들이었다. 미나는 아버지에게 달려가 안길 때 공중 높이 붕 뜨는 짜릿함을 좋아했다. 그 품에서 풍기던 바다 건너 화려한 도회의 세련된 냄새도 좋아했다. 무엇보다 아버지 앞에서 엄마가 웃는 게 가장 좋았다.

이제 와 생각해 보면 생모는 그리 떳떳할 것 없는 여자였다. 세도와 재산이 있는 남자의 눈에 들어 안온하게 살아가던 여자였다. 어쩌면 딸의 존재 덕분에 죽을 때까지 편안하게 살 수 있었는지 모른다. 엄마는 아버지를 사랑했을까. 미나는 아마 죽은 후에야 그 답을 구할 수 있을 것이다.

'민이 이노무 가시나. 조막만 한 가시나가 와 이리 말을 안 듣노.'

자그마한 발을 구르며 한숨을 폭폭 쉬던 생모는 꾸지람할 때조차 하늘거렸다. 어린 마음에도 엄마가 고운 것이 자랑스러웠던 기억이 난다. 좀 더 선명한 이미지가 아쉬울 때면 어찌 사진 한 장 간직하지 못했나 싶은 생각도 들었다. 아버지는 혹 갖고 있을지도 모르지만 여태 묻진 못했다. 생모에 대한 언급을 피하는 것은 민적상의 어머니, 10년 넘게 저를 길러 준 유미코에 대한 염치와 죄스러움 때문만은 아니었다.

제 몸의 절반이 조선인이라는 자각은 미나에게 불온하게 느껴진다. 서둘러 꺼뜨려야 할 불씨처럼, 몹시도 불순한 무언가라서 어떻게든 감추고 덮어야 할 것 같았다. 그런 제 마음을 오랫동안 들여다본 미나는 그것을 자격지심으로 결론 내렸다. 마음 한구석에 도사린 열등감. 부모와 두 오빠와 친척들에게 어여쁨 받으면서도, 저를 끔찍이 여기는 아버지의 넘치는 사랑 속에서도 털어 내지 못한 그것은 지지리도 못난 열등감이라고.

"엄마."

미나는 가만히 소리 내 불러 본다. 가슴 밑바닥이 진동처럼 웅웅거린다. 화장대 거울에 비친 제 얼굴에서 그녀는 생모의 모습을 찾아내려 애쓴다. 그러다 문득 이건 열등감이 아닐지도 모른다고 생각했다. 어쩌면 이것은 그리움이라고. 너무나 소중해서 아무에게도 들키고 싶지 않은, 영영 극복해 내지 못할 깊은 그리움.

오늘이 무슨 날이라는 걸 미나는 준세에게 거의 말할 뻔했다. 저녁 식탁을 두고 마주 앉은 남자에게 그 말을 할까 말까 열 번은 망설였다. 하지만 지나고 보니 말하지 않은 것이 다행스럽다. 그 남자한테 그 소릴 해서 뭐 어쩌자고. 다정하게 위로라도 받고 싶어서? 잔뜩 감상적이 돼서는 또 멍청한 짓을 할 뻔했네. 미나는 손끝에 덜어낸 크림을 뺨에 문지르면서 입술을 꾹 다물었다.

'미안해요. 내가 괜히 그런 데 가자고 해서.'

그날 이후 닷새가 지날 동안 준세는 무려 세 번이나 집에서 저녁 식사를 했다. 닷새 중 사흘이라면 최근의 한 달을 고려했을 때 엄청난 빈도였다. 미나는 그가 집에 일찍 들어온 비율과 빈도까지 분석하고 있던 제게 더 놀랐다. 세상에 한심해도 이렇게 한심할 수가. 그런 남편 따위 영원히 집에 안 들어오면 또 어때서.

하지만 미나는 내도록 그 생각을 멈출 수 없다.

식사가 끝나고 침실로 돌아와 낮에 읽던 책을 읽을 때도. 욕실에서 향긋한 목욕물에 몸을 담그고 있는 동안에도. 이렇게 화장대 앞에 앉아 화장품을 바르고 있는 지금까지도 그녀는 온통 그 생각뿐이다.

그 남자가 웬일일까. 가까이 가지도 못하게 으르렁대더니 어째서 태도가 변했을까. 밖에다 작은 살림이라도 차린 것처럼, 아내는 집에 놔둔 옷장쯤 취급하던 남자가 갑자기 마주 앉아 밥을 다 먹고.

웬일이긴. 지은 죄가 있으니 그렇겠지.

'부인께 조선어 교습해 드릴 이를 찾고 계시다 해서요.'

미나가 생각하기에 요즘 준세가 집에 일찍 들어오는 이유는 역시 켕겨서다. 조선어 독선생 좋아하시네. 어디서 그따위 허접한 핑계를 대.

'경성에서 적적하실 거라고 부군께서.'

그 대목에서 미나는 더할 수 없는 모멸감을 느꼈다. 저를 놀리는 게 분명한 여자 앞에 품위를 지켜야 한다는 생각에만 매달렸다. 막연히 짐작하는 것과 실체를 제 눈으로 목격하는 것은 완전히 다른 차원의 타격이었다. 그 여자는 저보다 어리지도 않고 예쁘지도 않았으며 심지어 입성까지 별로였다. 여학생도 여급도 아니고 대체 뭘 하는 여자인지도 모를 행색이었다.

'신문사서 삼 년 넘어 밥 먹고 살았습니다.'

차라리 어리거나 예쁜 여자였더라면 그렇게까지 기분이 상하진 않았을 것이다. 그럼 그렇지, 천박한 사내한테 딱 어울리는 상대라고 고상하게 비웃어 줬을지도 모르겠다. 그런데 그가 택한 여자가 화장조차 하지 않은 수더분한 얼굴인 것에 미나는 몹시 놀라고 또 화가 났다.

사내들이나 가지고 다니는 배낭을 한쪽 어깨에 걸쳐 멘, 선머슴처럼 초롱초롱 눈을 빛내는 여자 앞에서 미나는 예쁘게 꾸민 제 모습이 대뜸 초라하게 느껴졌다. 뜨거운 무언가가 번져 뱃속이 쓰라렸다. 그중 상당 부분이 열등감이라는 걸 그녀는 인정하지 않으려 했다.

열등감이라니 당치도 않지. 떳떳한 권리를 지닌 게 누군데. 누가 뭐래도 그 남자의 아내는 나야. 거기까지 힘주어 생각한 미나는 곧 기가 탁 막혀 버렸다. 이런 밑도 끝도 없는 권리주장과 소유 의식이라니. 도대체 어디서 나온 건지 알 수가 없는 발상들은 그러나 너무도 선명해서, 가슴이 다 심하게 쿵쿵거릴 정도였다.

"남편은 무슨. 바보 같긴."

쓸모도 없는 남편 따위 그 여자나 가지라지. 폭탄이 터져 죽을 뻔한 아내한테 놀라지 않았냐고, 괜찮으냐고 빈말조차 건네지 않은 남자 따위. 그 남자는 그날 집에 돌아와서도 말 한마디 않았었다. 어쩌면 끝까지 모른 척, 늦게라도 한번 들여다보지 않을 수가 있어.

밤새 무서워 죽는 줄 알았는데.

아버지는 다음 날 아침 일찍 전화를 걸어 와 안부를 확인했다. 범인 일당을 모두 잡아들였으며 책임자도 문책할 거라며 총소리에 놀랐을 딸을 안심시키려

했다. 경성 한복판에서 테러 미수라니. 경무국은 도대체 일들을 어떻게 하는 건지. 불만스레 혀 차는 소리를 들으면서도 미나는 줄곧 준세 생각만 하고 있었다.

무정하기 짝이 없는 남자 같으니라고.

어쩌면 사람이 그렇게 무심할까. 보름 뒤에 내 생일이라는 건 알고 있을까. 그날도 집에 안 들어오면 어떻게 하지. 아직 벌어지지도 않은 상황에 흥분하며 지레 씩씩대고 있을 때,

"주인장 계시오."

바깥에서 웬 남자의 음성이 들렸다.

화장대 앞에 앉은 채 미나는 눈살을 찌푸린다. 처음 듣는 목소리는 중년 사내의 것으로 굵고 탁한 소리를 냈다. 무엇보다 조선어. 이 집에서 저렇게 큰 소리를 내는 조선인이라니. 의아함과 호기심이 동해 그녀는 모직 가운을 걸치고 밖으로 나갔다.

응접실의 미닫이는 창호지 대신 유리를 끼워 앞마당이 내다보였다. 해가 지면 커튼을 닫기 때문에 지금은 시야가 막혀 있다. 주방을 정리하던 말희도 소리를 듣고 나와 있었다. 미나는 눈짓으로 커튼을 걷게 하면서 유리문 너머를 내다보았다. 중년 남자와 젊은 청년이 마당에 서 있었다. 나이 차가 상당했지만 부자지간으로 보이진 않았다.

"누구시죠?"

미나가 문을 열고 툇마루로 나와 서며 물었다. 두 사내는 하얀 종아리를 드러낸 여자를 경계하는 눈으로 힐끗 쳐다봤다. 그리고 저들끼리 짧게 시선을 교환하더니,

"이 댁 주인을 만나러 왔소."

중년 사내가 조선어로 대답했다. 미나는 두 팔을 교차해 양쪽 팔꿈치를 감싸

면서 남자와 눈을 맞췄다. 일본어를 할 줄 모르는 건지 아님 못 하는 척하는 건지. 아무래도 수상쩍은 심야의 손님들에게 더는 말을 건네지 않았다.

서재에 있던 준세가 내려왔을 땐 이미 집안의 세 여자가 모두 모여 있었다. 그는 마당에 선 두 남자부터 눈으로 살폈다. 틀림없는 초면의 낯선 자들 곁에 동래댁이 난처한 기색으로 서 있었다. 누군가 방문하면 대문부터 열어 맞아들이는 것은 가회동 본가의 습성이다. 조선의 반가에서는 지나가던 나그네가 묵을 곳을 청하더라도 일단 안으로 들이는 것을 예법으로 쳤다.

한밤중의 낯선 불청객. 준세는 달갑지 않은 일을 예감했으나, 그들은 이미 지척에 들어와 있었다.

"어떻게 오셨소."

물으며 툇마루로 나섰다. 미나가 고개를 돌려 올려다보았지만 그는 방문객들에게만 시선을 두었다. 중년 사내는 이제야 대화할 상대를 만났다는 듯 용건을 꺼냈다.

"만주에서 왔소이다."

만주. 준세는 내색 않고 재빨리 상대를 살폈다. 큼직한 가죽 코트와 중절모. 덥수룩한 머리와 낡은 가죽 구두. 어두운 밤이라 그나마 남루를 감추고 있는 그들은 첫눈에도 형편이 절박해 보였다. 준세는 대략의 사정을 파악함과 동시에 곁에 선 여자를 의식했다.

지금의 그는 이들을 도울 수 없다.

"만주에 아는 이가 없소만."

"의연금을 좀 청하러 왔소."

"의연금이라니."

"만주의 동포들이 고사할 지경이오. 광복 사업에 힘을 보태 주시오."

"안됐지만 돌아가야겠소. 내어 줄 돈이 없으니."

그는 망설이는 시늉도 않고 매몰차게 잘라 말했다.

해외의 독립단체들이 의연금을 모으는 것은 국망 이후 10년도 넘게 이어져 왔다. 시간이 흘러 독립운동에 대한 관심이 시들해진 뒤에는 이렇게 친일파 부호의 집을 찾아 돈을 뜯어내는 것도 이미 새로운 방식이 아니었다. 돈푼 있는 가문이라면 누구나 한 번은 당한 흔한 일이었다.

그래서 준세는 상황이 이렇게 될 줄 알고 있었다.

"의연금을 내놓으시오."

권총을 겨눈 채 젊은 사내가 처음으로 입을 열었다. 준세는 저를 향한 총구 너머 상대의 눈을 비스듬히 내려다보았다. 지켜보던 여자들이 얼어붙는 것이 느껴진다.

"만주에서는 도움을 청할 때 이리 하오?"

"사정이 급해 별수 없소."

"그럼 그저 돈을 내놓으라 하시오. 말이 좋아 의연금이지 이건 강도와 다를 바 없는 것 같은데."

"입 닥쳐라! 강도에 부역하는 자가 누군데!"

총을 겨눈 남자가 악을 썼다. 무기에 이어 고함까지 터지자 삽시간에 긴장이 팽배해진다. 전등으로 환한 응접실을 등지고 선 준세는 마당에 선 또래의 남자로부터 시선을 떼지 않았다. 정통으로 겨눈 총구 앞에서도 기 싸움 하듯 물러서지 않았다.

그리고 싸늘하게 중얼거렸다.

"조선이 독립하려면 동족의 피까지 봐야 하는가 보군."

말하는 동시에 그는 뜨거운 살의를 느낀다. 불길처럼 치솟은 그 충동은 그러나 제게 총을 겨누고 선 사내를 향한 것이 아니다. 준세는 이 감정의 정체를 알고 있다. 끔찍하도록 맹렬한 분노. 지금 당장 제 목을 긋는대도, 어느 누구를 쳐죽인대도 풀릴 것 같지 않은 원한은 아직도 불현듯 그를 미치게 만든다.

"동족. 동족이라."

총을 든 사내가 한탄처럼 웃었다.

"옳지. 민족을 배반하고 호의호식하는 친일배도 동족은 동족이겠소만,"

순간 준세는 도발을 후회했다. 그러나 총구는 이미 왼쪽으로 옮아갔다.

"왜녀는 아니지."

표적을 바꾼 남자가 어금니를 사리물었다. 움직이면 쏘겠소. 하얗게 질린 일본 여자에게 조선어로 경고한 뒤 재촉하듯 덧붙였다.

"빈손으로 돌아가지 않게 해 주시오."

준세는 미나를 돌아보았다. 무기 앞에 무방비로 노출된 여자는 완전히 굳어 있었다. 입술을 떨거나 비명을 지르지 않아 오히려 더 공포에 질린 것 같았다. 큼직한 눈을 더 크게 뜨고서 눈앞의 총구만 바라보았다.

총을 겨눈 사내와 과녁이 된 여자.

준세는 더 이상 여유를 가장할 수 없다.

기미년에 준세는 열일곱. 중학교 졸업반이었다.

아버지 뜻에 따라 그는 어려서부터 경성의 일본인 학교에 다녔다. 소학교와 중학교를 거쳐 역시 아버지 뜻에 따라 동경제대 예과인 제일고를 목표로 삼았다. 고교 입시가 코앞이라 곧 일본으로 건너갈 예정이었다. 아버지는 모든 지원을 아끼지 않았고, 어머니는 반대하지 않았으나 격려도 해 주지 않았다.

그해 삼월 초하루는 토요일이었다. 창덕궁과 길 하나를 사이에 둔 가회동 저택은 고요했다. 평시의 은은한 평화가 아니라 얼어붙은 듯 팽팽히 당겨진 적요였다. 마당을 쓰는 하인의 비질 소리도 찬간을 드나드는 찬모의 발소리도 들리지 않았다.

만세 소리가 담장을 넘기 시작한 것은 늦은 오후께부터였다. 종로통에서 시작된 행렬이 이왕이 거처하는 대궐 문턱까지 다다라 있었다. 아버지는 집 안의 모든 문을 걸어 잠그고 나가는 이도 들어오는 이도 없도록 단단히 단속했다. 저택에는 청지기부터 하인들까지 줄잡아 스무 명이 넘는 식구들이 있었다.

그때 준세는 별채 제 방에 갇혀 있었다.

'밖에 나오시면 큰일 납니다, 도련님. 나리마님께서 엄명을 하셨습니다요. 즈이 식솔들도 행랑에서 한 발짝도 나오지 말라고요.'

하늘이라도 무너진 얼굴로 다짐받던 행랑아범은 진즉에 돌아가고 없었다. 준세는 호기심과 모험심, 약간의 의협심으로 바깥세상의 동정에 귀 기울였다. 조선 독립 만세. 누군가 담장 밖 골목에서 목청이 터져라 외치고 있었다. 조선 독립 만세. 조선 독립 만세.

책상 앞에서 벌떡 일어선 것은 그때였다. 가슴이 와락 더워지면서 가만히 앉아 있을 수가 없었다. 그때 준세는 그게 무슨 감정이었는지 몰랐다. 그저 이렇게 갇혀 있으면 안 될 것 같은, 저 고함 소리에 내 목소리를 보태야 할 것 같은 마음이 온몸을 충동질하고 있었다.

그것은 어떠한 의무감 같기도 했다. 저기 동참하지 않는 것은 의무를 저버리는 짓이란 기분. 그래, 그건 생각이 아니라 말 그대로 기분이었다. 명분과 득실을 따지기 앞서 마음이 먼저 동하는 것. 이유를 꼬집어 댈 순 없어도 그냥 그렇게 해야 옳을 것 같은 기분.

준세는 즉시 방문을 박차고 안채로 향했다. 아버지는 모르게 하더라도 어머니에게는 허락을 구하고 싶었다. 그래 네 말이 옳구나, 고개를 끄덕이며 대견해하는 모습을 보고 싶은 마음도 솔직히 있었다. 별채에서 안채까지 한달음에 건너간 그는 신발까지 감쪽같이 들여놓고서 안방으로 향했다. 댓돌에는 언제나처럼 어머니의 당혜가 놓여 있었다.

그리고 막 방문을 열던 어머니와 눈이 마주쳤다.

그때 준세는 저도 모르게 눈살을 찌푸렸다. 반가의 부녀답게 늘 기품 있던 어머니가 여염집 아낙처럼 흐트러져 있었다. 반듯한 이마에 잔머리가 흩어졌고 쪽머리의 은비녀도 약간 비뚤었다. 무엇보다 놀라운 것은 비단옷의 행색이었다.

미색 저고리와 남색 치마가 흙먼지와 구김으로 엉망이었다. 핏자국 같은 얼룩마저 군데군데 묻어 있었다. 아들과 마주쳐 잠깐 당혹한 빛이 스쳤으나 어머니는 곧 침착한 표정으로 방 안에 들어섰다. 뒤따라 들어간 준세는 흥분과 놀라움으로 손이 떨렸다.

'어머니, 옷에 피가……'

'내가 흘린 게 아니다.'

굳어진 얼굴에 채 식지 않은 분기가 서려 있었다. 낮은 목소리는 잔뜩 쉬어 갈라졌다.

'잠시 건너가 있거라. 옷부터 갈아입어야 하니.'

어머니가 반닫이를 열어 깨끗한 옷을 꺼낼 동안 준세는 장지문을 열고 윗방으로 들어갔다. 가구 한 점 없는 작은 방이 냉기로 싸늘했다. 어스름이 내려 이미 사물을 분간하기 수월치 않은 시간이었다. 컴컴한 공간에서 그는 두근대는 가슴을 눌렀다.

어머니가 거기 계셨다. 사람들 속에 섞여서 만세를 불렀다. 준세는 자긍심으로 가슴이 뿌듯해지면서 저를 데려가지 않은 것이 조금 원망스러웠다. 어느 문을 통해 밖으로 나가셨는지, 사람들이 많이 모인 곳이 어디인지 여쭤보리라고 마음먹었다. 이제라도 달려 나가 만세를 외쳐야지. 사람들과 함께 밤새 시가를 행진해야지. 샘처럼 솟는 각오들로 주먹을 불끈 쥐었을 때,

'게 숨어 있거라.'

어머니가 낮게 속삭였다. 쿵쿵 울리는 발소리가 가까워지고 있었다. 평시에 비할 수 없이 빠르고도 거센 소리였다. 사랑채와 안채가 연결돼 있다는 것을 준세는 벼락같이 상기했다.

'나오지 마라. 절대로.'

그 이후의 기억들은 토막 나 뒤엉켜 있다. 안방 문이 부서질 듯 벌컥 열리는 소리. 탄식과 비웃음. 추궁과 분노. 행여 누가 들을까 힘껏 낮춘 목소리들.

'자식들을 생각하십시오. 준세 준태 나라 잃은 백성으로 살게 하실 겁니까?'

'나라를 잃긴 누가 잃어. 왕이 바뀐 것뿐이야. 이왕가에서 일왕가로 우두머리가 바뀐 것뿐이라고. 조선 강산이 맨 그대로인데 나라를 왜 잃어.'

양반 명문가에서 독립운동이라니. 너희 교회에서도 금지령 내린 것을 모른단 말이냐. 네년이 믿는 하느님도 하지 말라는 짓을 왜 해. 네년 때문에 가문이 풍비박산 나는 꼴을 내 두고 볼 것 같으냐.

반가의 예법으로 늘 부인을 존대하던 아버지 입에서 야비한 말투가 쏟아졌다. 놀라움과 분노로 치를 떨면서도 준세는 이러다 어머니가 쫓겨날지 모른다는 걱정만 했다. 사랑방에 총이 있다는 건 알고 있었으나, 아버지 앞에서 직접 만져 본 일도 있었으나, 그것이 안방에서 발사될 수 있을 줄은 결단코 감히 상상조차 하지 못했다.

'정신 차리시오! 하늘이 두렵지도 않소!'

준세는 아직도 알 수 없다. 어머니가 두려워한 하늘은 무엇이었는지. 그의 머리 위 끝 간 데 없이 텅 빈 창공인지, 그 푸른빛이 사위고 나면 반짝이는 별

들의 영토인지. 지상의 비탄을 내려다보는 무심한 절대자인지, 그도 아니면 교회당 십자가에 매달린 이국의 사내인지.

어머니의 죽음을 수용할 수 있게 된 후부터 틈날 때마다 그 생각에 골몰했으나, 소년에서 완전히 벗어난 아직까지도 그는 해답을 찾을 수 없다.

일이 벌어진 직후 몰려온 순사들이 광에 숨어 있던 조선인 세 명을 찾아냈다. 흰옷에 핏자국을 묻힌 채 끌려간 사람들이 어떻게 죽었는지 준세는 모른다. 자작 부인은 폭도들의 손에 죽임당한 것이 되었지만 그 일로 재판을 받은 이는 없었다.

장례는 성대히 치러졌고 상가는 문상객으로 북적였다. 아버지는 아내를 여읜 비통을 가누며 상주 노릇을 해냈다. 애달프게 통곡하던 아우와 달리 준세는 눈물 한 방울 보이지 않아 눈총을 샀다. 그는 감히 어머니 영전 앞에 울 수 없었다. 아무것도 하지 못한 것이 부끄러워서. 가증스러운 가짜 장례가 끔찍해서. 그럼에도 끝내 진실을 삼키고 있는 자신이 또한 견딜 수 없이 치욕스러워서.

장례가 끝난 후 모든 것은 원래로 되돌아갔다. 준세는 탈상을 위해 고교 진학을 한 해 미뤘다. 가회동 저택은 건재했으며 아버지의 재산과 권세 또한 변함없었다. 만세 함성으로 터질 것 같던 경성도 언제 그랬냐는 듯 일상으로 되돌아갔다. 당장이라도 독립할 것 같던 조선은 여전히 이민족의 식민지였다.

사라진 것은 어머니뿐이었다. 총탄에 뚫린 가슴에서 피를 쏟으며. 부질없는 일갈만을 허공에 남겨 놓고. 무기도 방패도 없이 속수무책으로. 진실과 함께 영원히 매몰된 여인.

준세의 생은 그때 끝났다.

노끈으로 묶인 지폐 뭉치가 박석 위로 털썩 떨어졌다. 중년 사내가 허리를 굽혀 돈을 집어 들었다. 백 원권과 십 원권 지폐가 넉넉히 한 뭉치였다. 미나는 이제 다리에 감각이 없다.

"고맙소."

"총 치워."

준세가 매섭게 으르댔다. 여태 무기를 겨누고 있던 젊은 남자가 그제 권총을 거둔다. 두 사내는 지체 없이 돈과 무기를 품속에 갈무리했다.

"실례가 많았소이다. 선대의 죗값이라 여기시오."

중년 사내가 마루 위를 향해 말했다. 준세는 대꾸하지 않았다.

"조국 광복에 귀히 쓰일 것이오."

몸을 돌린 불청객들이 신속히 대문 쪽으로 멀어졌다. 미나는 남자들의 대화를 거의 알아듣지 못했으나 대략의 사정은 유추할 수 있었다. 그들이 원하는 것이 피가 아니라 돈이라는 것도 알았다. 그러나 가슴에 총구가 겨눠졌을 때, 살기등등한 낯선 사내가 저를 죽일지도 모른다는 생각은 본능적인 공포로 휘몰아쳤다.

눈앞의 무기가 사라졌으나 몸에는 여전히 감각이 없었다. 툇마루를 딛고 선 발부터 무릎까지 고드름처럼 꽁꽁 언 것 같았다. 일순 눈앞이 휘청대나 싶더니, 응접실 안쪽에 선 말희가 비명을 질렀다.

"마님!"

다리가 풀리는 게 이런 느낌이구나. 미나는 생각했으나 바닥에 쓰러지진 않았다. 양쪽 팔을 붙든 손의 악력이 느껴졌다. 남자의 감촉과 냄새, 온도가 온몸으로 느껴지면서 문득 꺼리는 생각이 들었지만 그 든든한 힘과 체온에 그녀는 완전히 기대고 말았다. 발목 아래가 싹둑 잘려 나간 기분이었다. 혼자서는 한 발짝도 움직일 자신이 없었다.

남자의 품에 안기듯 기댄 채 미나는 앞마당을 바라본다. 잘 가꿔진 상록수 분재 위로 상야등 불빛이 희붐했다. 아무 일도 일어나지 않은 것처럼 천연스러운 풍경이었다.

"말희."

"예, 나리."

"본정서에 연락해요. 경찰 보내라고."

"예."

말희가 허둥지둥 전화기 쪽으로 내달렸다. 준세는 부축한 여자를 가볍게 추슬렀다.

"들어갑시다."

응접실에서 침실까지는 멀지 않으나 그리 가깝지도 않았다. 그 거리를 그는 전혀 어렵지 않게 여자를 부축해 데려갔다. 두 발은 바닥에 닿아 있었지만 미나는 스스로 걷는단 느낌이 거의 없었다.

응접실에서 말희가 전화기를 붙들고 빠르게 말하는 소리가 들렸다. 대문을 단속한 동래댁은 이 모든 사달을 자책하면서 뒤늦게 침실로 들어왔다. 마님의 안부를 확인하고 자리도 다독일 마음이었지만 정리는 이미 끝나 있었다. 여자는 침대 위에 누워 있고 턱 밑까지 덮은 이불도 단정했다. 동래댁은 머리맡에 우뚝 선 준세를 본 뒤, 말없이 물러나 조심스레 침실 문을 닫았다.

경찰차는 금세 도착했다. 순사 둘을 이끌고 온 형사가 이것저것 질문을 던졌다. 범인들의 인상착의를 꼬치꼬치 캐물었으나 준세는 경황이 없고 주위가 어두워 정확히 보지 못했다고 대답했다. 주인이 그렇게 나오니 하녀들도 덩달아 자신감을 잃고 얼버무렸다.

문답을 마친 경찰들은 집 안팎을 한번 휘 둘러보고 돌아갔다. 낯선 사람에게 함부로 문을 열어 주지 말라고 동래댁을 훈계한 것을 제외하면 그들이 한 일은 거의 없었다.

그때껏 미나는 침실에 혼자 있었다. 침대에 누운 채로 부디 경찰이 저까지 귀찮게 하지 않기를 바랐다. 바람대로 그녀의 방엔 아무도 들어오지 않았고, 곧 협조에 감사하는 인사말이 들렸다.

침실 문이 열린 것은 그로부터 약간의 시간이 지난 뒤, 집 안이 완벽하게 고 요해진 무렵이었다.

미닫이가 드르륵 열리자 미나는 눈을 떴다. 다시 드르륵 닫혔을 때는 그쪽으로 고개를 돌렸다. 실은 발소리가 다가올 때부터 누구인지 알고 있었다. 이 집에서 그가 움직이는 거의 모든 동선을 그녀는 귀로 들을 수 있으니까.

"끝났어요?"

"예. 다들 돌아갔습니다."

대답한 뒤 준세가 이쪽으로 걸어왔다. 후원을 향해 놓인 안락의자를 끌어다 침대 곁에 놓았다. 남자가 거기 앉는 모습을 미나는 누운 채로 지켜본다. 결혼 후 두 달 만에 처음이었다.

"괜찮습니까."

그 소리를 듣는 순간, 그만 울컥 서러워졌다.

그래서 미나는 얼른 대답하지 않았다. 입술을 다물고 눈을 내리깔아 시선을 피했다. 별 다정하지도 않은 말 한 마디에 감격한 것처럼 눈물을 쏟을 순 없다. 미나는 반대쪽으로 고개를 돌리고 대수롭지 않은 척 대꾸했다.

"괜찮아요. 총에 맞은 것도 아닌데."

준세는 무어라 대꾸하지 않았다. 자리에서 일어나지도 않았다. 아무 소리 도 내지 않고 그저 침대맡에 조용히 앉아 있었다. 말도 행동도 없는 남자가 미나는 의아했다. 왜 거기 앉아서 그러고 있는지. 언제까지 그러고 있을 생각인지.

전등으로 밝혀진 침실에 고요가 깊어진다. 차가운 가을밤은 풀벌레 소리조차 들리지 않았다. 커다란 침대 위에 누운 여자는 고개를 돌린 채 눈을 감았다. 곁에 앉은 남자는 허공 어딘가에 시선을 두고 있다. 눈길조차 맞지 않은 두 사람 사이로 충충하게 침묵이 고였다.

미나가 한참 만에 입술을 뗐다. 조그맣지만 선명한 목소리.

"이래서 내가, 미국에 가려는 거예요."

이런 꼴 당하지 않으려고. 어디에도 속하지 않은 게 조마조마해서. 어느 한쪽을 택해야 하는 것도 지긋지긋해서. 미나는 속으로 덧붙였다.

미국에서 그녀는 일본인도 조선인도 아니었다. 거기선 그저 다 같은 동양인, 똑같이 차별받는 황인종 외국인이었다. 그것이 미나에겐 차라리 자유였고 그녀는 실제로 거기 매료됐다. 돈푼이나 있으면 겉으로나마 대접받을 수 있는 곳이 또한 미국이란 나라이니, 미나의 눈에는 완벽한 자유의 땅이었다.

"당신도 아마 거기가 편할 거예요."

건조한 어조로 말하며 그녀는 문득 깨닫는다. 어째서 이 남자가 그토록 거슬렸던 건지. 처음 본 순간부터 사사건건 왜 그리 얄밉고 꼴 보기 싫었던 건지.

"……당신도 나랑 같으니까."

그는 도저히 감출 수 없는 것을 감추고 있기 때문이다. 뻔히 보이는 거짓말을 하고 있기 때문이다. 조선에서 난 주제에 타국의 언어와 풍습을 따르며 뻔뻔스레 타국인 행세를 하기 때문이다.

하루하라 미나처럼.

"조선이 낳고 제국이 기른 자식."

임준세는 그녀가 가장 숨기고픈 진실을 유감없이 펼쳐 보이고 있었다. 도저히 아니 볼 수 없도록 세세하고 적나라하게 보여 주고 있었다. 처음 눈이 마주친 순간부터. 시시각각. 한순간도 빠짐없이.

이 남자는 그녀의 가장 추한 일면을 비추는 거울과 같았다.

"당신도 그렇잖아."

조선이 낳은 제국의 자식. 피를 나눈 사람들을 모른 척하는 비겁한 자식. 강자의 품에 안겨 안락하게 살아가는 천박한 자식.

미나는 입을 다물었다. 설명할 수 없는 감정들이 한꺼번에 뒤엉켜 가슴 가득 차올랐다. 시커멓고 짙은 연기 속에 혼자 서 있는 기분이었다. 갑갑하고 막막하고 서러웠다.

무엇보다, 서글프게 외로웠다.

준세는 아무 말도 하지 않았다. 전처럼 정중히 항변하거나 부드러운 웃음으로 눙치려 하지 않았다. 적당한 구실을 대며 자리를 뜨지도 않았다. 그는 그저 묵묵히 앉아 있었다. 그리고 한참의 침묵 끝에 입을 뗐다.

"미안합니다."

고개를 돌린 채로 미나는 느리게, 눈을 깜빡였다. 이어 뒤늦게 심장에서 쿵 하는 소리가 났다. 어리광처럼 울음이 터질 것 같아서 숨을 참았다. 습기를 삼켜 낸 후에는 저도 모르게 참았던 말을 뱉어 버렸다. 어리광 부리고픈 마음은 아직 남았던 모양인지.

"오늘, 우리 엄마 기일이에요."

불쑥 튀어나온 말에 준세는 얼른 답하지 않았다. 상당한 공백 끝에 같은 말을 반복했다. 미안합니다. 그건 언어보다 탄식에 가까운 음성이었고, 무언가에 짓눌린 것처럼 들리기도 했다. 그래서 미나는 무슨 말이라도 덧붙여서 환기해야 할 것 같은 기분이 된다.

"당신 어머니…… 기일은 언제예요?"

"음력 일월 이십구 일입니다."

"음력?"

"조선에선 음력으로 기제사를 모시니까."

"아. 그럼 양력으론 며칠이지."

나지막이 대화하던 남자가 다시 입을 다물었다. 목에 가시라도 걸린 것처럼 말을 잇지 못하더니 곧 고저 없는 소리를 짧게 뱉었다.

"삼월 일 일."

그 목소리가 지독히도 슬프게 들려, 미나는 그가 울까 봐 덜컥 두려워졌다.

그러나 준세는 울지 않고 자리에서 일어섰다. 천천히 문 쪽으로 걸어가는 모습을 여자는 지켜본다. 좀 더 같이 있어 주었으면 싶었지만 입 밖에 내진 않았다. 거부당하는 것이 얼마나 아프다는 걸 그녀는 이제 알고 있다. 먼저 손을 내밀지 않으면 적어도 뿌리쳐질 일은 없으리라는 것도.

그는 벽에 붙은 스위치를 내려 전등을 껐다. 방문을 열고 나가는 대신 벽에 기대앉았다. 아무것도 깔리지 않은 마룻바닥에. 세운 무릎 위로 한쪽 팔을 걸치고서. 무사처럼.

불 꺼진 침실은 굴속처럼 캄캄했다. 후원 쪽으로 난 미닫이 창호지에 희끄무레한 빛이 번져 있었다. 석등에 들어온 전깃불은 밤새 꺼지지 않는다. 어둠에 눈이 익으면서 방 안의 사물이 점차 또렷해졌다.

침대에 누운 여자가 조그맣게 말했다.

"올라가요."

"잠드는 것 보고."

바닥에 앉은 남자가 나지막이 대답했다.

"잠드는 것, 보고 가겠습니다."

미나는 입술을 깨문다. 또 눈물이 날 것 같아서. 그녀는 숨을 죽인다. 그가 소리 없이 울고 있는 것 같아서. 어둠 속에 우두커니 앉은 당신은 지금 무슨 생각을 하고 있을까. 너무 슬프거나 괴로운 생각은 아니기를 미나는 바랐다.

풀벌레 소리조차 나지 않는, 고요한 밤이었다.

준세는 왼손에 찬 시계를 들여다본다. 가죽 스트랩의 손목시계는 결혼 예물로 받은 것이다. 오래 써서 손에 익은 회중시계는 얼마 전 고장 나 수리를 맡겼다. 어머니의 유품으로 외조부가 물려준 것이라 했으니 여태 잘 돌아가는 게 용한 골동품이었다.

퇴근까지 십 분 남은 걸 확인한 후 그는 오른손에 쥔 펜을 천천히 돌렸다. 가슴 앞에 놓인 차트 용지는 아직 절반밖에 채우지 못했다. 아직 시일이 넉넉해 서둘 필요는 없지만 오늘까지 끝내리라 예상했던 분량이기도 했다. 십 분 동안 눈이나 쉬자. 그는 펜을 내려놓고 눈을 감았다.

지난밤 준세는 침실 바닥에 아주 오랫동안 앉아 있었다. 잠들려고 작정한 사람처럼 끈질기게 눈을 감고 있었다. 한참 만에 눈을 떴을 땐 세상이 무덤처럼 고요한 시각이었다. 들릴 듯 말 듯 규칙적인 호흡 소리. 잠든 여자의 흰 얼굴은 깨어 있을 때보다 한결 어려 보였고, 그 천진하고 무방비한 얼굴을 그는 선 채로 내려다보았다.

묘한 기분이었다.

죄책감인가 싶었다. 자꾸만 미안한 생각이 드니까. 내 곁이 아니었다면 겪지 않았을 일들, 받지 않았을 상처들, 영영 모르고 살았을 것들이 떠올라 입 안이 썼다.

그것은 어쩌면 책임감 같기도 했다. 내 그늘 안에 있는 사람. 원하든 원치 않든 지금은 내게 현재를 맡긴 사람. 그러니 여자를 편안하게 해 줄 의무가 마치 자신에게 있는 것처럼 여겨졌다. 아무것도 모르는 사람을 이용하고 있단 자각이 들면서 그는 여자에게 미안해졌다. 죄책감과 책임감은 그렇게 점차 한 덩어리가 되었다.

급기야 준세는 이 여자가 무엇을 잘못했던가, 보다 근본적인 질문을 던지고 말았다.

하루하라 미나는 무엇을 잘못했나.

준세에게 그것은 낯설지 않은 물음이다. 그 자신에게 수없이 던진 질문이기도 하니까.

나는 무엇을 잘못했나.

하나씩 따져 보자면 임준세는 아주 많은 것들을 잘못했다. 매국 대신의 후손으로 태어나 갖은 편의와 안락을 누렸다. 타인의 고통을 대가로 한 풍요를 마시고 자랐다. 옳고 그른 것을 고뇌할 만큼 철이 난 후에도 마찬가지였고, 심지어 가장 끔찍한 진실에 대해서도 침묵했다.

그가 자의로 타의로 저지른 잘못들은 이제 복잡한 매듭처럼 뒤엉켜, 어디부터가 자의였고 어디까지가 타의인지 점점 구분할 수 없게 되었다. 그러므로 누군가의 원망 혹은 증오의 대상이 된다 해도 준세는 스스로 그리 억울할 것이 없다고 생각해 왔다.

하지만 이 여자는 무엇을 잘못했나.

'선대의 죗값이라 여기시오.'

조상과 부모의 책임은 그 후손에게 마땅히 대물림 되는가. 이왕가의 후예들이 볼모처럼 끌려가 강제혼을 당하는 것도 그 선대의 죗값으로 수용해야 할 몫인가. 죄의 유산은 어디까지 상속되는가. 이미 정리된 줄 알았던 해답들에 다시 물음표가 달리기 시작했다. 굳건하던 가치들이 여자를 대입하자 덜컹덜컹 흔들렸다. 준세는 새삼 혼란스럽다.

"저는 이만 들어가 보겠습니다."

언제나처럼 정확히 여섯 시에 사무실을 나섰다. 동절기에 가까워진 계절이라 일몰은 일찌감치 끝나 있었다. 제집처럼 익숙한 동선을 따라 그는 빠르게 건물을 빠져나왔다. 4년째 다니는 이 회사는 다음 달까지만 근무할 것이다. 새해부터 그는 총독부로 출근하게 된다.

새로운 직장이자 마지막 일터가 될 곳.

'이래서 내가, 미국에 가려는 거예요.'

주차된 자동차로 걸어가면서 그는 다시 여자를 떠올렸다.

'당신도 아마 거기가 편할 거예요.'

손끝에 미세한 나무 거스러미가 박힌 기분이었다. 아픈 건 아닌데 하루 종일 신경이 쓰였다. 눈에 보이지도 않게 작아서 속 시원히 빼낼 수도 없었다. 준세는 어디에 뭐가 박혔는지도 모른 채 연거푸 시계만 들여다봤다. 입사 이래 가장 긴 하루였다.

'당신도 나랑 같으니까.'

미나는 보기보다 몸이 약한 것 같았다. 눈빛이 또렷하고 목소리가 또랑또랑해서 망아지처럼 튼튼할 줄 알았는데 손아귀에 들어온 팔이 한 움큼이라 놀랐다. 늘어진 몸은 너무 가벼워서 더 놀랐다. 여자의 몸은 원래 이런가 싶었지만 다른 여자 몸을 들어 본 적 없으니 답은 요원했고, 결국 준세는 제대로 못 먹어서 이렇게 가벼운 게 아닌가 하는 꽤나 과학적인 결론에 도달했다.

그런 의구심을 품고 눈여겨보니 여자는 과연 깨지락거린다. 살살 퍼 담은 밥 한 공기가 아직 반도 채 줄지 않았다. 입에 맞는 찬이 없나. 그는 식탁 위를 한 바퀴 훑어본 뒤 지나가는 말투로 물었다.

"무슨 음식을 좋아합니까."

조용히 음식을 씹던 미나가 미심쩍은 눈으로 그를 봤다. 분명 지나가는 말투로 물었건만.

"퇴근길에 먹을 걸 좀 사 오려고 했는데, 뭘 좋아하는지 몰라서."

그래서 준세는 변명처럼 설명을 덧붙여 본다.

"그, 입맛 없어 한다고 걱정들이기에."

누가 그런 소리를. 금시초문인 하녀들이 시선을 교환했지만 그는 못 본 척했다.

"좋아하는 음식이라면…… 약과요."

"약과?"

미나가 가볍게 고개를 끄덕였다.

"아버지가 자주 사다주셨거든요, 경성 최고 약과라면서. 그걸 참 좋아했어요."

생각지도 못한 품목이었다. 임가에는 주전부리 좋아하는 사람이 없어서 그런 건 제사상이나 손님용 다과상에나 올랐다. 경성 최고 약과는 어디서 구할 수 있는 건지 감도 안 잡히지만 종로를 뒤져 보면 솜씨 좋은 곳이 있겠지. 아무렴 서울 토박이 안목이 외지인만 못할까. 준세는 당연히 더 훌륭한 약과를 찾아낼 수 있을 거라 자신한다.

"그런 거 말고, 식사 될 만한 음식 중에는."

"아무거나 잘 먹어요. 요즘은 동래댁이 해 주는 밥이 제일 좋고."

마님이 그러자 뒤에 선 찬모가 뿌듯하게 웃었다. 아무거나 잘 먹는단 말에 남자가 좀 의심스러운 얼굴을 했을 때,

"요전에 파전 정말 맛있었는데."

미나가 중얼거렸다. 파전이라는 소리에 준세는 바늘에 찔린 것처럼 뜨끔해졌다. 이미 한 달도 더 지난 일이건만.

"그럼 그거 먹읍시다."

서둘러 말부터 앞세운 건 그래서일 것이다. 이어 미나가 어떤 반응을 채 보이기도 전에 그는 찬모를 돌아보았다.

"수고 좀 해 줘."

"예에, 서방님. 내일 저녁상에 올리겠습니더."

동래댁이 잽싸게 반색하며 말희와 슬쩍 눈을 맞췄다. 이심전심으로 신속한 눈빛이 오갔다. 동장군이 호령하던 주인 내외 사이에 춘풍이 불고 있었다. 드디어 해빙인가. 우리도 숨 좀 편히 쉬게 되려나. 하녀들은 단정히 다문 입술 안으로 기대를 숨겼다.

식탁에 마주 앉은 남녀는 언뜻 아무렇지 않게, 그러나 보이지 않도록 조금씩 머뭇대면서 식사를 계속했다.

온종일 가을비가 부슬거렸다. 아침나절부터 시작된 비였다.

커튼을 활짝 젖혀 두었으나 비구름 탓에 실내는 어둑했다. 응접실에 놓인 유성기에서 첼로 독주가 흘러나왔다. 촉촉이 젖은 정원과 잘 어울리는 음색이라고 미나는 생각했다. 빗발은 그리 세차지 않았지만 출근 시간 이후에 내려서 다행이었다.

오늘 준세와는 아침 식사도 같이 했다. 언제나처럼 커피만 홀짝이는 여자 앞에 그는 제 몫의 오믈렛 접시를 밀어 주었다. 빈속에 커피는 좋지 않다는 제법 살뜰한 말까지 덧붙이면서. 입맛이 없었지만 거절 못 하고 포크를 쥔 것은 그래서였을 테다.

남자는 토스트와 우유 한 잔, 다시 만들어 내온 오믈렛까지 모두 먹은 뒤 일어섰다. 마치 한 달 넘게 혼자서 아침 식사 한 일은 없던 것처럼, 줄곧 이렇게 원만한 시간을 보내온 것처럼 천연스러운 태도였다. 그러나 미나가 하녀들과 함께 현관 앞까지 배웅했을 때는 그 역시 어색한 기색을 다 감춰 내지 못했다.

변화는 갑작스러웠으나 틀림없었다.

남자로부터 불어온 훈풍 앞에서 미나는 일단 몸을 사렸다. 그토록 무정한 남자가 어째서 별안간 다정해졌을까, 부러 코웃음도 쳐 보았다. 최근 며칠간을 차근차근 반추하며 나름대로 추론을 하기도 했다. 역시 이틀 전의 사건 때문이란 결론밖에는 나오지 않았다.

"흠."

미나는 읽던 책에서 눈을 떼고 비 내리는 정원을 바라본다. 그리고 그저께의 일을 떠올린다. 그날 준세가 잘못한 건 없었다. 강도가 저를 특정했던 건 제가 일본인이기 때문인데 그건 누구의 잘못도 아니니까. 그러나 아무리 생각해도 그 냉랭한 성질머리가 이렇게 꺾일 만한 계기론 충분치 않다.

'왜녀는 아니지.'

미나는 다시 한번 기억을 되감아 보았다. 그보다 더 모욕적인 말이 나왔던가 싶어서. 하지만 쌍욕을 했대도 뭐 알아들을 수가 있어야지. 거기까지 생각이 닿자 조선말을 모르는 게 답답해졌다. 무엇보다 면전에서 욕하는 걸 모를 수 있다는 건 보통 문제가 아니다. 미국에서도 제일 먼저 욕부터 섭렵했는데.

"말희."

"예, 마님."

"나 조선어 가르쳐 줘."

"예? 제가 어떻게……."

"쉬운 말부터 가르쳐 줘. 욕 같은 거."

"예에?"

두 눈을 동그랗게 뜬 하녀를 향해 미나는 뭉뚱그려 웃었다. 물론 농담은 아니었지만.

"엊그제 들었던 강도들 말야, 혹시 나한테 뭐라고 했었어? 심한 욕이라든가."

왜녀라고 한 건 알아들었는데. 정확한 발음으로 콕 집어 그러자 말희가 흠칫 놀라며 양손을 내저었다.

"아아뇨. 그이들이 마님께 왜 욕을 했겠어요."

"독립운동하는 자들이랬지?"

물론 미나가 그날의 대화를 알아들은 건 아니었다. 경찰과 준세가 나눈 말들이 드문드문 침실까지 들려와 얻어 들은 것이다.

"독립운동하는 사람들이 강도 짓도 해?"

"그게…… 거기도 뭘 하려면 돈이 있어야 하니까요. 그래서 은행도 털고 우편국 차도 습격하고 그런대요. 저도 신문서 봤어요."

은행을 털다니 대단한데. 미나가 처지도 잊고 감탄하자 말희가 조금 난처한 얼굴을 했다. 이 집 주인이 친일배라 표적이 된 거란 말은 차마 할 수 없어서 덧붙인 소리였다.

"그날도 의연금을 내 달라고 했는데, 주인님이 거절하시니까 협박한 거예요."

하녀는 말하면서도 내도록 송구스러워했다. 미나에게 총을 겨눴던 사내들이 제 일가붙이라도 되는 것처럼. 말희는 저와 한집에 사는 사람보다 생면부지의 타인들에게 동질감을 느끼고 있었다. 같은 민족이라는 이유만으로.

'미안합니다.'

그 남자도 그래서 나한테 사과한 걸까.

"비가 꽤 오네요. 차 한 잔 드릴까요, 마님?"

"같이 마시자. 홍차 어때? 쿠키랑 같이."

"예, 얼른 준비할게요."

미나는 조금 씁쓸하게 웃으면서, 아무에게도 서운하게 생각지 않으려 했다.

가을비는 하루 종일 부슬거렸다. 빗금 같은 물방울들이 끊길 듯 가늘어졌다가 저녁 무렵 다시 굵어졌다. 흠뻑 젖은 남산은 흙내로 자욱하고, 나무로 지은 집의 편백 향도 짙어졌다.

해가 진 뒤 여광마저 완전히 사위자 미나는 대문 쪽에 정신을 빼앗겼다. 아직 도착할 때가 아닌데도 귀를 쫑긋 세웠다. 밖에 비가 오는데. 우산이 있을까. 궁금하고 신경 쓰였지만 대문을 열어 주거나 우산 들고 마중 나가는 건 하녀의 역할이지 그녀가 할 일이 아니다. 그런 생각들을 하면서 미나는 하릴없이 시계만 쳐다봤다. 오후 여섯 시가 막 지나고 있었다.

초인종이 울린 것은 평소처럼 정확한 시각이었다. 우려와 달리 준세는 보송보송한 모습으로 멀쩡히 들어왔고, 여느 때처럼 침실에 웃옷을 벗어 놓은 뒤 손을 씻고 식탁 앞에 와 앉았다. 그에게서 풍겨 오는 향내를 미나는 맡을 수 있었다. 아침보다 옅어진 향수와 짙어진 체취를. 갓 씻은 손에서 비누 냄새를. 그러다 문득 얼굴이 달아올라 괜히 외면해 보기도 하고.

"금일도 종일 집에 있었겠군요. 비까지 왔으니."

"비 안 왔어도 아마 집에 있었을걸요. 그나저나 우산을 가져갔었나 봐요. 비 맞는 거 아닌가 싶었는데."

"차에 늘 두는 게 있어서."

모직 가운을 느슨히 걸친 여자와 달리 남자는 넥타이 매듭까지 완벽했다. 미나는 하얗고 빳빳한 셔츠 소매 아래 손목시계에 눈길을 주었다. 신랑에게 보낸

예물 중 유일하게 그녀가 고른 것. 그가 시계를 찬 모습을 본 건 처음이었고, 덕분에 기분이 좀 이상해졌다. 어딘가 간질간질하고 붕 뜨는 듯한 느낌.

"그런데 매일 이렇게 해도 되는 거예요?"

"이렇게라니요."

"너무 정시에 들어오잖아요, 따박따박. 남들은 그렇게 안 할 텐데."

"아. 난 이미 내놓은 자식 된 지 오래라."

천연덕스러운 말투에 여자가 웃었다.

"너무 태평이네요. 그러다 해고되면 어쩌려고."

"어차피 다음 달까지만 일할 거니까."

가볍게 웃던 남자가 문득 미소를 거두는가 싶더니,

"아마 명년부턴 꽤 바빠질 겁니다."

다시 조금 의도적으로 웃어 보였다.

미나는 이제 구분할 수 있을 것 같다. 이 남자의 가짜 미소와 진짜 웃음을. 언제부턴가 그 표정에 조금씩 틈이 보이기 시작했다. 미나 생각에 그건 좋은 징조였다.

그녀는 다완을 집어 탁주 한 모금을 마셨다. 두 번째로 맛보는 막걸리가 제법 입에 맞았다. 다완에 막걸리라는, 일식도 선식도 아닌 그 희한한 조화에 준세는 좀 어이없어했지만, 몇 번 피식거리고는 불만 없이 여자의 취향을 따랐다.

대화는 거기서 끊어졌다. 두 사람은 묵묵히 식사만 했다. 젓가락으로 파전을 집으면서 미나는 슬쩍 남자를 살폈다. 왜 갑자기 말이 없지. 명년부터 바빠질 게 걱정되나. 지레 눈치를 살피면서 화제를 돌려 볼까 생각하던 찰나,

"이만 건너들 가요."

준세가 조선어로 말했다.

전에 없던 일이라 세 여자는 한꺼번에 흠칫했다. 백작저에서부터 식사 시중을 든 말희는 물론 새로운 방식에 익숙해진 동래댁도 이게 뭔 일인가 눈치를 살폈다. 그러나 주인의 지시는 떨어졌고 마님은 아무 말도 하지 않았다. 하녀들은 지체 없이 물러날 수밖에 없었다.

그동안 미나는 식탁 위만 내려다본다. 먹음직스러운 음식이며 차림새가 하나도 눈에 안 들어온다. 본채가 비고 현관문이 닫히자 본격적으로 긴장이 됐다. 레코드판이라도 하나 걸어 놓을걸. 그녀는 내심 허둥거렸다.

남자는 아무 말도 하지 않았다. 그래서 더 가슴이 뛰고 목이 말랐다. 급한 대로 다완을 집어 남은 술을 몽땅 마셔 버렸다. 식탁에 빈 잔을 탁 내려놓는 소리가 어찌나 크게 들리는지.

가만히 지켜보던 준세가 술병을 집어 들었다. 기울어진 병에서 젖처럼 뽀얀 탁주가 흘러나왔다. 커다란 손이 움켜쥔 호리병. 아무것도 아닌 그 장면마저 미나의 가슴을 조였다.

"할 얘기가 좀 있어서."

그리고 하필 왜 지금, 그 광경이 떠오를까.

용 비늘 같은 기와지붕과 돌담에 안긴 능소화. 짙은 덩굴에 불꽃같던 주홍빛 능소화. 그 요염하고도 고고한 꽃송이.

깨달음은 언제나 돌연히 엄습한다. 수풀 속에 숨어 울던 벌레가 갑자기 튀어오르는 것처럼. 그렇게 실체가 자각된 순간에야 어리석은 인간은 제 가슴속에서 울던 것의 정체를 깨닫게 된다.

미나도 그래서 알았다. 나는 이 남자를 좋아하고 있다고.

궁금해서 기웃거리던 마음. 먼저 다가와 줄까 기대했던 날들. 차갑게 거부당하면서도 가까이 가려 기를 썼던 까닭은 모두 그래서였다. 매혹되어서. 반해 버려서. 아름다운 대상에 압도당해서.

실은 그때부터 내가 당신을 좋아해서.

"어떻게 들릴지 모르겠지만,"

준세가 입을 뗐다. 미나는 긴장한 채 그의 목소리에 집중했다.

"나는 이 결혼 후회하고 있습니다."

심장이 툭, 떨어지는 것 같았다.

"경솔한 짓을 했어요. 나는 미국에 눌러살 생각이 없으니까."

"……."

"물론 당신이 원하는 대로 될 겁니다. 약속했던 대로."

"……그럼,"

"말한 대로 미국 돌아가서 공부도 마치고, 거기서 계속 살 수도 있을 거고. 그렇게 해 줄 거니까."

그는 단언했다. 망설이거나 고민하는 기색이 전혀 없었다. 그럼 미국에서 2년만 있어 준다는 뜻인가. 졸업할 때까지만 머물다 혼자 돌아오겠단 뜻인가. 그 후로는 아무 사이 아니었던 것처럼, 서로의 삶에서 빠져 주자는 뜻인가. 미나는 가슴 한쪽이 우르르 무너지는 것 같았다. 모든 것은 결혼 전 그녀 자신이 제안했던 바와 정확히 일치하는데도.

"그러니 그때까지, 서로 별 탈 없이 지내면 좋겠습니다."

준세는 진지했다. 말투에도 표정에도 억지나 꾸밈이 보이지 않았다.

"더 경솔한 짓 하지 않고."

그래서 미나는 이것이 선의임을 의심할 수 없다.

"아무래도 이런 건 정확히 해 둬야 할 것 같더군요. 서로 오해하지 않도록 말입니다."

그럼에도 되묻고 싶었다. 혹시 달리 마음에 둔 사람이 있는 거냐고. 하지만 차마 묻지 못했다. 그렇다고 대답할까 봐. 그런 말까지 듣는다면 그땐 정말로 아플 것 같아서.

그래서 미나는 그저 웃었다. 아무렇지 않게 보이려고 노력하면서.

"고마워요. ……얘기해 줘서."

따지고 보면 그들 관계에 달라진 건 없었다. 애초에 그러길 정하고 시작한 결혼이니까. 달라진 게 있다면 남자에 대한 미나의 마음. 그리고 그 마음이 계속 커질 거라는 강한 예감뿐.

"앞으로 잘 지내봐요. 별 탈 없이."

그래서 미나는 웃어 보였다. 서운한 마음과 설레는 가슴을 감추고서.

"그러면 나 서재 들어가도 돼요?"

"……."

"거기 소설책 많던데. 빌려 읽어도 되죠?"

집에선 영 할 일이 없어서. 덧붙이자 준세가 가볍게 고개를 끄덕였다.

"그렇게 해요."

그 간결한 승낙에도 미나는 마음이 들떴다.

"영어를 잘하나 봐요. 보니까 절반 정돈 영문책 같던데요."

"고교에서 영어 전공반이었습니다."

"제일고 나왔다고 했죠? 우리 큰오빠도 거기 나왔는데."

"압니다."

"왜 대학 안 갔어요?"

"학업에 뜻이 없어서."

그럼 어디에 뜻이 있냐고 물으려다 그만두었다. 그야 물론 출세에 뜻이 있겠거니 넘겨짚으면서.

"영어를 잘한다니 독선생은 안 구해도 되겠네요."

젓가락을 집어 들며 미나가 대수롭지 않게 말했다. 그러나 남자의 눈은 똑바로 보지 못한 채 파전을 가르는 데만 열중한 척했다. 맺힌 건 티 내고 싶고 따지고 들 용기는 없고. 한심해 죽겠네.

"그때 본 사람은, 그냥 신문사 기잡니다."

"……."

"일이 있어서 잠깐 만난 건데 쓸데없이 짓궂은 사람이라."

파전과 씨름하던 여자가 눈을 들었다. 남자와 시선이 마주치자 또 가슴이 조였다. 이쪽을 똑바로 바라보는 눈동자. 불그스름한 윤기가 묻은 입술. 천천히 벌어지는 그 입술에 미나는 속절없이 시선을 빼앗겼다.

"혹시 오해할까 봐."

이러니 그는 정말 나쁜 남자다. 매몰차게 선을 그어 단념하게 해 놓고는 다시 기대하게 만드니까. 아프게 상처를 주고도 감쪽같이 잊어버리게 하니까. 발밑에 내다 버린 희망을 슬쩍 주워 들게 하니까.

나쁜 사람.

미나는 저를 보는 남자를 향해 조금 어색하게 웃어 보였다. 그리고 제 몫의 다완을 들어 훌쩍 탁주를 마셨다. 빈 잔을 다시 채워 주는 손. 그 손이 뜨겁고 건조하다는 것을 그녀는 알고 있다. 커다란 손바닥과 긴 손가락과 지그시 움키는 악력을 안다. 무너진 몸을 추스르던 강한 힘과 세심한 손길을 안다.

그래서 다시, 가슴이 울렁거렸다.

화창한 일요일이다. 공기도 하늘도 씻긴 듯 맑았다.

조선호텔에 딸린 정구장은 얕은 웅덩이 같았다. 지면보다 일 미터쯤 낮게 조성해 공을 가둘 수 있게 하고 네트와 벤치와 조경식물들로 둘레를 꾸몄다. 호텔이 관리하는 이곳을 준세는 종종 이용했다. 동대문에 들어선 경성운동장에도 정구장이 생겼다는데 거긴 아직 가 보지 못했다.

"어디 네 실력이 좀 늘었나 보자."

"요새 통 치지를 못했습니다. 강의며 시험이며 좀 분주해야지요."

"시작도 하기 전에 핑계부터 만드느냐?"

"살살 다뤄 달라고 미리 사정하는 겁니다."

앓는 소리를 앞세운 준태가 몸을 풀듯 획획 라켓을 그었다. 준세는 웃는 얼굴로 셔츠 소매를 팔꿈치까지 걷어 올렸다. 아우와 이렇게 시간을 낸 게 얼마 만인가 생각해 본다. 결혼 전후로 처음이니 서너 달은 족히 됐지 싶다.

그 광경을 미나는 코트 밖 벤치에서 지켜보았다. 쾌청한 햇살과 신선한 공기가 운동하기 좋은 날씨였다. 붉은 벽돌로 지은 호텔 건물과 황궁우를 배경으로 둔 덕에 경관도 좋았다. 무엇보다 네트를 사이에 두고 마주 선 형제의 모습이 보기 좋았다.

형은 새하얀 셔츠, 아우는 미색 스웨터에 면바지를 받쳐 입었다. 준태도 큰 키지만 형이 워낙 장신이라 상대적으로 평범해 보인다. 더욱이 선이 곱고 호리호리한 체형이어서 당구라면 모를까 정구 같은 걸로는 도저히 제 형을 당해 낼 수 있을 것 같지 않았다. 굳이 치는 것을 보지 않아도 승패가 판가름 난 것 같달까. 미나는 몹시 편파적인 예측을 하면서 게임이 시작되길 기다렸다.

정구장 구경 가겠냐는 제안을 받은 건 이틀 전이었다. 목각 상자에 담긴 약과를 받은 날. 퇴근해 돌아온 남자는 현관에 들어서서는 대뜸 손에 든 것부터 내밀었다. 그리고 아닌 척 조금 멋쩍어하면서 성큼성큼 침실로 가 버렸다. 이게 무엇이며 왜 주는지 등의 설명은 한마디도 안 해 주고서.

그가 침실에 있는 동안 응접실에서 상자를 열었다. 동글동글한 약과를 보자 절로 웃음이 났다. 하녀들 보기 좀 민망하다고 생각하면서도 미나는 헤실헤실

웃음을 멈출 수 없었다.

요즘 그녀는 시계를 자주 본다. 응접실에 서 있는 괘종시계와 하루에도 수십 번씩 눈을 맞춘다. 시계 종이 오후 여섯 시를 치면 팔랑팔랑 마음이 들떴다. 화장대 앞에 앉아 머리를 매만지고 콧잔등에 파우더도 살짝 두드렸다. 집에서 입을 만한, 너무 차린 것 같지 않으면서 예쁘게 보일 만한 옷도 몇 벌 새로 샀다. 거울 속의 여자는 나날이 상기되었다.

그녀는 이제 출근하는 남편을 현관까지 배웅한다. 퇴근해 돌아오면 역시 현관에서 맞이한다. 그가 없는 동안엔 그의 서재에서 시간을 보낸다. 드물게 밑줄 쳐진 문장이나 여백에 끄적인 글자를 찾아낼 때면 가슴이 콩닥거렸다. 마치 그의 마음속 깊이 숨은 무언가를 엿본 것 같아서. 미나는 날마다 서재에 들어가 보물찾기 하듯 책들을 뒤졌다.

그러는 동안 그 남자에 대해 가졌던 생각들, 임준세는 어떤 사람이라고 나름대로 내렸던 평가들에 조금씩 의문을 품게 되었다. 도스토예프스키의 〈죄와 벌〉을 밑줄 그어 가며 읽은 남자. 마지막 페이지에는 '처음부터 다시 읽기'라고 메모를 남겨 둔 남자. 계몽주의 학자와 그들의 저서들. 서재에 가득한 사유의 흔적들은 미나가 그에 대해 내렸던 평가들과 분명 어긋나는 지점이 있었다.

'사랑에는 중간이 있을 수 없다. 파멸과 구원, 둘 중 하나뿐이다.'

그럴 때면 미나는 그 구절을 생각했다. 책장을 뒤져 밑줄 쳐진 문장을 찾아 들여다봤다. 마치 거기서 어떠한 결정적 단서라도 찾아낼 것처럼.

'그것이 모든 인간 운명의 딜레마.'

이 남자는 그런 사랑을 해 봤던 걸까. 중간이 없으며 오직 파멸 또는 구원만이 있는 사랑. 그가 해 본 사랑은 어느 쪽이었을까. 미나는 상상 속의 여자가 부러워서 가슴이 다 아렸다.

"형수님, 심판 잘 봐 주셔야 합니다."

준태의 목소리에 퍼뜩 상념을 털었다. 준비를 마친 형제는 이미 네트에서 멀찍감치 떨어져 있다.

"걱정 말아요. 아주 공정하게 볼 거니까."

여자가 웃으며 대답함으로써 게임은 시작되었다.

널찍한 코트 위로 공이 빠르게 날았다. 라켓에 공이 팡팡 부딪는 소리가 경쾌했다. 게임은 기대보다 볼만했다. 두 사람 다 한두 해 쳐 본 게 아니라서 그런지 제법 맞수가 되는 것 같았다.

미나는 흥미롭게 경기를 관전했다. 어느 쪽이 점수를 얻든 박수 치고 환호했다. 한 명뿐인 관객이 어쩌나 열광적인지 선수들도 평소보다 흥이 났다. 지나가던 투숙객과 행인 몇이 걸음을 멈추고 구경하기 시작했다.

"와, 준태 씨 득점이에요. 삼 대 삼."

두 세트를 내리 잃은 준태가 세 번째에 분발하더니 결국 한 세트를 가져갔다. 원체 움직임이 많은 운동인 데다 게임이 제법 팽팽해서 두 남자는 이미 굵은 땀을 죽죽 흘리고 있었다. 미나는 준비해 둔 물병과 수건을 코트 안으로 가져다주었다.

"고마워요."

준세가 상기된 얼굴로 가볍게 숨을 몰아쉰다. 가까이 다가오자 몸에서 훅 열기가 끼쳤다. 그는 수건으로 이마를 대강 닦은 뒤 물병 뚜껑을 열었다. 가득찬 물을 꿀꺽꿀꺽 마시는 모습을 여자는 넋 놓고 바라본다. 그렇게 남 물 마시는 걸 멍하니 쳐다보다가 기어이 눈이 마주친다. 순간 얼굴이 확 달아오르는 것 같아서 얼른 반대편의 준태에게 고개를 돌렸다.

"막상막한데요? 프로 같아요, 두 사람."

"형님이 봐주고 계셔서 그런 겁니다. 본실력 발휘하면 전 어림도 없어요."

미나 생각에도 그 말은 사실 같다. 하지만 준세가 또 마냥 봐주는 건 아니었다. 허를 찔려 점수를 잃을 때도 있었는데, 그럴 때면 그는 놓친 공을 주우면서 들으란 듯이 감탄했다. 제법인데. 미나는 그 조선어를 알아듣지 못했지만 무슨 의미인지는 알 수 있었다. 아우를 향한 남자의 표정만 봐도 충분히 알 수 있었다.

"배고프겠습니다."

준세가 여자에게 물병과 수건을 돌려주며 그러고는,

"어서 끝낼 테니 점심 먹으러 갑시다."

"아, 형님."

땀범벅이 된 아우를 놀려 주고 싱긋 웃는다.

경기는 다시 시작됐다. 준세가 서브 넣은 공이 길게 호선을 그렸다. 코트 양쪽에서 민첩하게 움직이는 남자들. 합이 잘 맞는 친선의 경기를 미나는 즐거이 관전했다. 이기려고 기를 쓰지도, 지지 않으려 이를 갈지도 않는 게임이 보기 좋았다.

무엇보다 갇힌 데서 풀려난 듯 자유롭게 뛰어다니는 남자가 좋았다.

아우를 바라보는 그의 눈길에는 애틋한 무언가가 있다. 미나의 두 이복 오빠도 의좋은 편이지만 저런 눈으로 서로를 보진 않았다. 저보다 불과 한 해 늦게 태어난, 이미 다 자라 커다란 남동생을 준세는 마치 어린 소년 대하듯 무른 눈으로 바라보았다.

저 사람은 동생을 사랑하는구나.

미나는 오늘도 그의 새로운 모습을 배웠다.

호텔 내 정구장이 좋은 이유 중 하나는 편의시설이 지척이기 때문이다. 샤워 시설이 갖춰진 객실은 물론 식사와 커피까지 한꺼번에 해결할 수 있으니까.
준세는 셔츠 단추를 채우며 거울에 비친 저와 아우를 보았다. 갈아입은 옷에서
햇볕 냄새가 났다.

준태는 어머니를 많이 닮았다. 외탁만 했단 소리를 갓난아기 때부터 들었다
는데 준세가 보기에도 그랬다. 아우는 살빛이 희고 눈매가 부드러워 시인이나
학자풍이다. 형의 생김과 체형이 명백히 친가 쪽을 이은 것과 대조적이었다.

준태는 경성제국대학 법문학부의 첫 입학생이다. 중학생 때 부친의 명으로
가쿠슈인에 들어갔지만 적응 못 해 힘들어하다 2년 만에 조선으로 돌아왔다.
고보를 졸업한 후에는 연희전문에 진학하려 했으나 아버지의 반대로 이루지 못
했다. 조선인이 다니는 고등보통학교는 일본인을 위한 고등학교와 학제가 맞지
않는다. 제국대학에 입학하려면 다시 고교를 다녀야 했으니, 1년 넘게 개교를
기다려야 했어도 경성제대에 갈 수 있었던 건 오히려 다행이었다. 준태는 일본
으로 돌아가고 싶지 않아 했다.

가뜩이나 모든 면에서 형보다 못해 늘 탐탁찮게 여기던 아버지는 그때부터
차남에 대한 기대를 접어 버렸다. 어차피 가문은 장남이 계승할 테니 차남이
좀 모자란 것도 큰일은 아니었다.

"공부가 힘드냐? 얼굴이 좀 내린 것 같다."

경성제대는 2년의 예과를 거쳐 금년부터 본과 진학을 시작했다. 제국대학이
라고 이름은 붙였으되 일본 내 대학들에 비하면 한참 어설픈 학교였다. 관할기
관도 본토의 문부성이 아니라 조선총독부다. 고등교육에 목마른 식민지 청년들
은 그나마 감지덕지하고 있지만.

"돈만 쓰는 학생이 무에 힘들 게 있습니까."

역시 옷을 갈아입어 말쑥해진 준태가 거울 속에서 멋쩍게 웃었다.

"학부에 오니 예과 때보다 외려 낫습니다. 유급이나 하지 않고 제때 졸업해

야 할 텐데."

"별걱정을 다 앞서 한다. 그날그날 할 일을 해 가면 되는 것이지."

"예에."

"딴 걱정 말고 하고 싶은 공부나 실컷 하도록 해. 너 이전부터 문학하고 싶다 했잖아."

"어찌 그럽니까, 아버지 명령이 추상같은데."

웃는 얼굴로 시선을 내리까는 아우가 준세는 좀 측은했다. 고등문관시험에 집착하는 아버지는 이제 맏이 대신 둘째에게 응시를 강요하고 있었다. 법관과 고급 행정관을 선발하는 그 시험은 아들 둔 아비라면 누구나 꾸는 꿈이었다.

"어쨌거나 장하다. 우리 집에서 대학생은 네가 처음 아니야."

"형님두 참. 놀리시는 거지요?"

"놀리기는."

거울 앞에 나란히 선 형제가 잠시 대화를 멈췄다. 물기가 남은 머리칼을 손으로 슥슥 쓸어 넘기는 형을 준태가 물끄러미 바라보더니,

"형님."

"음."

"형수님이랑, 좋아 보입니다."

시선이 마주치자 조금 머뭇대면서 말을 이었다.

"이제 와 말씀이지만 실은 좀 걱정했었는데…… 좋은 분 같아요. 친절하시고. 밝으시고."

준세는 저를 보는 유순한 눈매를 느슨히 응시했다. 무엇을 걱정했다는 뜻인지 물론 모르지 않았다. 더불어 그는 아래층 커피숍에 앉아 있을 여자를 생각했다. 박수 치고 환호하면서 어린애처럼 웃던 얼굴을 떠올렸다. 좋은 사람이지. 친절하고 밝고. 저도 모르게 주르륵 생각해 버리고는 내심 움찔해서, 괜히 피식

거리며 동생을 놀려 준다.

"왜. 너도 장가들고 싶으냐?"

"예? 아니 어찌 말이 또 그렇게 됩니까."

덩칫값도 못 하고 얼굴을 붉히는 아우가 준세 눈에는 귀여웠다. 외모는 영락없이 어머니인데 성격은 영 딴판이다. 이 녀석이 누이동생이었어도 썩 귀여워했을 거란 생각과 함께 그는 다시 아래층의 여자를 떠올렸다. 혼자 앉아 뭘 하고 있으려나. 거기 잡지라도 읽을 게 좀 있던가.

"내려가자. 너무 뛰었더니 배고프다."

준세는 평소보다 조금 서둘러 객실을 나섰다.

일요일 오후라 커피숍에 활기가 넘쳤다. 테이블 위 찻잔과 케이크 접시를 늘어놓은 사람들이 삼삼오오 홀을 채우고 있었다. 그 사이를 빠르게 눈으로 훑었지만 찾는 이는 보이지 않았다. 남자의 미간에 슬쩍 실금이 갔다.

그럴 리 없다고 생각하면서 다시 한번 홀 안을 살폈을 때, 옥외 테라스에 앉은 여자가 눈에 들어왔다. 저기 있었구나. 준세는 짧은 숨을 뱉으면서 그쪽으로 걸었다. 테이블 앞에 앉아 잡지를 넘기던 여자가 인기척에 고개를 들었다.

"왔네요."

"너무 기다리게 했습니다."

"괜찮아요."

"서둘러야 했는데."

미나는 부신 듯 눈을 살짝 가늘게 뜨더니,

"또 듣네요. 그 소리."

남자를 향해 보일 듯 말 듯 웃어 보였다.

"……아."

잠깐 멍청히 섰던 준세가 비로소 말뜻을 이해했다.

눈앞의 여자는 선보던 그날과 별다르지 않았다. 옷차림과 화장과 얼굴 표정까지도 그때처럼 똑같이 세련됐다. 그럼에도 지금의 그녀는 어딘가 많이 달라 보인다. 그게 무얼까 잠깐 따져 본 준세는 즉각 한 가지를 골라냈다.

그것은 빛이다.

미나는 빛에 완전히 노출돼 있었다. 하얗게 부서지는 가을 햇살을 고스란히 맞고 있었다. 준세는 그 빛 속에서 저를 보는 여자의 얼굴을 마주 보았다. 여자가 햇살에 잠겨 있는 것이 아니라, 햇살이 일부러 여자를 비추고 있는 것 같았다.

부시게 산란하는 빛 때문에 그는 언뜻 눈앞이 아득해졌다.

"형수님, 혼자 심심하셨죠."

"전혀요. 여기 이렇게 읽을 것도 잔뜩 갖다주던데요."

내가 바람이라도 맞은 것처럼 보였나 봐. 여자가 키득거리면서 남자들에게 자리를 권했다. 둥근 테이블 곁으로 의자 세 개가 엇비슷한 간격으로 놓여 있었다.

급사가 다가와 주문을 받고 잡지를 거둬 갔다. 점심으로 먹을 샌드위치를 기다리는 동안 대화가 시작됐다. 아까의 게임이 얼마나 인상 깊었는지, 오늘은 옷차림 때문에 포기했지만 다음번엔 자기도 꼭 끼워 달라느니, 이래 봬도 학교에서 정구부 선수였다느니 따위를 재잘대는 건 주로 여자였다. 미나는 능숙하고도 편안하게 대화를 엮어 갔다.

"준태 씨도 가쿠슈인 다녔다면서요?"

"예. 중학부에 잠깐요."

"잠깐?"

"두 학급쯤 다니다가, 자퇴했습니다."

"아."

그녀는 대수롭지 않다는 듯 고개를 끄덕이고는,

"나랑 같네요, 나도 여자부 자퇴했는데. 거기가 오래 있을 곳은 못 되죠. 따분하고 갑갑하잖아요?"

멋쩍어하는 시동생을 조금 웃겨 주었다.

화제는 귀족학교의 따분함에서 경성제대의 어수선함으로, 다시 동경 제일고의 엄격한 기숙사 생활로 옮겨 갔다. 고교 졸업장 없이 미국 대학에 들어간 방법이 테이블에 올랐을 때 주문한 음식과 음료가 도착했다. 이후에도 대화는 어색함 없이 계속되었다.

그동안 준세는 꾸준히 여자를 관찰했다.

미나는 그가 알던 것보다 더 사교적이다. 상대의 기분을 살펴 가며 기분 좋게 대화하는 법을 알았다. 꺼려 하거나 좋아하는 화제를 예민하게 눈치채고, 적절한 때에 적당한 농담을 해서 상대를 웃게 했다. 집중해서 듣고 맞장구를 치고 듣기 좋은 말을 해 주기도 했다.

그리고 자주 환하게 웃었다.

준세는 아우와 재잘재잘 대화하는 여자를 바라본다. 준태는 제법 낯을 가리는 성격인데도 썩 편안히 굴고 있었다. 그걸 보면서 그는 이렇게 나오길 잘했다고 생각했다. 땀을 실컷 흘린 뒤라 몸도 상쾌하고 기분도 유쾌했다.

'나는 이 결혼 후회하고 있습니다.'

그것 또한 잘했다고 생각했다. 그나마 솔직하게 말하길 잘했다고. 정작 중요한 사실들은 다 잘라 낸, 여전히 기만에 가까운 진실일지라도 완전한 거짓보단 낫지 않나 스스로 합리화했다. 적어도 지금은 두 사람 모두 편안하지 않은가.

나중에야 어찌 되든 간에.

나중에 대한 생각 같은 건 이미 하지 않은 지 오래였다. 준세는 그저 그날그날 할 일을 해 나갈 뿐이다.

'그럼 앞으로 잘 지내봐요. 별 탈 없이.'

눈길조차 피하던 여자가 이제 마주 보고 웃었다. 제 사촌 오빠 앞에서처럼 편하게 웃고 재잘거렸다. 그것만으로도 준세는 크게 어긋났던 무언가가 조금 맞춰진 것 같았다.

'더 경솔한 짓 하지 않고.'

그러니 앞으로도 이렇게 대하면 된다. 적당한 교분을 나누면서 한집에 살면 된다. 식탁과 서재와 욕실을 공유하고 침실은 구분하면 된다. 그러니까, 누이동생처럼.

'그때까지 서로 별 탈 없이 지내면 좋겠습니다.'

여기서 더 경솔한 짓만 하지 않으면 된다. 이미 저지른 일은 되돌릴 수 없더라도.

준세는 제 몫의 커피 잔을 들면서, 저 뒤쪽에 선 황궁우의 오색단청에 시선을 두었다. 일요일 오후의 호텔 후원은 격리된 세상처럼 평화로웠다. 어디선가 어린아이들이 깔깔대는 소리가 났다. 갓 깎아 놓은 듯 정갈한 조경수와 잎을 반쯤 떨군 낙엽수들.

그 이국적인, 또한 더없이 향토적인 풍광을 눈으로 훑는 동안에도 테이블 위에는 계속해 대화가 흐르고 있었다. 보드라운 향기와 웃음소리가 꽃씨처럼 날아오고 있었다. 귀를 간지럽히는 그 웃음소리에 준세는 다시 눈길을 돌렸다.

축복 같은 빛의 한가운데 여자가 있었다. 색이 옅은 눈동자가 빛으로 언뜻 투명했다. 마주치면 물끄러미 바라보는 눈동자. 보일 듯 말 듯 미소가 번지는 입술.

햇살에 흠뻑 젖은 채 여자가 웃는다. 준세는 다시금 눈이 부셨다.

생에는 뜻대로 할 수 없는 일들이 많다. 애초에 스스로 선택할 수 없는 것들이 있다. 얄궂게도 생은 또한 그런 것들에 의해 가장 크게 좌우되곤 한다.

부모, 조국, 시대 같은 것들.

그러나 살다 보면 제 뜻대로 할 수 있는 일도 많다. 무엇을 하며 어떻게 살아갈 것인지는 어디까지나 각자의 선택에 달린 일이다. 준세는 성인이 된 이후로, 선택이 가능했던 거의 모든 일들을 제 뜻대로 달성해 왔다.

그러니까 그는 일종의 오만에 빠져 있던 것이다. 저는 무엇이든 뜻대로 해낼 수 있다고 착각하고 있었다. 성공이 거듭되면 사람은 자연히 도취되기 마련이다.

그래서 준세는 여자를 누이처럼 대할 수 있을 줄 알았다. 그러기로 마음만 먹으면 충분히 그럴 수 있다고 믿었다. 꾸며 낸 태도로 남을 속이는 건 그가 특히 자신 있어 하는 재주인 데다, 미나의 오라비 노릇은 오야케 히타로를 통해 충분히 학습했으므로, 준세는 한집에 사는 여자를 누이처럼 생각하며 평화로이 동거할 수 있다고 자신했다.

그러나 그런 짓은 애당초 시작하기가 잘못이었다.

일단 그놈의 약과부터가 난관이었다. 음식 잘하는 순위 같은 건 어디 대자보로 붙여 둔 것도 아니고 누구한테 물어보기도 애매했다. 준세는 무려 나흘에 걸쳐 고민했으나 뾰족한 답을 찾지 못하고 시간과 신경만 낭비했다. 신이치와 우연히 마주쳤더라면 대체 어디서 구한 거였냐고 물어봤을지도 모른다.

결국은 조선 요리로 경성 최고라는 식도원을 찾는 수밖에. 아이고 임 주임님, 신혼 재미가 썩 좋으신 모양이지요. 얼굴 잊어버릴 뻔했다며 한바탕 반긴 지배인은 명주 보자기에 곱게 싸인 상자를 내어 주면서 생과방 상궁이 만든 거

235

라고 누차 강조했다. 수라상에 오르던 궁중 음식이 요릿집 상품이 된 건 이미 오래다. 개화된 세상에서는 돈만 있으면 누구나 황제처럼 살 수 있었다.

그렇게 닷새나 걸려 간신히 구한 약과를 떠넘기듯 건넸을 때도, 여태 먹어 본 것 중 제일이란 감탄이 언제나 나올까 내심 기다릴 때도, 아버지가 사 준 것보다 낫단 말을 끝내 듣지 못하고 좀 의기소침해졌을 때도, 누이에게 그토록 전전긍긍하는 오라비는 없다는 사실을 그는 미처 몰랐다. 가져 본 적도 없는 여동생에 억지로 대입하느라 준세는 이래저래 시행착오가 많다.

'내주 목요일이 마님 생신인데…….'

지난주엔 동래댁이 서재로 찾아와서는 생일상을 어찌 차릴까 물어 왔다. 저녁을 집에서 드실 건지, 혹 외식을 할 계획이면 아침상으로 차려야 할지, 일본에서는 생일날 무슨 음식을 먹는지, 마님이 미역국을 입에 맞아 하실지 등등 깊은 고민들을 쏟아 놓은 찬모에게 준세도 별 시원한 대답을 주지 못했다. 누군가의 생일상을 고민하는 것 또한 생전 처음 겪는 일이었다.

생소한 과제 앞에 난감해하던 준세는 착실한 데릴사위답게 총독부 법무국장실로 전화를 걸었다. 신이치는 사위의 연락을 기특해하면서, 결혼하고 처음으로 맞는 생일인데 둘이서 오붓하게 보내야 하지 않겠냐고 되물었다. 가족이 다함께 축하하는 건 주말에 하자면서. 아무쪼록 자네가 잘 좀 챙겨 주게. 점잖은 당부 뒤에 숨은 의도를 준세가 모를 리 없었다.

'하루빨리 기쁜 소식이 들리길 기다리고 있다네.'

신이치는 사위가 충실히 지령을 이행하고 있으려니 믿고 있을 것이다. 그 생각을 하면 준세는 다소 복잡한 심경이 됐다. 종마처럼 취급당하는 불쾌감과 여자에 대한 소유권을 재확인받은 만족감을 동시에 느꼈다. 그것은 실로 아주 묘한 기분이었다. 전자는 떳떳했으나 후자는 그렇지 못했다.

그 생각을 곱씹으면서 그는 마주 앉은 여자를 본다.

이제 하녀들은 주인 내외가 저녁 식탁에 앉으면 별채로 물러가 자리를 비웠다. 딱 한 번 내렸던 지시를 반복 시행으로 해석한 건지, 혹은 부쩍 금슬이 좋아진 신혼부부를 알아서 배려한 건지는 모를 일이지만 준세도 미나도 굳이 말리지는 않았다.

덕분에 주위에는 부담스러운 시중 대신 잔잔한 음악이 흘렀다. 동래댁이 심혈을 기울여 차려 낸 생일상은 말 그대로 상다리가 휘어질 지경이었다. 잡채며 전이며 조기구이에 마님이 잘 먹는 고추장 주물럭까지 대대적으로 총동원한 상차림이었는데, 미나는 미역국을 보더니 기억하는 음식이라고 반색했다. 준세가 사 온 케이크보다 미역국에 더 감격하는 것 같았다.

"그런데 생일날 왜 이걸 먹는 거예요?"

"조선에서는 산모가 아이를 낳으면 미역국을 먹습니다."

예상했던 질문이었다. 물어 주길 바라기도 했고.

"낳아 주신 어머니의 노고를 새기기 위해서, 생일마다 미역국을 먹는 거라고 들었습니다."

미나는 잠깐 묵묵했다. 말없이 국그릇을 내려다보다 곧 씩씩하게 젓가락을 들더니 제 몫의 밥과 국을 깨끗이 다 먹었다. 맛있다는 감탄을 수없이 되풀이하면서. 준세는 생일상을 조선식으로 차리길 잘했다고 생각했다.

가회동 본가에서 보내온 포도주도 따라 주었다. 선물로 준비한 귀걸이를 건넸을 땐 반응이 궁금해서 긴장이 다 됐다. 환하게 웃으며 좋아하는 모습을 본 뒤에야 짐을 던 것처럼 마음이 놓였다. 모든 것이 계획대로 순조로웠다. 그는 중요한 행사를 성공적으로 치러 내 뿌듯했다.

이제 준세는 홀가분한 심정으로 포도주를 한 모금 삼킨다. 술 한 병이 이미 다 비어 있었다. 적당히 나른해질 만큼의 알코올로 슬슬 몸이 더워졌다.

"이거 한 병 더 마셔도 돼요?"

"나는 괜찮지만 당신은 취할 텐데."

"더 마실래요. 생일인데."

"우선 따 놓은 것부터 마셔요. 이걸로도 충분할 것 같으니까."

그는 자상한 오라비처럼 술 앞에 만용 부리는 누이를 친절하게 제지했다.

여자와의 동거가 석 달째로 접어들면서, 그는 처음에 겪었던 생소한 경험들에 나름대로 익숙해졌다. 엉뚱하게 튀는 시선이나 당혹스러운 연상 같은 것들을 요령껏 눌러낼 수도 있게 됐다. 준세는 자신의 자제력과 도덕심을 의심하지 않았다.

대신 충동은 좀 더 부드러운 방식으로 전환되었다. 처음의 자극이 쿡쿡 찌르는 것 같았다면 지금은 살살 훑는 것 같다. 신경을 세우던 예리함이 사라지고 감미로운 무언가가 생겨났다. 언제부턴가 그는 여자를 피하는 대신, 조금쯤 느긋이 마주 앉아서 그녀가 주는 자극을 즐기기 시작했다.

날씬하고 매끈한 손가락. 흰 피부 아래 파르스름한 혈관. 물오른 꽃잎 같은 입술.

여자의 몸에서 특별히 오목한 곳들, 손목과 목덜미와 허리 같은 부위에 그는 자주 눈길이 갔다. 손가락은 놀랍도록 가늘어서 부러뜨릴 수도 있을 것 같았다. 손을 뻗어 휘어잡고픈 충동과 조심히 만져 보고 싶은 생각이 동시에 들었다.

그러면 어김없이 입술이 마르고, 마른 입술을 혀로 축이면 비슷할 감촉이 연상되고, 그때부터 상상은 또 걷잡을 수 없어지기 시작한다. 그러니 여자와 오누이처럼 지낼 수 있을 거라 자신했던 것은, 준세 본인에게조차 그리 오랜 신뢰는 얻지 못했다.

어느 미친놈이 누이에게 이딴 음욕을 품나.

"준세 씨."

부르는 소리에 준세는 여자의 손목에서 얼굴로 다시 시선을 옮겼다. 발그레 취기가 어린 얼굴.

"나 조선식 이름 뭐게요?"

미나가 생글생글 웃으며 자문자답했다.

"민."

뜻밖의 사실에 준세는 조금 놀랐다. 민. 미나. 그 연관성을 입 속으로 읊으며 음이 같은 한자 몇 개를 떠올렸다. 백성 민. 하늘 민. 굳셀 민.

"무슨 뜻인지는 압니까?"

"뜻이요? 글쎄."

미나는 조금 뾰로통한 얼굴로 포도주 잔을 집어 들었다.

"기생 딸한테 붙여 준 이름에 별 뜻 있었겠어요? 그냥 아무 말에서나 따다 지었겠지. 민들레나, 미나리나."

여자 입에서 튀어나온 조선어에 준세는 다시 놀랐다. 민들레와 미나리를 알다니. 그게 신기하고 기특해서 미나리는 그 민이 아니라는 것도 그는 굳이 지적하지 않았다.

"조선어를 할 줄 알아요?"

"조금요. 요즘 열심히 배우는 중이에요. 말희가 독선생 노릇 해 주고 있거든요."

미나는 뽐내듯 턱을 살짝 들고는,

"내 쪼매 할 줄 안다, 조선말."

뜻밖의 실력을 발휘해 준세를 웃겼다.

"말희가 아니라 동래댁한테 배운 것 같은데."

"이건 원래부터 알던 거예요. 우린 동향이거든요."

천연스레 그러는 여자를 보며 그가 웃음을 터뜨렸다. 미나는 가만히 바라보

더니,

"진짜로 웃었다."

자그맣게 중얼거리고는 제 얼굴과 양손을 동원해 설명하기 시작한다.

"준세 씨 진짜로 웃을 땐 눈꼬리가 이렇게, 아래로 살짝 처져요."

"……."

"가짜로 웃을 땐 입꼬리가 좀 더, 이렇게 위로 가고."

준세는 웃기를 멈췄다.

"나 이제 구분할 수 있어요. 당신 웃는 거."

그는 자랑스럽게 생글거리는 여자를 바라봤다. 감춘 것을 들킨 것처럼 가슴이 뜨끔했다. 가식을 꿰뚫린 것이 못마땅해야 하는데 어쩐지 감격스러웠다. 좀 더 들여다봐 주기를, 파헤쳐 주기를, 제 속에 숨긴 모든 것을 낱낱이 알아채 주기를 바랐다. 그럴 리 없고 그래서도 안 되는 일들을 저도 모르게 소망한 순간, 준세는 몸통 어딘가가 쩡하고 얼어붙는 것 같았다.

너무 깊숙이 들어왔다.

그것은 낭패감이다. 커다란 실수를 막 깨달았을 때의 짙은 낭패감. 여는 줄도 모르고 빗장을 열어 버린 것을 준세는 뒤늦게 알아차렸다. 인식조차 하지 못한 사이에 여자는 이미 안쪽으로, 소리도 없이 문을 열고 안쪽으로 들어와 버렸다.

"그런데 준세 씨."

그래서 그는 어떤 웃음도 지을 수 없었다. 진짜든 가짜든.

"당신은 왜 내 이름 안 불러요?"

여자의 물음에 대답도 해 줄 수 없었다. 바로 이런 질문들을 피하기 위해 이름조차 부르지 않은 거니까.

"한 번만 불러 주면 안 돼요? 생일인데."

언제 이렇게 가까이 왔을까. 무서운 힘으로 끌어당기는 여자 앞에서 준세는 습관 같은 금언을 떠올렸다. 지피지기면 백전백승이라. 그러나 이 집에서 그는 이제 아무것도 장담할 수 없었다. 상대는커녕 자신조차 제대로 알 수가 없었다. 진정 끌려가기 싫은 건지 내심 끌려가길 바라는 건지조차 이제는 모르겠다.

준세는 조르듯 저를 보는 여자를 마주 보았다. 한참을 망설이다 입술을 움직였다. 뿌리칠 수도 도망칠 수도 없는 상태로. 더는 피할 수 없는 지경에 다다른 기분으로. 얼마쯤은 자포자기한 심정으로.

"……미나."

갓 태어난 것처럼, 심장이 뛰었다.

경성의 겨울은 과연 듣던 대로 추웠다. 지금껏 미나가 살아 본 그 어떤 도시보다 추운 곳이었다.

십이월에 들어서자마자 첫눈이 펑펑 내리더니 시내 개천이 꽁꽁 얼어붙었다. 미나는 아직 가 보지 못했지만 한강에는 벌써부터 썰매며 스케이트들이 등장했단다. 신문에 실린 사진기사 속에서 썰매 타는 아이들이 환하게 웃고 있었다.

이 집에는 아침마다 두 부의 신문이 배달된다. 총독부 기관지인 경성일보와 일본의 경제지 중외물가신보는 둘 다 일어라 미나도 읽을 수 있었다. 준세는 그 신문들을 아침 식사 전에 모두 훑는데, 그가 출근한 뒤 서재에 올라가면 책상 위에 두 부의 신문이 가지런히 놓여 있었다. 한 번 펼쳤다 접은 신문을 다시 펼쳐 읽으면서 미나는 그가 오늘은 어떤 기사를 유심히 보았을까 추측하곤

했다.

이제 미나의 모든 생각은 온통 그 남자로 귀결된다.

그녀의 남편은 볼수록 멋진 남자다. 너무 멋져서 마주 앉아 있으면 눈을 떼기 어려웠다. 정장과 구두와 서류 가방을 갖추고서 앞뜰을 가로질러 출근할 때, 미나는 그 뒷모습에조차 반하고 또 반해 버렸다.

그래서 자꾸만 멍하니 바라보게 된다. 왜 그렇게 보냐며 본인이 좀 멋쩍어할 때까지 넋 놓고 쳐다볼 때도 있다. 손을 뻗어 만져 보고 싶단 생각도 한다. 힘줄이 불거진 커다란 손의 온도와 감촉을 상기하고, 판금갑옷 같은 몸의 부피와 경도를 눈으로 가늠하다가 제풀에 허둥허둥할 때도 있다. 훔쳐보는 것도 도둑질인지 들킬까 봐 심장이 막 뛰었다.

준세는 완전히 온순해졌다. 더 이상 매몰차게 굴거나 깍듯이 예의를 갖춰 밀어내지도, 위협에 가까운 자세로 상처 주지도 않았다. 친절한 태도와 담백한 표정에서 예전 같은 가식은 거의 보이지 않았다.

문제는 좀 지나치게 온순하다는 것이다.

그의 눈길은 신사적이고 태도는 깔끔하다. 단정하게 세운 벽을 허물어뜨릴 여지가 미나의 눈에는 통 보이지 않았다. 만일 그가 작은 눈짓이라도 던졌더라면, 농담이나 빈말로 포장한 단서라도 흘렸더라면 주저 없이 그의 품에 몸을 맡겼을 것이다. 미나에게 필요한 것은 그저 사소한 여지, 묵인과 수용을 암시하는 신호였으나 준세는 그조차 전혀 주지 않았다.

'더 경솔한 짓 하지 않고.'

그렇다고 먼저 대뜸 달려들 수도 없는 노릇이다. 그가 정색하며 눈살을 찌푸릴까 봐, 그래서 간신히 얻은 이 평온한 관계를 잃어버릴까 봐 미나는 겁이 났다. 이미 결혼한 남자를 상대로 이렇게나 간절한 짝사랑이라니. 기가 막혀 실소하면서도 어쩔 수 없었다.

아, 생각하니까 또 보고 싶다. 빌린 책이나 갖다주는 척 서재에 가 볼까. 많이 바쁘냐고 슬쩍 물어나 볼까. 설마 저번처럼 정색하고 쫓아내기야 하겠어. 오늘 밤도 잡념 속에 혼자 침실을 지키던 미나가 문득, 바깥쪽으로 귀를 기울였다.

가느다랗게 우는 소리가 들린 것 같았다. 아기 울음소리. 후원에서. 판단이 서자마자 침대에서 내려가 미닫이를 열었다. 방한을 위한 덧문까지 열자 차갑고 축축한 공기가 와락 밀려들었다. 하얗게 백사가 깔린 석정 위로 겨울비가 내리고 있었다. 청각을 벼리며 정원을 살피던 미나가 눈을 가늘게 떴다.

석정 한복판에서 무언가 꼼지락댔다. 자세히 보니, 웬 새끼 고양이였다.

미나는 툇마루에 선 채 주위를 두리번거렸다. 어미는커녕 쥐 새끼 한 마리도 보이지 않았다. 저대로 두면 이 차가운 빗속에서 어떻게 될까. 거기까지 생각이 닿자 더 망설일 것도 없이 마루 아래로 내려갔다.

석정은 오롯이 관상을 위한 공간이라 길이나 포석이 없다. 숙련된 정원사가 갈퀴로 그은 선들이 예술작품처럼 바닥 전체를 채우고 있었다. 그 고요한 질서 안으로 미나는 거침없이 걸어 들어갔다. 빗물에 젖은 하얀 모래를 맨발로 밟으면서. 완벽한 정원에 여러 개의 발자국을 찍은 뒤에야 그녀는 새끼 고양이를 품에 안을 수 있었다.

침실로 돌아와 미닫이를 닫은 뒤 고양이부터 살폈다. 가늘게 울면서 오들오들 떠는 것이 손으로 느껴졌다. 죽으면 어쩌지. 더럭 겁이 난 미나는 걸치고 있던 나이트가운을 벗어서 고양이를 감쌌다. 조그맣고 말캉한 살덩이가 식어 버릴까 불안했다.

둘둘 싼 고양이를 가슴 바짝 안고 침실 문을 열었다. 가까운 인기척에 고개를 돌리자 남자와 눈이 마주쳤다. 복도 끝에 서 있던 준세가 이쪽으로 걸어오며 눈으로 여자를 훑는다. 빗물에 젖은 정수리와 어깨를 스쳐 품에 안은 옷 뭉치에 시선을 주었다.

"고양이예요."

"고양이?"

"밖에서 울고 있기에……."

때맞춰 나타난 남자에게, 미나는 동정과 공감을 구하듯 어린 짐승의 조그만 얼굴을 보여 주었다.

"비를 맞아서 완전히 젖었어요. 계속 우는데 배고파서 그렇겠죠? 뭘 줘야 먹을까요? 이러다 감기 걸리면 어떡해요?"

준세는 한꺼번에 쏟아지는 질문들을 묵묵히 들었다. 그리고 말이 끝나기 무섭게 제 옷을 벗어 여자의 어깨에 걸쳐 주었다. 양모가 많이 섞여 톡톡한 로브가 발목까지 길게 내려왔다. 너야말로 이러다 감기 들겠어. 명백히 그런 표정이라 미나는 입을 다물었다.

"들어가 있어요. 내가 가서 뭐라도 찾아볼 테니."

그는 침실 쪽을 가리킨 뒤 주방을 향해 성큼성큼 걸어갔다.

품속에서 고양이가 야옹 울었다. 미나는 방으로 되돌아가 침대 끝에 걸터앉았다. 어깨와 등을 덮은 남자의 옷에서 짙은 체향이 풍겼다. 향수와 체취와 체온이 뒤섞인 냄새. 그 냄새를 들이마시며 미나는 배시시 웃었다. 그렇게 실실대다가 또 야옹, 고양이가 울자 다시 걱정스레 들여다봤다. 그러는 동안에도 복도의 발소리에 귀를 세웠다.

준세는 작은 접시 하나를 들고 돌아왔다. 어디서 찾았는지 찬밥에다 삶은 고기 조각을 섞었다. 바닥에 놓자 고양이가 냉큼 달려들더니 허겁지겁 먹기 시작했다. 신기하고 기특해서 미나는 입이 절로 벌어졌다.

"고양이도 키워 봤어요?"

"동생이 하는 걸 봤습니다. 그 애가 고양이를 좋아해서."

"대단해요. 이런 것도 할 줄 알고."

과장되게 감탄하는 소리에 준세가 웃었다. 그는 잠깐 제자리에 서 있다가 안락의자 끝에 걸터앉았다. 고양이에게 온 정신을 뺏긴 여자는 바닥에 쪼그리고 있었다.

커다란 남자 옷을 담요처럼 두른 여자야말로 비에 젖은 고양이 같다. 빗물이 맺힌 정수리와 하얗게 드러난 맨발, 마룻바닥 여기저기 흩어진 물 발자국들. 길고양이가 따로 없군. 그는 보이지 않도록 작게 실소했다.

"어미가 데리러 올까요?"

어미가 찾으면 어쩌지. 고양이 밥 먹는 걸 지켜보면서 미나가 중얼거렸다.

"찾으러 올 때까지 집에서 키워도 돼요?"

준세는 저를 올려다보는 여자와 눈을 맞췄다. 천진하고도 어딘가 애처로운 눈이라고 생각하면서. 바닥에 옹송그린 몸이 오늘따라 유독 작아 보였다.

"당신이 원하면."

대답하며 그는 서재에서 본 장면을 떠올렸다. 툭툭 떨어지는 비를 맨몸으로 맞던 여자. 우산도 장화도 없이 맨발로 모래를 밟아 나가던 모습. 제 몸 젖는 줄 모르고 웬 고양이만 품에 폭 감싸 안고는.

"그럼 이름 지어 줘야겠다."

두 사람은 먹이에 홀린 짐승을 나란히 바라보았다. 노란 털빛에 다갈색 줄무늬가 물에 젖어 진했다. 준세의 한 손에 충분히 잡힐 만큼 어린 고양이였다. 잠깐 입을 다문 채 생각하던 미나는,

"라쿠."

고양이를 향해 속삭였다.

라쿠[樂]. 숨을 불어넣듯 이름을 주고는 남자를 올려다본다. 동의를 구하는 눈길에 준세가 작게 고개를 끄덕여 화답했다. 라쿠. 즐거울 락.

"라쿠. 많이 먹고 튼튼해져라."

알아듣지도 못할 짐승에다 대고 미나는 건강을 축수한다. 그게 귀여워서 준세는 소리 없이 웃는다. 두 사람과 자그마한 동물 한 마리. 말없이 서로를 바라보는 그들 사이로 겨울비 소리가 스며들었다.

어쩌면 즐거움이란 이런 것일까. 어느 밤 문득 나타난 고양이처럼, 예고도 없이 등장해 불쑥 품에 안기는 것. 제집에 들어와 어느새 이름까지 얻은 이들을 보며 준세는 생각했다.

적어도 지금은 그렇지 않은가. 차가운 비가 사납지 않게 내리는 겨울밤, 제 옷을 걸치고 바닥에 쪼그려 앉은 여자와 주린 배를 채우는 짐승 한 마리. 안전하고 따뜻한 지붕 아래 다 함께 비를 피하는 지금.

적어도 지금 여기는, 즐겁지 않은가.

천황이 붕어했다. 성탄절 새벽이었다. 예수 그리스도가 태어난 날에 일본의 군주는 세상을 떴다.

새로운 황제가 즉위하면서 제국의 연호도 바뀌었다. 하늘이 내린 황제라는, 온 세상의 주인처럼 불리던 사내는 죽자마자 그 아들에 의해 곧바로 대체되었다.

소화 1년.

새해를 이레 앞두고 연호가 바뀌면서 연말 분위기는 한층 더 고조되었다. 조선총독부는 신청사로 이전한 첫해인 만큼 어느 때보다 성대한 송년 연회를 연다 했다. 미나는 유미코와 함께 양장점을 찾아 연회 때 입을 옷과 구두까지 새로 맞췄다. 아버지도 그렇지만 앞으로 거기서 일할 남편의 면을 생각해야 한다는 게 유미코의 조언이었다.

연회는 총독부 청사에서 열렸다. 총독 부처를 포함한 고위 관료와 그 가족만 초청받은 자리에 미나는 준세와 나란히 참석했다. 미국서 최신 유행하는 디자인이라고 재단사가 자랑한 남색 실크 드레스는 총독부의 새하얀 대리석과 썩 잘 어울렸다. 소매가 없는 옷이지만 망토를 벗어도 실내는 춥지 않았다.

연회장으로 꾸며진 메인 홀은 대리석과 샹들리에로 휘황했다. 동양 최대의 신식 건물이라더니 과연 기대 이상이었다. 미나는 까마득 높은 제 머리 위, 오층 높이로 치솟은 천장의 스테인드글라스 장식을 올려다보았다. 화려하고 웅장해 기가 다 눌리는 것 같았다.

"자네도 곧 아침마다 여기로 출근하겠지."

이제 며칠 안 남았구나. 신이치가 흐뭇하게 덧붙이며 딸 내외를 안내했다. 메인 홀은 유럽의 궁전이나 대저택처럼 대칭구도의 계단 한 쌍이 정면에 배치돼 있었다. 그 이층 계단 위에 악단이 자리했다. 번쩍이는 제복을 갖춘 군악대였다.

"참으로 영광스럽습니다, 아버님."

준세에게는 그 자신의 표현처럼 정말이지 영광스러운 밤이다. 장인의 주선으로 총독부 최고위직들과 하나하나 인사를 나누었으니. 법무국장의 사위에게 그들은 호감 어린 칭찬과 환영의 말을 건넸다. 아름다운 아내를 찬사하고 신혼을 축복하는 인사도 빠지지 않았다.

준세는 총독과도 직접 악수를 나누었다. 분골쇄신하여 조국의 영광에 빛을 더하라는 덕담도 들었다. 칠순을 바라보는 조선 총독은 하얗게 센 머리에 몸이 항아리처럼 뚱뚱했다. 훈장으로 빼곡한 정복 차림의 사내 앞에서 준세는 주눅든 기색이 전혀 없었다. 키도 덩치도 본인이 월등한 데다 한창 나이인 만큼 동물적인 우월감이랄까, 미나가 보기엔 노인 쪽이 약간 경계심을 느끼는 것도 같

247

았다.

총독이 평범한 사무라이 가문 출신으로 부단한 노력 끝에 작위를 하사받았다는 것을 미나는 아버지에게 들어 알았다. 조선에 부임하자마자 테러 공격을 받아 수행원들이 죽었는데도 본인은 털끝 하나 다치지 않았단다. 천운을 타고난 분이지. 남의 평가에 인색한 신이치마저 총독에 대해선 탄복을 아끼지 않았다.

그 총독 앞에 준세는 머리 숙여 인사하고 공손히 악수에 응했다. 웃는 얼굴로 대화하고 정중하게 몸을 낮췄다. 천황이 임명한 조선의 최고 통치권자. 그 막강한 권력과 드디어 손을 맞잡은 남자가 미나는 어쩐지 좀 안쓰러웠다. 저토록 즐거이 웃고 있는 남자가, 염치도 체면도 모르는 철면피가 어딘지 모르게 애처로웠다.

하지만 그럴 리가. 안쓰럽고 애처롭다니 대체 누가. 염치도 체면도 모르는 남자가 좋아서 눈을 떼지 못하는 저야말로 팔푼이라고, 미나는 자조하며 쓸데없는 생각을 접어 버렸다.

연회는 지루했다. 총독의 식전 연설은 하품 나게 길었고 그걸 정성껏 경청하는 사람들도 우스웠다. 미나 또래도 더러 섞였지만 대부분 중년 이상 관료들이라 말 상대도 없었다. 결정적으로 이 연회는 미나처럼 어린 여자가 누군가에게 먼저 말을 걸 수 있는 분위기가 아니었다.

"우리 언제까지 여기 앉아 있어야 해요?"

"신사분들 말씀이 끝나야지."

미나가 속삭이자 유미코가 대답했다. 부인들을 위한 테이블에는 그들 모녀를 비롯해 연회 참석자의 부인과 딸들이 허리를 세우고 앉아 있다. 저 신사들 말씀 언제 끝날 줄 알고. 미나가 한숨 쉬며 찻잔을 집어 들자 맞은편의 부인 하나가 말을 건넸다.

"백작님은 사위를 몹시 아끼시는 모양이죠."

"잘난 사위라 영 자랑하고 싶으신가 보아."

"저렇게 나란히 계시니 꼭 의좋은 숙질간처럼 보이네요."

지루하던 차에 새로운 화제가 던져지자 여기저기서 말들을 보탰다. 남자들의 술과 담배와 수다가 끝날 때까지 하염없이 기다리는 역할에 인이 박인 부인네들.

"워낙 딸아이를 귀애하시니까요."

"어쩜, 사위는 딸 도둑인데 마땅히 더 미워하셔야지요."

"그 도둑까지도 예쁘신 모양입니다."

화기애애하게 웃어 주는 부인들 사이에서 미나도 비슷한 표정을 지어 보였다. 이 테이블은 하나같이 칙칙한 기모노 차림이다. 시댁의 문장을 옷에 새겨 넣고 다소곳이 남편을 기다리는 여자들.

"저리 든든한 사위가 있으니 이제 걱정 없으시겠어요."

"정말 부러운 일이지 뭐예요."

"저희 딸도 새해에는 혼처를 정해야 할 텐데요. 요샌 내지에도 영 눈에 차는 신랑감이 있어야 말이죠."

"원래 며느리보다 사위 고르기가 더 어려운 법이랍니다. 백작님은 안목이 대단하셔요."

가만히 듣고 있던 미나는 문득, 이들의 찬사가 과연 어디까지 진심인 걸까 궁금해졌다.

다들 알고 있을 텐데. 내가 조선인에게 시집간 사생아 딸이라는 걸. 속으로 냉소한 직후 그녀는 다시 생각했다. 타인의 호의를 의심하는 것은 어쩌면 스스로에 대한 열등감에 불과한지 모른다고.

그러니까 저 남자를 안쓰러워하는 것도, 식민지 출신 남편에 대한 일본인 아내의 오만한 동정심일는지 모른다.

미나는 저만치 무리에 섞여 있는 준세를 눈으로 좇았다. 그는 어느새 장인 곁을 떠나 낯선 사람들과 담소 중이다. 주변인들에 비해 체격도 맵시도 월등한 남자는 누구보다 화려하게 웃고 있었다. 그러니 대체 어딜 봐서 안쓰럽고 애처롭단 말인가. 저런 남자에게 잠시나마 동정심을 갖다 붙인 게 어이없어서 그녀는 피식 웃고 말았다.

준세는 턱을 당기고 꼿꼿하게 서서 저보다 작은 상대를 내려다본다. 경쾌히 웃으며 악수를 나누고 손에 든 술잔을 맞부딪힌다. 쉼 없이 말하고 듣는 모습. 그 능숙한 사교의 태도에서 미나는 새삼스러운 이질감을 느꼈다.

저 남자는 어디까지 진심인 걸까.

사람들이 없는 곳에서 준세는 저렇게 웃지 않는다. 생각에 잠겨 꿈꾸듯 허공을 응시할 때도 있고, 미간에 희미한 우수를 드리울 때도 있다. 그 어렴풋한 그늘마저 청록빛으로 아름다운 남자. 미나는 그가 웃지 않을 때 오히려 그에게 더 가까이 다가선 기분이 들곤 했다.

그래서 그녀는 어서 집으로 돌아가고 싶었다. 털빛이 노란 고양이가 있는 그들의 조용한 집으로. 남들은 모르는 남자의 모습을 몰래 바라보고 싶었다. 화려하거나 눈에 띄는 것을 좋아하지 않는, 말보다 침묵을 더 자주 택하는, 좀처럼 환하게 웃지 않는 그녀의 남편을.

여자의 눈에는 오늘도 온통 그 남자뿐이다.

두 사람을 총독부까지 실어 나른 사륜차는 연회가 파할 때까지 기다렸다가 다시 집으로 그들을 데려다주었다. 준세는 운전수에게 넉넉한 팁을 건네며 새해에도 잘 부탁한다고 말했다. 미나가 단골로 부르는 택시회사에 그는 월말마다 한꺼번에 대금을 치른다. 기대 이상의 팁을 받은 운전수는 손님들이 대문 안으로 사라질 때까지 거듭거듭 인사했다.

월요일이지만 해넘이를 나흘 앞둔 세밑이라 경성에는 파티 분위기가 흥건했다. 리버티도 대목을 맞아 개업 이래 최대 호황을 누리는 중이었다. 준세는 술기운과 피로로 뻑뻑한 눈을 감았다 떴다. 공식적으로 몸담은 직장, 몰래 운영하는 가게, 더 몰래 지원하는 회사까지 살펴야 하니 그는 늘 할 일이 많았다.

사업하는 사람들에게 월말은 원체 바쁘다. 어음 만기일이 보통 매월 말일이니 자칫 대금 결제를 놓치지 않도록 신경 써야 한다. 백산무역처럼 겨우겨우 버티는 회사라면 매달이 고비였다. 리버티의 커피와 맥주가 나날이 잘 팔리는 것과 달리 백산무역은 다달이 부도 위기였다.

'아무래도 금년을 넘기기 어려울 것 같습니다. 선생께선 아무 말씀 없으시지만 돌아가는 형편이야 저희 눈에도 보이는 것이니⋯⋯.'

그래서 준세는 모아 둔 주권을 모두 처분하고 차명으로 사 둔 땅도 팔았다. 신혼집과 신용을 담보로 한계까지 융자도 받았다. 그렇게 싹싹 긁어모은 현금을 부산으로 보낸 것이 지난주였다. 백산무역이 파산하지 않고 새해를 맞을지는 나흘 뒤 윤식을 만나면 알게 될 것이다.

조선에 돌아온 이래 4년여간, 그는 돈이 되는 일이라면 무엇이든 했다. 주권과 미두에도 손을 대 도박에 가까운 거래로 목돈을 땄다. 그 실력과 운을 발판으로 아버지의 거간 노릇을 자처하고 요령껏 돈을 빼돌리기도 했다.

사람들은 조선인이 소유한 경기도 땅 절반이 임영환의 것이라고들 하지만, 준세가 아버지에게 받은 재산은 달랑 이 신혼집 한 채뿐이다. 그래도 갑부 부친 덕에 은행 돈을 자유로이 빌릴 수 있으니 영 덕을 보지 못한 건 아니었지만. 임영환은 땀 한 방울 안 흘리고 돈놀이하는 재주를 높이 사, 아들이 저를 담보로 거액의 융자를 받는 걸 알면서도 눈감아 주었다.

'백산은 무너지지 않을 겁니다.'

그러니 이 집을 팔아서라도 회사는 살려야 한다. 집이 아니라 몸을 팔아서라도 할 수만 있다면 그리할 것이다. 준세는 백산무역에 대한 제 맹목적인 집착을 알면서도 멈출 수 없었다. 그것이라도 부여잡지 않으면 그만 정신이 붕괴할 것 같아서. 7년째 제 목숨 줄을 거기다 매어 놓고 오직 그것 하나만 보고 살아온 생이라서.

증오가 남긴 그림자는 아직도 그의 목을 조른다.

오랜 세월 눌러둔 감정들이 이제 쾅 하고 터질 날만 기다리고 있었다. 가장 큰 소리를 내며 터뜨리기 위해 그는 오랫동안 준비해 왔다. 궁전 같은 대리석 건물이 무너지고, 조선 총독의 심장에 총알을 박고, 또 한 발의 총을 제 머리에 쏘는 순간 준세는 비로소 자유를 얻게 될 것이다.

그날이 오면 너는 어떤 얼굴을 할까.

"정말이지 지루해 죽는 줄 알았다니까요."

구두를 벗고 현관에 올라서자마자 미나는 다시 푸념했다. 연회장을 나와 차에 타자마자 운전수는 아랑곳없이, 얼마나 지루했는지 모른다면서 한바탕 불평을 시작한 여자.

"아니 그럴 거면 여자들은 왜 데려가요? 입장할 때랑 퇴장할 때만 찾다니. 우리가 무슨 코트야 뭐야."

정말 너무해. 침실 문을 드르륵 열며 투덜투덜하는 소리에 준세는 또 웃고 말았다.

여자는 그를 자주 웃긴다. 식탁에 마주 앉으면 재잘재잘 이야기가 끊이지 않는다. 책장 높이 꽂힌 책을 향해 발돋움하다가 문득 몹시 억울한 얼굴을 하면서 그를 홱 돌아본다. 싱거운 오믈렛을 만들어 아침 식탁에 내놓고는 아주 자랑스러운 표정을 짓는다. 부쩍 자란 고양이와 놀다 손가락을 살짝 물리고서 배은망덕하다며 호들갑을 떤다.

그런 모습들을 지켜보는 동안 준세는 저도 모르게 웃고 있었다. 웃는 줄도 모르고 하염없이 웃고 있었다. 때로는 소리 없이. 때로는 소리 내어. 그러다 눈이 마주치면 서슴없이 가슴이 뛰었다. 따사로운 빛 안에 잠겨 있는 듯, 말로 다 설명할 수 없도록 묘한 기분 속에서.

"저기,"

웃옷을 벗어 막 옷걸이에 건 그가 고개를 돌렸다. 화장대 앞에 선 미나가 조금 난감한 얼굴을 하더니,

"미안하지만 이것 조금만 내려 줄래요?"

등을 보이고 돌아서며 뒤쪽의 지퍼를 가리켰다. 손이 안 닿아서. 변명하듯 덧붙이는 말을 들으며 준세는 여자에게 다가갔다. 틀어 올린 검은 머리칼과 하얀 목덜미.

거기서 풍겨 오는 향기가 짙었다.

그는 엄지와 검지로 지퍼 끝을 잡고 천천히 아래로 끌어 내렸다. 팽팽한 옷이 벌어지면서 등의 속살이 드러났다. 어디까지 내려야 하나 머뭇대다가 우뚝 손을 멈췄다. 레이스로 장식된 속옷 후크에 눈이라도 찔린 것 같았다.

준세는 그만 몸이 굳는다. 여자의 목덜미와 어깨와 허리의 선이 올무처럼 그를 조인다. 갑작스러운 충동은 그 어느 때보다도 강렬했다. 이대로 끌어안고 옷을 벗겨. 목덜미에 입술을 박아. 침대 위로 쓰러뜨려 원하는 대로 해.

원하는 대로 해.

준세는 여자의 몸을 삼킬 듯이 바라보았다. 탐이 나서 미칠 것 같았다. 스스로 숨을 쉬고 있는지 잠깐 멈췄는지조차 분간되지 않았다. 반쯤 열린 드레스 지퍼에서 손을 떼기까지, 그 짧은 순간 온몸이 바위처럼 단단해졌다.

"고마워요. 먼저 씻을래요?"

미나가 약간 스스럽게 물어 왔다. 벌어진 등을 가리듯 살짝 몸을 틀면서. 짙은 남색의 실크 드레스와 하얀 살결이 강하게 대비됐다. 준세는 여자의 쇄골과 가슴에서 억지로 눈을 떼고는,

"아니. 먼저 해요."

도망치듯 몸을 돌려 침실을 나섰다.

불이 꺼진 응접실은 빈집 같았다. 두꺼운 커튼 사이로 정원의 상야등 불빛이 어른거렸다. 준세는 소파에 주저앉아 눈을 감았다. 감은 눈꺼풀 안쪽엔 여전히 여자가 있다. 먼저 씻을래요? 살짝 긴장한 채 물어 오던 목소리도 귀 안에 갇힌 것 같다. 그는 잔상을 쫓듯 한쪽 손을 들어 눈꺼풀 위를 덮었다.

원하는 대로 해.

그는 자신이 원하는 대로 할 수 있음을 안다. 지금이라도 다시 문을 열고 들어가면 여자를 품에 안을 수 있다. 남편이 아내를 취하는 것은, 남자가 제게 속한 여자를 갖는 것은 지극히도 당연한 일이었다.

그러나.

'자네도 곧 아침마다 여기로 출근하겠지.'

이제 그는 목표에 근접했다. 궁성처럼 하얗게 번쩍이던 곳. 저를 죽이러 온 살수의 손을 잡고 환영해 준 사람들. 준세의 새로운 직장은 오랜 꿈이 폭발할 과녁이자 생의 종착지였다.

'참으로 영광스럽습니다, 아버님.'

그가 성공하면 두 명의 아버님은 회복할 수 없는 상처를 입게 될 것이다. 실패하더라도 그 상처는 결코 덜하지 않을 것이다. 그러나 자신과 가장 가까이 있는 여자가 얼마나 다치게 될지 그는 생각해 보지 않았다. 아니, 생각하길 피해 왔다 해야 옳았다. 언제부턴가 그는 점점 더 앞날에 대해 생각하지 않으려

하고 있었다.

저쪽에서 침실 문이 드르륵 열린다. 욕실을 향해 멀어지는 발소리가 들린다. 마룻바닥을 가볍게 디디는 맨발이 눈에 선했다. 이렇게 눈을 감은 채 듣기만 해도, 여자가 움직이는 모습을 준세는 훤하게 볼 수 있었다.

욕실 문이 열리고 다시 닫히는 소리. 거기까지 듣고서야 그는 천천히 눈을 떴다.

언제 따라 나왔는지 고양이가 총총히 다가왔다. 준세는 손을 뻗어 목덜미를 몇 번 쓰다듬어 준다. 윤기 나는 털의 부드러운 감촉에서 여자의 손을 떠올렸다. 같은 곳을 쓰다듬던 가느다란 손가락.

욕실에서 희미하게 물소리가 들려왔다. 준세는 어둠 속에 앉은 채로 타이를 풀어냈다. 이층의 욕실도 곧 준비가 끝날 것이다. 침실로 돌아가 옷을 갈아입어야 하는데 다시 들어가고 싶지 않았다. 거기 가득한 여자의 흔적을 마주하고 싶지 않았다. 여자가 풍기던 향기조차 더는 몸 안에 들이고 싶지 않았다.

그가 사라진 뒤 홀로 남을 여자에 대해 생각하고 싶지 않았다.

그러니 잊자. 생각하지 말자. 내일 같은 건.

어차피 내일 무슨 일이 일어날지, 오늘의 그는 알 수 없다.

"아, 말희 내일부터 휴가구나?"

깜빡 잊고 있었다는 듯 미나가 눈을 크게 떴다. 새해이니 고향 집에 갈 시간을 주자고 먼저 제안한 건 준세였다. 동래댁은 돌아갈 집이 없지만 말희는 인천에 가족이 산다고 했다. 해 바뀌기 사흘 전부터 쉬기로 했으니 떠날 날이 어느덧 내일이었다.

"동생들 선물은 준비했어?"

"선물씩이나요. 사탕이나 좀 사 가면 돼요."

"동생이 많다고 했잖아? 네 명이랬나?"

"다섯이요."

대답하며 조금 쑥스러워하는 말희는 올해 열여덟 살이다. 육 남매의 맏이로 동생들의 학비를 대고 있다고 했다. 다섯이나 되는 동생을 돕고 있다니. 몸집이 왜소해 나이보다 어려 보이는 소녀를 가만히 바라보다가 미나는 벌떡 소파에서 일어섰다.

"혼마치 가자."

"지금요?"

"응, 해넘이 국수 좀 사게. 택시 부르고 준비해. 같이 가자."

말희는 잠깐 우물거렸으나 곧 예, 순순히 대답했다. 그믐날 밤에 국수를 먹는 건 일본인들의 풍습이라 메밀 면이 충분히 남은 것을 이미 확인해 두었다. 하지만 마님이 새로 사고 싶다면야 하녀로선 토 달 까닭이 없었다.

"지금 준비하고 나가면 네 시 전엔 도착하겠지?"

미나가 쾌활하게 그러며 괘종시계를 본다. 바늘이 오후 세 시 반을 막 지나고 있었다.

말희는 상전 덕에 호화로운 택시까지 얻어 타고 본정 번화가에 도착했다. 미나는 차에서 내리자마자 하녀를 기성복 가게로 끌고 가 동생들의 외투를 고르게 했다. 거듭 사양하며 손을 저어도 고집을 꺾지 않았다. 그토록 강압적인 모습은 모신 지 반년 이래 처음이었다.

애들은 빨리 크니까 좋은 옷이 필요 없다면서, 말희는 고보에 다니는 바로 아래 남동생 것만 한 벌 골랐다. 미나는 그럼 부모님께 드리라며 두 벌의 외투를 마음대로 고르고는 말희 본인에게 어울릴 법한 원피스도 한 벌 집었다. 공

짜로 주는 거 아니야. 연말 보너스야. 셈을 치른 미나가 그러자 말희는 조금 울
먹거렸다. 집에 갈 때 여비로 쓰라며 준세가 돈을 준 것이 사흘 전이었다.

"자, 국수는 어디서 사지?"

"저쪽이요, 마님."

말희는 새 옷이 잔뜩 담긴 종이 가방을 들고 단골 가게를 향해 앞장섰다. 일
본과 서양에서 들여온 고급 식자재를 파는 번듯한 상점이었다. 단골을 알아본
주인 여자가 얼른 나와 그들을 맞이했다. 싹싹하고 귀여운 하녀 스에키의 여주
인. 말로만 듣던 백작의 딸에게 일본인 상인은 깊이 허리를 숙였다.

"안녕하세요, 마님. 모시게 되어 영광입니다."

"반가워요. 메밀국수를 좀 사려고."

"예, 예, 그믐날 드시려고요. 좋은 물건이 있지요."

회색 기모노로 말끔히 차린 여자가 종종걸음으로 앞장섰다. 종이로 싼 국수
한 사리를 집어서는 얇은 종이로 한 번 더 감쌌다. 미나는 포장이 끝나길 기다
리면서 가게 안의 물건들을 구경했다. 병조림한 올리브와 미국산 훈제 햄, 일본
식 카레 분말도 한 깡통 집어 건넸다. 값을 치른 미나에게 상인이 다시 고개를
깊이 숙였다.

"감사합니다, 마님. 그런데 어쩌다 이런 날 직접 나오셨어요."

뜻을 알 수 없는 말이라 미나는 멀뚱히 쳐다만 봤다. 그럴 줄 알았다는 듯 숨
을 들이켠 여자가 목소리를 낮춰 입을 열었다.

"아까 한바탕 난리가 난 줄 모르셔요?"

"난리라뇨?"

"하긴 아직 얼마 안 됐지요. 한 두어 시간 됐나. 글쎄 황금정에 괴한이 들어
총을 마구 쏘았다지 뭡니까."

"총?"

"예에. 바로 저어기, 동척에서요."

동척. 괴한. 총. 미나는 심장이 툭 멎는 것 같았다.

"웬 지나인이 안에 들어가서 직원들을 다 쏘아 죽이고, 밖에 나와선 순사들까지 총으로 마구 쐈답니다."

"동척…… 동척이 확실해요? 그 회사 건물에서 그랬다고?"

"그렇다니까요. 무슨 원한인지 그 안에서 그렇게 사람을 죽였다네요, 세상에."

상인이 심각한 얼굴로 거푸 고개를 끄덕였다. 말희는 사색이 되어 마님의 얼굴을 살폈다. 방금 전까지도 이 혼마치 입구까지 길을 막고 수색을 했는걸요. 총소리가 수십 번은 났다더라고요. 범인이 잡혔다는 말도 있고 누구는 벌써 죽었다고도 하고. 상인이 주섬주섬 늘어놓는 말들이 미나의 귀에는 아주 멀게 들렸다.

"아마 동척에서만 열 명은 넘게 죽었을 거래요. 건물 안에서 시신이 계속 나오는 걸 우리 손님이 봤답니다. 아이, 흉해라. 정월 앞두고 어쩜 이렇게 흉한 일이 생겼을까요."

손에 든 지갑이 바닥에 툭 떨어졌다. 곁에 있던 말희가 얼른 주워 내밀었지만 미나는 받지 못했다. 직원들을 다 쏘아 죽이고. 열 명은 넘게 죽었을 거래요. 무슨 원한인지.

무슨 원한인지.

"마님……."

말희가 곁에서 안절부절못했다. 미나는 그제야 멈췄던 숨을 길게 들이쉬었다. 머릿속이 암전되고 심장이 뛰면서 그만 왈칵 눈물이 솟을 것 같았다. 사위스럽게 벌써부터 눈물 바람이야. 스스로 꾸짖으며 마음을 다잡았다. 아무 일 없을 거야. 그 사람은 무사할 거야. 미나는 필사적으로 희망을 부풀렸다.

회사로 전화를 해 봐야 해. 아니, 아버지에게 연락하면 알 수 있을 거야. 일단은 집으로 돌아가자. 아니, 경찰서로 찾아가 확인을 해야 하나? 머릿속은 이미 뒤죽박죽이고 손은 자꾸만 떨려 왔다. 이럴 땐 어디로 가야 할지, 당장 무슨 일부터 해야 할지 그녀는 하나도 생각할 수 없었다.

그러나 아무 일 없을 거야. 괜찮을 거야. 당신은 무사히 집에 돌아올 거야. 무사히 돌아올 거야.

"말희."

"예, 마님."

"집에 가자."

미나는 상인에게 인사하는 것도 잊은 채 핏기 없는 얼굴로 몸을 돌렸다.

본정서는 무척이나 어수선했다. 전화기 울리는 소리와 받는 소리가 여기저기서 날카롭게 신경을 긁었다. 전보를 전하는 집배원이 쉼 없이 들락거렸다. 담배를 뻑뻑 피우는 형사들 때문에 공기가 온통 연기로 매캐했다.

"그러니까 이층에 올라가신 게 두 시 이십 분경, 맞습니까?"

준세는 책상 앞에 마주 앉은 형사를 바라본다. 얼굴이 좁고 눈이 작은 사내는 마흔서너 살쯤 되어 보인다. 진술서 용지에 휘갈긴 필체가 어지간히 악필이고.

"맞아요. 지시받은 시간이 그때였으니까."

준세는 피로한 기색이 역력한 얼굴로 대답했다.

갑작스러운 총격은 주로 이층에서 일어났다. 그가 일하는 관리부는 일층에 있었다. 새해를 불과 사흘 앞둔, 연호까지 바뀌어 여러모로 어수선하던 회사는 점심시간이 지날 때까지 평시와 비슷했다. 할당된 업무를 처리하고 있던 준세가 자리에서 일어난 건 부장 때문이었다.

아차, 개량부에서 자료 받아 오는 걸 깜빡했군. 부장은 심부름 보낼 사람으로 준세를 지목했다. 임 주임은 다리가 기니까 우리 중에 가장 빨리 다녀오겠지. 말 같지 않은 농담을 덧붙이고는 껄껄 웃으면서, 부장은 가는 길에 기술과 장실에다 전해 주라며 서류도 한 벌 건넸다. 준세는 군말 않고 서류를 받아 사무실을 나섰다. 습관처럼 들여다본 손목시계가 오후 두 시 이십 분을 가리키고 있었다.

총소리가 시작된 것은 과장실에 서류를 전하고 자료를 받을 사무실에 막 도착했을 때였다.

탕!

첫 번째 총성은 아래층에서 울렸다. 일층 로비.

탕! 탕!

총소리는 계단을 타고 이층을 향해 빠르게 다가왔다. 총성이 울릴 때마다 사람 쓰러지는 소리가 퍽퍽 하고 뒤따랐다. 사무실 안에 있던 직원들이 삽시간에 동요했다. 하나같이 그저 사무원들, 종이와 펜과 주판을 다루는 양복쟁이 남자들이었다.

탕!

책상 아래 웅크린 누군가 낮은 비명을 흘렸다. 이봐, 자네도 어서 이리 와, 피해! 안면이 있는 기술부 직원 하나가 준세를 재촉했지만 그는 제가 열고 들어온 사무실 문이 눈에 걸렸다. 밖으로 피할 수 없다면 들어오는 것이라도 막아야 한다. 순간적인 판단에 따라 열린 문을 닫아 잠그려 움직였을 때, 비호처럼 나타난 낯선 사내와 정면으로 눈이 마주쳤다.

권총을 든 사내는 한 명뿐이었다. 다부진 몸에 허름한 중국옷을 입고 있었다. 중국옷 차림으로 입을 꾹 다문 사내. 그러나 준세는 첫눈에 알 수 있었다.

그는 조선인이었다.

짧게 자른 머리와 불거진 광대뼈, 날카로운 눈매가 군인 같았다. 그리고 그 남자와 직선으로 눈이 마주친 순간, 준세는 본능적인 공포로 전율했다.

지독히도 냉정한 눈이었다. 마치 사신 같은, 모든 것을 초월한 자의 냉철한 눈. 그 눈으로 준세를 발견한 사내는 깨끗한 자세로 총을 겨누었다. 일말의 주저함이나 망설임 없이.

"방아쇠를 당겼는데 탄환이 없었습니다. 달칵거리는 소리만 나더군요."

그럼에도 사내는 욕설조차 뱉지 않았다. 아무렇지 않은 표정으로 뚜벅뚜벅 걸어오더니 품에 있던 폭탄을 꺼내 사무실 안으로 던졌다. 쾅. 힘껏 날아온 쇠 뭉치가 책상에 부딪힌 순간, 준세는 그것이 자신의 최후임을 확신하지 않을 수 없었다.

"아, 정말 큰일 당할 뻔하셨죠. 하지만 조센징 테러리스트들은 본래 불발탄 던지기가 특깁니다."

재치 있는 농담처럼 혼자 킥킥거린 형사가 슬쩍 피해자의 눈치를 살폈다. 진술을 위해 경찰서로 모셔 온 이 남자가 조선인이라는 걸 알지만, 갑부 귀족의 아들이자 화족의 사위라는 것 또한 그는 알고 있었다.

경찰들은 몇 년 전까지만 해도 헌병으로 칼 차고 다닌 가락이 있는지라 순사만 돼도 민간인들에게 무조건 반말로 하대했다. 그러나 조선인이라고 다 함부로 다뤄도 되는 건 물론 아니다. 특히 총독부와 연줄이 있는 인사라면, 일인이든 선인이든 되도록 심기를 거스르지 않는 편이 좋았다.

"여하튼 놈이 그렇게 불발탄 던지고 난 뒤에, 다시 밖으로 나와 사방 총질을 하고 다닌 거죠."

"사망자가 몇입니까."

"지금까진 다섯 명인데 중상이 여럿이니 아마 더 나올 겁니다."

"공범은."

"글쎄요."

"범인이 누구인지는,"

"글쎄, 그런 건 아직 수사 중이라,"

"다나카 형사."

준세의 말투는 전혀 고압적이지 않았다. 일개 주식회사 사원이자 테러 생존자 자격으로 앉은 그에게 감히 경찰관을 다그칠 권리는 없었다. 그럼에도 꼬박꼬박 대답하게 되는 까닭이 뭘까. 아마 상류층 특유의, 자신의 요구가 받아들여질 것을 너무도 당연시하는 그 태도 때문일 것이다.

"범인, 죽었습니까?"

순간 형사는 저도 모르게 우물쭈물했다. 그런 건 아직 말해 줄 수 없다고 방금 얘기했는데. 몹시 불쾌했지만 하필이면 상대가 귀족 아들에 화족 사위에. 그래서 그는 뭘 이리 꼬치꼬치 캐묻나 속으로만 투덜대고는,

"죄송하지만 그건 저희도 아직 수사 중이라서요."

공손하게 답하며 약간의 자괴감을 느꼈다.

"하긴. 여기도 정신없을 텐데 내가 괜한 걸 물었군."

"이해해 주시니 감사합니다."

"조사 끝났으면 이제 가도 됩니까."

"예, 들을 말씀은 다 들었으니까요. 귀가하셔도 좋습니다."

꾸벅 인사까지 하는 형사를 준세는 돌아보지도 않고 자리에서 일어섰다.

소란스러운 본정서를 빠져나왔을 때는 오후 네 시가 넘어 있었다. 겨울의 짧은 태양이 사선으로 이울어 노르스름하게 거리를 비추고 있었다. 경성에서 가장 호화로운 상점이 모인 이곳 진고개는 왕조시대 때부터 왜인들의 주거지

였다. 지금도 거의 모든 상점이 일본인 소유로 손님들의 돈을 쓸어 모으고 있다.

연말 대목은 대목이었다. 제 나름으로 차려입은 사람들이 상점으로, 식당으로, 제과점으로, 이 해가 다 가기 전에 부지런히 돈을 쓰려 움직이고 있었다. 거리는 온통 향긋한 냄새와 웃음으로 가득했다. 지척에서 사람들이 죽어나간 일 같은 건 내 알 바 아니라는 듯.

그 명랑하고 활기찬 광경을 바라보면서 준세는 리버티를 떠올렸다. 불발탄을 던진 사내가 누구이며 어찌 되었는지 황찬은 지금쯤 알지도 모른다. 오후 네 시 십 분. 손목시계를 다시 들여다본 그가 정면으로 고개를 들었다. 경찰서와 길 하나를 사이에 둔 거대한 교회 건물이 보였다.

언덕 위에 우뚝 선 대성당. 어머니가 다니던 곳이다.

하늘을 찌를 듯 곤두선 첨탑을 준세는 감흥 없는 눈으로 바라보았다. 꼭대기의 십자가보다 그 아래 박힌 시계판에 눈길이 갔다. 지금쯤 뭘 하고 있을까. 서재에서 책을 고르고 있을까. 응접실에서 고양이와 놀고 있을까. 아니면 하녀와 마주 앉아 조선어를 배우고 있을까.

집에는 물론 연락하지 않았다. 까맣게 모를 일을 굳이 알려 걱정시킬 까닭이 없었다. 그러니 아직 두 시간쯤 여유가 있는데도 준세는 지금 당장, 자신이 아는 가장 빠른 길을 통해 집으로 달려가고 싶었다. 왜 이렇게 일찍 왔어요? 두 눈을 동그랗게 뜬 여자를 끌어당겨 품에 안고 싶었다. 목덜미에 코와 입술을 묻고 향기를 들이마시고 싶었다. 상상만으로도 차갑게 언 몸이 따뜻하게 풀리는 것 같았다.

그러지 못할 것을 알면서도.

그는 성당 시계판에서 눈길을 거둔다. 퇴근 시간까지 여유가 있다고 자신을 다잡는다. 이번에도 그는 하고 싶은 일보다 해야 하는 일을 택했다. 그가 마땅히 신경 써야 할 것은 집에 있는 여자가 아니라, 초면의 동지인지도 모를 사내의 생사 여부였다.

그래서 준세는 리버티로 향했다.

문득 허기를 느낀 것은 카페에서 나와 자동차로 돌아와서 싸늘한 운전대를 잡았을 때였다. 오후 다섯 시에 가까운 시각. 일몰을 앞두고 본정은 본격적으로 붐빌 태세였다. 사람과 인력거로 혼잡한 길목을 빠져나오느라 평소보다 시간이 더 지체되었다.

'의열단이야.'

준세는 집으로 올라가는 비탈길 입구에 차를 멈춘다. 맞은편에서 사륜차 한 대가 빠져나오고 있다. 길목이 좁아서 두 대가 동시에 통과하기 어려운 곳이었다. 나이 든 남녀를 태운 차가 먼저 지나가도록 그는 잠시 기다렸다.

'자결했다 들었네. 스스로 가슴에 총을 쐈다고.'

황찬은 온건파 민족주의자다. 임정 활동을 지지하는 그는 과격한 의열투쟁에 회의적인 사람이지만 그들이 속한 당은 또한 조선 독립을 위한 모든 활동을 긍정했다. 그래서 찬이 그 사내를 가리켜 의열단이야, 라고 선언했을 때, 준세는 그로부터 숨길 수 없는 동질감과 자긍심을 들었다.

'이달은 연락하지 않는 게 좋겠어. 부산엔 내가 기별할 테니 자네도 당분간 걸음 말게.'

윤식과의 말일 접선을 건너뛰자는 것은 찬답게 신중한 결정이었다. 당분간 납작 엎드려 있어야 해. 경무국에서 이번 일로 또 한바탕 뒤질 테니. 그의 우려를 준세도 납득했다. 촘촘한 그물이 머리 위를 지날 때는 최대한 엎드려 피하는 게 상책이다.

'그나저나 자네 금년엔 액땜 한번 지독히도 하는군. 새해에 뭐 얼마나 좋은 일이 생기려고.'

찬은 언제나처럼 가벼운 말투로 대화를 맺으려 했다. 그렇지 않아도 안부를 걱정하던 차에 무사한 걸 확인했으니 다행이라며. 준세는 그 의열단원이 제게 총을 겨누고 폭탄을 던졌다는 말을 하지 않았다. 그저 그 사내가 스스로 가슴에 총을 쏘는 장면을, 제 목숨을 제 손으로 끊어 내는 광경을 머릿속에 떠올렸다. 직접 눈으로 보기라도 한 것처럼 생생하게 떠올렸다.

준세는 기묘한 친밀감을 느끼고 있었다. 권총과 폭발탄을 품에 안고 사지로 뛰어든 사내, 증오하는 무언가를 무너뜨리려 목숨을 걸었던 그 사내에게. 그의 혼백은 지금 어디에 있을까. 준세는 두 번이나 저를 죽이려 했던 남자의 명복을 빌었다.

마주 오던 자동차의 운전수가 곁을 스치며 눈인사를 건넨다. 건성으로 응한 뒤 빈 골목으로 차를 전진시켰다. 익숙한 풍경을 지날수록 그의 집은 가까워지고, 가까워지는 그 집에는 여자가 있다. 왜 이렇게 일찍 왔어요? 두 눈을 동그랗게 뜨고서 그를 반겨 줄 여자가.

준세는 대문 앞에 차를 세웠다. 시동을 끄고 조수석에 둔 가방을 집어 들었다. 차에서 내려 집을 향해 걸으면서 뇌리에 박힌 것들을 털어 냈다. 총소리와 피투성이 시신과 죽음의 공포를 걷어 냈다. 수월하지 않지만 해낼 수 있을 것이다. 이 집에 들어가 문을 닫으면 그럴 수 있을 것이다.

해처럼 환하게 웃는 얼굴을 보면, 괜찮아질 것이다.

막 초인종을 누르려는 순간 대문이 먼저 열렸다. 철문이 덜컹 열리면서 여자가 나타났다. 준세는 뜻밖에 등장한 여자와 눈을 맞췄다. 하얗게 질린 얼굴. 마구 흔들리는 눈동자. 빠르게 그를 살핀 미나가 후드득 눈물을 쏟는다. 순간 그는 칼에 찔린 듯한 통증을 느꼈다.

여자가 품으로 달려든 것은 그와 거의 동시였다.

미나는 그의 가슴에 얼굴을 묻은 채 울기 시작했다. 어깨를 떨면서 그의 허리를 두 팔로 감아 안았다. 남자의 존재를 확인하려는 듯 힘을 다해 끌어안았다.

"고마워요······."

터뜨리듯 흐느껴 울면서도 미나는 말을 멈추지 않았다. 고마워요, 무사해 줘서, 아무 일 없이 돌아와 줘서,

"정말, 정말 고마워······."

사슬에 묶인 것처럼, 온몸이 무력해졌다.

준세는 더 이상 어찌해야 할지 알 수 없다. 껍데기만 남은 몸이 완전히 바스러진 것 같다. 끌어안듯 품에 안긴 여자. 모든 것을 부수는 이 여자 앞에 그는 이제 아무런 저항도 할 수 없다.

그러므로 항복하듯 고개를 숙였다. 손에 든 가방을 툭 떨어뜨렸다. 그리고 품 안의 여자를, 제 몸에 비해 턱없이 작은 몸을 천천히 감싸듯 끌어안았다. 가냘픈 어깨에 얼굴을 묻고 향기를 깊이 들이마셨다. 숨이 거듭될수록 서로를 가둔 힘은 점점 더, 점점 더 강하게 조여든다.

준세는 두 눈을 감았다. 모든 것을 외면하듯이. 감각되는 것은 오직 품 안의 여자. 온몸을 부서뜨린 여자 하나만 오롯이 느껴지도록.

입김이 흩어지는 겨울날 오후.

차갑게 얼어붙은 몸.

그러나 활활 타오르는 심장.

마치, 빛을 끌어안은 기분이다.

두 번 다시 겪고 싶지 않은 시간이었다.

집으로 돌아오자마자 미나는 전화기로 달려들었다. 교환수를 통해 한참 만에 연결된 남자에게 남편의 부서와 이름을 대고 확인을 재촉했다. 수화기 건너편의 직원은 몹시 지친 목소리로 죄송하다는 말부터 꺼냈다.

사옥은 이미 폐쇄됐고 남은 직원도 전원 귀가했다는 말에 미나는 가슴이 더럭 내려앉았다. 하지만 남편이 아직 돌아오지 않았는데요. 여자의 대꾸에 직원은 잠깐 침묵하더니, 관리부 사무실은 범인의 동선에서 멀리 떨어졌다고 위로한 다음, 본정서에 연락하면 정확히 알 수 있을 거라고 덧붙였다. 지금쯤은 사상자 명단이 나왔을 테니까요. 사상자 명단이란 소리에 치를 떨고 나서야 미나는 수화기를 내려놓았다.

눈앞이 뱅글뱅글 도는 것 같았다. 아무 일이 없다면 왜 여태 오지 않을까. 당신은 지금 어디 있는 걸까. 그가 총상을 입고 쓰러진 모습이 자꾸 떠올라 미칠 것 같았다. 미나는 바싹 마른 입술로 전화기를 노려보면서 경찰서와 총독부 중 어디로 연락할지 고민했다.

확실한 곳은 역시 총독부였다. 아버지에게 부탁하면 금방 알 수 있을 것이었다. 경찰서든 병원이든 그가 있는 곳을 알아내 줄 것이었다. 아버지는 저를 위해서라면 죽은 사람도 살려 내 줄 거니까. 그러나 미나는 전화기를 들지 못했다. 준세의 소재를 신이치에게 묻는 것이 무슨 까닭인지 꺼려졌다. 남편의 일에 아버지가 개입하는 것을 어쩐지 피하고 싶었다.

미나는 그러나 경찰서에도 전화하지 않았다. 일이 생긴 거라면 그쪽에서 이미 연락했을 거라고, 이성적이고도 희망적으로 생각하면서 마음을 가라앉히려 애썼다. 곁에 있는 하녀들을 의식해 차분한 척 숨을 골랐다. 심장은 터질 듯이 쿵쾅대는데도.

자동차 엔진 소리를 들은 것은 그때였다. 귀가 번쩍 뜨이면서 눈앞이 터지는 것 같았다. 무슨 정신으로 달려 나갔는지 기억도 나지 않는다. 그리고 눈앞에 선 남자를 보았을 때, 여느 때와 다름없는 남자와 눈이 마주쳤을 때, 안도와 기쁨과 원망으로 가슴이 무너졌다.

고맙고 미안해서 울음이 터졌다. 그의 가슴속에서 심장이 뛰는 것이, 그 세찬 박동이 피부로 느껴지는 것이 감사해 눈물이 멎지 않았다. 그리고 그가 저를 안아 주었을 때, 어깨와 목덜미에 그의 숨이 닿았을 때는 뜨거운 환희로 몸이 녹아내렸다. 이대로 벼락이 떨어지거나 땅이 갈라지더라도 하나 나쁠 것 없다는 마음이었다.

무섭도록 뜨거운 마음이었다.

미나는 커다란 거울 속의 여자를 마주 본다. 갓 씻어 말간 얼굴을 가만히 바라본다. 가지런한 머리를 한 번 더 빗고 실크 가운을 매만졌다. 일부러 맨몸에 걸친 주제에 신경 써서 앞섶을 꽁꽁 여몄다. 그러는 동안에도 머릿속엔 오직 남자 생각뿐이다. 뻔하다 생각했지만 갈수록 알 수 없는 남자. 가까운 듯 여전히 멀게만 느껴지는 사람.

그러나 당신이 어떤 사람이든, 어떠한 것들을 중히 여기며 어떤 생각을 품고 살아가든, 그것이 떳떳하든 그렇지 않든 더는 중요치 않다. 당신은 이미 내 안에 너무 깊은 자리를 차지해 버려서.

미나는 지금껏 그와의 시간이 많다고 생각했다. 서로 약속한 시간이 많이 남았으니 좀 낭비해도 괜찮다고 생각했다. 그러나 인간의 시간이란 결코 그 자신에게 속해 있지 않다는 것을 그녀는 잊고 있었다. 시작과 끝을 택할 수 없는 것이 인간의 생이고, 그러므로 시간은 그 누구에게도 충분치 않다는 걸.

더구나 느긋이 여유를 부리기에, 그들이 살고 있는 이 세상은 너무나 위태로운 곳이다.

미나는 브러시를 내려놓고 화장대 서랍을 열었다. 노트 반절 크기의 주석 액자 안에 든 것은 결혼사진이다. 턱시도와 웨딩드레스를 입은 남녀가 팔짱을 끼고 선 모습. 예식도 끝났는데 자꾸 찍는 게 불만스러워서 신부는 영 억지웃음. 미나는 희미하게 웃는 남자의 얼굴을 손끝으로 쓰다듬은 뒤 액자를 화장대 위에 세워 두었다. 넉 달 동안 서랍 안에만 넣어 둔 사진이었다.

"라쿠."

부르자 침대 위에 웅크린 고양이가 대답하듯 귀를 쫑긋거린다.

"혼자 잘 수 있지?"

네 걱정이나 하라는 듯 뚱한 표정이라 미나는 킥 웃었다. 기세 좋게 화장대 의자에서 일어섰으나 긴장은 더해졌다. 후우. 심호흡을 한 번 더 한 뒤 침실을 나섰다.

집은 늘 그렇듯 조용했다. 응접실도 식당도 캄캄했다. 복도를 따라 욕실을 지나 천천히 계단을 올랐다. 층계를 하나씩 밟아 올라갈수록 심장이 조금씩 무거워졌다.

또다시 거부당할지 모른다고 미나는 생각한다. 하지만 그렇다 하더라도 더는 숨길 수 없다. 이것이 그저 매혹적인 이성에 대한 호기심이었다면, 제 것의 두 배는 족히 됨직한 손과 우람한 어깨와 허벅지의 부푼 근육 같은 것에 대한 끌림뿐이었다면 이렇게까지 하지는 않았을 것이다.

미나를 떠미는 것은 그보다 더 간절한 무언가였다. 함께 있고 싶은 열망. 몸을 맞대고 얼굴을 바라보며 시간을 보내고픈 욕망. 가능한 가까이, 최대한 온전히 느끼고 싶은 갈망. 외면하고 참아 내기에 그 마음들은 이미 임계를 넘어 펄펄 끓고 있었다.

서재 문 앞에 서자 가슴이 후득거렸다. 미닫이에 발린 창호지가 전등 빛으로 노르스름했다. 똑똑 노크를 한 다음 대답이 들리기 전에 문을 열었다. 드르륵 열자 서재 냄새가 훅 끼친다. 잘 말린 향목의 정중한 침향. 거기 섞인 약간의 잉크 냄새.

그리고 남자와 눈이 마주쳤다.

침대 위에 기대앉은 준세가 손에 든 책을 덮었다. 이쪽으로 다가오는 여자를 그는 말없이 바라보았다. 놀란 기색은 없었다. 다만 입가에 옅은 긴장이 배어 있었고, 그것이 미나에게 오히려 약간의 용기를 불어넣었다.

"나 오늘은, 구걸하러 왔어요."

농담처럼 들리길 바랐지만 남자는 웃지 않는다. 그의 공간은 너무나도 고요해 눈 깜빡이는 소리마저 들릴 것 같다. 여자의 맨발이 남자를 향해 자박자박 다가가는, 크지 않은 발소리조차 아주 선명하게 들렸다.

"이제 아내로 대해 줘요."

"……."

"경어도 쓰지 말아요."

"……."

"나 오늘은, 여기서 잘래요."

고민 끝에 준비해 둔 유혹의 말은 그리 유혹적으로 들리지 않았다. 아마도 목소리 끝이 살짝 떨렸기 때문일 테다. 미나는 애써 긴장을 감추고 침대 끝에 걸터앉았다. 이제 조금만 팔을 뻗어도 만질 수 있는 거리였다. 벌어진 유카타 앞섶, 맨가슴의 체온마저 느껴지는 아주 가까운 거리. 길게 호흡하는 남자의 가슴팍에 미나는 잠깐 시선을 주었다.

그는 여전히 아무 말도 하지 않았다. 당혹한 것 같기도 하고 갈등하는 것 같기도 했다. 미동도 하지 않는 남자로부터 비누 냄새가 풍겨 왔다. 순간 미나는 용기를 내어 전진한다. 상체를 기울여 그의 입술 가까이로 다가간다. 숨결이 뒤섞이고, 잔뜩 긴장한 여자가 눈을 감았을 때,

준세가 신음처럼 말했다.

"후회할 거야."

미나는 감았던 눈을 떴다. 남자와 시선이 맞닿았다. 내리깐 눈꺼풀 끝 속눈썹마저 세세히 보이는 거리였다. 한밤처럼 까만 눈동자.

"후회 안 해."

그녀는 다시 눈을 감고 남자에게 입 맞췄다.

생에 첫 입맞춤은 어설펐다. 요령도 기교도 없었다. 그저 입술과 입술이 길게 닿았다 떨어졌을 뿐인데 엄청난 일이라도 저지른 것처럼 가슴이 쾅쾅 뛰었다. 미나는 떨리는 숨을 뱉으면서 살며시 눈을 떴다. 용기와 상상력을 총동원해 구상한 장면은 여기까지였다. 이제부터 어쩌지. 아까처럼 그냥 품에 안겨 버릴까. 잠깐 행동을 멈춘 채 고민하는 찰나,

커다란 손아귀가 목덜미를 휘어잡았다.

입술과 입술이 부딪히듯 맞붙었다. 미나는 반사적으로 질끈 눈을 감았다. 비스듬히 기운 남자가 사정없이 안으로 파고든다. 혀와 숨이 삽시간에 뒤섞였다. 거칠고 조급한 입맞춤이었다.

낯선 감촉에 굳은 여자를 남자는 아주 쉽게 장악했다. 움직일 수 없도록 붙잡아 숨이 찰 때까지 입을 맞췄다. 가볍게 숨을 헐떡일수록, 맞붙은 입술 새로 더운 숨이 샐수록 그는 빠르게 이성을 잃어 갔다.

금단은 유리병처럼 한순간에 깨진다. 쇠사슬로 꽁꽁 묶어 창살에 가둔 욕망이 폭발하듯 일시에 터져 나왔다. 여자의 입술에 정신을 빼앗긴 남자는 곧 새로운 욕심을 품었다. 여기보다 더 부드러운 곳. 더 은밀하고 뜨거운 곳.

다른 곳도 맛보고 싶다.

그는 더 참지 않는다. 여자를 끌어당겨 침대에 눕혔다. 얼굴을 양손으로 완전히 감싸 쥐고 다시 깊이 입을 맞췄다. 몸 아래 갇힌 여자가 간간이 꿈틀거리고, 몸과 몸이 부딪히듯 맞닿을 때마다 머릿속에 불티가 흩어졌다.

이제부터 생각의 범위는 아주 좁아지기 시작한다.

목선을 더듬어 내려가 어깨를 쥐었다. 겁탈이라도 하는 것처럼 함부로 옷섶을 끌어 내리고 목덜미에 얼굴을 박았다. 맨살갗에 더운 입술이 닿자 여자가 거부하듯 움찔거린다. 남자는 지레 조바심이 나 피하지 못하도록 손목을 쥔다. 그는 마치 사냥에 성공한 검독수리 같았다. 먹잇감을 잡아 누르고 정신없이 머리를 들이밀었다.

그리고 모든 곳에 빠짐없이 입술을 댔다. 혀끝으로 건드리고 괴롭히듯 핥았다. 훔쳐보고 상상하던 그 모든 곳들에.

처음으로 안은 여자의 몸은 보드랍고 따뜻하고 향기로웠다. 매끄럽고 풍만하고 가늘었다. 준세는 손가락으로 몰래 찍어 먹던 꿀을 그만 온몸에 뒤집어써 버린 기분이다. 지나치게 황홀해 두려운 생각마저 들었다. 그러나 희열은 뱃속을 마구 할퀴고, 그는 빠르게 눈이 멀었다.

"하."

미나가 신음하며 어깨를 떨었다. 경험 없이 달려든 남자는 거칠고 서툴렀지만 이런 데 식견이 없기로는 여자 쪽이 더했다. 그저 남편에게 붙들려서 이 생경하고 짜릿한 자극들을 정신없이 받아 내고 있을 뿐이다.

준세는 제 몸에 걸친 유카타 매듭을 풀었다. 한 겹뿐인 옷을 벗어 던지고 여자의 벗은 몸을 내려다보았다. 이제는 누가 저를 죽이러 오고 있대도 그만둘 수 없다고 탄식하면서.

입구에 손이 닿자 여자가 움찔거렸다. 촉촉하고 미끄러운 그곳은 갓 가른 복숭아 속살 같았다. 너무 여려서 찢어질까 봐 겁이 났다. 무엇보다 손가락 하나

들어갈 틈도 없어 보였다. 이건 도저히 가능할 것 같지 않다는 판단이 들면서 그는 약간의 이성이 돌아왔다.

"혹시,"

벌이라도 기다리듯 눈을 꼭 감고 있던 미나가 헐떡이며 눈을 뜬다.

"고통스러우면……."

준세는 말을 흐렸다. 그러므로 그만두거나 멈추겠다는 뜻이 아니다. 미나는 제게 바짝 맞붙은 남자의 몸을 느낀다. 무엇이 시작된다는 것쯤 알고 있었으므로 그저 고개를 좌우로 저었다. 안 된다는 건지 된다는 건지 애매한 동작이지만 어차피 의미가 중요한 건 아니었다. 여기서 멈출 수 없다는 건 둘 다 알고 있으니까.

준세는 다시 입을 맞췄다. 겁에 질려 굳은 여자를 달래 주듯이. 비명이라도 내지르면 제가 삼켜 줄 듯이. 그는 잠기듯 천천히 밀려들었고, 얼마 지나지 않아 꿰찌르듯 밀려들어 갔다.

그것은 그 어떤 느낌에도 비유할 수 없었다. 여태 겪어 본 그 어떤 경험과도 같지 않았다. 그는 마치 커다란 문을 열어젖힌 기분이었다. 활짝 열린 문을 통해 쏟아져 나온 감각들. 한 번도 알지 못한 황홀경이 사나운 물처럼 힘차게 몸을 덮쳤다.

준세는 찡그린 채 눈을 감는다. 오직 육체의 느낌에만 집중한다. 이 순간 그의 머릿속에 과거와 미래는 없다. 오직 짙은 숨과 낮은 교성이, 거친 숨과 빠른 박동이 있을 뿐이다. 분별없는 정열 혹은 정욕만이 있다.

그는 광포한 짐승처럼 사정없이 여자를 헤집었다. 그럴수록 끈끈한 그물에 점점 더 깊이 얽혀 들었다. 전력으로 질주하는 동안 저도 모르게 신음이 터졌다. 제 것인지 상대의 것인지 구분할 정신도 이미 없었다.

"아아,"

마지막 순간에 그들은 서로를 부서뜨릴 듯 끌어안았다. 뒤엉킨 팔과 다리와 맞닿은 육체의 모든 부위가 경련했다. 벅찬 희열로 세차게 심장이 뛴다. 서로의 귓가에 폭풍 같은 숨소리.

한동안 아무도 아무런 말도 하지 못했다.

한 덩어리가 된 남녀는 바람이 잦아들기를 기다렸다. 그리고 다시 서로의 몸을 어루더듬었다. 입술이 닿고 혀가 얽히고 숨이 섞였다. 이 밤은 영원토록 끝나지 않을 것 같았다. 그들은 앞으로 영영 해가 뜨지 않았으면 한다.

초야였다.

4.

남
자
와
여
자

1927년 1월

밤과 새벽의 경계가 이토록 흐렸던 적이 없다. 캄캄한 어둠 속에서 가장 부신 빛을 볼 수 있다는 것을 몰랐다. 무언가를 또렷이 느끼려면 눈을 감아야 한다는 것, 눈을 감음으로써 눈이 멀 수 있다는 것까지 그들은 새로 배웠다.

네 번의 밤이 지날 동안 준세는 줄곧 눈을 감고 있었다. 주위의 세상이 안 보이는 척, 아무것도 모르는 척 소경 시늉을 했다. 시늉만 했을 뿐인데 어느 순간 정말로 주위가 보이지 않았다. 잠깐 눈을 감았던 그는 진정 눈이 멀어 버리게 되었다.

밤과 새벽의 시간은 밀월을 질투하는 것 같았다. 낮과는 비교도 할 수 없이 빠르게 달음질쳐 사라져 버렸다. 마지막 달의 마지막 사흘. 1년 중 밤이 가장 긴 계절이건만 그들에겐 턱없이 짧기만 했다.

그 사흘 동안에도 준세는 출근했다. 회사의 핏자국은 말끔히 닦아 냈으나 로비 벽면에 총탄 자국이 남아 있었다. 얼굴과 이름을 아는 사람 몇이 사라졌고 무장한 경찰들이 상주했다. 무고한 이들이 억울하게 희생됐다며 동료들은 공분했다.

우리가 조선을 망하게 했나. 우리도 그저 처자식을 부양하려 일하고 있을 뿐인데. 정치 싸움에 개인이 희생되는 일이 과연 온당한가에 대해 논하던 그들은 늘 격앙된 결론으로 토론을 마무리했다. 젠장, 조센징은 별수 없어.

휴게실에서, 복도에서, 탕비실에서 벌어지는 그런 토론들에 준세는 낄 수 없었다. 의도치 않게 근처로 다가가면 동료들은 슬쩍 입을 다물고 시선을 피했다. 4년간 함께 근무한 임 주임도 별수 없이 젠장, 조센징이었다.

그러나 그런 것들은 준세에게 아무런 타격도 주지 못했다. 평생에 걸쳐 겪어 온 일이므로 새삼스러울 게 없었다. 크고 작은 배척에 단련되지 못하면 조선인으로 살아가기 몹시 곤란한 세상이니까.

이 땅에서는 배척이 일상이다. 일본에 협조하면 친일배, 협조하지 않으면 불령배로 어떻게든 배격된다. 순순히 준법하고 세금 내며 사는 사람도 남이 친일하는 꼴은 보기 싫어했다. 망명했던 지사가 돌아왔단 소식이 들리면 너도나도 변절자라고 손가락질했다. 이 땅의 사람들은 애국과 매국 중 택일하라는 압박을 끊임없이 주고받으며 살아간다. 사랑할 나라도 팔아 치울 나라도 이제는 없는 주제에. 더 이상 존재하지 않는 조국을 두고 조선인들은 아직도 고뇌하고 있다.

그러니 동료들의 소심한 따돌림에 털끝만큼의 신경이라도 세울 까닭이 준세에게는 없는 것이다. 무엇보다도 지금처럼, 눈을 감아 버리기로 작정한 날들이라면 더더욱.

낡은 해의 마지막 사흘 동안 그는 아주 많은 것을 배웠다. 이성의 육체가 얼마나 아름다운지, 그로 인해 자신의 육체가 어떻게 달라지는지 알았다. 상대의 몸속에 자신을 더 깊이 묻는 법을 배웠고, 그로 인해 상대를 제 마음속 더 깊이 들이는 법을 익혔다.

준세는 이제 미나에 대해 더 많은 것들을 안다. 이를테면 오른쪽 가슴이 왼쪽보다 약간 더 탐스럽지만 훨씬 예민한 건 왼쪽이라는 것을 안다. 허리에서 골반을 지나 엉덩이까지 이어지는 곡선이 숨 막히게 아찔하다는 것을 안다. 복숭아 속살 같은 그곳은 헤집어도 찢어지거나 상하지 않으며, 어디를 어떻게 건드려야 하는지도 그는 이제 정확히 알았다.

관계 후에 미나는 아주 깊이 잠든다. 왼쪽으로 비스듬히 모로 누워서 깨어날 때까지 고스란하다. 자는 얼굴을 들여다봐도 전혀 알지 못했다. 준세는 새벽에 홀로 깨어나 고요히 잠든 여자를 지켜보는 것으로 하루를 시작했다. 밤은 늘 쏜살같이 지나가는데, 낮의 시간은 다리를 질질 끌면서 느릿느릿 느리게 걸어갔다.

긴 해가 지고 밤이 찾아오면 신혼집은 별세계가 된다. 희망을 숨기고 진실을 삼킨 채 섬처럼 평화롭다. 그 작고 격리된 세계에는 오로지 남자와 여자. 그리고 결코 방해할 줄 모르는 고양이 한 마리.

그렇게 소화 2년. 새해가 밝았다.

참으로 이상하게도 미나는, 아직 그들 부부 사이에 크게 달라진 것이 없는 것 같다.

사흘 전까지만 해도 그녀는 생각했었다. 서로의 몸을 낱낱이 알게 되면 마음도 자연히 가까워질 거라고. 맨살을 부비면 둘 사이 거리도 마땅히 좁아지리라

고. 그러나 참으로 이상하게도, 또 조금은 서운하게도, 미나가 남자에게 느끼는
거리감은 아직 획기적으로 좁아지지 않았다.

왜 그렇게 느끼는지 이유를 대라면 딱히 꼬집을 수 없다는 게 더 문제다.

준세는 이제 부부 침실에서 잠든다. 밀어내듯 깍듯한 경어도 더 이상 쓰지
않는다. 이렇게나 획기적인 변화가 생겼는데도 어째서 거리감이 여전한 걸까.
새해 첫날인 오늘 아침에도 미나는 그런 생각들을 했다. 내 참, 고작 며칠이나
지났다고. 이제 자연히 가까워질 일만 남았는데 별걱정을 다 한다 자조하면서.

"오른쪽 손이 위로 가는 거 맞지?"

화장대 앞에 앉은 미나가 다시 물었다. 어지간히도 헷갈리는 모양이라 동래
댁은 웃고 말았다. 예, 마님. 고개를 끄덕이자 오른손을 왼손 위에 수평으로 겹
쳐 보는 여자. 저 동작도 벌써 몇 번째인지 몰랐다.

"다 됐습니다."

머리를 매만져 준 동래댁이 뒤로 물러섰다. 미나는 고개를 요리조리 돌려 거
울에 제 모습을 비춰 보았다. 반듯하게 탄 가르마와 촘촘히 빗어 모은 머리가
그럴듯했다.

"역시 머리가 좀 더 길었으면 좋았을걸."

그럼 비녀도 꽂을 수 있었을 텐데. 아쉽게 중얼대는 여자에게 동래댁은 충분
히 예쁘다고 말해 주었다. 고마워. 생긋 웃어 보인 미나가 자리에서 일어나 화
장대 위에 둔 손가방을 집어 들었다. 풍성하게 부푼 명주 치마가 사락거렸다.

미색 저고리와 남색 치마. 그 사이로 늘어진 자색 속고름.

제 모습을 체경에 한 번 더 비춰 본 다음 미나는 침실을 나섰다. 응접실로 통
하는 복도를 지나는 동안 기대감으로 가슴이 콩닥였다. 소파에 앉아 기다리던
남자가 이쪽으로 고개를 돌렸을 때는, 찰나의 반응을 모두 포착할 듯이 신경을
세웠다.

준세는 아무 말도 하지 않았다. 놀란 것이 확실한데 기쁜지 슬픈지는 분간 못 할 표정이었다. 웃지도 찡그리지도 않은 얼굴이 참으로 읽어 내기 난감해서, 미나는 사뿐사뿐 다가가 들이밀듯 가까이 섰다.

"곱습니까?"

준세는 앉은 채로 여자의 얼굴을 올려다본다. 예쁘게 웃는 얼굴이 답을 재촉하듯 빤히 내려다보고 있다. 곱습니까? 완벽한 조선어를 뽐내듯 의기양양한 얼굴. 이러니 목석인들 웃지 않을 재간이 있나.

"곱소."

대답하고 일어서는 남자가 뚜렷하게 웃고 있었다. 미나는 그제야 마음 놓고 재잘대기 시작했다.

"예쁘지? 기모노나 양장보다 편하기까지 해."

"저녁엔 어쩌려고."

"갈아입으면 되지. 어차피 집으로 돌아올 건데."

준세는 대꾸하지 않는 것으로 수긍을 표시했다. 오전에는 가회동 본가, 저녁에는 남산정 처가에 가기로 했지만 중간에 집에 들러 옷을 갈아입어야 했다. 새해 첫날 온 가족이 함께 신사참배 하는 것이 일본의 풍습이다. 준세 또한 당연히 하오리하카마를 갖춰야 했다.

"당신도 우리 집 갈 땐 일본 옷 입을 거니까. 난 공평한 게 좋아."

이번에도 그는 대답 대신 흐리게 웃었다. 미나는 동래댁이 걸쳐 주는 망토를 여미면서 말을 이었다.

"마사코 비보다 내가 더 잘 어울리는 것 같지?"

"마사코 비?"

"웅. 이왕비가 조선 옷 입은 거 신문에서 봤거든."

"아."

이왕의 비 마사코는 일본 황족이다. 지난여름 순종의 장례식에 참석한 모습이 신문마다 크게 실린 것을 본 모양이었다. 남편의 형님이자 선왕의 장례에서 새하얀 소복을 입은 모습. 준세는 그건 상복이었다고 말해 주려다 그만두었다.

"두 분 조심히 다녀오세요."

"동래댁은 같이 안 가?"

"저는 이따가……."

막 현관을 나서려던 미나가 의아한 얼굴을 했다. 과부인 찬모는 명절에 돌아갈 집이 없어 가회동 본가에 갈 거라고 했다. 수십 년간 함께 지낸 행랑 식구들이 가족이나 다름없다고. 동래댁은 준세가 태어나기 전부터 그 집에 살던 사람이다.

"같이 가. 같은 집인데."

"아이고, 서방님, 지가 우찌……."

주저하는 찬모를 미나가 재촉해 채비하게 만들었다. 덕분에 뒷좌석 상석을 차지하게 된 동래댁은 몸 둘 바를 몰라 했다. 상전이 운전하는 차에 편안히 앉아 가는 것은 그네에게 도저히 편치 않은 상황이라, 자동차가 달리기 시작한 뒤에도 차마 좌석에 등을 붙이지 못하고 몹시 불편하게 앉아 있었다.

조수석의 미나가 후사경 속 불편한 찬모에게 말을 걸었다.

"동래댁은 준세 씨 아기 때부터 봤다고 했지?"

"그랬지요."

"어렸을 땐 어땠어?"

말 되게 안 들었을 것 같은데. 덧붙이자 운전하는 남자가 소리 없이 웃는다.

"아, 음, 그러니까……."

"조선어로 말해도 돼."

"예에, 훤칠하셨지예. 공부도 잘하시고. 효자시고."

"통역해 줘요, 얼른."

"잘생기고 착하고 천재였다고."

태연한 얼굴로 그러자 미나가 거짓말, 핀잔주면서 킥킥 웃는다. 준세는 눈썹 하나 까딱 않고 한 번 더 통역해 여자들을 웃겼다. 몹시 잘생기고 착하고 천재였다고. 효자라는 말은 끝내 옮겨지지 않았다.

가회동 자작저는 견고한 벽돌담으로 둘러싸여 있다. 담장 안쪽에 조경수를 빽빽이 심어 내부가 보이지 않게 했다. 대문 앞에서 기다리던 청지기가 차를 향해 깊이 허리를 숙였다. 그리고 활짝 열린 문 안쪽으로 안내하듯 앞장서 들어갔다. 웅장한 솟을대문은 사륜차 한 대쯤 넉넉히 드나들도록 넓었다.

미나는 시댁에 처음 와 본다. 결혼 전엔 급히 혼수를 마련하기 위해 신혼집에나 몇 번 드나들었지 본가에까지 올 기회가 없었다. 결혼 후에도 임 자작은 굳이 며느리를 집으로 부르지 않았다. 시모도 없는 시댁에 딱히 부를 일이 없기도 했다. 규모가 엄청나네. 천천히 움직이는 차 안에서 미나는 속으로 감탄했다.

자작저는 말 그대로 대궐 같았다. 커다란 건물마다 윤기 흐르는 기와를 얹었고 창호지 바른 재래식 문과 유리를 끼운 개량식 문이 적절히 섞여 배치돼 있었다. 부속 건물들이 각기 담장으로 분리돼 있어 전체 규모를 가늠할 수도 없었다. 누대의 부와 권세를 유감없이 과시하는 집이었다.

"오셨습니까, 도련님."

자동차가 멈춰 서자 청지기가 운전석 문을 열어 주었다. 그 뒤로 두 손을 모으고 선 남자 하인들.

"도련님이 다 뭐라예. 성례하신 지가 언젠데."

동래댁이 타박하자 청지기가 멋쩍게 웃고는,

"서방님. 어서 오십시오."

법도에 맞게 고쳐 부른다.

"그간 별일 없었나."

"이를 말씀입니까. 두루 평안하십니다."

청지기 조 서방이 공손히 대답하고 다시 한번 머리를 조아렸다. 그러고는 조금 당혹한 기색으로 미나를 향해 몸을 돌렸다. 생각지도 못한 차림새라 저도 모르게,

"아씨."

가장 적절한 호칭으로 부르며 깊이 허리를 숙였다.

이 저택의 안주인이 될 주인의 맏며느리에 대해 하인들은 줄곧 궁금해했었다. 장남의 약혼이 결정됐을 때 그들은 그리 놀라지 않았는데, 일찌감치 행랑 식구들에게까지 일본어와 예절을 가르친 주인이니 일인과 사돈을 맺는 것도 놀라울 까닭이 없었다. 다만 그 친정이 이 댁보다 더 지체 높은 가문이라는 것과 미국에서 공부하고 온 신여성이라는 것 등으로 미루어 필경 까탈스러울 새아씨를 어찌 받들어야 하나 그것만 좀 걱정했을 뿐이다.

그런데 이렇게 다소곳이 한복으로 차린 여자라니.

"새해 복 많이 받아요."

미나는 오늘을 위해 익혀 둔 조선어를 처음으로 써먹어 본다. 완벽한 발음에 준세는 내심 놀랐고 조 서방과 하인들은 움찔하면서 다시 머리를 조아려 답례했다. 설마 우리가 사람을 잘못 짚은 건 아니겠지 생각할 무렵,

"와, 집 엄청 크다."

여자가 제 나라 말로 감탄을 쏟아 냈다.

미나는 치렁치렁한 치마를 추스르면서 정면으로 보이는 건물을 향해 걸어갔다. 우람한 기둥과 번듯한 편액, 추녀의 곡선을 눈으로 훑었다. 반듯한 층계며 댓돌이며, 하얀 모래가 깔린 앞마당과 기름칠한 듯 매끄러운 툇마루까지. 구석

구석 멋이 넘치는 집이었다.

저만치 혼자 걸어가 버린 여자의 뒷모습을 준세는 선 채로 바라본다. 비단 한복을 곱게 차려입은 여자. 이 집에서 저런 풍경을 본 것이 얼마 만인가 생각한다. 무딘 칼날이 가슴을 긋는 것 같았다.

그런 생각을 한 것은 준세뿐만이 아닌 모양이었다. 곁에 섰던 동래댁이 갑자기 코를 훌쩍거려 조 서방이 얼른 나무란다.

"이 사람, 좋은 날 왜 이래."

"아, 좋은 날이니 그러지예."

"거 사람 참."

"속상해서 안 그라예. 안방마님이 보싰으면 뿌듯해하셨을 낀데……."

기어이 속말을 입 밖에 내자 조 서방도 입을 다물었다. 그러나 정말 그랬을까. 어머니가 이 모습을 보셨다면 뿌듯해하셨을까. 답을 확신할 수 없어 준세는 입 안이 썼다.

"이쪽으로 가는 거 맞아요?"

저만치 앞장선 여자가 휙 돌아서더니 엉뚱한 방향을 가리키며 물었다. 그녀가 가리킨 중문은 안채로 통하는 입구였다. 사랑채와 안채는 커다란 한 건물로, 입구와 마당은 분리됐어도 가장 깊은 곳은 연결돼 있다.

"아니, 반대쪽."

준세가 대답하며 성큼성큼 아내에게 다가간다. 방향도 모르고 마당 한가운데 우뚝 선 여자는 순순히 남편을 따라 몸을 틀었다. 그리고 무슨 말인가 건네며 웃는 얼굴. 젊고 아름다운 부부의 모습에 하인들의 얼굴이 절로 밝아졌다. 안방마님이 보셨더라면 참으로 뿌듯해하셨을 것이다. 그들은 진실로 그렇게 생각했다.

미나에게 조선식 명절은 처음이다. 동래댁으로부터 인사말이며 절하는 법을 특훈으로 배운 건 그래서였다. 어느 나라나 고급의 예절은 까다로운 법이지만 세배할 때의 큰절은 특히 어려웠다. 안정적으로 앉았다 일어서는 게 결코 쉽지 않았는데, 본인이 생각해도 영 아슬아슬했으나 시부는 기특하다며 칭찬해 주었다.

치렁치렁한 한복에 대해서도 그는 고상한 옷맵시를 찬사한 뒤, 명년부턴 이렇게 차릴 필요 없다고 허허 웃었다. 그러나 명절처럼 중요한 날 전통을 따르는 것은 미나가 배운 바로 지극히 당연한 일이었다. 무엇보다 그녀는 남편을 기쁘게 해 주고 싶었다.

조선 반가의 설음식은 맛도 모양도 은은하고 담박했다. 울긋불긋 화려한 일본 설음식에 비하면 그 모양새가 마치 공작과 백로 같았다. 금빛 광택이 흐르는 유기 안에 동그랗게 썬 떡국, 동그랗게 담은 김치, 동그랗게 부친 전. 그릇도 음식도 동글동글한 것이 미나의 눈에 이색적이었다. 일본의 설음식은 블록처럼 네모반듯한 찬합에 담아낸다.

"일찍부터 고생들 했다. 많이 들어라."

네 식구가 서양식 식탁에 둘러앉은 것은 순전히 미나를 배려한 것이었다. 임영환은 평소 사랑방에 앉아서 독상을 받고, 별채에 기거하는 차남이 어쩌다 동석하더라도 겸상은 하지 않았다.

"잘 먹겠습니다."

음식은 맛있었다. 쫄깃하고 보드라운 떡국이 특히 일품이었다. 이거 정말 맛있네요. 숨김없이 감탄하자 시부는 며느리를 귀엽게 바라보면서, 이천에 소유한 땅에서 수확한 쌀로 만들었다는 것, 떡을 칠 때 쓴 커다란 떡메가 수십 년은 족히 되었다는 것, 본인이 어렸을 때도 하인들이 그 떡메로 떡 치대는 광경을 구경했다는 것 등을 다정스레 이야기해 주었다. 준세와 준태 형제는 한마디도 거들지 않았다. 덕분에 미나는 어색한 분위기를 피하려 식사 내내 신경을 써야 했다.

이 집 남자들은 어쩐지 서로를 좀 거북해하는 것 같다. 가족끼리라 굳이 말이 필요 없는, 그런 종류의 누그러진 침묵이 아니라 바위처럼 딱딱하고 무거운 공기가 내도록 고여 있었다. 상석에 앉은 아비와 마주 앉은 형제가 이룬 불편한 삼각. 남자들뿐인 집은 원래 이런가. 준태는 내성적인 성격이니 그렇다 쳐도 준세마저 유독 과묵한 것이 미나는 좀 이상하다고 생각했다.

그가 입을 연 것은 식사 후, 사랑방에서 다과상을 받은 직후였다.

"금년부터는 어머니 제사를 저희 집에서 모셨으면 합니다."

별안간 튀어나온 조선어에 좌중이 멈칫했다. 백자 찻잔 속 연둣빛 찻물을 감상하던 미나가 슬쩍 눈을 들어 시부 쪽을 살폈다. 보료 위 상석에 앉은 중년 사내는 바지저고리에 두루마기까지 갖춰 입었다. 풀을 먹여 잘 다듬은 한복이 당당한 풍채와 썩 잘 어울렸다.

"별 해괴한 소리 다 듣겠군."

임영환은 고민할 것도 없이 잘라 말했다. 그리고 건너편의 장남을 찬찬히 살폈다. 몸에 밴 예절대로 아들은 아버지와 똑바로 시선을 맞추지 않았다. 비스듬히 눈을 내리깐, 저를 빼닮아 체구가 크고 팔다리가 긴 아들을 조금 못마땅하게 쳐다보다가,

"망처의 제주는 남편이다. 아들이 아니야. 설마 그 정도 법도도 모르는 게냐?"

최대한 부드럽게 타일렀다. 새며느리 앞에서 아들을 나무랄 순 없는 노릇이니.

"법은 덕을 위한 것이고 만덕의 으뜸은 효라고 배웠습니다. 일가까지 이룬 아들이 연로하신 아버지께 계속 수고를 미룰 순 없지요."

"환갑도 안 된 아비를 숫제 늙은이 취급이구만. 지아비가 시퍼렇게 살았는데 처 제사를 옮기다니. 그리고 네 처가 어찌 제수 준비를 해."

"이 사람한테 시킬 생각 없습니다."

"네가 직접 하려고?"

"아버지께서는 직접 하십니까."

"……고얀 놈."

"이제 제가 맡겠습니다. 어머니도 그러길 원하실 겁니다."

"어림없는 소리. 나 죽거든 네가 이 집에 들어와 지내거라."

내도록 시선을 피하던 준세가 눈을 들어 올렸다. 찌르듯 직시하는 눈길이 아비는 불쾌했다. 감히 어디서. 영환은 어린 아들을 꾸짖던 때처럼 고얀 놈, 하듯이 살짝 눈살을 찌푸렸다. 그러나 장성한 아들은 눈 하나 깜짝 않고 그 시선을 받아 냈다.

"불효막심한 놈 같으니라고. 아비가 처 제사도 안 하는 위인이라 욕 듣게 할 작정인가."

들으란 듯 쯧쯧 혀를 차면서, 영환은 사뭇 자긍하는 표정을 지었다.

그가 상처한 지 8년이 되도록 후처를 들이지 않는 것에 대해 사람들은 죽은 아내와의 정리가 깊었기 때문으로 수긍했다. 세상에 얼마나 금슬이 좋았으면 살아서도 죽어서도 첩실 하나 두질 않나. 남편 오입질에 속이 문드러진 여자들은 저승에서도 시앗 안 보는 자작 부인을 부러워했고, 돈이 없어 오입질 못 하는 남자들은 자작저 앞에 열부문 세워 주랴 비아냥거렸다.

20년 가까이 부부로 살았지만 영환은 죽은 처와 그리 가까운 사이가 아니었다. 무릇 부모가 짝지어 준 아내는 시부모 받들고 살림 다스리고 아들 낳으라고 들이는 것이니, 각자 주어진 역할에 충실했을 뿐 서로에게 정붙이고 살진 않았다. 아들 형제를 얻어 의무를 마친 이후로는 안채에서 잔 적도 거의 없다.

그렇다고 그가 열부문을 얻을 만큼 몸 간수를 잘 한 건 또 아니었다. 쓸 만한 기생이나 돈을 보고 달려든 여학생을 가까이했지만 따로 살림을 차려 준 적이 없을 뿐이다. 그는 이성의 육체를 이따금 즐길 뿐 여자를 좋아하진 않았다. 가장 믿을 수 없는 것이 계집이다. 잘못 가까이했다가는 패가망신할 수도 있다. 아직도 그 생각만 하면 정신이 다 아찔하니, 그가 후처나 첩 들일 일은 죽을 때까지 없을 것이다.

그런데 정초부터 감히 그딴 소리를 꺼내? 속사정도 모르는 놈이.

"그리고 이런 자리에선 함께 있는 사람 생각도 해야지."

영환은 다시 일본어로 말하기 시작함으로써 아들과의 대화를 멋대로 끝냈다. 어떻게든 단서를 찾아내려 귀를 세우던 미나가 애매하게 미소 지었다. 부자간 대화는 거의 알아들을 수 없었지만 오가는 분위기만큼은 충분히 느껴졌다.

"저는 괜찮아요, 아버님."

"미안하구나."

"아니에요. 제가 죄송합니다."

사과하는 시부와 침묵하는 남편 사이에서 미나는 다시 제가 나설 차례라는 걸 안다. 그녀는 요즘 조선어를 열심히 배우고 있다는 이야기를 꺼내 제 쪽으로 화제를 돌린 뒤, 새로 배운 말 몇 가지를 선보여서 시부를 웃게 만들고 시동생을 대화에 끌어들였다. 굳어진 분위기가 부드러워지기까지는 그리 오래 걸리지 않았다.

좌중에서 가장 어린 여자에게 기대되는 몇 가지 역할이 있는데, 그중 가장 효용이 큰 것이 바로 사랑스러운 종달새 역할이다.

미나가 백작가에 갓 들어갔을 때 가장 힘들었던 건 식사 시간이었다. 커다란 식탁에 둘러앉아 드문드문 대화하며 음식을 삼키는 어른들. 그 사이에 끼어 앉은 여섯 살짜리는 낯설고 불편해서 제 밥그릇만 내려다보았다. 새어머니나 두 이복 오빠나 그녀에겐 다 낯선 어른들이었다. 그들이 나누는 대화조차 아이는 전혀 알아들을 수 없었다.

생모가 죽고 기댈 곳은 아버지뿐이라는 걸 그때 미나는 알고 있었다. 새로운 가족에게 받아들여지지 않으면 더 낯설고 불리한 곳으로 보내질 수 있다고, 그러니 어떻게든 이 집의 일원으로 자리를 잡아야 한다는 생각은 그녀 스스로 해낸 것이 아니었다. 태어날 때부터 몸에 심어진, 생존을 위한 본능이었다.

아이는 자기를 보호해 줄 사람이 누구인지 안다. 그 사람의 품을 차지하려면 그가 저를 사랑하게 만들어야 한다는 것도 안다. 하루하라 미나가 혼혈 사생아란 출신을 극복할 수 있었던 것은 그 아버지의 비호 덕택만은 아니었다. 미나는 자신을 보호해 줄 사람들로부터 사랑받는 법을 알았다. 가장 사랑스러운 역할을 파악하고 수행할 줄 알았다. 사랑받는 것은 그녀가 평생에 걸쳐 체득한 생존의 방식이었다.

그 훌륭한 재능에 힘입어 사랑채는 겉으로나마 화기로웠다. 차례를 지내고 설상을 받고 다과까지 나누고 나니 어느덧 정오에 가까웠다. 앞마당을 맴돌던 청지기가 기척을 내고서야 영환은 아들들과 며느리를 물러가게 했다.

그에게 세배하려는 사람들로 저택 안팎이 온통 북적이고 있었다. 조선 옷 또는 양장을 한 늙고 젊은 사내들. 미나는 마루에 나와 서서 그들을 흥미롭게 바라보았다. 그리고 그들은 그녀를 더 흥미롭게 힐끔댔다.

지난가을 혼인시킨 맏며느리. 총독부 백작의 딸. 세배객들은 당사자들이 채 멀어지기도 전에 저들끼리 수군수군 감탄했는데, 일본인 며느리에게 조선 옷을 입힌 가풍을 칭찬하는 소리들이었다. 팔도에서 제일가는 친일 인사에게조차 민족정신 있다는 소리는 칭찬이다. 화족의 딸이 한복을 입은 모습은 그들에게 짜릿한 쾌감이었다. 깊은 열등감은 아주 작은 인정에도 쉬이 넝실거린다.

정초의 날씨는 상서롭도록 좋았다. 파랗게 갠 하늘에 엷은 솜 같은 구름이 떠 있었다. 상록수들은 풍성한 암녹색으로, 나목들은 하얗고 앙상한 가지로 저마다 우아했다. 저 담장 너머엔 어떤 공간이 있을까. 미나가 집 구경을 시켜 달라고 한 건 자연스러운 수순이었다.

"준세 씨 방이 여기예요?"

"예. 이젠 제 차지가 됐지만요."

"준태 씨 방은 어디였는데요?"

"반대쪽이요. 복도 맨 끝입니다."

"아. 꽤 멀리 떨어졌네."

미나는 복도 마루에 서서 미닫이 안쪽을 들여다봤다. 준태 말로는 쓰는 사람만 바뀌었지 가구며 배치 모두 그대로라고 했다. 침대와 책상, 의자는 마호가니로 만든 양식 가구지만 문갑과 삼 층짜리 사방탁자는 조선식 목가구였다. 미나는 그 풍경 속에다 준세를 집어넣어 본다. 이 방에서 지내던 그의 어린 시절이 궁금했다. 여기서 어떤 꿈을 꾸며 잠들었을까. 알고 싶었지만 당사자가 곁에 없어 물어볼 순 없었다.

준세는 아내를 동생에게 맡겨 두고 들어오지 않았다. 구두도 벗지 않고 툇마루에 걸터앉아서 구경이 끝나길 기다리고 있었다. 그는 아까부터 멀거니 앞마당을 바라보고 있다. 아무것도 없이 텅 빈 앞마당을.

"저 문으로 다시 나가서 오른쪽으로 돌면 안채고요."

"거긴 누가 써요?"

"어머니가 쓰셨습니다. 안채는 안주인의 공간이니까요."

준태가 고개를 떨구며 잠깐 말을 멈췄다가,

"아마 형수님이 들어오실 때까진, 계속 비어 있겠죠."

쓸쓸하게 웃어 보였다. 돌아가신 어머니의 공간. 미나는 거기도 들어가 보고 싶었지만 안채를 보는 건 다음으로 미뤘다. 준태는 가 보겠냐고 묻지 않았고, 그녀도 차마 구경해도 되냐고 묻지 못했다.

대신 뒤뜰의 채마밭과 장독대를 구경했다. 김칫독을 묻고 곡식 가마니를 쌓아 둔 커다란 광들과 봄부터 가을까지 채송화가 만발한다는 화단도 돌아보았다. 일하는 사람들의 솜씨 덕택에 저택은 구석구석 잘 정리돼 있었다.

"준세 씨. 이제 갈까?"

"아직 좀 이른데."

"그럼 종로 한 바퀴 돌고 가면 되지. 시간 때울 데 없나, 뭐."

경성부민 다 됐군. 준세는 흐리게 웃고 나서 대문 쪽을 향해 앞장섰다. 중학 천변에 있다는 처고모부 댁에 그는 오늘이 첫 방문이다. 동경 교수님으로 통하는 오야케 노리다카 박사는 제법 유명한 인사라서 준세도 그에 대한 일화 몇 가지를 들어 알고 있었다. 조선 옷을 즐겨 입고 이웃들과 조선어로 수다를 떨며, 가끔은 촌뜨기처럼 당나귀까지 타고 다니는 아주 괴팍한 노인네라고.

"와, 아직도 기다리는 사람이 있네."

사랑채 앞에는 여전히 세배객들이 차례를 기다리고 있었다. 미나는 그쪽을 힐끗거렸지만 준세는 눈길조차 돌리지 않았다. 그저 말없이 보폭을 줄여 여자와 보조를 맞출 뿐이었다. 위풍당당한 사랑채 건물을 남자와 여자가 나란히 스쳐 지났다. 화강암으로 높게 쌓은 기단에서 아주 차가운 냄새가 났다.

익히 들어 알고는 있었지만, 오야케의 집이 완벽한 조선식인 것은 준세에게 꽤 충격적이었다. 사랑채는 특히나 유리창 하나 달지 않은 구식 한옥이라 더 놀랐다. 두 부자가 하인들과 사는 집은 규모와 격조를 갖추고 있었고, 구석구석 주인의 사랑이 미치지 않은 데가 없어 보였다.

이후로도 하나같이 희한한 풍경이었다. 기모노 예복으로 차린 노인이 한복 입은 처조카에게 세배받으며 무척이나 유쾌해했다. 역시 하오리하카마 차림의 히타로가 코닥 카메라로 사진을 찍어 주었다. 노인은 처조카사위에게 수집품들을 보여 주면서 의견을 물었는데, 안목을 칭찬하기도 했지만 은근히 무지를 타박하기도 했다. 그러나 고려 말기의 다완과 조선 초기의 다완은 아무리 봐도 그의 눈엔 똑같았다.

사랑방에서 차를 대접받는 동안 준세는 기분이 묘해졌다. 주인이 걸친 하오리가 기이해 보일 정도로 실내는 온통 조선식으로 꾸며져 있었다. 왜 그리 조선 풍물을 아끼냐고 묻자 오야케 박사는 가볍게 웃으면서, 그럼 자네 부친은 왜 그리 일본 풍물을 좋아하냐고 되물었다. 미나가 곁에서 키득거렸고 히타로는 조금 미안한 얼굴을 했다. 준세는 어색하게 따라 웃을 수밖에 없었다.

'어쩌겠나. 마음이 가니 사랑할밖에.'

아무런 이득도 줄 수 없는 대상. 그를 향해 명분 없이 퍼붓는 사랑. 그 순수한 애호 앞에 준세는 아무 말도 하지 못했다. 부럽기도 했고, 슬프기도 했다.

오야케 부자는 화사한 신혼부부를 내도록 꽃 본 듯이 바라보았다. 그리고 미나가 어려서부터 얼마나 예쁜 아이였는지, 순 남자뿐인 집안 어른들을 어떻게 자근자근 녹였는지 이런저런 일화를 곁들여 들려주었다. 이 애를 서운하게 만든다면 제 아버지는 물론이고 삼촌과 사촌들도 가만히 있지 않을 거라는 소리까지 농담인 척 강조했다. 애초에 이럴 목적으로 부른 게 아닌가 싶도록 협박은 꽤 진지했다.

거기에 준세는 그저 웃는 것으로 대응했다. 그럴 일 결코 없을 테니 염려 마십시오, 능청을 떨 줄 알았는데 끝내 아무 말도 하지 않았다. 넙죽넙죽 빈말 잘

하는 사람이 별일이네. 미나는 공연히 조금 서운한 생각마저 들었다.

"이상해."

가만히 차창 밖을 바라보던 미나가 고개를 갸웃했다. 운전대를 잡은 준세가 힐끗 돌아보며 묻는다.

"뭐가."

"봐. 문 닫은 가게가 한 곳도 없어. 연휴인데도."

"⋯⋯."

"종로 상인들은 명절에도 일하는 거야?"

미나가 물으며 거리의 상점들을 가리켰다. 종로통 양쪽으로 늘어선 상점들은 하나같이 평소처럼 영업 중이었다. 남촌의 상인들은 다들 문을 닫고 연휴를 지내는데. 미나가 의아해하자 준세는 대수롭지 않다는 듯 대답했다.

"조선인들은 명절을 음력으로 지냈으니까."

정면을 주시한 남자의 옆얼굴을 미나는 바라보았다. 그는 교차로에서 부드럽게 우회전해 남쪽으로 방향을 튼 뒤,

"새 명절에 익숙해지면 여기도 정월에 조용해지겠지."

아무렇지 않은 말투로 덧붙였다.

그렇구나. 미나는 조그맣게 중얼거리면서 고개를 끄덕였다. 목구멍까지 닿은 질문은 삼켜 버렸다. 아직도 익숙하지가 않아? 병합된 지 20년이 다 되어 가는데? 악의 없이 순수한 궁금증이었지만 입 밖으로 꺼내지 않았다.

남산정에 도착했을 때는 오후 두 시가 넘어 있었다. 집에 들어온 미나는 라쿠부터 찾았다. 고양이 말고는 달리 찾을 이가 없기도 했다. 인천에 간 말희는 이틀은 더 있어야 돌아올 테고 본가에 있는 동래댁은 저녁 이후에 올 것이다.

"준세. 피곤해?"

"아니."

"그래 보이는데."

"전혀 그렇지 않습니다."

웃옷을 벗어 옷장에 걸면서 그는 농처럼 깍듯이 대답했다. 쪼그려 앉아 고양이를 쓰다듬던 미나가 작게 피식거렸다. 라쿠는 부부의 발치를 잠깐 맴돌다가, 곧 흥미를 잃은 듯 침실 밖으로 나가 버렸다.

"당신이야말로 피곤할 텐데."

"응, 쓰러질 것 같아요. 세배를 무려 두 번이나 했더니."

과장되게 대꾸하자 흐리게 웃는 남자. 그에게 미나는 묻고 싶은 것이 많았다. 아까 본가에서 무슨 얘길 한 거냐고. 왜 억지로 끌려온 사람처럼 딱딱하게 앉아 있었냐고. 좋은 옷 입고 맛있는 음식 먹고 가족들을 만나는 날에 당신은 어째서 평소처럼 웃지 않는 건지. 그러나 이번에도 목 끝까지 올라온 질문들을 조용히 삼킨 뒤,

"옷 갈아입고 좀 쉬자. 이따 저녁에 우리 집 가면 진짜로 피곤해질 테니까."

말하며 화장대 가까이 다가섰다. 옷장 앞에 선 남자가 이쪽을 본다. 거울 속에서 시선이 부딪혔다.

"억지로 웃고 말하고, 사람들 기분 살피고. 그거 엄청 피곤하잖아."

갓 풀어낸 타이를 손에 쥔 채 준세가 여자를 응시했다.

"무슨 뜻이지, 그 표정? 설마 내가 모를 줄 알았던 거야?"

짐짓 장난처럼 되물었으나 그는 대꾸하지 않았다.

"다 지켜보고 있어요, 임준세 씨. 저는 보기보다 아는 게 많답니다."

부드럽게 웃으며 미나는 거울 속의 남자를 마주 보았다.

그쯤이야 진즉 알고 있었다. 저 남자의 웃음 대부분은 거짓이라는 걸 미나도 안다. 그녀 또한 평생에 걸쳐 그렇게 살고 있으니까. 억지로 웃고 말하고, 사람들 기분 살피고. 하지만 그렇게 살지 않는 사람이 또한 몇이나 될까.

미나가 아는 대부분의 사람들은 자기를 꾸며 내는 데 익숙했다. 타인에게 주어야 할 것은 무례한 진심이 아니라 잘 포장한 예의라고, 그래야 서로가 편안할 수 있다고 유미코는 늘 딸에게 가르쳤다. 얼굴에 쓰는 가면은 몸을 가리는 의복과 다르지 않다. 날마다 착용해야 하고, 아주 가까운 이 앞에서만 벗는 것이 허용된다.

"그러니까 집에서만큼은 우리, 좀 편하게 쉬면 좋겠어."

여기서는 숨기지 않으면 좋겠다. 당신과 나의 진짜 모습을. 나는 사랑스럽게 굴지 않아도 되고 당신은 화려하게 웃지 않아도 좋고. 여기서만큼은 가면을 벗고 서로 맨얼굴을 보면 좋겠다. 무례할지 몰라도 그게 우리의 진짜 모습이니까.

미나는 거울을 통해 남자를, 천천히 다가오는 남자를 지켜보았다. 그가 등 뒤로 바짝 다가설 때까지 눈을 응시했다. 거기서 무언가를 찾아낼 것처럼. 혹은 무언가를 전달할 것처럼.

준세는 아무 말도 하지 않았다. 여자의 등 뒤에 서서 거울 속 남녀를 물끄러미 바라보다가, 천천히 그녀를 감싸 안으며 어깨에 얼굴을 묻었다. 품 안에 완전히 들어오도록 작은 여자에게 그는 매달린 것 같았다. 선 채로 여자의 등에 업힌 것 같기도 했다.

미나는 제 어깨를 어루만지는 손의 온도를 느낀다. 허리를 조이는 팔의 강도를, 목에 닿는 입술의 감촉을 느낀다. 이윽고 그가 고개를 들어 거울 속 여자와 시선을 맞댔을 때, 그녀는 남자의 눈에서 짙은 허기를 보았다.

준세의 눈에는 커다란 공동이 있다. 말라 버린 우물처럼 속이 텅 빈, 무언가를 던져 넣고 한참을 기다려도 아무 소리 나지 않을 것 같은 아주 깊고 캄캄한 굴. 언뜻 비쳤다 사라지는 그것을 볼 때마다 적절한 정의를 찾았지만 그녀는 지금껏 만족스러운 답을 떠올리지 못했었다.

그런데 지금 이 순간 생각한다. 그것은 허기라고.

남자와 여자가 거울 속에서 서로를 응시했다. 찌르는 듯한 시선에 미나는 가슴이 뛰었다. 그가 신중한 손길로 저고리의 고름을 풀고, 속고름과 속저고리의 매듭을 풀고, 비단옷을 천천히 벗겨 내는 동안 가슴은 점점 더 빠르게 뛰었다. 드러난 어깨에 더운 호흡이 닿았을 때는 저도 모르게 눈을 감았다.

맨살갗에 입술을 누른 채로 그는 치마의 매듭을 풀었다. 풍성한 치마를 벗기고 사각거리는 속치마를 걷어 냈다. 반라가 된 여자가 감았던 눈을 떴다. 그리고 다시 거울 속에서 눈이 마주친 순간, 남자는 더 이상 신중하지 못하게 되었다.

몸을 돌려 세우고 입술을 집어삼켰다. 나신의 상체를 끌어안고 몸을 어루만졌다. 등과 허리와 가슴과 얼굴을 손으로, 입술로, 혀로 만질 때마다 여자는 반응했다. 남자와 여자는 서로를 점점 더 깊은 희열로 밀어 넣는다.

속바지와 속옷이 버선목에 걸렸다. 미나는 이제 완전한 나체가 되어 남자 앞에 서 있다. 석정 쪽으로 난 미닫이가 오후 햇살에 흠뻑 젖어 있었다. 벗은 몸을 보이기에 대낮의 침실은 지나치게 밝았다.

"준세,"

이만 침대로 가 주면 좋겠건만 남자는 그럴 생각이 없어 보였다. 그가 다시 여자를 돌려 세우자 거울 속에 적나라한 광경이 비쳤다. 헐떡이는 나신의 여자와 그 뒤에 선 남자. 새하얀 셔츠와 제 살빛을 번갈아 본 미나는 눈을 감아 버렸다.

등 뒤에서 버클 풀리는 소리가 들렸다. 낮게 씩씩대는 숨소리도 들렸다. 남자는 꿰찌르듯 들어왔다. 채 막을 새도 없이 교성이 터졌다.

고통과 쾌감 속에서 미나는 벌어진 입술을 다물지 못했다. 장소와 시간과 자세 모두 충격적이지만 그녀를 가장 크게 뒤흔드는 것은 육체의 감각이다. 온몸

295

을 꽉 채운 쾌감. 그 사이사이를 찌르는 고통. 삽입이 깊고 빨라질수록 두 개의 감각은 점점 커졌다. 그러다 몸이 조금씩 무뎌지더니, 어느 순간 고통마저 달게 느껴지기 시작했다.

미나는 다시 눈을 뜨고 거울에 비친 광경을 본다.

한 쌍의 짐승이 된 기분이었다. 그러나 수치스럽지 않다. 무력하게 붙들려 제압당하고 있었다. 그러나 굴욕적이지 않다. 오히려 조금 더 함부로 다뤄져도 괜찮을 것 같다는 생각을 한다. 공포 없는 고통에는 짜릿한 구석이 있었다. 마구 흔들리는 몸을 가누고 날 선 소리를 뱉으면서도 두렵단 생각은 전혀 들지 않았다.

당신은 날 해치지 않을 거니까.

대낮의 정사는 무례하고 난폭했다. 품위 없고 조급하고 지나치게 솔직했다. 그러나 여기에 가면은 없다. 욕망과 행위, 표정과 소리, 가장 은밀한 것들을 마구 터뜨려 드러낸 남자와 여자가 있을 뿐이다.

절정의 내리막에서 준세는 거세게 숨을 몰았다. 박동하는 심장이 등으로 느껴졌다. 잘 다듬은 머리는 헝클어지고 셔츠는 함부로 구겨졌다. 무엇보다 평정을 잃은 호흡 소리. 미나는 그 소리가 어쩐지 안심스러워 마음이 흡족해졌다.

허리에 감긴 팔을 손으로 쥐었다. 화답하듯 그가 조금 더 세게 힘주어 끌어안는다. 그로부터 숨소리는 조금씩 잦아들기 시작했다. 여자의 비단옷이 마룻바닥에 꽃잎처럼 흩어진 방. 한낮의 그 방은 밝고, 농염하고, 따뜻하다.

더 이상 거짓말에 가책을 느끼지 않는다고 준세는 꽤 오랫동안 자신해 왔다. 일단 소도둑이 돼 버리면 바늘 한 쌈쯤은 태연하게 훔쳐 내는 이치랄까. 그는 입 밖에 낼 수도 없도록 거대한 거짓을 품고 산다. 그러니 입으로 지껄일 수 있는 거짓말들은 하나같이 사소한 것들이었다.

그런데 언제부턴가 그는, 바늘 한 개에도 몹시 불편해지기 시작했다.

마음에 없는 소리를 꾸며 내면 바늘 끝에 찔리는 기분이 들었다. 미나가 빤히 쳐다보면서 듣고 있으면 바늘은 더 깊게 들어왔다. 그래서 준세는 여자 앞에 점점 더 과묵해졌다. 거짓도 진실도 말할 수 없으니 차라리 입을 다무는 게 수였다.

하루하루 쌓일수록 그의 세상은 명암이 극명해진다. 훨씬 더 밝아지고 한없이 더 어두워진다. 삽시간에 새하얀 꽃이 피었다가도 다시 순식간에 암흑이 된다. 저를 옭아맨 사슬의 정체를 그는 알고 있지만, 거기서 어떻게 벗어나야 하는지는 알 수 없었다.

사흘간의 정월 연휴가 지나고 준세는 새 직장에 출근하기 시작했다. 그가 배정된 곳은 경무국 보안과. 원래 고등경찰과로 불리다가 작년에 개칭된 부서로, 체제를 위협하는 국내외 사상범을 단속하는 일이 주 업무다. 불령배 감시하고 빨갱이 족치고 독립단 패거리 때려잡는 곳.

그가 들어오길 고대했던 바로 그곳.

준세는 총독부에 정식 임용된 관리는 아니었다. 학력은 기준을 초과해도 문관시험을 치르지 않아 채용 자격에서 미달이다. 그러나 어디든 뒷문은 열려 있기 마련이고, 특히 조선총독부에서 총독은 전제군주처럼 막강한 권한을 지니고 있었다. 총독의 허락이 있다면 조선에서 불가능은 거의 없다고 봐도 된다.

비록 10개월로 한정된 임시직이지만 법무국장의 추천과 총독의 재가를 받아 들어온 준세를 얕잡아 보는 이는 아무도 없었다. 보안과 사람들은 새로 들어올 임시 서기에 대해 진작부터 알고 있었는데, 어차피 유학 마치고 돌아오면 정식으로 임용될 테니 괜히 차별해 서운하게 만들 까닭이 없었다. 오히려 나중에 달걀 하나라도 얻어먹을 생각에 아직 병아리 같은 임준세 서기를 각별히 챙겨 주기도 했다.

그중 가장 적극적으로 친하게 구는 것이 보안과 막내 서기, 나카오 미노루다.

"경무국이 이름은 번듯해 보여도 말이죠, 실은 잘해야 본전인 부서거든요."

나카오가 투덜거리고는 준세 앞의 식판을 힐끗 봤다. 부잣집 아들이라 까탈스러울 줄 알았는데 구내식당 음식도 잘 먹네.

"우리 업무가 뭡니까. 치안유지 하는 거잖아요? 그러니까 조선이 잠잠하면 우리가 일을 잘 하고 있다는 소리죠. 근데 위에선 그걸 몰라준다니까. 별일 없는 걸 당연하게 여기다가 어쩌다 사건 하나 터지면 경무국은 뭐 하는 거냐, 책임자 색출하라고 난리를 친다니까요. 근데 솔직히 상식적으로요, 쥐새끼들이 움직이는 걸 사람이 어떻게 다 파악합니까?"

맨날 우리만 욕받이라니까. 나카오는 억울해 죽겠단 얼굴로 그러면서 젓가락으로 하얀 쌀밥을 떴다.

"원래 연초부터 이렇게 빡빡하진 않은데요, 알다시피 작년에 워낙 골치 아픈 일들이 많았잖아요. 동척 건도 그렇고 공회당 건도 그렇고. 아, 임 군은 둘 다 겪었구나. 그러고 보니 정말 대단해. 천운이 따르나 봐요."

나카오는 진심을 담아 고개를 주억거렸다. 동척 테러는 경찰관을 포함해 일곱 명이나 죽은 사건이라 보안과 전원이 그믐날까지 야근을 해야 했다. 자근자근 다 죽인 줄 알았던 의열단이 그런 식으로 뒤통수를 칠 줄이야. 말이 작년이지 아직 보름도 채 지나지 않은 사건이었고, 덕분에 경무국은 새해 벽두부터 바짝 얼어 있었다.

"그래서 사월 전엔 어떻게든 실적을 만들어야 된대요. 야마구치 선배가 그러는데, 알죠, 그 머리 좀 벗겨지신 분. 그 선배가 그러는데 우리 큰 거 한 건 못 하면 봄에 국장님 경질될 수도 있다더라고요. 각하께서 직접 두고 본다고 하셨단 소리도 있고요."

민감한 화제인 만큼 목소리를 낮추면서, 나카오는 제 말을 경청하는 준세를 살폈다.

현재 경무국장의 최대 라이벌이랄까, 앙숙이라면 단연 법무국 하루하라 국장이다. 국장급 가운데 유일한 화족인 그는 같은 화족인 총독, 정무총감과 사이가 돈독했는데, 그래서인지 직급은 같아도 다른 국장들은 범접할 수 없는 뭔가를 지니고 있었다.

그 하루하라 백작이 경무국장을 쥐 잡듯 잡는단 소리야 총독부에서 알 만한 사람은 다 아는 얘기였다. 지난가을 공회당 폭파 미수 사건 때는 하필 또 백작의 딸이 현장에 있었다는데, 그 일로 경무국장을 하도 닦달해서 둘이 한 달 넘게 눈도 안 맞췄다나 뭐라나.

"그래서 우리, 임 서기한테 기대하고 있습니다."

"뭘 말입니까."

"뭐 새로운 피, 젊은 혈기, 이런 거죠."

"과분한 말씀이군요. 일개 수습한테 그런 걸 기대하시다니."

"에이, 똑똑한 사람인 거 다 아는데 뭘."

"저는 폐만 끼치지 않아도 다행일 겁니다."

"열심히 한번 해 봐요. 또 압니까? 초심자의 운이 빵 터질지."

나카오가 희망찬 얼굴로 고개를 주억거리고는 반쯤 남은 식사를 마저 하기 시작했다.

내부 사정을 웬만큼 아는 사람의 눈에, 법무국장의 사위가 경무국에 들어온 것은 꽤 흥미로운 상황이었다. 경무국 내에서는 백작이 우리 엿 먹이려고 일부러 꽂은 거 아니냐는 소리까지 농담 반으로 나왔다. 보안과장이 나카오를 사수로 붙여 주고 준세를 살피라고 지시한 건 그래서였다. 이 바닥은 원체 백번 의심해 해로울 것이 없는 곳이다. 백작의 사위가 선의의 지원군이라면 고마운 일이겠지만,

혹 밀정일 수도 있으니까.

총독부 청사에는 두 곳의 구내식당이 있다. 이층에 있는 식당은 고등관 전용이고, 준세와 나카오 같은 평직원은 일층의 보통식당을 이용한다.

보안과는 삼층에 위치해 있다. 총독실과 정무총감실, 대회의실이 있는 곳이다. 이 오 층짜리 건물에서 가장 중요한 공간과 인물들은 모두 삼층에 몰려 있었다. 권위와 편리를 위한 배치겠으나 공격에는 치명적일 수 있는 구조였다.

감히 총독부 청사를 뚫고 들어와, 그것도 삼층까지 올라와 자폭할 미친놈은 없을 거라 여긴 탓이겠지만.

준세는 아침마다 총독실 근처의 사무실로 출근했다. 복도를 지나는 총독과 마주칠 때도 있었다. 각하가 나타나면 사람들은 걸음을 멈추고 직각으로 몸을 꺾어 경례하는데, 화답 하는 둥 마는 둥 지나가는 칠순의 노인은 준세를 기억하지 못하는 것 같았다. 일개 임시 직원을 굳이 알은척할 마음이 없었는지도.

"회의합시다."

보안과는 회의가 잦았다. 나카오 말대로 서둘러 실적을 만들어야 한다는 압박 때문인지도 모르겠다. 과장이 주재하는 전체 회의부터 업무 조별 회의가 날마다 있고, 실무자들이 서넛씩 무리 지어 회의실로 들어가는 광경도 일상이었다.

보안과 인원은 준세를 제외하고 열아홉 명. 이급 사무관인 과장부터 맨 말단

보좌원까지 전원 일본인이다.

"상해에서 지난주 보고된 내용입니다."

참석자들이 착석하자 회의는 시작됐다. 턱이 뾰족하고 몸집이 작은 사내가 일어나 서류를 펼쳐 읽기 시작했다. 료베 이치로. 사급 사무관. 상해 지역 정보 담당. 준세는 되새기듯 입 속으로 읊으며 카랑카랑한 목소리에 집중했다.

"가정부의 국무령 인사가 변경됐습니다. 새로 선출된 인사는 김구. 서북파 쪽에서도 수용은 했으나 안창호 건 때문에 불만은 여전한 분위기랍니다. 하지만 달리 대안이 없어 당분간은 김이 계속 직을 수행할 걸로 보인다는 보고입니다."

낭독은 이어졌다. 만주와 동경의 최신 정보들도 같은 형식으로 공유됐다. 과 원들은 각자 펜을 들고 메모해 가며 경청했고 가끔 질문도 했다. 임시정부, 의열단, 조선공산당. 요주의 조직과 인물들에 대해 다들 상당한 깊이로 이해하고 있었는데, 그래서 회의는 미처 다 받아 적지 못할 정도로 빠르고 압축적으로 이뤄졌다.

준세는 회의가 파한 뒤 사수의 도움을 청해야 했다.

"아, 괜찮아요. 적응하려면 시간이 필요하니까."

나카오가 친절하게 웃으면서 기꺼이 설명을 시작했다.

"상해 가정부가 크게 경기—충청의 기호파와 평안—황해의 서북파, 이렇게 두 파벌로 나뉘는데 김구는 기호파, 안창호는 서북파예요. 작년 봄에 안이 국무령으로 선출됐다가 기호파 반발로 보름 만에 사퇴한 일이 있었거든요. 그리고 나서 이번에 새로 김이 선출된 거죠. 독립단 업무 다룰 때는 파벌을 꼭 알아 둬야 해요."

조센징들은 어딜 가나 파벌부터 나누니까. 아무 생각 없이 덧붙인 나카오가 속으로 아차 한다. 그러나 상대는 개의치 말라는 것처럼 웃어 보였고, 덕분에 나카오는 약간의 호감이 더 생겼다.

독립조직 감시 업무에서 중요한 것 중 하나가 바로 파벌의 동향을 파악하는 것이다. 독립단들은 출신지가 경기냐 서북이냐 영남이냐에 따라, 사상이 민족주의냐 사회주의냐에 따라 자기들끼리 반목하고 심지어 죽이기도 했다. 총독부 입장에선 손 안 대고 코 푸는 격이니 효율적인 작전을 위해서는 내부동향을 아는 게 무척 중요했다. 내분만 교묘히 잘 일으켜도 화살 한 대 안 쏘고 성을 무너뜨릴 수 있으니까.

"그 김이란 놈 아주 지독한 놈이에요. 납치라도 해서 끌고 와야 되는데 미꾸라지 같아서 잡히지도 않아. 이번에 동척 테러한 범인 있죠? 그놈도 김구 경호원 출신이거든요."

겸연쩍은 마음에 불필요한 정보까지 챙겨 주고서 나카오는 다시 생각했다. 근데 이 사람은 그냥 조센징이 아니잖아.

경무 측면에서 볼 때 가장 안전한 사람은 체제에 불만이 없는 자다. 이미 잘 먹고 잘 사는데 굳이 질서를 흔들 이유가 없으니까. 그런 의미에서 임준세는 조선인으로 분류하기에 좀 애매한 사람이었다.

부호의 아들이자 귀족 후계. 이름난 친일파에 아내는 일본인. 누가 봐도 근사한 외모와 매너까지. 나카오가 그에게 느끼는 것은 약간의 호감과 인정하기 싫은 열등감 정도일 뿐 경계해야 할 불온함은 결코 아니었다. 경무원의 눈에 인간은 질서에 순응하는 자와 순응하지 않는 자로 나뉜다. 그러니 임 서기가 법무국장의 첩자일 순 있어도, 의열단이나 공산당의 스파이일 가능성은 거의 없는 것이다.

"잘돼 가나?"

"아, 예, 과장님."

나카오가 앉은 채로 머리를 꾸벅 숙였다. 준세는 책상 곁에 다가온 과장을

향해 고개를 들었다. 사십 대 후반의 보안과장은 신입과 그 사수 사이 펼쳐진 노트를 힐끗 보더니,

"임 군은 필체가 훌륭하군."

보고서 작성할 때 좋겠어. 고개를 끄덕거리며 말을 이었다.

"임시직이라도 우리 과에 들어온 이상 제 몫은 해 줄 걸로 기대하고 있네."

"물론입니다, 과장님."

준세가 시원스레 대답하면서 순종의 의미로 살짝 묵례했다. 앞에 선 중년 남자는 둥그스름한 얼굴에 두꺼운 안경을 썼다. 요시다 곤스케. 이급 사무관. 보안과장.

"하루빨리 역할을 해낼 수 있도록 최선을 다하겠습니다."

요시다는 기특하게 대답한 청년을 향해 고개를 한번 끄덕였다. 완벽한 발음이며 말투며, 저음의 목소리까지 거슬리는 게 하나도 없다는 데 새삼 감탄하면서. 그러나 제 휘하로 들어온 이 귀족 자제가 꽤 귀찮은 존재일 수 있다는 찜찜함과 별개로, 요시다는 임준세가 보안과에 적합한 인재는 아니라고 생각한다. 이렇게 눈에 띄는 타입은 은밀한 업무에 무조건 불리하다.

"임 군."

"예, 과장님."

"자네는 왜 경무국에 자원했나?"

요시다가 주먹을 지르듯 예고 없이 물었다. 그리고 상대의 반응을 면밀히 관찰했다. 준세는 잠깐 난색을 보였으나 곧 뜸 들이지 않고 입을 열었다. 동요 없이 차분한 목소리.

"개인적인 사정입니다만, 다이쇼 팔 년에 모친께서 참혹하게 돌아가셨습니다."

그러나 여기 그 개인적인 사정을 모르는 이도 있나. 과장이 입술을 꾹 다물

었다. 나카오를 비롯해 주변의 다른 이들도 이미 이쪽을 향해 귀를 기울이고 있었다.

대정 8년 소요 당시 요시다는 헌병사령부에 근무했다. 당시 헌병경찰은 막강한 권한을 갖고 있어서 어지간한 범죄는 현장에서 판결하고 처벌도 할 수 있었다. 살인 같은 중범죄는 그때나 지금이나 기소 절차가 필요하지만, 요시다가 알기로 당시 경찰관들이 자작의 범인 처결을 묵인해 주었다. 현장에서 잡힌 현행범이고 피해자가 세력가이니 그쯤 편의를 봐주는 것도 어렵지 않았을 것이다.

병합 이래 최대 위기였던 날이었다. 사방에서 만세를 부르는 인파로 경성 전체가 펄펄 끓던 때였다. 사람 죽인 조선인의 권리까지 챙겨 주기엔 총독부가 너무 바빴다. 그날 경찰이 임의로 죽인 사람이 그들뿐만인 것도 아니었고.

그게 벌써 8년이 다 돼 가나. 요시다는 시간 참 빠르다고 생각하며 신입 서기를 마주 보았다.

"그래서, 복수하러 왔습니다."

준세의 말에 사무실이 고요해진다. 동정의 빛을 보이는 이도 있고 고개를 끄덕이는 이도 있다. 그들을 향해 준세는 미소 지어 보였다. 씁쓸하고 쓸쓸한, 그러나 여지없이 근사한 웃음이었다.

임준세에게 맡겨진 첫 업무는 보고서 대필이었다. 상부에 올릴 보고서를 보기 좋게 꾸미는 일로, 담당 사무관이 갈겨 쓴 초고와 별첨할 자료를 주면 보고서 한 벌로 깨끗하게 옮겨 내는 잡무였다.

이 햇병아리를 어디다 써먹어야 할지 아직 결정을 못 내렸고, 암것도 안 시키고 놀리자니 구박하는 것 같아 법무국장 눈치가 보이고. 젠장, 이렇게 귀찮아질 줄 알았다니까. 욕설을 뱉어 가며 고심해 낸 해결책은 제법 훌륭했다. 사무관들은 수고와 시간을 아끼고 신입 본인도 그럴듯한 일을 할 수 있고. 보고서 때깔까지 좋아지니 보안과 면도 서고. 일석삼조의 묘안이라 요시다는 흡족했다.

흡족한 건 준세도 마찬가지였다. 경무국장을 거쳐 정무총감에게 올라가는 내용을 고스란히 알 수 있었으니까. 특히나 유익한 것은 해외 정보원들이 보내온 보고서 원본을 볼 수 있게 된 점이다.

보름에 한 번씩 보내오는 해외발 보고에는 별의별 것들이 다 들어 있었다. 사생활에 대한 잡설도 있었는데 누구의 가족이 거처를 옮겼다는 것, 누구와 누가 사돈을 맺는다는 것, 누구누구가 술자리에서 다퉜다는 것 등의 시시콜콜한 내용마저 빼곡히 정리돼 있었다. 독립운동 조직의 내부 혹은 아주 가까이에 밀정들이 박혀 있다는 뜻.

그 내용들을 따로 한 벌 더 베끼는 것은 그리 어려운 일이 아니었다.

'상해로 전해 주십시오.'

종이를 받아 든 황찬은 아무 말도 하지 않았다. 지나친 모험은 지양하라는 말도, 한 번 잃은 목숨은 다시 못 찾는단 말도 하지 않았다. 백산무역은 해외 망명단체들의 국내 연락책도 담당하고 있다. 경성지점이 문을 닫은 후로는 리버티를 연락 거점으로 삼고 있었다. 맡은 역할이 커질수록 위험도 늘어난다. 점점 더 큰 모험을 감당하고 있는 것은 준세나 찬이나 매한가지였다.

'역으로 추적하면 누군지 알 수 있을 겁니다.'

'밀정이 제거되면 자네가 의심받을 거야.'

'당장은 아니겠지요. 저도 쌓아 둔 신용이 있으니.'

준세는 긴말 않고 자리에서 일어났다. 훔쳐 낸 정보를 원래 주인에게 돌려

주든 말든, 그들이 밀정을 찾아내 제거하든 말든 당사자들이 알아서 할 일이었다. 준세는 거기엔 별 관심이 없었다. 그저 자기 일을 하는 과정에서 우연히 얻은 정보를 나누어 주었을 뿐이다.

'부산에서 사람이 왔었네. 선생께서 소식 듣고 염려가 크시다고.'

'회사는요.'

'간신히 파산은 면했지마는 글쎄. 알다시피 언제 쓰러져도 이상할 것 없는 형편이니.'

준세에게는 시간이 많지 않았다. 백산무역을 감시하고 있는 게 어느 사무관인지 알아내야 한다. 어떻게든 접근해서 정보를 엿보고 수사를 교란시켜야 한다. 그가 노리는 첫 번째 목표는 그것이었다.

'이왕 시작했으니 무사히 빠져나오게. 몸조심하란 말이야.'

리버티에서 나왔을 때 시간은 이미 밤 여덟 시에 가까워져 있었다. 준세는 집을 향해 차를 몰면서 평소보다 조금 더 속도를 올렸다. 전깃불로 휘황한 본정을 빠져나와 띄엄띄엄 불이 밝혀진 주택가에 들어섰다. 몸에 밴 긴장이 그때부터 서서히 풀리기 시작했다.

출근한 지 열흘쯤 지나면서부터 새 직장이 몸에 익었다. 보안과 열아홉 명의 이름과 직책, 외모와 성격의 특징이 파악됐다. 업무 숙달을 핑계로 사무관들 근처를 기웃거리고 도서실과 서고에 들어가 과거 자료도 뒤졌다. 동료들과 제법 친해져서 함께 식사하는 사람도 늘어났다. 이번 금요일에는 퇴근 후에 회식도 할 예정이다.

한 번에 하루씩. 꽤 오래전부터 준세는 그것을 목표로 살아왔다. 한 번에 하루씩 버텨 내는 것. 어차피 내일의 일을 오늘은 알 수 없는 법이니, 그 끝에 무엇이 기다리고 있을지는 도달하면 자연히 알게 될 것이라고.

그렇게 무사히 하루를 살아 내고 집에 돌아가면 그를 기다리는 사람이 있다.

어김없이 현관에서 맞아 주는 사람. 사랑스럽게 웃어 주고 옷시중을 들어 주고 얼마나 기다린 줄 아느냐고 볼멘소리를 해 주는 사람.

"난 총독부가 싫어."

남자의 웃옷을 옷걸이에 걸면서 미나가 들으란 듯 투덜거렸다.

"거기 들어간 후부터 퇴근이 늦어졌잖아. 게다가 시간까지 들쭉날쭉."

"선배들이 버티고 있는데 혼자 나올 수 있나."

"동척에 있을 땐 잘만 나왔으면서."

"여기 선배들은 총을 갖고 다녀서."

태연스레 대꾸하자 미나가 곱게 찡그리며 입을 벌렸다. 이 무시무시한 소리는 농담이야 뭐야. 준세는 반신반의하는 얼굴을 향해 짧게 웃고는 넥타이를 풀어 옷장 안에 걸었다.

"사무원들한테 총도 지급해?"

"경무국이니까."

"당신도 받았어?"

"임시직한텐 안 주는 모양이던데."

"다행이다. 그런 거 갖고 다니지 마."

"맨몸으로 다니다 방어 못 하면 어쩌려고."

"총으로 방어할 일이 뭐 있어? 당신은 경찰도 아니잖아."

눈이 마주쳤다. 여자의 얼굴에서 준세는 약간의 불안을 본다. 괜한 소리를 했나. 조금 후회하면서 그는 손목시계를 푸는 척 시선을 피했다.

"밥부터 먹읍시다. 배고픈데."

그리고 모른 척 다시 싱긋 웃는다.

오늘의 저녁 메뉴가 뭔지는 들어오자마자 알아차렸다. 향신료 냄새가 현관까지 자욱해서 모르려야 모를 수가 없었다. 준세는 식탁 앞에 앉아 상차림을

내려다본다. 카레라이스. 동래댁이 설마 이런 음식까지 섭렵했나 생각한 순간,

"이것 내가 만들었습니다."

맞은편에 앉은 여자가 자랑스럽게 조선어로 그런다. 미나는 이제 실력이 꽤 늘어서 할 수 있는 말은 한마디라도 더 해 보려고 애를 썼다. 요리 강습도 다닌다며 이런저런 음식을 만들어 상에 올리기도 하는데, 아무리 관대하게 봐 줘도 그녀의 재능은 요리보다 어학 쪽이었다. 그러니 음식은 그냥 찬모한테 맡겨도 좋을 텐데. 준세는 싱거운 오믈렛과 짜디짠 된장국의 경험을 떠올리면서 약간 경계하는 눈으로 카레라이스를 내려다보았다.

"어서 드십시오."

"정말 당신이 만들었소?"

"네."

"맛보기 겁나는데."

"네?"

조신하게 조선어로 대화하던 미나가 곱게 눈살을 찌푸렸다. 곁에 서 있던 하녀들이 콧바람으로 웃는다.

"뭐야. 뭐라고 한 거야?"

"맛있어 보인다고."

"거짓말."

"잘 먹겠습니다."

피할 곳 없는 남자가 젓가락을 집어 들었다. 미나는 양손을 깍지 끼고 앉아서 남의 입에 밥 들어가는 광경만 뚫어져라 쳐다보다가,

"어때?"

"맛있는데."

"정말?"

"음."

그럴 줄 알았다는 듯 활짝 웃었다.

"이걸 정말 당신이 만들었다고?"

"그렇다니까."

남자는 그쯤 입을 다물었다. 하지만 대단히 미심쩍어하고 있다는 게 얼굴에 쓰여 있다. 숨길 생각이 없었으므로 미나는 곧장 비법을 실토했다.

"이게 새로 나온 카레 분말이라는 건데, 이거만 물에 넣고 끓이면 이렇게 소스가 돼. 따로 간할 필요도 없이 건더기만 넣으면 완성."

"아. 어쩐지."

"무슨 뜻이죠?"

"요즘 참 별게 다 나온다고."

키득키득. 여자의 웃음소리가 부드럽게 남자의 귓가를 스쳤다.

하녀들이 물러가고 식탁엔 둘만 남았다. 대화는 식사 내내 끊이지 않고 이어졌다. 그들은 동경에서 먹었던 카레라이스와 오늘의 저녁밥을 비교했다. 이런 제품이 계속 나오면 식당들이 타격을 받을지에 대해 토론했다. 일본식 카레 분말을 미국에 갖다 팔면 어떨까 가상의 사업도 구상했다. 우리 유학은 집어치우고 무역회사나 차릴까? 진심 같은 얼굴로 농담하는 여자에게 남자는 웃음으로 대꾸했다.

식탁에 마주 앉아 카레라이스에 대해 논하는 동안 준세는 긴장이 완전히 풀어졌다. 뇌리에 찌꺼기처럼 묻었던 것들마저 감쪽같이 떨어져 나갔다. 이제 안전한 세계로 건너왔으니 위험한 것들은 잠시 잊어도 된다. 이 세계에서 가장 위험한 것을 굳이 고르라면, 아마 그의 발치에 웅크린 고양이 정도일 것이다.

저녁 식사가 끝나면 준세는 서재로 올라간다. 목욕 후 가벼운 옷을 걸치고 앉아 남은 일을 처리한다. 그는 책상 위에 가지런히 놓인 우편물들을 하나하나

뜯어보았다. 취인소와 보험회사에서 보내온 편지들을 확인했다. 일월도 이제 중순이 넘었건만 신년 연하장이 두어 장 끼어 있었다. 음력으로 설을 쇠는 건 불법이라도 연하장은 으레 구정까지 오고 갔다.

우편물 중에는 황찬이 가짜 주소를 적어 보내온 봉투도 있었다. 리버티에서 거래한 영수증과 전표들은 한 달에 한 번씩 월간지에 끼어서 집으로 배달된다. 준세는 갈피 속에 숨은 것들을 꺼내 서류철에 넣은 다음 빳빳한 최신호 잡지를 책상 끝에 두었다. 그가 정기 구독 하는 이 시사잡지를 미나도 즐겨 읽는다. 그녀는 읽기를 유독 좋아해서 읽을 수 있는 활자라면 뭐가 됐든 게걸스레 읽어 대곤 했다. 게걸스레. 좀 무례하지만 딱 맞는 표현이라 준세는 그만 피식 웃고 말았다.

우편물을 정리하다 말고 고개를 든다. 왼쪽으로 눈을 돌려 책장을 본다. 입가에 스민 미소가 조금 더 짙어진다.

서재의 머피 베드는 더 이상 이름값을 하지 못했다. 영구히 책장으로 용도변경 된 지 오래였다. 미나가 거기 제 책들을 가지런히 꽂아 놓은 걸 보고 처음에 얼마나 웃었는지 모른다. 침실로 내려와 자라는 소리를 참 깜찍하게도 해 놨네. 그는 책장 앞에 서서 쓸개 빠진 놈처럼 한참을 실실거렸었다.

사랑받고 자란 사람에게는 특유의 자신감이 있다. 그들은 타인에게 사랑받을 것을 의심하지 않는다. 확신이 있기 때문에 마음껏 사랑스러워지고, 덕분에 그 확신은 높은 확률로 현실이 된다. 미나는 그렇게 준세의 안으로 무단히 틈입했다.

모든 것이 너무도 자연스러웠다. 친근한 말투와 맑은 웃음이 일상에 편입되었다. 마치 처음부터 그랬던 것처럼 감쪽같아서 그는 아직도 종종 무언가에 홀린 듯한 기분이 들곤 했다.

준세는 서류철을 덮어 서랍에 넣었다. 서랍을 잠근 뒤 열쇠를 압정 통에 넣고 그 압정 통을 다시 아래 서랍에 넣으며 생각했다. 허술한 줄 알면서도 조이지 않는 것은 들통나길 원하기 때문인가.

'그러면 나 서재 들어가도 돼요? 거기 소설책 많던데.'

미나가 서재에 출입하기 시작한 후에도 그는 서류철을 옮기지 않았다. 그녀는 장서에 호기심을 보이면서도 잠겨 있는 서랍에 대해선 묻지 않았다. 그의 책상에는 뒤져진 흔적도 훔쳐본 낌새도 없었다. 그가 여기 혼자 있을 때 미나는 여간해선 들어오지도 않았다.

'일하는 것 방해하고 싶지 않아서.'

담백한 표정으로 그러면서, 준세가 어떤 일을 하는지에 대해서는 조금도 궁금해하지 않았다.

그녀는 그를 전혀 의심하지 않고 있다. 뭐가 들었나 궁금해서라도, 옛 연인의 편지나 사진이 들었나 싶어서라도 서랍을 열어 볼 법하건만 그마저도 않을 만큼 완전히 믿고 있다. 그 생각이 들 때마다 준세는 다시 바늘에 깊이 찔리는 기분이 들었다. 기만은 기만하는 자를 가장 먼저 괴롭게 한다.

그러나 무엇보다 그를 괴롭히는 것은, 매혹이었다.

이제 여자는 아무런 이유도 없이 불쑥불쑥 떠올랐다. 차를 몰고 지나는 출근길 거리에서, 구두 소리가 울리는 총독부 로비에서, 사람들로 북적이는 구내식당에서 누군가를 그녀로 착각하는 일도 있었다. 사리에 맞지 않는 줄 알면서도 그는 번번이 속아 넘어갔다. 아닌 줄 알면서. 순간적으로. 저항할 틈도 없이.

없는 여자도 만들어 보는 판에 함께 있을 땐 말할 것도 없었다. 손만 뻗으면 닿을 곳에 미나는 늘 있었다. 달콤한 냄새를 풍기면서 예쁘게 웃었다. 유혹하듯 먼저 빤히 바라보기도 했다. 그러면 준세는 길들여진 개처럼 여자의 감촉과 맛을 떠올렸다. 이미 속속들이 알아 버렸기 때문에 참는 것이 더욱 괴로웠다. 막연히 상상만 하던 때가 차라리 나았다.

그는 이미 함락된 성 안의 가엾은 패장이다. 방책이 쓰러지고 해자가 메워졌으니 숨을 수도 피할 곳도 없었다. 그야말로 속수무책이었다.

"재밌네."

중얼대는 목소리에 그가 시선을 옮긴다. 여자의 머리카락 향기에 집중하던 걸 내심 뜨끔해하면서. 커다란 침대에 비스듬히 누워 각자 무언가를 읽는 것도 이제 익숙했다. 미나는 시사잡지에 눈길을 둔 채 말을 이었다.

"내선인 결혼보호법을 만들어야 한대."

"결혼보호법?"

"응. 두 민족 간 결혼을 적극 장려해야 한다네."

준세는 그녀가 가리키는 사설의 표제를 들여다본다.

용화는 혈족적 결합에서 – 결혼보호법을 제정하라 –[1]

"일선 양 민족의 결혼이 내선융화에 도움이 될 것은 자명하다. 내지인과 조선인의 결혼은 제도적으로 격려할 필요가 있다."

흥미롭다는 듯 소리 내 읽는 여자를 준세는 묵묵히 듣는다.

"어떻게 생각해?"

미나는 질문이 많다. 궁금한 것은 뭐가 됐든 물어야 직성이 풀린다.

"우리 같은 부부가 늘어나면, 그래서 나 같은 혼혈이 많아지면 정말로 내선융화가 될 거라고 생각해?"

이렇게나 궁금한 게 많은 여자가.

1) 박찬승 저의 논문 「재조선 일본인 저널리스트의 조선통치정책론 비교」 중에서 「阿部薰, 1927, 「융화는 혈족적 결합에서 – 결혼보호법을 제정하라」『朝鮮統治の解剖』, 45쪽」의 일부 인용

"당신은 서로 다른 두 민족이 하나로 합쳐질 수 있다고 생각해?"

그러니 이것은 그에게 고통이다.

"우리가 정말, 하나가 될 수 있을까?"

피하려야 피할 길 없는, 매혹의 고통이다.

미나는 볕이 잘 드는 길을 따라 걸었다. 북적이는 남대문통에서 살짝만 벗어나도 골목은 어느새 한적했다.

손님을 태운 인력거 한 대가 덜그럭대며 곁을 지났다. 저만치 벽돌 건물 앞에 멈춰 선 인력거에서 양장을 한 부인이 내렸다. 삯을 치르고 건물로 들어가는 뒷모습이 눈에 익었다. 사십 대 후반의 중년 여자. 포목상을 크게 한다는 조씨의 아내. 미나는 기억을 되짚으면서 그네가 사라진 건물로 다가갔다.

"아씨, 인력거 타시렵니까?"

막 손님을 내려놓고 한숨 돌리던 인력거꾼이 반색하며 물어 왔다. 미나는 기대를 꺾은 것이 미안해서 웃는 얼굴로 고개를 저었다. 아뇨, 다음에요. 인력거 끄는 사내는 씩 웃으며 고개를 꾸벅 숙여 보였다.

새해 들어 미나의 일과도 제법 다채로워졌다. 남편이 출근하고 나면 서재로 올라가 신문을 읽고, 두 부의 신문을 다 읽고 난 후에는 독선생과 마주 앉아 조선어를 배웠다. 말희는 인내심 깊은 선생이라 끝없는 질문에도 충실히 답해 주었다. 잘려 나간 뿌리가 남아 있기 때문인지, 잊혀졌던 언어는 빠른 속도로 복원됐다.

정오가 지나면 간단한 점심을 먹고 집을 나선다. 단골 서림에 가거나 하녀들을 따라 장을 볼 때도 있지만 요즘은 부인회 모임에 재미를 붙였다. 경성에 사는 귀족과 부호의 아내들이 결성한 친목단체인데 미나를 제외하고 전원 조선인이다. 배운 것을 써먹기에 훌륭한 장소였다.

"어서 오세요, 미세스 임."

"안녕하셨어요? 날씨가 아주 좋네요. 봄날 같아요."

"신혼 때야 항시 봄날이지요. 그 댁엔 아직 비 오려면 멀었지 않아요?"

앞서 들어온 중년 여자, 포목상 조 씨의 아내가 다정하게 놀려 주고는 제대로 알아들었나 눈치를 살폈다. 마주 보고 웃는 얼굴. 미나도 이제 그쯤은 알아들었다.

부인회에 소속된 열두 명은 일주일에 한 번씩 요리 강습을 들었다. 제일 어린 미나부터 오십 대 부인까지 연령이 다양하고 신부수업 삼아 모친을 따라온 미나 또래 처녀도 두엇 섞여 있었다. 요즘 배우는 건 제과제빵. 제집에선 쌀 한 번 손수 씻는 일 없는 여자들이 버터와 밀가루를 열심히 치댔다.

경성에서 상류 계층의 표식은 뭐니 뭐니 해도 서구식 생활이다. 기와집을 개량하거나 문화주택을 지어서 양가구를 들였더라도 행복한 가정에 갖춰야 할 것은 끝이 없었다. 안주인은 치마저고리 대신 홈드레스를 입어 줘야 하고, 거실에선 딸이 치는 피아노 소리가 흘러나와야 한다. 거기에 쿠키 굽는 냄새까지 종종 풍겨야 비로소 스위트 홈이 완성된다. 부인회가 교양강습으로 제과제빵을 택한 것도 다 그런 고려가 있기 때문이었다.

"종로 삼정목에 새로 생긴 양복점 가 보셨어요? 아주 프라이빗하게 꾸며 놨던데요."

"선 양복점 말씀이지요? 요전에 우리 양반 코트를 맞췄는데 솜씨가 썩 괜찮던걸요. 거기 테일러가 이제 갓 서른이라던가. 그래서 그런가 사람이 좀 나이브한 데가 있더라고."

"그나저나 어쩐 일로 종로엘 다 가시고. 미세스 윤은 그저 혼마치에 로열하신 분이 아녜요?"

둘러앉은 여자들 사이로 웃음소리가 터졌다. 미나는 대화의 맥락을 놓칠세라 집중해서 들었다. 문장마다 영어를 숱하게 섞어 쓰는 것도 익숙해졌다. 경성에선 고보 학생만 돼도 저들끼리 영어로 대화하는 게 유행이라 했다.

미나는 여전히 미국으로 돌아갈 기대하고 있지만, 이곳의 생활도 충분히 즐거웠다.

사실 경성에는 별로 할 일이 없다. 학교에도 직장에도 소속되지 않은, 돌봐야 할 살림도 아이도 없는 미나 같은 여자에겐 실로 심심한 곳이다. 아니, 이 세상 자체가 여자에게 그리 흥미진진한 곳은 아니다. 그러나 사랑에 빠진 여자의 세상은 온통 신나는 것으로 가득해졌다.

요리 배우기, 넥타이 매기, 셔츠 다림질하기. 예전 같으면 거들떠도 안 봤을 일들이 너무 재밌어서 웃음이 났다. 미나는 요즘 시도 때도 없이 웃는다. 꽤 심각한 내용의 책을 읽다가도 어느 순간 배시시 웃어 버리곤 했다. 그녀의 세상엔 그늘이 없다. 오직 빛으로, 빛으로만 채워져 터질 것 같다. 행복하게 산다는 건 이런 거구나. 깨달음은 날마다 경신되었다.

"어쩜, 미세스 임은 쿠키도 이렇게 예쁘게 만들어요?"

"나중에 예쁜 딸 낳겠네."

"그건 송편 아녜요?"

"조선 간식이나 서양 간식이나 다 같은 이치 아니겠어?"

도통 이해할 수 없는 말들에도 미나는 웃음으로 화답했다. 올바른 의미나 숨은 뜻 같은 것들엔 별 관심이 없었다. 그녀는 주위에 가득한 설탕과 버터 냄새에 홀려 있었다. 머릿속엔 잘 구워진 쿠키와 그걸 보고 놀라워할 남자의 얼굴, 열심히 배워서 그의 생일 케이크를 직접 만들어 보겠단 의욕뿐이다.

그늘 없는 세상에서는 고운 손의 여자들이 쿠키를 만들었다. 남편에게 가져다줄 간식거리에 심혈을 기울였다. 서로의 솜씨를 찬사하며 듣기 좋은 웃음을 흘렸다.

봄날처럼 화창한 겨울날. 한낮의 경성은 이다지도 평화롭다.

준세가 실무조에 배정됐다. 총독부에 들어간 지 근 한 달 만이었다. 궁금해하는 미나에게 그는 불법 공산주의 단체를 추적하는 일이며, 본인이 맡은 업무는 잔심부름 정도라고 이야기해 주었다. 공산주의 단체라는 소리에 그녀는 마음을 놓았다. 독립운동 단체가 아니라서 다행이었다.

미나는 조선이 독립할 수 없을 거라 생각한다. 제국과 싸워서 독립을 쟁취할 일은 없다고 믿는다. 싸움은 힘이 비등한 상대끼리만 할 수 있는 것이고, 대결이 가능했더라면 조선은 애당초 나라를 빼앗기지도 않았을 것이다. 일본은 결코 식민지를 포기할 마음이 없었다. 그러니 미나가 보기에 조선인들의 독립운동은 무모한 자살행위에 불과했다.

그러나 그 무모한 자들을 짓밟는 일에도 찬성할 수는 없었다. 거기 준세가 동참하는 모습은 더더욱 보고 싶지 않았다. 사실 따지고 보면 우스운 생각이다. 공산주의자나 독립주의자나 그의 동족인 건 매한가지니까. 그런데도 미나는 그가 후자만큼은 상대하지 말았으면 싶었다. 논리야 있건 없건 마음이 그랬다.

그것만큼은 하지 않았으면.

맡은 업무가 잔심부름 정도라더니 퇴근 시간은 갈수록 늦어졌다. 회식이 있거나 야근이 잡힌 날은 미리 전화로 알려 오지만 그런 연락이 없으면 집에서는 그저 기다리는 수밖에 없었다. 그러다 밤이 점점 깊어지면 불안감이 스며들었다. 무슨 일이라도 생긴 건가. 별수 없이 그런 생각이 고개를 쳐들었다.

나쁜 일이라도 생긴 건가.

미나의 경험에 의하면 경성은 준세에게 위험한 곳이다. 폭탄, 총, 과격분자 같은 것들이 유독 그 남자의 주변에 꼬여 들었다. 여기서는 준세 같은 사람이 미움받는다는 것을 그녀도 알았다. 그 또한 자신을 미워하는 동족을 혐오하고 있다는 것도.

그런데 왜 떠나지 않을까.

그러니 미나로서는 도통 이해할 수 없는 것이다. 당신은 왜 날마다 그렇게 열심히 일하는 걸까. 어째서 총독부에 들어가지 못해 안달했을까. 미워하고 미움받는 고향을 왜 서둘러 떠나지 않을까.

아무리 궁리해도 이유는 하나뿐이었다.

'자작저로 몰려간 폭도들이 부인을 해쳤다는구나.'

미나는 준세로부터 느끼는 거리감의 정체가 그것이라고 확신했다. 밀착될 수 없도록 방해하는, 두 사람 사이 어떠한 벽 같은 것이 바로 그것이라는 확신을 갖고 있었다. 준세는 한 번도 어머니 이야기를 해 준 적이 없다. 그것이 상처의 크기와 깊이를 말해 준다. 아물지 않은 상처에 대해 사람들은 말하려 하지 않으니까.

그래서 미나는 감히 먼저 물어볼 수 없었다. 언제쯤 이야기를 꺼내 줄까 묵묵히 기다릴 뿐. 그날이 오면 서로를 좀 더 깊이 이해할 수 있을 거라 기대하면서.

그러나 누군가를 깊이 이해한다는 것은 또한 얼마나 어려운 일인가.

"준세."

미나는 그의 이름을 부르길 좋아한다. 일본어와 비슷하고도 다른 그 소리가 좋았다. 몇 번의 연습 끝에 그녀는 그의 이름을 본래 발음으로 부를 수 있었다.

높을 준. 세상 세.

"음."

그가 대답할 때 목 안에서 울리는 소리도 그녀는 좋아한다. 낮게 깔리는 비음 또한 일본인들의 그것과 달랐다. 책이나 신문을 읽고 있을 때 가만히 부르면 그는 활자에 눈을 고정시킨 채 대답한다. 음. 그게 듣기 좋아서 한 번 더 부르면 대답 대신 눈길을 준다. 속눈썹 아래 검은 눈동자와 마주치면 가슴이 울렁거렸다.

그는 말을 많이 하지 않았다. 대신 눈빛에 많은 것을 실어 보냈다. 소리 없이 전해 오는 그 의미들을 미나는 제법 세세히 느낄 수 있었다. 예를 들면 지금의 그는, 약간 긴장하고 있다.

그러니 참 신기한 일이다. 말하지 않아도 서로의 심정을 읽어 낼 수 있다는 것은.

미나는 침대에 비스듬히 누운 남자에게 다가갔다. 가볍게 눈을 감고 그의 입술에 입술을 갖다 댔다. 남녀가 동시에 잠깐 숨을 멈췄다. 입맞춤은 아주 천천히, 천천히 나아간다.

준세는 읽던 책을 협탁 위에 내려 두었다. 비스듬히 누운 자세 그대로 움직이지 않았다. 가슴 위로 기어오른 여자가 어디까지 할지 두고 보자, 흥미롭게 내맡긴 것 같았다. 혹은 진짜로 제압된 것 같기도 했다. 저에 비해 턱없이 작은 여자한테.

입맞춤은 감질나도록 짧았다. 미나의 입술이 가볍게 남자의 뺨을 스쳐 목덜미로 향했다. 그의 귀 아래, 턱과 목 사이에 코를 대면 살갗에 밴 향수 냄새가 난다. 묵직하고 세련된 향목 냄새를 그녀는 깊이 들이마셨다. 손바닥 아래서 단단한 근육이 한번 꿈틀, 했다.

준세는 길게 눈을 감았다 떴다.

여자의 애무는 능숙하지 않았다. 옷섶을 헤치는 손길에 머뭇거림이 묻어 있었다. 그는 맨가슴에 닿는 입술의 감촉에 너무 집중하지 않으려 했다. 그래서 반쯤 눈을 뜨고 가슴팍에 얼굴을 묻은 여자를 내려다보았다. 흐트러진 머리칼에서 짙은 향내가 풍겼지만 손대지 않았다.

그는 어쩐지 저항하고픈 마음이 든다. 이 일방적인 상황을 좀 더 연장하고픈 욕구인지도 모르겠다. 여자가 과연 어디까지 갈 것인지 호기심이 일기도 했다. 옷이나 벗기고 나면 얼굴을 붉히며 안겨 들겠지, 제법 오만한 여유도 부리고 있었다.

실로 안이한 생각이었다.

"미나, 잠깐만."

준세는 정말로 놀랐다. 살면서 이렇게 당혹한 적이 있었나 싶을 만큼 깜짝 놀랐다. 흥분한 몸을 보인 건 문제도 아니었다. 곤두선 부위에 입술이 닿은 순간 그만 숨이 턱 막혀 버렸다. 좀 더 솔직해지자면, 그는 당하는 순간까지도 설마 했다.

이제 남자는 정말로 여자에게 제압됐다. 스치는 모든 감각에서 불꽃이 튀었다. 간접적으로 아는 것과 실제로 겪는 것은 완전히 다른 차원이었다.

여자의 입술은 매우 조심스럽고 어설프다. 이 일방적인 애무가 능숙한지 아닌지 준세는 평가할 수 없다. 다만 더 세게, 더 깊이, 입 안쪽으로 좀 더 깊이 밀어 넣고 싶단 생각만 들었다. 저도 모르게 눈을 감고 천장을 향해 고개를 젖혔다. 채 고이지도 않은 침을 삼키자 불거진 목울대가 꿈틀, 했다.

온몸의 신경이 오직 한곳에 집중된다. 손을 뻗어 여자의 뒷머리를 감싸 당긴다. 손가락 사이로 부드러운 머리카락. 그로써 자극은 한층 뜨거워진다.

온몸의 피가 급격히 끓어올랐다. 한계까지 가고픈 충동이 들었다. 조금만, 조금만 더. 여자를 떼어 내기까지 그는 상당한 갈등을 겪어야 했다.

"이런 건 어디서……."

거칠어진 숨은 둘째 치고 기가 막혀서 말이 안 나왔다. 상대는 어쩐지 뿌듯한 얼굴로 이쪽을 쳐다보고 있었다. 뿌듯하다니 대체 뭐가. 아니, 그보다도 왜 저렇게 빤히 쳐다보는 건데. 준세는 사뭇 머릿속이 복잡해진다.

"기분, 좋게 해 주고 싶어서."

발갛게 상기한 얼굴. 살짝 벌어진 입술. 설마 요리 강습과 조선어 외에 따로 뭘 또 배우는 건 아니겠지. 말 같지도 않은 생각과 함께 그가 몸을 일으켰다. 여자를 끌어당겨 곁에 눕힌 뒤 네글리제 치맛단을 걷어 올렸다. 다리가 벌어지자 미나가 움찔대면서 무릎을 닫는다. 준세는 커다란 손으로 허벅지를 붙잡아 쉽게 벌리고는,

"공평한 게 좋다며."

거리낌 없이 안쪽으로 머리를 들이밀었다.

연시빛 속살에서 달큼한 맛이 났다. 감촉은 입술만큼이나 부드러웠다. 혀로 핥자 여자가 듣기 좋은 소리를 냈다. 그리고 아주 빠른 속도로 젖어 들었다. 충분히 달궈진 몸은 한층 뜨겁고 강하게 그를 감았다. 준세는 중요한 것을 또 하나 배웠다.

육욕은 허기와 비슷하다. 본능적이고 반복적이며 불가항력이다. 그들은 서로의 몸을 탐색하면서 거의 모든 곳에 입을 댔다. 손가락, 쇄골, 발목의 복사뼈. 젖가슴, 엉덩이, 허벅지와 그 안쪽. 구석구석 입 맞추고 냄새 맡고 핥다 보면 빨리 몸을 합치고 싶어 애가 달았다.

처음에는 느리고 얕게. 그러다 점점 깊고 빠르게. 세상에 존재하는 건 너 하나뿐이고, 나는 내가 누구인지조차 까맣게 모를 때까지.

"아,"

준세는 짙어지는 교성을 따라 점점 더 빠르게 움직였다. 숨이 차고 땀이 배

도록 사납게 질주했다. 그러다 어느 순간 머리가 텅 비면서 아무 소리도 들리지 않았다. 그는 스스로 횃불에 뛰어든 날벌레 같다고 생각했다. 차라리 이대로 불길에 바스러져 버리면 좋겠다고도.

젊고 순결한 남녀는 호기심이 많다. 서로를 미치게 만들 방법을 자꾸만 찾아낸다. 그럴수록 그들의 세계도 조금씩 확장되었다. 신성시하던 것들이 한낱 유희가 되고 금기의 경계는 점차 희미해진다. 덕분에 이제는 기진맥진해져서 나란히 누운 채, 불현듯 천장을 향해 키득대는 일도 생기는 것이다.

"왜 웃어."

"그냥."

여자가 대답하자 남자가 따라 웃었다. 이유도 모르고 웃는 건 양쪽 다 마찬가지.

"준세."

"음."

"어릴 때 꿈이 뭐였어?"

"글쎄."

"뭐야. 꿈도 없는 소년이었어?"

"당신은 뭐였는데."

"나? 날아가는 거."

"날아가는 거?"

"응."

아주 멀리, 날아가는 거. 미나가 천천히 되풀이해 말했다. 그리고 잠깐의 침묵. 램프 하나 켜진 침실에는 정사 후의 나른함이 떠다녔다.

"꽤 어려운 꿈을 꿨네."

"응, 그렇더라고. 미국에 있을 때 비행기 조종을 배우고 싶었는데 아무나 안 가르쳐 준다더라."

비행기 조종. 준세가 천장을 향해 피식 웃었다.

"대신 자동차 운전을 배웠지."

"운전을 할 줄 알아?"

"당신만큼은 할걸."

"흠."

"진짜야. 나 당이모부 차 몰고 멀리 나간 적도 있어."

"내 차는 안 돼."

"치사하게."

미나가 이쪽으로 고개를 돌리더니 곱게 눈을 흘겼다. 그들은 누운 채 서로를 향해 조금 더 키득거렸다. 진짜로 웃는 남자. 그 얼굴을 물끄러미 바라보던 여자가 손을 뻗었다. 준세는 하는 대로 얌전히 내버려 두었다.

손끝은 가장 먼저 그의 눈썹에 닿는다. 짙은 눈썹을 결대로 천천히 쓰다듬는다. 그리고 얼굴의 윤곽을 따라 가만가만 살갗을 매만진다. 그러는 동안 둘은 서로의 시선을 놓지 않았다. 깊이를 가늠하듯 서로의 눈을 들여다보았다. 이불 아래 나란히 맨몸으로 누워서.

한참 만에 미나가 입을 열었다.

"나는 있잖아, 늘 멀리 가고 싶었어."

"……."

"아주 멀리 가야, 내가 원하는 삶이 있을 것 같았거든."

준세는 들으며 묵묵히 눈을 감았다. 얼굴에 닿은 손길과 나직한 목소리. 그의 감각은 오직 그것들을 향해 열려 있다.

"그런데 지금 생각해 보면 난 그저 도망치고 싶었던 건지도 몰라."

"……."

"어쩌면 처음부터, 멀리 갈 필요는 없던 건지도 모르지."

준세는 대꾸하지 않았다. 감은 눈도 뜨지 않았다. 누군가의 손이 심장을 꽉 쥐었다가 스르르 놓는 것 같았다. 그저 도망치고 싶었던 건지도. 멀리 갈 필요는 없던 건지도.

아주 멀리 가야 내가 원하는 삶이 있을 것 같아서.

그는 눈을 감은 채 생각을 멈췄다. 고양이를 만지듯 제 얼굴을 쓰다듬는 손길에만 집중했다. 그러다 팔을 뻗어 여자를 당겨 안았다. 연한 몸이 맞춘 듯 품에 안겼다.

바깥세상은 겨울의 복판인데 여기는 이렇게 따스하다.

심장이 뛰었다. 유별나게 뛰었다. 준세는 들키고 싶지 않기도 했고, 차라리 들켜 버리고 싶기도 했다.

"빌어먹을!"

월요일 아침부터 보안과는 살벌했다. 상해에 심어 둔 첩자 하나가 시체로 발견됐단다. 과장은 동요하는 빛을 보이지 않았지만 담당관인 료베 이치로는 욕설을 되풀이했다. 칙쇼, 칙쇼, 칙쇼. 가뜩이나 신경질적인 인상이 보기 민망하도록 일그러졌다.

"아, 눈치 보여 죽는 줄 알았네."

나카오가 식판을 끌어당기면서 절레절레 고개를 흔들었다. 구내식당에 무리 지어 앉은 보안과원은 여덟 명. 나이로나 직급으로나 막내인 준세는 묵묵히 선배들의 수다를 듣는다.

"료베 사무관 무섭던데요. 정수리에서 증기 나올 것 같더라."

"저는 내내 눈도 안 맞췄어요. 괜히 잘못 걸릴까 봐."

"화날 만하지. 상해에선 처음이잖아."

"그렇습니까?"

"우리가 직접 보낸 밀정이 제거된 건 처음이지. 료베가 그래서 프라이드 상당했거든. 자기 담당이니까."

"보낸 지 얼마나 됐는데요?"

"내가 알기론 한 오 년쯤."

"에? 그럼 걸릴 때 된 거 아니에요?"

나카오가 잘 구워진 고등어에서 가시를 발라내며 말을 이었다.

"영원히 속일 순 없잖아요. 아무리 거짓말에 도가 텄어도."

"그렇지. 백 번 잘해도 한 번 들키면 꼬리 잡히는 거니까."

"그래도 아까운 건 별수 없어. 그렇게 들어가서 자리 잡기가 어디 쉬운가."

준세는 선배들의 귀중한 가르침을 잠자코 경청했다.

"스파이는 어차피 소모품이야."

"다시 심으려면 골치 좀 아프겠는데요."

"조금 번거로울 뿐이지."

과원들은 갑작스러운 낭패에 인상을 구기면서도 별일 아닌 것처럼 자위했다. 그들 중 아무도 준세를 의심하지 않았다. 오히려 냉랭한 분위기에 주눅 든 신입에게 한두 마디씩 격려의 말을 건넸다. 이봐, 이 정도로 긴장하면 어떡해. 사람 죽는 건 앞으로 숱하게 볼 텐데. 그럴 때면 준세는 죄송합니다, 지레 송구한 척 가볍게 머리를 숙였다.

식판을 들고 오가는 사람들이 힐끔힐끔 이쪽을 쳐다봤다. 이 대중적인 구내식당과 어울리지 않는, 오려 붙인 그림처럼 앉아 있는 저 남자가 누구인지 다들 알고 있었다. 죽을 때까지 낭비해도 다 못 쓸 재산을 상속받는 남자. 아마 취미 삼아 모험하러 경무국에 나온다지. 총독부 직원이라면 대부분 임준세를 알고 있다.

그래서 아무도 그를 의심하지 않았다.

점심을 같이 하는 동료들은 준세가 속한 업무조, 공산주의 지하단체를 찾아 박살 내려는 업무조원들이다. 전원 흡연자라 식사 후엔 꼭 우르르 뒤뜰로 나가는데, 저만치 근정문을 바라보며 담배 한 대씩 피운 후에야 삼층의 사무실로 돌아갔다.

담배를 즐기지 않는 준세는 주로 오층의 도서실에서 남은 시간을 보낸다. 아무도 없는 옥상에 우뚝하니 서서 시내 전경을 바라볼 때도 있다. 전차와 행인들과 소달구지가 뒤섞인 경성 시가는 분주하고도 평화로웠다.

그러나 가끔은 혼자 보낼 점심시간을 빼앗기기도 하는데, 주로 이렇게 계단에서 누군가와 마주치는 경우에 그랬다.

"안녕하십니까, 임 서기님."

낯선 남자가 그를 알은척한 것은 일층과 이층 사이 층계참을 지날 때였다. 처음 듣는 목소리보다도 신경을 건드린 건 남자의 조선어. 준세는 걸음을 멈추고 고개를 돌리면서 상대의 정체를 예측했다. 결과는 예상대로였다.

"이거 말씀이야 서로 간 많이 들었겠지마는 이렇게 뵙는 건 처음이요. 종로서에 있는 김기철이올시다."

웃는 얼굴로 자기소개를 한 남자가 가볍게 고개를 숙여 보였다.

종로서 김 경부에 대해서는 준세도 익히 알고 있었다. 고등계 형사로 조선인으로는 드물게 경부 계급을 단 자. 보안과 동료들 사이에서 그는 쓸 만한 조선인의 대표로 꼽히는데, 고등계 소속답게 사상범, 특히 독립단 체포가 특기란다. 실적도 좋고 경력도 길고.

"이것 참 감개가 무량합니다. 총독부에서 조선어로 인사드리는 날이 다 있고. 저도 여기 드나든 지 육 년은 족히 되었는데요."

준세가 알기로 마흔서너 살인 그는 겨울에도 땡볕에 그을린 듯 얼굴이 거무레했다. 눈에 띄게 큰 체구는 아니지만 키도 체격도 보통은 넘었다. 덩치에 비해 목소리가 작은 것은 총독부 한복판에서 주눅 들었기 때문인가. 준세는 저를 보는 사내의 얼굴을, 먼 친척이라도 만난 것처럼 반기면서도 어딘가 비굴한 빛이 있는 얼굴을 바라보다가,

"잘 부탁합니다."

시큰둥하게 대꾸했다. 천연스러운 일본어로. 유하게 웃던 사내의 입매가 슬쩍 굳어진다.

"청사 내에서는 국어를 사용해야 할 것 같아서."

준세는 뻣뻣하게 고개를 든 채 희미하게 웃어 보이고는,

"그럼."

아무렇지 않게 가던 방향으로 다시 계단을 오르기 시작했다. 층계참에 홀로 남은 사내는 잠시 가만히 섰다가, 조그맣게 헛웃음을 내뱉고는 입매를 비틀었다.

저 새파랗게 어린 놈이.

경찰 노릇 14년째인 김기철은 경성 내 이름난 인물이라면 어지간히 꿰고 있다. 민족지사로 여러 번 감옥에 들락거린 요주의 인사는 물론이고 장안에 이름이 짜한 친일파, 모던 보이, 건달패까지도 속속들이 알아 두는 게 그의 직업적 습벽이다. 그런 김 경부가 식도원의 하야시, 임영환의 장남을 모를 리 없었다.

임가의 명성은 귀족 작위보다 그 영리한 치부에 있다. 조선귀족들은 병합 당

시 작위와 아울러 많게는 수십만 원씩 은사금을 받았지만 20년이 채 지나지 않은 지금은 상당수가 빈털터리였다. 귀족입네 떵떵거리는 버릇만 들었지 돈 한 푼 벌 줄 모르는 인사들이니 나라 팔아 얻은 돈 십만 원쯤 홀라당 털어먹기 몇 해 걸리지 않았다. 이제는 생계마저 곤란해져 천황의 위신까지 깎아먹는 귀족들은 총독부에게도 애물단지였다.

그러니 나날이 재산을 불려 가는 임가의 사례는 독보적이다. 선대로부터 작위를 세습한 임영환은 물론 그 후계인 임준세도 조부와 아비를 능가하리란 소문이 파다했다. 나이가 이제 스물넷이라든가 다섯이라든가. 젊은 놈이 경무국까지 기웃거리는 걸 보니 권력 욕심도 어지간한 모양. 에라이, 땅에 묻어도 썩지 않을 매국노 같으니라고.

청사 내에서는 국어를 써야 된다고? 저건 제집에서도 조선어를 쓰지 않는다더니. 일본 계집과 사는 놈이니 말해 뭐 해, 밸도 없는 새끼 같으니라고. 입 속으로 마구 뇌까리면서 김 경부는 속이 무척 불편해졌다.

그러나 무엇이 왜 불편한지는 분간할 수 없었다. 새파랗게 어린 놈이 시건방지기 때문인지, 조선인이 밸도 없이 일본인과 결혼했기 때문인지, 혹은 기막히게 잘 어울리던 그 최고급 양복 때문인지. 김 경부는 총독부 청사를 빠져나가며 조그맣게 중얼거렸다. 시팔, 썩지도 않을 매국노 새끼.

"임 군."

오늘따라 부르는 이가 많은 걸 보니 망중한을 즐기긴 그른 것 같다. 생각하면서 준세는 이번에도 상대를 알아맞혔다. 오야케 히타로. 고등관 식당이 이층에 있으니 점심 후 나오는 길일 테고. 거기까지 생각한 뒤 즉각 걸음을 멈추고 공손히 묵례했다.

"오야케 시학관님."

"식사하고 나온 모양입니다."

"예, 지금 막."

"나도 지금 나오는 길이에요."

히타로가 부드럽게 웃으며 앞장서 계단을 올랐다. 학무국은 사층에 있다.

"여기서 보니 반갑네요."

"그간 안녕하셨습니까."

"나야 늘 똑같죠. 아, 진즉 찾아보지 못해 미안합니다. 신입이라 정신없을 것 같아서."

그는 여전히 웃음 띤 얼굴로 금테 안경을 추슬렀다.

"아직 점심시간이 좀 남았는데, 바쁘지 않으면 내 방에서 차나 한잔하죠."

준세는 손목시계를 한번 들여다본 뒤 순순히 고개를 끄덕였다.

사층 복도 끝에 위치한 시학관실은 아담하고 조용했다. 혼자 쓰는 독방이라 살벌한 보안과 사무실과는 공기부터 달랐다. 책장에 채 꽂지 못한 서적이며 논문집 따위가 여기저기 수북이 쌓여 있었다. 사무실보다 연구실에 가까울 공간은 남자 둘이 들어오자 솔기가 터질 것 같다.

"원래 이렇게까지 비좁진 않은데……."

흩어진 책들을 대강 정리하면서 히타로가 농담처럼 중얼거렸다. 그러고는 저보다 머리 하나는 크고 덩치는 더더욱 큰 남자에게 의자를 권했다. 앉아 주니 좀 낫네요. 너스레 떠는 소리에 준세는 부드럽게 웃는 것으로 응했다.

"이 자료들은 다 업무에 쓰시는 겁니까?"

"거의 연구용이죠. 나는 겸임이라 시학관 업무보다 연구에 쓰는 시간이 훨씬 많아요."

히타로는 언어학자다. 정확히는 국어학자. 학사시찰을 담당하는 시학관은 고등관으로, 삼십 대 초반의 나이는 상당히 젊은 축에 속했다.

"그나마도 이번 달까지지만요. 새 학기부터 경성제대로 옮깁니다."

"교수로 가시나 봅니다."

"그렇게 됐네요."

히타로가 겸손하게 웃으면서 말린 찻잎을 찻주전자에 톡톡 부어 넣었다.

찻물이 우러나길 기다리는 동안 그는 조곤조곤 말을 계속했다. 총독부가 아버지를 교수로 초빙하려 여러 차례 부탁했다는 것. 그러나 매번 매몰차게 거절당해 학무국 소속인 저까지 입장이 난처해졌다는 것. 그러니 본인에게 대신 들어온 제안을 물리칠 수 없었다는 푸념까지.

"아버지는 내가 임용되는 것도 마뜩찮아 하시죠. 임 군도 이제 집안사람이니 이야기하는 거지만, 외숙부님 면도 있고 해서 차마 나까지 거절할 수가 없었어요."

처남 매형 사이인 하루하라와 오야케가 견원지간이라는 것은 준세도 알고 있었다. 결혼하기 전부터 알고 있었을 정도로 둘 사이는 꽤나 유명했다. 죽은 누님의 남편을 백작이 유독 싫어하는 이유는 그가 하나뿐인 손위 누이를 남달리 아꼈기 때문이라고 한다. 거기까지 생각한 준세는 더 이상 이 화제를 이어가고 싶지 않아졌다.

"요즘은 주로 뭘 연구하시는지."

"향가 연구 중입니다. 향가 알아요? 신라시대에 쓰인 고대 노랜데."

"조선의 고대 언어를 왜."

"조선어가 일본어의 뿌리니까요. 아, 물론 일선동조를 주장하려는 건 아닙니다."

"……시학관님은 일선동조론을 부정하십니까."

형님이 아니라 시학관님. 히타로는 보일 듯 말 듯 웃고는,

"학문은 연구를 통해 결론을 도출하는 겁니다. 결론부터 지어 놓고 근거를

쌓는 건 정치고."

조심스럽게 찻주전자를 기울이며 말을 이었다.

"우리가 신라인의 후예라거나 천황가가 백제인의 후예라는 건 학술적으로도 분명 근거가 있죠. 하지만 일선동조론이라는 것은 어디까지나 정치 도구거든요. 나는 정치인이 아니니 동조하지 않는 것뿐입니다."

잘 우러난 찻물이 쪼르륵 찻잔에 담겼다. 그것을 바라보며 준세는 대꾸 없이 듣기만 했다. 연둣빛 찻물에서 부옇게 훈김이 퍼졌다.

"천 년 전에 같은 조상을 공유했든 어쨌든, 그것을 두 민족이 동화되어야 할 근거로 드는 것도 실은 몹시 우스운 일이고."

동화라는 말 자체가 언어도단이지. 히타로가 자조하며 찻주전자를 내려놓았다.

제국은 조선인의 개명을 허하지 않는다. 병합 초기 자진하여 일식으로 성명을 바꾼 사람들이 있었으나 곧 금지되었다. 개명 금지 정책은 무엇보다 본토 내부의 반발이 컸기 때문인데, 조선총독부 경무국에서도 적극적으로 반대했었다. 조선인과 일본인을 구분할 수 없게 되면 치안 업무에 곤란이 초래된다는 우려 때문이었다.

조선에는 의회가 없다. 동경 중의원에 대표를 보낼 권리도 없다. 천황은 일찍이 조선인을 가리켜 짐의 똑같은 백성이라 선포했지만, 히타로가 생각해도 그건 그냥 듣기 좋으라고 해 준 헛소리에 불과했다.

일본인들은 식민지 사람들과 이름도 권리도 공유하길 원치 않는다. 조선인은 지배할 민족이지 동화될 대상이 아니기 때문에.

"아. 그러나 내 애국심을 의심하지는 말아요."

히타로가 차를 권하며 짐짓 가볍게 말을 덧붙였다.

"내가 조선어를 연구하는 이유도 일본어를 더 잘 알기 위해서니까. 신라의 향가를 해석해 낼 수 있다면 나라시대에 편찬된 만엽집의 비밀도 풀 수 있지 않을까 해서 연구하는 겁니다. 고대 일본어에 아직 해독할 수 없는 것들이 많거든요."

준세는 고개를 끄덕이고 제 몫의 찻잔을 들어 입으로 가져갔다. 비좁은 방 안에 옅은 다향이 번졌다. 마주 앉아 차를 마시는 두 사내는 한동안 말이 없다.

그리고 한참 만에 히타로가 조심스럽게 말을 꺼냈다.

"알겠지만, 지금 내지 상황이 그리 좋지 않습니다."

"경제 상황을 말씀하시는 겁니까."

"유일한 문제는 아니지만 가장 큰 문제는 역시 경제죠. 지진 이후로 통 회복을 못 하고 있으니."

히타로가 얕은 한숨을 내쉬었다.

일본에서도 다수의 대중은 먹고살기 빠듯하다. 넘쳐 나는 인구가 도회로 밀려들면서 빈민굴이 폭발하고 있다. 좌절한 청년들은 사회주의에 심취해 천황 암살을 시도하고, 정부는 그러한 불복종 세력을 갈수록 더 심하게 탄압하고 있었다. 그에 더해 지진으로 경제까지 타격이니 열도 전체가 불안하지 않을 수 없었다.

"대지진 때 나는 동경에 있었어요. 공교롭게도 출장 중이어서."

4년째로 접어들지만 기억은 생생했다. 히타로는 오랜만에 찾은 고향에서 보았던 아비규환의 공포를 기억한다. 준세는 그 전해에 고교를 졸업하고 경성으로 돌아와 있었으나 동경에서 무슨 일이 일어났는지는 알고 있었다.

그래서 두 사내는 묵념하듯, 잠깐 나란히 입을 다물었다.

"안이 불안해지면 사람들은 밖에서 분출구를 찾게 되죠. 탓하고 화풀이할 대상, 핑곗거리부터 찾아요. 그게 가장 손쉬운 방법이니까."

집단적인 불안은 광적인 방식으로 분출되기 쉽다. 사람의 이성이란 생각보다 취약하고 세상엔 악의를 신봉하는 인간이 썩 많은지라, 약간의 부추김만으로도 대중은 어처구니없는 광기에 휩쓸린다. 갑작스러운 지진으로 대혼란에 빠진 일본에서 수천 명의 조선인이 학살당한 것처럼.

히타로가 생각하기에, 지금 그의 조국에서는 그런 일이 다시 일어나지 않으리란 법이 없었다.

"전쟁이 일어날 거라 보십니까."

물음에 히타로는 어색하게 웃을 뿐 대답하지 않았다. 준세는 그러나 그 웃음의 의미를 어렵잖게 읽어 낼 수 있었다. 아울러 그가 저에게 차 한 잔을 제안한 이유를, 진짜로 하고 싶은 말이 무엇인지를 직감할 수 있었다.

"이대로 가면 일본 내부에 큰 변화가 생길 겁니다. 지금보다 훨씬 더 강제적이고, 맹목적으로."

준세는 눈을 들어 마주 앉은 사내를 바라보았다. 그는 조선인과 구분되는, 열에 아홉은 한눈에 알아챌 만큼 일본인다운 외양을 지니고 있다. 오야케 히타로는 경성에 살고 있는 전형적인 내지인이다. 수년째 눌러살면서도 조선어 실력이 형편없는 것이나 일본인 사회에 속해 조선인과의 교류가 거의 없는 것도 전형적이다. 그가 자신의 동족 대다수와 다른 점이 있다면 지식인으로서 얼마간의 통찰, 그리고 그 부친으로부터 물려받았을 인간적 양심 정도일 것이다.

하지만 지금 준세의 눈에 히타로가 가장 일본인답지 않은 면은, 속에 있는 말을 고스란히 입 밖으로 뱉어 낸다는 점이었다.

"미나를 부탁합니다."

두 사내의 시선이 정면으로 마주쳤다. 준세는 얇은 금테 안경을 쓴 상대의 눈을 응시했다. 그 안에 든 아주 작은 의도까지 파헤쳐 낼 것처럼.

"나는 그 애가 행복하길 바랍니다."

그러나 히타로는 할 말을 멈추지 않았다.

"지금처럼."

속에 든 말을 다 꺼내 놓은 뒤에야, 희미하게 미소 지었다.

그로부터 두 남자는 잠시간 말없이 차만 마셨다. 시학관실은 제법 큰 유리창이 있는데도 내부가 어둑했다. 준세는 그제야 주인이 전등을 켜지 않았다는 사실을 깨닫는다. 오늘은 아침부터 하늘이 흐려서, 다른 사무실들은 모두 환하게 등을 켜 두고 있었다.

"날이 점점 흐려지네요. 눈이 오려나."

히타로가 중얼대며 창 쪽으로 고개를 돌렸다. 유리창 너머 하늘에 먹구름이 짙어지고 있다. 준세는 그를 따라 시선을 옮겼다. 창틀 위에 난초며 분재가 담긴 화분들. 한겨울에도 파릇한 잎사귀 너머로 먹구름이 바짝 다가왔다.

아무래도, 곧 눈이 올 모양이었다.

"이런 데 흉터가 있었네?"

미나가 고개를 갸우뚱한 뒤에야 준세는 아차 싶었다. 이럴 줄 알았으면 오른손을 주는 건데. 뒤늦게 조금 후회했으나 그는 모른 척 책장에서 눈을 떼지 않았다. 곁에 엎드려 누운 여자는 질문을 삼키지 않았다.

"언제 다친 거야? 칼에 베인 것 같은데."

그래서 그는 별수 없이 거짓말을 동원한다.

"글쎄. 한 일 년 됐나."

"어쩌다?"

"편지 봉투 열다가."

"편지? 페이퍼 나이프에 이렇게 베였다고?"

"날이 있는 칼을 썼어. 잡히는 대로 집다 보니."

미나는 얼굴을 살짝 찡그린 채로 남자의 왼손 약지 안쪽, 가운뎃마디에 남은 흉터를 조심스레 매만졌다. 아팠겠다, 앓는 소리가 절로 튀어나왔다. 상처는 일자로 깨끗하게 아물었다. 영락없이 칼로 그은 자국이었다.

"뭐가 그리 급했으면 봉투 열다가 손가락을 베어?"

기다리던 러브레터라도 받았던 건가. 들으란 듯 중얼거렸지만 준세는 웃기만 했다. 그리고 슬쩍 손을 빼내어 오른손에 든 책을 한 장 넘겼다. 왼손은 다시 여자의 차지가 되었고, 대화는 잠시 중단됐다.

미나는 그의 손으로 장난치기를 좋아한다. 이렇게 함께 침대에 누워 있을 때는 어김없이 한쪽 손을 제 것처럼 끌어온다. 커다란 손에 깍지를 끼기도 하고 크기를 견주듯 제 손을 맞대기도 한다. 손가락 하나하나를 곰곰이 만져 보기도 했다. 섬세한 뼈와 관절, 그 모든 부위의 윤곽을 외워 버릴 것처럼.

"이런 데 상처가 있는 줄 몰랐어. 잘 안 보이는 데 있어서."

준세는 여전히 책 위에 시선을 두고 있었다. 글자는 이미 눈에 들어오지 않지만. 언제 다친 거야? 두루뭉술하게 대답했으나 실은 정확히 기억하고 있다. 재작년 십이월 오 일. 밤 열 시쯤. 부산의 어느 여관에서 두 명의 사내가 지켜보는 가운데.

그러고 보니 벌써 만 1년이 지났다. 평생의 충성을 맹세한 지가.

준세는 제가 속한 당의 규모에 대해 정확히 알지 못했다. 소속된 이가 총 몇 명인지도 몰랐다. 어떤 사람들이 어디서 어떤 활동을 하는지 모르는 것은 그러나 비단 준세뿐만이 아니었다.

그들이 속한 당은 당규 몇 가지를 제외하면 위계도 체계도 없다. 상부에 활동을 보고하거나 상부로부터 지령을 받지도 않았다. 요구되는 것은 그저 각자의 뜻과 재능에 따라 항일 독립에 목숨을 바칠 것. 그리고 당의 존재를 결코 외부에 알리지 말 것. 그러므로 준세가 아는 당원은 백산무역과 관계한, 한 손에 족히 꼽힐 몇 사람에 불과했다.

준세는 그들이 제게 원하는 것이 지속적인 자금 지원이라는 걸 알고 있다. 후일 폭발탄을 구하려면 찬에게 도움을 청해야 할 테지만 그 전까지는 누구도 그의 진짜 속내를 모를 것이다. 모든 것은 오직 준세 자신만 아는 일이었다.

손가락을 베어 한 맹서가 실은 가짜였다는 것도.

준세는 누구에게도 충성하지 않았다. 그는 황찬 같은 민족주의자도 유강임 같은 아나키스트도 아니었다. 그들이 목숨처럼 떠받드는 가치는 그의 눈에 다 허상이었다. 이 진흙탕 같은 세상에서 지켜야 할 가치가, 충성해야 할 대상이 대체 무엇이란 말인가.

그의 신념은 오직 하나뿐이다.

아주 오래전부터, 준세에게는 죽이고 싶은 사람과 죽이는 것조차 아까운 사람이 있었다. 가장 혹독한 지옥에 처넣고 싶은 사람들이 있었다. 아들은 최대한 빠르게. 아비는 최대한 느리게. 그 목적을 달성하기 위해 죽어야 하는 이가 있다면 그 또한 얼마든지.

'우리 생전엔 광복 보지 않겠어요?'

준세는 그런 날이 오지 않을 거라 생각한다. 그들이 원하는 광복이 과연 올지도 모르겠고 그때까지 살고 싶은 마음도 없었다. 그의 이성으로는 아무리 계산을 되풀이해도 조선이 독립할 가능성은 매우 낮았다. 그가 수년째 자금을 대고 밀정의 정보를 넘긴 것도, 총독과 총독부를 표적으로 정한 것도 조선의 독립을 기대했기 때문이 아니라, 그저 개인적인 복수를 최대한으로 완성하기 위함이었다.

"아, 눈 온다."

환호하는 소리에 준세는 고개를 돌렸다. 침대에서 발딱 일어난 미나가 램프를 확 꺼 버렸다. 실내가 일순 암전되면서 외부의 빛이 살아났다. 후원 쪽으로 난 장지문 창호지에 눈 그림자가 맺혀 있었다. 분분히 떨어지는 눈송이들. 언제부터 내리기 시작했는지 눈발이 제법 굵고 치밀했다.

"밖에 나가서 보자."

신이 난 얼굴로 미나가 모직 가운을 걸쳐 입었다. 그런 차림으로 나가면 추울 텐데. 그러나 들뜬 여자는 채 만류하기도 전에 장지문을 드르륵 열었다. 그러고는 빨리이, 남편을 돌아보며 재촉한 뒤 맨발을 훌쩍 툇마루에 내디뎠다.

고요한 함박눈이었다.

한밤중의 남산은 깊이 잠들어 있다. 얼어붙은 흙과 나무들 위로 솜 같은 눈이 하얗게 앉았다. 하늘과 대지 사이를 온통 메운 눈송이, 눈송이들. 그 무수하고 가벼운 결정체가 세상의 소음을 하얗게 지웠다.

뒤따라 나온 준세가 장지문을 닫았다. 툇마루 위에 앉아 무릎을 끌어안은 여자의 등에 이불을 둘러 주었다. 포근하고 가벼운 새털이불에 파묻혀 미나가 웃는다. 여기서 자도 되겠네. 넉살을 부리면서 곁에 앉은 남자의 등에 똑같이 이불을 두르는 여자. 한 쌍의 남녀는 한 장의 이불을 감고 앉아 나란히 후원의 설경을 바라보았다.

함박눈은 그치지 않을 것처럼 쏟아진다. 시간마저 희석된 듯 느리게 흐른다. 모든 것이 고요히 잠든 세상 속에서 오직 두 사람만 깨어 있었다. 어쩌면 저렇게 가볍지. 꼭 벚꽃 잎 떨어지는 것 같아. 봄이 오면 동경에 가자. 우에노 공원에서 같이 벚꽃 보고 싶어. 조곤조곤 속삭이는 여자의 목소리가 듣기 좋았다.

"준세."

"음."

"무슨 생각 해?"

"당신은 무슨 생각 하는데."

"나?"

으음. 미나는 잠깐 머뭇대더니,

"결혼하길 잘했단 생각."

나직이 고백하며 남자의 어깨에 머리를 기댔다. 그로부터 잠깐의 침묵.

"있지, 나 미국 안 가도 돼."

"……."

"계속 여기 살아도 돼. 당신이 원하면."

"……."

"경성에 사는 것도 괜찮을 것 같아. 이렇게 눈 오는 것도 볼 수 있고."

샌프란시스코엔 눈이 안 오거든. 여자가 덧붙이며 고개를 들었다. 그리고 남자를 향해 눈을 휘어 웃었다. 준세는 따라 웃지 못했다.

"대신 매년 같이 눈 구경 하자. 이렇게 밖에 나와 앉아서. 그 정돈 해 줄 수 있지?"

그는 그저 여자의 얼굴만 마주 보았다.

"명년에도. 후년에도. 오래오래."

문득, 두 눈이 시려 왔다.

"약속해 줄 거지?"

그는 눈을 한 번 감았다 뜬다. 그러나 시린 기운은 가시지 않는다. 여자의 입술 사이로 희미한 입김이 흐른다. 그걸 보고서야 여기가 바깥이라는 사실을 상기한다.

준세는 한쪽 손을 여자의 얼굴에 댔다. 손바닥에 닿은 뺨이 사늘했다. 빚은 것처럼 고운 얼굴. 천진하게 대답을 기다리는 얼굴. 그 얼굴을 물끄러미 바라보다, 그는 조심스레 다가가 입을 맞췄다.

맞닿은 입술이 따뜻했다. 한 장의 이불을 두르고 앉은, 바짝 기대어 앉은 두 개의 몸은 그보다 더 따뜻했다. 하늘에서는 수억 개의 눈송이가 쉼 없이 추락했다. 그는 추위를 차단할 것처럼 양손으로 여자의 얼굴을 감쌌다. 느리고 부드러운 입맞춤은 오래도록 그치지 않았다.

'무슨 생각 해?'

준세는 살고 싶다고 생각했다.

살고 싶다.

명년에도. 후년에도. 오래오래.

여기서 이렇게 너와 함께.

살고 싶다고.

5.

숨
바
꼭
질

1927년 2월

　요시다 곤스케 과장은 팔짱을 끼고 서서 두 달 차 신입을 내려다보았다. 오늘은 금요일이고 모처럼 실적까지 거둔 터라 그는 심중에 다소간 여유가 있었다. 나른한 오후에 사무실 분위기를 환기할 마음이 생긴 것은 그래서였다.

　"이 바닥은 정보 싸움이야. 잔머리 발달한 놈들 상대하려면 더 빠르고 정확해야 하니까. 상상력도 중요하지. 놈들의 입장에서 생각해야 다음 행동을 알아맞힐 수 있거든. 이 일을 하다 보면 말이야, 어느 순간 영감이랄까, 눈앞이 번뜩하는 순간이 와. 놈들이 이렇게 움직일 거라는 직감이 생긴단 말이야. 그리고 그게 딱 맞아떨어졌을 때는 아, 정말 짜릿하지."

　그가 접신한 무당처럼 눈을 가늘게 떴다. 다분히 자기도취적인 연설을 신입은 진지한 얼굴로 경청했다.

주목하는 것만으로 상대를 흐뭇하게 만드는 사람이 있다. 신분이 높거나 외모가 뛰어나거나 능력이 출중한 사람들은 공손한 태도를 취하기만 해도 상대의 긍지를 높여 준다. 그래서 요시다는 이 청년이 슬슬 마음에 들었다. 서양 배우 같은 용모로 사무실을 드나들면서 세련된 냄새를 풍기는 것도 만족스러웠다. 무엇보다 뭐라도 더 배워 보려는 성실한 자세가 훌륭했다. 서류 전달 같은 잔심부름을 시켜도 신입은 대단히 적극적이었다.

임준세가 보안과에 들어온 지 한 달이 넘었지만 주변은 잠잠했다. 국장급 이상의 그 누구도 경무국에 딴지를 걸지 않았다. 하루하라네 사위는 열심히 하고 있나? 경무국장도 딱 한 번 지나가는 말투로 물었을 뿐 이후로는 까맣게 잊은 듯 언급조차 하지 않았다. 그래서 요시다는 역시 괜한 걱정을 했다고 생각한다. 불령분자 새끼들이랑 하도 숨바꼭질을 하다 보니 신경이 과민해진 거지. 백작의 밀정은 무슨. 귀족가 도련님네가 뭘 안다고.

"우리 업무는 그게 맛이야. 재미가 있거든. 사내답게 몸으로 뛰면서 승부욕도 발휘할 수 있고. 쪼잔하게 법리나 따져 대는 법무랑은 다르지. 아, 자네 장인께는 비밀이네."

그래서 요시다는 슬쩍 법무를 깔아뭉개는 패기도 부려 보았다.

"저도 그래서 경무를 배우려는 겁니다. 물론 저희 장인께는 비밀입니다."

준세도 제법 넉살을 부려 요시다와 동료들을 웃겨 준다. 곁에 앉은 사수 나카오가 제일 크게 웃었다.

"좋아. 남자가 자기 일에 자부심이 있어야지."

고개를 끄덕인 과장이 출입문 쪽으로 고개를 돌렸다.

"안 그래도 곧 법무국에서 사람이 올 거야. 임 군은 초면이겠군."

"법무국 사람이라면."

"모리타 겐지라고, 경성지법 검사. 올 때가 다 됐는데."

한 시 반에 오기로 했는데. 요시다가 중얼대면서 벽에 걸린 시계를 쳐다봤다. 그러자 기다렸다는 듯 똑똑, 노크와 함께 문이 열렸다. 팔짱을 끼고 있던 과장이 얼른 자세를 바로 했다.

"오셨습니까, 모리타 검사님."

젊은 남자는 혼자였다. 오늘도 검정색 정장에 검은 구두, 하얀 셔츠와 짙은 청색 넥타이를 했다. 너무 무난해서 알맹이를 파악하기 어려운 차림새. 법무국 사람들, 특히 검사들은 하나같이 저렇게 입고 다닌다. 그 동네는 근무 복장에 관한 상세 내규라도 있는 건지. 요시다는 생각하며 그에게 다가갔다.

"오랜만에 뵙습니다. 많이 바쁘시죠?"

"총독부에 안 바쁜 사람 있습니까."

웃음기 없는 얼굴로 받아친 검사는 조금 뒤늦게, 과장님도 수고 많으십니다, 하고 입치레를 덧붙였다. 그러고는 대단히 급한 것처럼 재촉하듯 상대를 쳐다봤다. 모리타 겐지는 2년 차 검사이므로 요시다는 이해한다. 어디나 신입들은 의욕이 넘쳐서 탈이니까.

"제 방으로 가시죠. 날도 추운데 따뜻한 차라도 한잔하시면서."

그는 거의 아들뻘인 검사를 깍듯이 대했다. 경찰은 중대한 체포 작전에서 검사의 지휘를 받는다. 경무국이 아무리 재주껏 용의자를 잡아들여도 그들을 법정에 세워 유죄판결을 받아 내는 건 검사의 능력이었다.

그러니 경무국 과장이라도, 2년 차 젊은 검사의 시선이 어디로 향하는지 정도는 마땅히 관심 가져야 하는 것이다.

"역시 눈썰미가 좋으십니다. 저 친구는 이번에 새로 들어온,"

"임."

사무실이 일순 조용해졌다. 종잇장 넘기는 소리마저 멈췄다. 각자 자리에 앉아 일하던 과원들이 고개를 들고 이쪽을 힐끔거렸다. 검정색 일색으로 갖춰 입은, 키도 인물도 제법 훤칠한 남자는 신입 서기에게 다가가는 내도록 그의 얼굴만 쳐다봤다. 웃는 듯 마는 듯 표정이 묘했다.

"여기서 만나게 될 줄이야. 이게 얼마 만인가."

먼저 말을 건네며 검사가 악수를 청했다. 준세도 자리에서 일어나 상대를 마주 보고 섰다. 둘이 아는 사인가 봐. 보안과 사람들은 눈짓으로 의사를 교환하면서 이 흥미로운 상황에 주목했다.

"오래간만이네."

준세가 화답하며 상대의 손을 맞잡았다.

"모리타."

그러고 보니, 그와 악수를 나눈 것은 처음이었다.

총독부가 신청사로 이전한 지 한 해가 넘었지만 회식 장소는 아직도 으레 남촌이다. 구청사 시절부터 드나든 가게들이 익숙한 것도 있고, 무엇보다 쓸 만한 일본식 주점이며 요릿집이 죄다 남촌에 모여 있으니까. 그중에서도 본정 화월(花月)은 규모로나 명성으로나 경성 제일로 손꼽히는 요리점이었다.

"사흘이나 걸렸다니. 너무 살살 다룬 거 아냐?"

"어차피 잔당도 없잖습니까."

"있는지 없는지 어떻게 알아. 이틀 안에는 끝냈어야 하는데."

"하여튼 야마구치 선배님은 완벽주의라니까. 포상 회식하는 자리에서까지 저런 말씀이라니."

"시끄러워. 다음부턴 무조건 이틀이야."

"예예, 존명."

준세의 업무조가 목표물 포획에 성공한 것은 사흘 전이었다. 두더지처럼 숨어 있던 공산주의자 여섯 명을 감옥에 처넣은 지 사흘 만에 전원 자백을 받아 냈다. 새해 첫 건이고 나쁘지 않은 실적이라 요시다 과장은 직접 화월에 예약까지 해 주었다. 덕분에 막판에 투입되어 별 공로도 없는 준세까지 한 조로 끼어 앉아 축배를 나누게 된 것이다.

"죄송하지만 왜 이틀입니까?"

준세가 묻자 야마구치가 눈을 돌렸다. 마흔이 채 되지 않은 그는 살집이 푸지고 머리가 벗겨져 제 나이보다 열 살은 더 들어 보였다. 저래 봬도 정력가여서 조선 기생을 그렇게 좋아해요. 나카오의 평가가 떠올라 준세는 속이 메스꺼워졌다.

"남은 패거리가 잠적하는 데 걸리는 시간을 최대 이틀로 봐. 이틀 안에는 본 거지와 공범을 불게 만들어야 잔당까지 잡아들일 수 있지. 단독범행이 아니라고 판단되면 이틀 안에는 어떻게든, 무슨 수를 써서라도 자백하게 만들어야 돼."

"물론 죽이면 곤란해. 피고인 잃었다고 검사국에서 지랄하거든."

"이번엔 한 놈도 안 죽었어요."

"그러니까 사흘이나 걸린 거겠지. 피고 놈들이 여섯이나 되는데 하나쯤 죽으면 어때서."

야마구치가 불퉁하게 중얼대면서 젓가락으로 안주를 뒤적였다. 가까이 앉은 누군가가 낮게 키득거린다.

재작년 치안유지법이 공표되면서, 제국에서는 천황제를 부인하는 모든 사상이 범죄가 되었다. 피의자는 물론이고 그들을 변호하는 변호사까지 불이익을 받았다. 일본에서도 사상범을 혹독하게 다루는 형편에 식민지 조선은 말할 것도 없었다. 고등사상 혐의로 수감된 조선인은 사지 멀쩡하게 나오는 일이 드물었다.

"그런데 임 군, 모리타 검사랑은 어떻게 아는 사이야?"

"고교 동창입니다."

"동창? 아아, 제일고."

소리 없는 감탄이 좌중을 휩쓸었다. 여기 앉은 이들 가운데 고교까지 다닌 사람은 사무관과 준세 두 사람뿐이다.

"어떤 사람이야? 앞으로 자주 볼 건데 미리 좀 알아 두게."

"모리타는, 똑똑한 사람이지요."

"당연하지. 은시계조인데."

"졸업할 때까지 전체 수석을 놓쳐 본 적이 없습니다."

"한 번도?"

"한 번도."

미쳤네, 그 학교에서 만년 수석. 누군가 감탄하며 입을 벌렸다.

동경제대 출신이 고등문관시험에 합격하면 천황이 은시계를 내린다. 은시계조라고 불리는 이들은 제국을 이끌 초엘리트 집단으로 대접받았다.

"선배, 모리타 검사는 은시계조예요. 우리 같은 하급 판임관이랑은 출신부터 다르다고요."

"출신이라니? 여기 귀족가 자제도 있다고."

"임은 출신이 아니라 차원이 다른 거고요."

혈연을 무슨 수로 이깁니까? 목청 돋워 덧붙인 나카오는 목까지 온통 벌겋다. 상 아래 이미 빈 술병이 잔뜩 쌓여 있었다. 얼큰하게 취한 것은 막내 서기뿐만이 아니었다.

"그럼 학교 다닐 때 이후로 아까 처음 본 건가?"

"예. 졸업하고 처음입니다."

"그럼 모리타 검사 왜 조선 왔는지 모르겠네?"

준세가 되묻듯 상대와 눈을 맞췄다. 나이 지긋한 사무관은 그럴 줄 알았다는 얼굴로,

"부인이 자살했대."

"……아."

"딴 놈이랑 바람피우다 걸려서."

남의 불행을 꽤 즐거운 얼굴로 요약해 준다.

"모리타가 경성 온 진 얼마 안 됐지만, 알 만한 사람은 벌써 다 아는 사정이지."

"근데 진짜 왜 그랬을까? 검사 잘생겼잖아. 전도양양한 수재에 인물까지 훤한데."

"제길, 계집 속을 어떻게 알아."

"집에서 목을 맸다면서요."

"그러니 전출 신청을 안 할 수 있나. 나 같아도 당장 떠나고 싶겠네."

신나게 수다 떠는 사람들을 준세는 묵묵히 듣기만 했다. 다들 어지간히 취기가 올랐으니 곧 자리를 파할 거라고 기대하면서. 손목시계를 보니 이미 열 시에 가까웠다. 많이 늦어질 테니 먼저 자라고 연락해 뒀지만 미나는 기다리고 있을 것이다. 응접실의 불을 온통 환하게 켜 두고.

술자리의 쓸모없는 정보를 흘려들으며 그는 머릿속에 그려 보았다. 소파에 길게 누워 책을 읽는 여자의 모습. 노란 털의 고양이가 그르릉 그르릉 하는 소리. 살갗에 닿는 보드라운 감촉과 체온. 주위에 가득한 안온의 냄새.

"근데 모리타 검사가 잡을 수 있을까요?"

"똑똑하다잖아."

"하지만 백산이 만만치가 않은데. 벌써 십 년이 다 돼 가잖아요."

순간 생각이 뚝 멎었다. 아른대던 꿈에서 깬 것처럼 대번에 머리가 차가워졌다. 준세는 반쯤 찬 제 술잔을 향해 자연스럽게 손을 뻗었다. 장단에 맞추느라 누구 못지않게 마셨지만 긴장한 정신은 취하지 않았다.

"사무관님."

"음."

"모리타가 맡은 사건이 어떤 겁니까?"

"어, 백산무역주식회사라고, 부산에 있는 회산데 사상 혐의가 있어."

"사상 혐의라면."

"독립운동이지. 상해에 자금을 지원하는 정황이 있어. 담당하던 검사가 이번에 승진하면서 기소 준비하던 건을 모리타한테 물려준 거야. 검사국에서도 신입한테 걸어 보기로 한 모양이더군. 워낙에 오랫동안 해결 못 하고 있는 건이라."

머릿속에서 파란 불빛이 빠르게 깜빡거렸다.

"백산무역이라면 꽤 규모 있는 업체인데, 어쩌다 그런 혐의를."

백산은 대외적으로도 이름난 무역중개상이다. 주주총회가 열리거나 임원 인사가 바뀔 때마다 신문 경제면에 꼬박 언급됐다. 최근에는 횡령 소송으로 한층 유명해졌으니, 경제에 관심 있는 사람이라면 누구나 아는 회사였다.

"그 회사 혐의점이야 한둘이 아니지. 다이쇼 팔 년에 주식회사로 전환된 것부터 그렇고. 하필 그해에 말이야."

준세는 고개를 끄덕였다. 백산상회가 기미년에 주주를 모아 주식회사가 된 것도 잘 알려진 사실이다.

"거래처가 팔도 각지에 있는데 이게 또 수상해. 주요 거래처 경영자들이 하나같이 국권회복단 출신이거든. 지금은 강제 해산됐지만 예전에 영남 유지들이 만들었던 불령단체야."

"상업거래망을 이용해서 조직적으로 뭔가를 한다고 의심할 수 있겠군요."

"그렇지. 경성에도 지점이 있었는데 작년에 갑자기 문을 닫았어. 덕분에 그쪽 감시 업무는 수포로 돌아갔고. 거기가 그나마 약한 고리라 뭐 좀 잡아낼 것 같았는데, 빌어먹게 됐지."

흐음. 준세는 금시초문인 것처럼 추임새를 넣었다.

"자네 최준 알지?"

"경주 최 부자를 모르는 이도 있습니까."

"그래. 원래 사장이었는데 지금은 물러난 상태지. 근데 그 유명한 최 부자가 전 재산을 담보로 잡혔단 말이야. 이 백산무역이라는 회사 때문에."

사무관은 말할수록 점점 더 흥이 났다. 담당 검사와 고교 동창이라는, 명문고 출신 후배가 충직한 얼굴로 경청하는 게 썩 맘에 들었다. 어차피 여기 앉은 사람은 다 아는 수준의 정보다. 거리낄 이유가 없었다.

"최가 식산은행에 진 빚이 백만 원을 넘어. 이건 정말 대단히 이상하지. 돈한 푼 안 남는 주식회사를 유지하려고 사장이 전 재산을 턴다? 자기가 세운 회사도 아닌데? 설립자는 백산, 안희제잖아?"

"그렇군요."

"알 만한 사람은 다 알아. 우리가 백산상회 시절부터 주목했으니까. 안희제는 가정부 설립 때부터 자금 보낸 정황이 있었는데 본인이 끝까지 잡아떼고 증거도 없어서 무혐의로 풀려났어. 만만치 않은 자야. 대담하고. 머리도 제법 돌아가고."

"그때부터 혐의가 있었다면 꽤 오래됐는데요."

"오래됐지. 거의 십 년이나 됐지. 근데 몇 번을 뒤져도 깨끗해. 저들끼리 거래대금 형식으로 전달하니까 증거를 찾기가 어려워. 몰래 돈 돌리는 덴 이골난 새끼들이라 거래내역만 뒤져서는 절대 못 잡지."

사무관은 목이 마르는지 술잔을 집어 한입에 털어 넣었다. 세 시간 가까이 이어진 회식은 이제 슬슬 파장 분위기였다. 최고참인 사무관도 혀가 둔해졌고 나카오를 포함한 서넛은 이미 만취해서 꾸벅꾸벅 졸고 있다. 준세는 술병을 들어 남은 술을 모조리 사무관의 잔에 부어 주었다.

"말씀만 들어도 참 쉽지 않은 건이군요."

"쉽지 않지. 하지만 두고 봐야지."

중년의 사무관이 충혈된 눈으로 이쪽을 바라봤다.

"모리타, 그 신임 검사가 해낼 수 있을지도 모르니까."

준세는 말없이 고개를 끄덕이고 선웃음을 지었다.

며칠째 흐린 날이 계속되고 있다. 눈도 비도 오지 않고 그저 울적하기만 한 날씨였다. 햇볕에 빨래 좀 바싹 말리면 속이 다 시원하겠구마는. 동래댁이 하늘에 대고 툴툴거렸지만 먹구름은 통 물러가지 않았다.

미나는 오늘 별채에서 점심을 먹었다. 양푼에다 슥슥 비빈 밥을 대접에 담아서. 이제 그녀는 놋그릇을 소반 위에 올려놓고 숟가락으로 먹는다. 밥을 비비는 동안 양푼을 들여다보며 군침 삼키는 것도 즐긴다. 고추장 좀 더 넣어, 참견도 해 가면서.

미나는 종종 이 별채에 놀러 왔다. 하녀로 일하는 두 여자가 살림하는 공간이라 꼭 이웃집에 온 기분이 들었다. 개다리소반을 놓고 둘러앉아 한데 섞은 밥을 나눠 먹노라면 왠지 모르게 마음이 놓였다. 대화 없이 묵묵히 음식만 삼켜도 불편하지 않았다.

"와, 이걸 몇 년 동안 모은 거야?"

"삼 년이요. 더 오래된 것들은 인천집에 있고요."

"대단해."

미나가 두툼한 노트들을 향해 감탄사를 늘어놓았다. 소설가가 꿈이라는 말희가 흥미로운 기사를 모은다는 건 알고 있었다. 집으로 배달되는 신문과 잡지를 스크랩해도 되냐고 미리 허락을 구했으니까. 어차피 다 읽고 버릴 것들이니 스크랩을 하든 불쏘시개로 쓰든 미나는 개의치 않았다.

"연도별로 정리했구나."

"네. 해마다 두세 권씩은 나오는 것 같아요."

"어디, 여기부터 작년 꺼네."

대정 15년. 그 아래 덧붙인 소화 1년. 겉장에 적힌 굵은 글씨가 제법 달필이었다. 배가 불룩한 노트를 아무 데나 펼치자 반듯하게 오려 낸 신문 기사가 나왔다. 표제보다 먼저 눈에 들어온 건 사진이었다. 젊은 남녀가 법정에 앉은 사진. 노트를 몇 장 더 넘겼지만 비슷한 기사들이 계속 이어졌다.

"이 사람들은 누군데 이렇게 많이 모아 둔 거야?"

미나가 책장을 넘기면서 묻자 말희가 두 눈을 동그랗게 뜬다.

"가네코 후미코를 모르세요?"

모르면 안 되는 사람인가. 미나가 되물었다.

"내가 알아야 하는 사람이야?"

"그런 건 아니지만, 워낙에 떠들썩한 사건이었거든요. 내지에서도 유명했는데. 아아, 마님은 그때 미국에 계셔서 모르셨을 수도 있겠네요."

말희가 노트를 몇 장 더 넘기자 일본어 기사들이 등장했다. 미나는 그것들이 아버지가 구독하는 신문과 잡지에서 오려 냈다는 걸 알아차렸지만 내색하지 않고 내용을 눈으로 훑었다. 대역죄를 저지른 남녀의 재판이라. 얼른 봐도 흥미로운 내용이었다.

천천히 노트를 넘기는 동안 말희가 곁에서 대략적인 사정을 들려주었다. 가네코라는 일본 여자가 조선 남자와 사랑에 빠져 독립운동을 도왔다는 것. 황태자 암살을 모의한 죄로 사형을 선고받았다는 것. 두 사람이 옥중에서 결혼해 부부가 되었다는 것. 그런 이야기를 늘어놓으면서 말희는 흥분했다. 가만히 듣던 미나가 피식 코웃음 쳤다.

"너 이렇게 들뜬 거 처음 본다. 이게 그렇게 좋아?"

"낭만적이잖아요."

"뭐가 낭만적인데. 같이 재판받는 게? 아니면 이렇게 신문에 나오는 게?"

짐짓 웃어넘기며 가네코의 생년에 눈길을 준다. 명치 36년생. 저보다 한 살 위.

"이뤄질 수 없는 사랑이니까요."

이뤄질 수 없는 사랑. 미나는 사진 속 여자와 눈을 맞췄다. 조선인을 사랑한 일본인. 이뤄질 수 없는 사랑이라.

"감옥에서 결혼도 했다며. 그럼 이뤄진 거지."

"하지만 금세 죽었는걸요."

"죽었다고?"

그녀는 저도 모르게 눈살을 찌푸렸다. 말희가 노트를 몇 장 더 뒤로 넘겨 아사히 신문 기사를 찾아 펼친다. '박열의 처 가네코 후미코 형무소에서 돌연 자살.' 보도일은 칠월 삼십 일. 미나가 결혼 준비로 한창 바쁘던 때였다.

여자의 죽음을 다룬 긴 기사는 마치 통속소설 같았다. 눈으로 빠르게 읽어 내려갈수록 미나는 점점 더 의아해졌다. 자살이라고? 이런 여자가? 무모한 아나키스트, 겁 없이 천황과 조국을 공개적으로 부정한 여자가?

설령 재판관들이 우리 두 사람을 갈라놓는다 해도 나는 당신을 결코 혼자 죽게 하지는 않겠다.

　혼자 죽게 하지 않겠다고 장담해 놓고.

"이것도 보실래요?"

　말희가 내민 다른 권의 노트에는 또 다른 여자와 남자의 사진이 실려 있었다. 조선어 신문이지만 명사들이 한자로 표기돼 있어 미나도 내용을 유추할 수 있었다. 윤심덕. 김우진. 청춘 남녀 정사(情死). 입술 사이로 한숨 같은 웃음이 새어 나왔다.

"이것도 이뤄질 수 없는 사랑이야?"

"네."

"여긴 둘 다 조선인인데."

"남자가 유부남이었거든요."

　저런. 그녀는 입을 살짝 벌리고서 남녀의 사진을 번갈아 보았다. 이쪽의 보도 날짜는 팔월 오 일. 이 기사들이 사실이라면 일주일 사이에 세 명의 남녀가 목숨을 끊은 셈이 된다.

　사랑 때문에.

"그러니까 최말희 씨는, 이뤄질 수 없는 사랑을 하다가 누군가 자살하는 소설을 써 볼 작정인 거지?"

"자살이 아니더라도 목숨까지 바치는 사랑이 좋아요. 끝내 이뤄지지 않더라도요."

"낭만주의자구나."

"마님은요?"

"글쎄. 난 죽는 건 싫은데."

　그녀는 건성으로 노트를 넘기며 말을 이었다.

"이뤄질 수 없는 사랑 같은 건 더 싫고."

슬퍼지는 건 싫다. 아픈 것도 싫다. 미나는 힘들고 어려운 것들은 되도록 피해 가며 살고 싶었다. 기억이 닿는 모든 시간, 아마 기억나지 않는 시절에도, 그녀의 생에는 아주 조그마한 위험도 존재한 적 없었다.

정원에 피어난 꽃은 황야의 생을 알지 못한다. 미나는 제 몫이 아닌 고통까지 구태여 알고 싶지 않았다.

"그나저나 작년엔 중요한 사건이 참 많았네."

"그래서 노트가 네 권이나 나왔어요. 스크랩할 이야기가 너무 많았거든요."

"이 사람은 누구야? 변호사?"

후세 다쓰지. 일본인 남자의 사진을 첨부한 기사는 표제가 '사죄문'이었다. 사죄. 조선동포. 학살. 순식간에 어떤 문장이 유추됐으나 미나는 자신의 추리력을 의심했다.

"뭐라고 쓴 거야?"

그래서 번역을 재촉한다. 하필이면 이걸 보셔 가지고. 말희는 곤란한 듯 약간 뜸을 들이다가, 마지못해 문장 하나를 손가락으로 더듬으며 일본말로 옮겨 주었다.

"일본인으로서 조선동포들에게, 조선인 학살 문제에 대해 마음으로부터 사죄를 표명하고, 자책을 통감합니다."

미나의 얼굴이 굳는다. 입을 다문 채 기사 속 한자들을 뚫어져라 내려다본다. 흩어진 단어들이 아주 끔찍한 장면들로 엮어졌다.

동경의 대지진은 그녀가 미국으로 떠난 지 꼭 반년 후에 일어났다. 부모는 경성에 있었고 일본에 사는 두 오빠와 그 처자식도 모두 화를 면했다. 그때 미나는 가족들이 무사하니 다행이라고 생각했다. 재해를 당한 일본인을 돕자며 구호성금 모으는 미국인들을 보면서 이 나라 사람들은 참 따뜻한 구석이 있네,

기분 좋게 몇 달러를 모금함에 넣었다. 그런 일이 일어난 줄은 꿈에도, 절대로, 감히 상상조차 하지 못했다.

'조국이 있어 내 한 몸도 영예를 누리는 것인데, 원 나라를 잃어 봐야 정신들을 차릴지.'

미나는 총독부 정무총감이 당시 본토의 경시총감이었단 사실을 상기한다. 동그란 안경을 쓰고 친절하게 웃던 유아사 남작의 얼굴을 떠올린다. 그와 막역한 사이인 아버지를 생각한다. 스크랩된 기사 속에 들어 있는 일본인 변호사의 엄숙한 표정을 본다.

온몸의 물기가 바싹 마르는 기분이었다.

"너도 조선이 독립하길 원해?"

어째서 그런 질문을 던졌는지 모르겠다. 그저 충동적이었다고 할밖에 설명할 길이 없었다. 역시나 말희는 몹시 당황하며 시선을 피했다. 미나는 상대를 난처하게 만든 것이 미안하기도 했고, 한편으론 어떤 대답이 나올지 궁금하기도 했다.

잠깐 우물쭈물하던 말희가 작은 목소리로 입을 뗐다. 입술이 마르는지 연신 혀로 축여 가면서.

"저희 할머니 말씀이, 예전에도 양반님네들 등쌀 때문에 살기는 똑같이 힘들었대요."

지금도 살기는 힘들단 소리다.

"좋은 일본인도 있고 나쁜 조선인도 많아요."

이건 나쁜 일본인이 더 많다는 소리고.

"저희 엄마가 동생한테도 늘 당부하세요. 절대 그런 거 하지 말라고, 근처에도 가지 말라고요. 걔가 장남이거든요. 얼른 학교 졸업하고 돈 벌 생각 해야죠. 아래로 동생이 줄줄인데……."

하나같이 질문을 빗겨 간 답이지만 미나는 듣기만 했다.

"그런 거 하다가 붙잡히면 고문받다 죽는대요. 재판은 받으나 마나고 무조건 불구 돼서 나온다고……."

어지간히 당황해 주절주절 말을 늘어놓던 말희가 어느 순간 입을 꾹 다물었다. 그리고 미나는 즉시 그 까닭을 눈치챘다. 재판과 행형은 법무국 관할이다. 받으나 마나 한 재판이 열리는 것도, 죽을 때까지 고문하는 것도 모두 법무국장이 허락했기 때문이다.

미나는 저도 모르게 고개를 돌렸다. 그리고 잠깐 숨을 멈췄다. 방석도 없이 방바닥에 마주 앉은 두 여자는 서로를 바라보지 못했다. 너도 조선이 독립하길 원해? 대체 무슨 생각으로 그따위 무례한 질문을 했을까. 미나는 견딜 수 없이 부끄러워서 그만 자리를 피하고 싶어졌다.

"나, 이것 좀 빌려 가도 될까?"

최대한 아무렇지 않게 물었다. 말희와 눈이 마주쳤을 때는 얼른 보고 내일 돌려줄게, 사정하듯 말을 덧붙였다. 열아홉 살이지만 아직도 어린애처럼 몸집이 작은 소녀. 소설가가 꿈이라는 하녀는 조금 어색하게 웃으면서 고개를 끄덕였다.

"그럼요. 천천히 주셔도 돼요."

"고마워."

미나는 예의를 차려 인사한 뒤 스크랩 노트 네 권을 챙겨 일어섰다.

"우리 저녁에 파전 부쳐 먹자. 준세도 늦게 온다는데."

"주인님 금일도 늦으신대요?"

"그렇다나 봐. 고교 동창이랑 저녁 먹기로 했다나."

이달부턴 아주 날마다 늦네. 짐짓 경쾌하게 투덜거리는 목소리.

"그러니까 우리도 우리끼리 맛있는 거 해 먹자. 막걸리도 마시고. 동래댁한테 파전 만드는 법 가르쳐 달래야지."

뒤따라 나오려는 말희를 억지로 눌러앉힌 뒤, 미나는 별채 현관을 나섰다.

바깥 공기가 꽤 차가웠다. 두툼한 노트 네 권을 품에 안았다. 어깨를 약간 움츠리고 정원에 깔린 박석 위를 총총히 걸었다. 본채 현관 앞에 다다랐을 때 앞마당에 우뚝 선 매화나무에 눈길이 닿았다.

벌거벗은 나무가 해골처럼 앙상하다. 그 아래 화단의 국화 줄기는 시커멓게 얼어붙어 형체를 알아볼 수 없다. 가뜩이나 황야 같은 이월의 오후는 하늘마저 우울해 온통 잿빛이다.

어서 봄이 왔으면. 미나는 황폐한 화단 앞에 잠시 우두커니 섰다가, 문득 몸서리를 치면서 집으로 들어갔다.

모리타 겐지는 이렇게 호화로운 곳이 생전 처음이다. 화월별장. 이름만 들어본 그 고급 요정에 와 보게 될 줄이야. 화려한 기모노를 입은 여자 둘이 천천히 상을 차리는 동안 그는 하얗고 가는 손목이며 붉게 칠한 입술을 몇 번이나 흘끔댔다. 게이샤가 틀림없을 미인들에게 요리상을 차리게 하는 것이 이곳의 뻔한 상술인 줄 알면서도.

화월은 내지에서 데려온 요리사들이 연회 음식을 선보이는 곳으로, 경성 제일의 조선 식당으로 식도원이 꼽히듯 일본 음식으론 단연 첫째로 꼽히는 업소였다. 그중 남산정 화월별장은 가장 최근에 문을 연 최고급의 지점이다. 객실이 모두 별개 건물이라 각별한 공간을 원하는 손님들에게 인기가 많고, 그 보장된 은밀함 덕에 술값이며 요릿값이 터무니없이 비싼 것은 물론이었다.

그러니 까다로운 청탁을 위한 접대자리라면 몰라도, 고교 동창끼리 술자리를 가지기엔 너무나 현실성이 없는 곳이다.

"부담 없이 보잔 소리를 곧이들은 내가 순진한 건가."

한 상 가득한 음식을 보며 모리타가 탄식하듯 중얼거렸다. 상을 차린 여자들이 단정하게 사라진 건 조금 아쉬웠지만 형형색색의 요리들은 어디서도 본 적 없는 진수성찬이었다.

"다시 말하지만 부담 갖지 않아도 되네."

"편하게 얻어먹을 수 있는 자리는 아닌데."

"내가 청탁이라도 할까 봐?"

"나 같은 말단 검사가 해 줄 수 있는 일이 있을지 모르겠군."

"그러니 편하게 들어도 돼. 염려 말고."

꽤 오만한 대답이라 모리타는 픽 웃었다. 너 같은 말단 검사한테 청탁할 일 없단 소리를 이렇게 면전에 대놓고 하나.

"내지 검사님이 멀리까지 와서 불철주야 애쓰시는데, 이천만 조선인을 대표해서 내가 식사라도 대접해야지."

그는 요리상을 두고 마주 앉은, 암녹색 트위드 정장 차림의 남자를 마주 보았다. 새하얀 셔츠와 몸에 꼭 맞는 조끼, 넥타이와 금색 핀까지 잔뜩 멋을 부렸다. 그럼에도 천박하지 않고 우아하게 어울리는 남자.

"어때. 이러면 명분이 되겠나?"

그토록 화려한 차림새로, 준세가 세련되게 웃었다.

임준세의 집이 대단한 부호라는 건 고교 시절부터 알고 있었다. 가쿠슈인에 갈 자격이 있으면서도 제일고에 합격해 들어왔다는 것도. 그가 귀족 작위와 재산 모두를 상속받게 된다는 사실은 같이 공부하는 수재들에게 이미 박탈감을 선사했다. 그러나 모리타가 받았던 강렬한 첫인상은 그런 것들 때문이 아니었다.

일 학년, 입학식 후 첫 수업으로 기억한다. 머리가 허연 국어 교사가 출석부를 보며 호명했을 때였다. 하야시 슌세. 카랑카랑한 목소리가 울렸지만 서른 명 남짓한 학생 중 아무도 대답하지 않았다. 하야시 슌세 군. 교사가 한 번 더 호명하고 학생들이 두리번대기 시작한 뒤에야 누군가 자리에서 일어섰다.

'제 이름은 임준세입니다.'

자리에 앉아서 바라보던 모리타는 그때까지도 그게 무슨 소린가 했다. 동경 토박이처럼 완벽한 발음이나 말투 때문만이 아니었다. 검정색 교복이 잘 어울리는, 신장도 인물도 월등한 저 학우가 조선인일 리 없다는 생각이 순간적으로 그의 머리를 조인 것이다.

'저는 조선인이니 조선식으로 불러 주십시오.'

너무나 거리낌 없는 태도였다. 정중하고도 당당해서 지극히 당연한 요구처럼 들렸다. 늙은 국어 교사가 입을 다문 채 그를 가만히 마주 보는 동안 모리타는 선생의 눈에서 어떠한 탄복을 읽어 냈다. 그리고 그때 직감했던 것 같다. 앞으로 그가 경쟁할 상대는 바로 저 조선인이라는 걸.

'미안하네.'

그 순간 모리타는 참을 수 없이 불쾌해졌다. 잠시나마 그에게 강렬한 호감을 느꼈던 것이. 꼭 친해지고 싶다고 생각한 것이. 일본인 교사가 곧장 사과하고 고쳐 부른 것까지 모조리 다.

'임 군.'

그날 이후 학교에서는 아무도 그를 하야시라고 부르지 않았다. 3년 내내. 졸업하는 날까지. 그 누구도.

"자네 많이 변했군."

말하며 모리타가 묘하게 미소했다. 준세는 따라 웃으며 술병을 집어 들었다. 제 앞에 놓인 잔을 채워 주는 모습을 모리타는 바라본다. 경성에서, 이런 최고급 요정에서, 교복이 아닌 어른의 차림으로 마주 앉아 술을 마시게 될 줄이야.

지나간 세월의 부피가 새삼 실감됐다.

"그러는 자네는 그대론가?"

두 개의 잔에 차례로 술을 채운 뒤 준세가 되물었다. 뚜렷하게 직시하는 눈길. 모리타는 입을 다문 채 그 웃는 입술을 바라보았다.

고교 시절 준세에게는 어딘가 초월한 듯한 분위기가 있었다. 전국의 수재들이 모이는 학교에서도 저 혼자 다 자란 어른 같은 느낌을 풍겼다. 교실에서나 숙사에서나 그는 늘 혼자였다. 모든 급우와 무난한 관계였지만 특별히 친하게 지내는 이가 없었다. 지독하게 매달리지 않았는데도 공부도 운동도 특출나게 잘했다.

준세는 3년 내내 그의 뒤를 바짝 쫓아왔다. 한 번도 일등을 빼앗기지 않은 모리타는 그러나 늘 불안감에 시달렸다. 차라리 그가 수석이고 제가 차석이었더라면 좋았겠단 생각마저 들었다. 그러나 그가 가진 것이라면 차석마저 부러워지는 지독한 질투심보다, 모리타를 진정으로 괴롭힌 건 의구심이었다.

네가 일본인이었어도 수석이 내게 돌아왔을까.

"변했다기보다 철이 든 거지."

준세가 명쾌한 말투로 그러며 술잔을 내민다. 모리타는 하얀 백자에 담긴 투명한 술을 잠깐 바라보다가 별수 없다는 듯 잔을 집어 가볍게 부딪혔다. 이천만 조선인을 대표해서 식사라도 대접해야지. 부유한 동창이 선사하는 진수성찬을 거절할 까닭이 없었다.

"철이 들었다라."

"어릴 땐 그렇잖아. 세상만사가 마음에 안 들지. 쓸데없는 치기에 휩쓸리고. 그런데 사회에 나와 보니 조금씩 이해가 되더군. 세상만사가 어째서 그렇게 될 수밖에 없는지. 왜 다들 그렇게 살 수밖에 없는지. 또 왜 그렇게 살아야 하는지."

들으며 모리타는 잔에 입술을 대고 천천히 술을 흘려 넣었다. 적당히 데워진 청주가 달착지근하게 혀를 적셨다. 좋은 술이라고 생각하면서 그는 마주 앉은 남자를 바라본다. 준세는 느긋하게 비운 잔을 상에 내려놓더니,

"보이는 것 이면의 진짜 이치를, 터득하게 됐달까."

이쪽과 다시 눈을 맞추고 부드럽게 미소했다. 편안한 웃음이었다. 세상의 맨 꼭대기층에 사는 사람들만 지닐 수 있는 자신감과 여유가 흠뻑 밴 웃음이다. 삶에 완전히 만족한 어른의 웃음. 그래서 모리타는 저도 모르게, 의미도 모른 채 고개를 끄덕거렸다.

"최근에 결혼했단 얘기 들었네."

"음."

"늦었지만 축하해."

"고맙네. 금년까지 축하받게 될 줄은 몰랐지만."

"식은 언제."

"작년 가을에."

"그럼 이제 한 반년 된 건가."

"그쯤 됐지."

"신혼이군."

준세가 눈을 내리깔며 웃는다. 그 웃음에서 모리타는 몹시 보드라운 어떤 것을 본다. 그가 누구와 결혼했는지는 며칠 전에 알았다. 저 친구가 법무국장님 사위잖습니까. 어쩌면 그렇게 깜깜하냐는 듯 딱한 얼굴로 요시다 과장이 말해주었을 때, 모리타는 아주 오랜만에 다시 느꼈다. 뱃속을 불로 지지는 듯한 질투심.

"자네는 확실히 변했어. 아, 변한 게 아니라 철이 든 거라고 했나."

"철들기에 사 년은 충분한 시간이지."

"결혼을 해서 철이 든 건가, 아니면 철이 들어서 결혼을 한 건가."

"아마 양쪽 다가 아닐까."

하루하라 국장의 딸에 대해 모리타는 전혀 알지 못한다. 아무리 귀족이라도 조선인에게 딸을 시집보낸 백작의 판단이 불가해할 뿐이었다. 분명 하자가 있겠지. 지독한 박색이라던가. 법무국 소속인 그는 국장을 몇 번 본 적이 있다. 같은 대학 후배인 신임 검사를 하루하라는 각별히 대해 주었다.

"조선에 온 지는 얼마나 됐나."

"나도 이제 한 반년 됐지."

"고문에 합격해도 금방 발령이 나진 않는다고 들었는데."

"운이 좋았어."

"역시 은시계조는 다른 모양이야."

"별로 그렇지도 않은데."

"나중에 구경 좀 시켜 주게."

"뭘?"

"폐하께서 하사하신 시계 말이야."

"아."

"동창 덕에 하사품을 알현하게 되면 나도 대단한 광영으로 알겠네."

능청스럽게 웃는 준세를 보며 모리타는 피식거렸다. 제 기분을 좋게 하려고 부러 추어올린다는 것쯤 당연히 알고 있었다. 그래서 그는 굳이 겸양의 말을 늘어놓지 않았다. 은시계 같은 건 너도 얼마든 얻을 수 있었을 거란 말도 하지 않았다.

모리타는 아무것도 입 밖에 내지 않았다. 네가 대학에 진학하지 않기로 했다는 사실을 알고 얼마나 안심했었는지. 졸업 후 조선으로 돌아간다는 것이 얼마나 반가웠는지. 그러면서 혹 너도 경성의 대저택에서 고문시험을 준비하고 있지 않을까, 공부하는 내내 조바심치며 쫓기고 있었다는 걸. 학부를 절반도 마치기 전에 시험에 합격할 수 있었던 건 순전히 그 때문이었다고.

"그런데 경성 온 지 반년이나 됐다면서 왜 여태 날 몰랐을까."

"자넬 모르면 안 된다는 것처럼 들리는군."

"내가 좀 유명하거든. 이래저래."

준세가 서양인 모양으로 눈썹을 치켜올렸다. 모리타는 보일 듯 말 듯 웃었다. 경성에 와 그를 찾아보지 않은 건 고의이기도 했고 아니기도 했다. 신임 검사는 일단 대단히 바빴다. 낯선 도회와 동료와 업무에 적응하는 데 반년은 충분한 시간이 아니었다.

"이제라도 알게 됐으니 됐네. 혹 도울 일이 생기면 언제든 알려 주고. 다른 덴 몰라도 여기 경성에선 내가 꽤 쓸모가 있을 거야."

그는 준세가 총독부의 정식 관리가 아니라는 것을, 한낱 말단 임시직이라는 걸 안다. 그나마도 가을까지만 근무할 테고 그 후 유학길에 오른다는 것도 안다. 미국이 아니라 달나라를 유학하고 돌아온대도 곧장 고등관이 될 수 있는 건 아니라는 것도.

"물론, 앞으로 제가 신세 질 일이 더 많겠지만 말입니다, 모리타 검사."

그래서 모리타는 흐뭇해졌다. 그가 올라선 성공의 궤도는 오롯이 자신만의 것이라서. 그 누구도 막아서거나 앞지를 수 없는 영역이라서. 적어도 총독부에서는, 이 철옹성 같은 관료의 세계에서는 임준세가 결코 모리타 겐지를 추월하지 못하게 된 것이다.

"나도 잘 부탁하네. 임 서기."

한 쌍의 술잔이 쨍하고 경쾌한 소리를 냈다. 모리타는 훌쩍 잔을 비운 뒤 술병을 들어 동창의 잔을 채워 주었다. 평등하게 마주 앉았음에도 제가 앉은 자리가 한 뼘쯤 더 높게 느껴졌다.

고문에 합격한 이래로 모리타는 아부하는 사람들을 무수히 겪어 왔다. 그들에 비하면 준세는 결코 비굴하지 않았지만 검사라는 지위에 감탄하는 눈치를 숨기지도 않았다. 그는 동창의 성공을 진정으로 반기는 것 같았다. 정확히는 성공한 동창이 제게 가져다줄 이득을 반기는 것이겠으나.

이렇게나 이악한 친구였나. 모리타는 내심 놀랐지만 그조차도 흡족했다. 스무 살 안팎의 설익은 청년들이 이렇게 어른이 되는 거라고 생각했다. 철이 들고, 치기를 극복하고, 열등감에서 해방되고. 세상만사가 불만이던 시절을 지나 이제야 어른이 된 거라고.

4년은 그러기에 충분한 시간이니까.

리버티가 통째로 세 든 건물은 상점과 살림집이 위아래로 붙은 전형적인 일본식이다. 꼭대기인 삼층에 사장 혼자 사는 집이 있는데 누구든 청하면 두말않고 재워 준다. 그건 결코 뜬소문이 아닌 것이 카페 직원 중에도 수혜의 증인이 여럿이었다. 황 사장은 그러나 그들 중 누구도, 남녀를 통틀어 그 누구도 자기 침실에는 들인 적이 없으니, 아무래도 남색가보다 다른 쪽이 맞는 것 같다는 게 직원들 사이 중론이었다.

그 건물의 후미진 뒤뜰은 마치 조명이 꺼진 무대 같았다. 완전히 소외된 공간으로 주변 거리 소음이 흘러들었다. 본정은 평일에도 불야성이다. 이제 갓 아홉 시를 넘겼으니 왁자한 골목이 조용해지려면 한참 멀었다.

철문을 밀어 열자 끼이익, 긁히는 소리가 요란했다. 기름칠 좀 해야겠다고 생각하면서 찬이 밖으로 나와 담배 한 개비를 입에 물었다. 성냥을 긋자 불꽃이 솟으며 반듯한 프로필이 드러났다. 그러나 빛은 금세 사라지고, 남자는 다시 어둠 속에 잠겨 들었다.

후우. 느긋하게 첫 연기를 뱉어 낸 찬이 허공에 대고 이죽거렸다.

"숨 참아라. 다 들린다."

그러나 어두운 공간에선 아무도 나타나지 않았다. 다 들린다니까. 타이르듯 재차 말하자 사각지대에 서 있던 윤식이 걸어 나왔다. 담배 문 입술이 소리 없이 웃는다.

"제 숨소리가 어찌 거기까지 들립니까?"

"이 형님은 견공의 청력을 타고났거든."

"빈 말씀 잘하시는 것도 큰 재줍니다."

"따박따박 말대꾸 잘하는 걸 보니 굶고 다니진 않는 모양이로군."

"굶긴요. 요새 떼돈 벌고 있는데."

"손님이 퍽 후하지?"

"몹시요."

"사나흘에 한 번꼴로 나오는 모양이구나."

"예. 지금까진 그러네요."

"오늘은 어떤 걸 주든."

윤식은 주위를 경계하듯 잠깐 입을 다물었다가,

"대구 태궁상점과 당분간 실거래만 하라고 하셨습니다. 지금 그쪽을 조사 중이라고요."

빠르게 속삭이듯 대답했다.

백산무역의 지점과 거래처들은 팔도를 거쳐 국경 밖 간도까지 이어져 있다. 업체들은 곡물 등의 상품을 서로 사고파는데, 실제 물건보다 더 많이 거래한 것처럼 장부를 부풀리면 그 차액만큼 비밀자금을 국외로 운반할 수 있었다. 합법적인 상거래이니 적발될 위험은 낮았지만, 만일 경찰이 거래품을 압수해 수

량을 헤아린다면 장부가 과장된 것이 드러날 수도 있었다.

"부산엔 전달했고."

"받자마자 곧장 전화드렸지요."

"여관으로?"

"예."

"그 외 다른 말은."

"없습니다. 달리 말씀 건네실 상황도 아니고요."

찬은 고개를 끄덕이며 다시 담배를 입에 물었다. 후우. 바닥을 향해 길게 연기를 뱉는 모습. 윤식은 저보다 키가 훌쩍 큰 사내를 바라보면서, 약간 여윈 턱과 긴 목의 선이 멋지다고 생각했다.

"온 김에 맥주나 한잔하고 가라. 강임이도 안에 있어."

"아, 아닙니다. 저 술 못해요."

"누가 맥주를 술이라던?"

"저는 정말 괜찮습니다. 두 분 말씀 나누세요. 누님께 안부 인사만 전해 주시고요."

"너 강임이 무서워 그러지?"

"예에? 아닌데요. 무섭긴 누가요."

무서운 거 맞네. 찬은 정색하는 윤식에게 픽 웃어 주고는 담배 쥔 손을 가볍게 내저었다.

"그럼 가 보든지. 몸조심하고."

"또 뵙겠습니다."

"오냐."

꾸벅 인사하고 사라지는 뒷모습을 끝까지 확인했다. 제자리에서 서서 귀를 기울였지만 별다른 이상은 감지되지 않았다. 그제야 반쯤 남은 담배를 바닥에 툭 버리고 구둣발로 비벼 껐다.

무거운 철문을 당겨 열자 음악 소리가 터져 나왔다. 통로를 지나던 급사와 여급 몇이 찬을 보고 가볍게 목례했다. 그는 뒷문에서 가장 가까운, 제일 깊숙한 내실인 칠 호실 앞에 서서 두 번 두드린 뒤 문을 열었다.

"뭐 이렇게 빨리 와?"

그 정보원 행동 한번 잽싼 모양이네. 강임이 중얼거리며 땅콩 한 알을 입에 넣는다.

"별 내용이 없어서."

"이런. 열 시에 올 이는 좀 큼직한 걸 가져와얄 텐데."

"아쉽게도 오늘은 열 시에 올 사람이 없다."

"저런."

연극조로 과장된 표정을 지으면서 여자가 맥주병을 움켜쥐었다. 찬은 제 잔에 술을 콸콸 따르는 손길을 보고 슬쩍 웃었다. 저렇게 털털해서 무슨 여급 노릇을 한다고.

"황 사장."

"오냐."

"여기 드나드는 정보원이 몇이나 되우?"

"남의 영업비밀 묻는 거 아닐세."

"걱정 말고 얘기해. 안 써먹을 테니."

"기자가 하는 소린 믿을 게 못 되지."

"에이, 안 넘어가네."

찬은 하루에도 몇 번씩 혼자 뒷문으로 나간다. 주위에 아무도 없으면 담배에 불을 붙이는데, 대개는 첫 연기를 뱉어 낼 때쯤 숨어 있던 누군가가 다가왔다. 그는 여러 명의 정보원에게 제각각 다른 시간을 정해 주었다. 전달할 거리가 있으면 제 시간에 나타나 은밀히 알려 준 뒤 사라졌다. 아무도 나타나지 않으면 그냥 담배 한 대 피우고 들어가면 되고. 하루에 궐련을 한 갑씩 피우는 건 다 이런 직업적 애환 때문이라고, 누군가 그의 애연 습관을 지적할 때마다 찬은 속으로 그리 핑계 대곤 했다.

"윤식이가 안부 전해 달라더라."

"윤식이? 장윤식?"

"잠깐 들어왔다 가라니까 기어코 싫다네. 너 있단 소릴 괜히 했어."

"아홉 시 정보원이 장윤식이야?"

강임이 눈을 동그랗게 뜨고 따지듯 물었다.

"그놈은 부산 사는 놈이 여기서 뭐 하는 건데?"

찬은 대답 대신 맥주를 한 모금 삼켰다.

윤식이 총독부 앞 구두닦이로 나선 것은 이제 한 이레쯤 됐다. 준세를 만난 건 오늘이 두 번째였다. 점심시간 즈음 나온 그가 자리를 잡으면 성심껏 구두에 광을 내 주고, 후한 손님은 일 원짜리 지전 한 장을 건넨 뒤 청사로 돌아간단다. 반으로 접은 지폐 사이에 쪽지를 넣어 전하는 것은 수사상황을 가장 빨리 전달하기 위해 준세가 생각해 낸 방법이었다. 그가 리버티에 자주 드나드는 것도, 교환수를 통하는 전화를 이용하는 것도 위험할 수 있다는 판단에 찬은 동감했다.

"그럼 그 수사조에 임 주임이 들어간 거야?"

"그렇다는구나."

"재주도 좋네."

"담당 검사가 동창이니 그걸 이용했겠지."

"검사?"

"성전견치. 동경제대 출신이잖아."

"아아. 거기 예과가 제일고였지."

강임이 고개를 끄덕였다. 지난해 경성지법에 온 신임 검사는 그녀도 알고 있다. 스물다섯 살에 2년 차 검사요, 사회부 기자들의 호기심을 자극할 만한 사연을 지녔다는 것도 알았지만 준세와 동창이라니. 그것까지는 미처 연관 짓지 못했다.

"한데 윤식이가 왜 황 사장한테 그걸."

강임이 문득 입을 다물더니,

"……안 믿는구나."

서늘한 눈으로 남자를 바라보았다.

찬은 대꾸하지 않았다. 못 들은 척 맥주만 또 한 모금 마신다. 하. 강임은 기가 막혀 실소가 났다.

"오빠 같은 사람이 제일 무서워."

"내가 무얼."

"앞에서는 좋은 얼굴, 좋은 소리만 하면서 뒤로는 이렇게 감시하고."

"앞에서도 딱히 좋은 소리만 한 건 아닌데."

"임준세 입당할 때 오빠가 천거했잖아."

"그러니까 내가 책임져야지."

"믿지도 않는 사람을 당원으로 끌어들였다는 거야?"

"그 친구를 안 믿는 게 아니야."

"그럼 왜 감시하는데?"

"불안해서."

공격적으로 대꾸하던 여자가 말을 멈췄다. 비틀렸던 입매가 조금 풀어진다.

"뭐가 불안해."

"위험한 데 기어들어 가 무모한 짓을 하고 있으니."

"어딘들 안 위험한가, 뭐."

"거기서 잡히면 살아남지 못해."

"아니 잡힐 자신 있나 보지."

"여기서도 잘하고 있었어. 더할 나위 없이 제 역할 잘해 주고 있었다고. 그런 친구가 왜 갑자기 총독부에 들어갔을까."

"그야 회사 때문이라며."

"미국 간단 얘기도 없었고. 나한텐 아직까지 일언반구도 없어."

"우리 몰래 도망갈 생각인가 보지."

"갈 생각이 없는 거겠지."

모른 척 딴소리만 하던 강임이 입을 다물었다. 그리고 지난가을 여기서 마주쳤던 여자를 떠올렸다. 춘원신일의 딸. 귀공녀답게 몸가짐은 고상했으나 삐딱한 속내는 숨겨 내지 못하던, 그래서 어딘가 좀 귀여운 구석이 있던 여자.

'우린 조만간 미국으로 돌아갈 거니까요.'

그 여자는 제가 어떤 남자와 살고 있는지 알기나 할까.

"그럼 뭐, 총독 암살이라도 계획하고 있나 보지."

그 친구 보기보다 화끈한 구석이 있네. 강임이 덧붙이며 키득키득 웃었다. 찬은 웃지 않았다.

마주 앉은 남녀 사이로 약간의 긴장이 흐르기 시작했다. 임준세가 숨기는 게 있다는 것 정도야 진작부터 알고 있었다. 몇 가지 정황만 합쳐 봐도 그 정도는 눈치챌 수 있으니까.

"총독을 죽이면, 독립이 되나?"

그래서 강임은 오랜만에 찬과의 입씨름이 시작될 것을 알았다.

"독립하려는 의지는 만방에 알릴 수 있지."

"지나치게 낭만적인 발상이다."

"그럼 제국주의 우두머리를 그냥 둬?"

"복수나 응징으로 독립이 되진 않아."

"하면 가만히 맞고만 있는 게 옳단 말야? 그게 송장이랑 뭐가 다른데? 사람이면, 살아 있는 사람이면 꿈틀거리기라도 해야 하잖아."

"암살하고 폭탄 던져서 독립할 수 있는 게 아니야. 빈손으로 만세만 부른다고 독립되는 거였으면 우리가 왜 여태 이러고 있을까."

"그거 투사들에 대한 모독이야."

"입바른 말은 아무도 듣기 좋아 아니하시지."

"남의 말 따라 하지 마. 겁쟁이 온건주의자 같으니라고."

"거 오랜만에 듣는 소리구나."

"오빠는 죽었다 깨나도 무장투쟁 같은 건 못 할 거야."

"시켜 줘도 안 한다, 그런 거."

찬이 힘없는 웃음을 흘렸다. 이쯤 하자는 신호라는 걸 강임은 안다.

"회사는, 어차피 오래 못 버텨."

남자가 침통하게 단언했다.

"그러니 더더욱 그런 친구가 필요해. 실력 있는 사람이 모여서 민족의 힘이 되는 거다. 아까운 목숨을 그렇게 낭비하게 할 순 없어."

진정으로 독립하려면 힘을 길러야 한다. 당장은 죽은 것처럼 보여도, 시간이 좀 오래 걸려도 차곡차곡 내실을 쌓아 강해져야 한다. 각자가 할 수 있는 최선의 방식으로 최대의 힘을 보태야 한다. 조선민족이 살길은 그것뿐이라고 찬은 믿고 있었다.

"쓸모없는 짓 하지 마. 죽기로 마음먹은 사람을 막을 수 있다고 생각해?"

강임이 들으란 듯이 냉소했다.

"무모하다는 건 오빠 생각이야. 아깝다는 것도, 낭비라는 것도 다 오빠 생각일 뿐이라고."

"훨씬 더 유용하게 쓰일 수 있는 사람이야."

"그걸 왜 황 사장이 정해? 자기가 어떻게 쓰일 건지는 스스로 결정해야지."

찬은 입을 다문 채 가만히 여자를 바라보더니 후우, 길고도 깊은 한숨을 내쉬었다. 강임은 강임대로 더 하고 싶은 말을 참으려 맥주잔으로 제 입을 틀어막았다.

인간은 쉽게 망각하는 동물이라서 누군가는 계속 행동해야만 한다. 우리는 죽지 않았다고, 아직 이렇게 살아 있다고 누군가는 꾸준히 일깨워 줘야만 한다. 그래서 강임은 의열단을 추종했다. 홀어머니와 과부가 된 새언니가 아니었다면, 일곱 살 난 유복자 조카가 아니었다면 진즉에 망명해 가담했을 것이다.

"알아서 싸우게 놔둬. 본인 뜻대로 죽게 놔두라고."

친일파 거두의 장남이 총독을 척살한다. 상상만 해도 강임은 피가 끓는 것 같았다.

"개인의 의지를 막을 권리는 누구에게도 없어."

여자의 말에 찬은 반박하지 않았다. 그러나 끝내 고개를 끄덕이지도 않았다. 그저 말없이 제 몫의 잔을 비우고, 이미 빈 여자의 잔에 맥주를 채워 줄 뿐.

밤이 깊어 갈수록 리버티는 북적였다. 홀도 내실도 온통 사람들로 흥청거렸다. 재즈 선율 사이로 터지는 웃음소리. 입을 다문 채 침묵하는 곳은 오직 칠호실뿐이었다.

비는 새벽부터 내리기 시작했다. 굵직한 겨울비였다. 본채에서 별간까지 걸어가는 사이 머리와 어깨가 축축이 젖을 정도였다.

운동을 마치고 나왔을 때 비는 거의 그쳐 있었다. 습하고 찬 공기를 마시며 준세는 본채를 향해 걷기 시작했다. 이른 대기에 물비린내와 흙내가 뒤섞여 있었다.

집 안은 아직 고요에 가깝다.

현관 앞에 서 있던 말희가 두 손으로 타월을 내밀었다. 그가 성큼성큼 마루를 디뎌 욕실로 향할 때까지 두 명의 사용인과 주인은 입술을 떼지 않았다. 미나는 아침잠이 많아서 일어나려면 아직 삼십 분쯤 더 있어야 한다. 세 사람이 소리를 죽이는 것도 그래서였다.

침실 앞을 지나던 준세가 걸음을 멈췄다. 격자무늬 미닫이 앞에 서서 잠시 귀를 기울인다. 안에서는 아무런 기척도 감지되지 않았다. 그러면 그렇지. 입가에 엷은 미소를 단 채 그는 다시 앞으로 걸었다.

준세와 침대를 공유하는 여자는 수면 습관이 건강하고 약간은 무디기까지 해서 늘 그보다 먼저 잠들고 늦게 일어났다. 새벽에 깨거나 뒤척이지도 않았다. 다만 이따금씩, 그가 잠을 이루지 못하고 더딘 시간을 흘려보내는 동안, 부스스 눈을 뜬 여자가 품을 파고드는 일이 있었다. 그럴 때면 옹알이처럼 중얼대는 소리. 왜 안 자. 몇 시야. 안아 줘.

안아 줘.

잠꼬대라는 걸 알면서도 준세는 가슴이 저릿했다. 묵직한 쇠추가 명치를 짓누르는 것 같았다. 그럴 때면 제 품에 고개를 묻고 잠든 여자를 한참 동안 바라보았다. 푸르스름한 어둠 속에 천진한 여자. 깊고 평온한 숨소리. 그토록 순진한 신뢰 앞에서 그는 여명이 틀 때까지 잠들지 못했다.

준세는 되도록 아내를 멀리하고 있다. 그녀가 다가와도 이런저런 핑계를 대면서 관계를 갖지 않으려 했다. 퇴근 시간이 점점 늦어졌으므로 미나는 쉽게 납득하는 눈치였다. 무심한 신혼의 남편을 서운해하지도 의심하지도 않았다.

그저 가볍게 입을 맞추고 곁에 누워서 새근새근 먼저 잠이 들었다.

그런 여자 곁에서 준세는 매 순간 고뇌한다.

안고 싶다. 그러나 더는 안 돼.

한 번만. 한 번쯤은 괜찮지 않나.

이기적인 욕정이 득세할 때마다 그는 홀로 남을 여자를 떠올렸다. 기만하고 배반한 남자의 아이를 품고 덩그러니 남겨진 모습을 상상했다. 이토록 가증스러운, 끔찍하게 나약한 자신을 저주했다.

미친 새끼.

준세는 안다. 남은 시간이 많지 않다는 걸. 안희제와 최준을 기소하겠다고 장담한 모리타는 금년 안에, 반드시, 무슨 일이 있어도, 라고 목표를 수식했다. 수사가 집요해질수록 임준세의 정체는 드러날 수밖에 없다. 중요한 길목에서 틀어지거나 막히는 일이 반복되면 그들은 반드시 밀정을 의심할 것이다. 모리타 겐지와 보안과 사람들은 결코 얼치기가 아니었다.

준세는 이르면 올봄, 요행 늦어진대도 여름을 넘기기 어려울 걸로 예상한다. 그것은 아주 오래전 이 일을 계획했을 때 결심한 바이기도 했다. 총독부에 들어가면 한 달을 넘기지 말자. 표적의 일정과 건물 구조를 파악하고 난 뒤 곧바로 끝내 버리자. 최대한 빠르고 미련 없이 치러 내자.

그러나 그가 총독부 소속이 된 지, 이미 한 달 하고 반을 지나고 있다.

"난 일요일이 좋아."

커피를 마시던 준세가 시선을 들었다. 맨얼굴로 말갛게 웃으면서 여자가 말을 이었다.

"평일 아침엔 나만 잠옷 바람이고 당신은 멀끔하잖아. 그래서 왠지, 패배감 같은 게 든단 말이지."

"패배감?"

"응. 쓸모없이 빈둥거리는 인간 같아. 누구는 일하러 가는데 집에서 놀고 있고."

"굳이 따지자면 노는 쪽이 승자 아닌가."

가볍게 코웃음 친 그가 커피 잔을 내려놓았다. 매끈한 정장 대신 느슨한 로브를 걸친 남자는 확실히 평일과 다른 모습이었다. 차림새만큼이나 앉은 자세도 한결 편안해 보였다. 물기 남은 머리카락이 분방하게 흐트러진 채 말라 가고 있었다.

"그래서 말인데, 나 여기서 학교 다니는 건 어떨까?"

"학교?"

"응. 경성제대에 입학할까 싶어서."

대담한 여자가 제 몫의 남은 우유를 끝까지 마셨다. 빈 유리잔을 내려놓으며 혀로 입술을 핥는 모습.

"나 대학 공부는 마치고 싶어."

준세는 답하지 않았다. 허공에 떠 있던 커피 잔을 다시 입으로 가져갔다. 음미하듯 느리게 삼킨 커피가 씁쓸했다.

"그 문제는 천천히 생각해 봅시다."

"천천히라니. 이제 곧 삼월인데요."

"봄 학기는 등록 기간이 지났잖아."

"흠, 그렇긴 하지. 나 미국서 받은 학점 여기서 인정해 줄까? 그럼 가을 학기부터 삼 학년으로 편입할 수 있을 텐데."

"글쎄."

경성제대에는 미나가 전공한 경제학부가 없다. 마지못해 세워진 그 학교는 학부도 법문과 의학 둘뿐이었다. 그녀가 관심 있어 할 만한 학과는 아마 영문학 정도. 그러나 준세는 모르는 척 커피만 한 모금 더 마시고는,

"일요일인데 뭐 하고 싶은 거 없어?"

자연스럽게 화제를 돌렸다.

"하고 싶은 거라니?"

"쇼핑이라든가. 극장이라든가."

"극장?"

"점심 식사를 밖에서 해도 좋고."

"고마운 말이지만 그냥 집에 있을래."

미나가 말하며 커피 잔을 들어 올렸다. 고마워. 포트를 들고 물러선 하녀에게 인사하는 것도 잊지 않는다.

"그냥 집에 있자. 당신 어제도 늦게까지 일했잖아. 일요일만이라도 푹 쉬어야지."

어차피 비도 계속 올 것 같고. 중얼거리며 창 쪽으로 고개를 돌리는 여자. 크림색 네글리제와 연회색 모직 가운. 천천히 감았다 뜨는 눈꺼풀과 긴 속눈썹을 준세는 바라보았다. 색이 연한 눈동자. 희미한 미소를 머금은 분홍빛 입술도.

그리고 그녀가 이쪽으로 얼굴을 돌렸을 때, 시선이 마주치면서 눈가의 웃음이 꽃처럼 피어났을 때, 준세는 가슴을 짓누르던 쇠추가 이제 발목에 매달린 것 같았다. 온몸이 자꾸만 아래로 아래로 이끌려 가는 기분.

"다음 주엔 꼭 알아봐야겠다. 학교 입학하려면 어떻게 해야 하는지."

여자가 경쾌하게 그러며 커피 잔에 입술을 댔다. 남자는 아무런 대꾸도 하지 않았다.

응접실에 놓인 유성기에서 첼로 독주곡이 흘러나오고 있다. 미나가 즐겨 듣는 곡이지만 준세는 곡명도 작곡가도 기억나지 않았다. 그는 다만 입을 다문 채 바라볼 뿐이다. 평온한 주말 아침 풍경을. 여자의 눈에 가득한 희망을. 그 앞에 태연히 마주 앉아 상념에 쫓기는 자신을.

이토록 가증스러운, 끔찍하게 나약한 사내를.

미나는 닫힌 서재 앞에 섰다. 가볍게 문을 두 번 두드리고 천천히 옆으로 밀어 열었다. 쟁반은 무겁지 않아서 한 손으로도 충분히 들 수 있었다. 두 개의 다완이 넘치지 않도록 균형만 잘 잡으면 된다.

"들어가도 되죠?"

책상 앞에 앉은 남자가 소리 없이 웃는다. 사뿐히 안으로 들어온 여자가 드르륵 문을 닫았다. 날이 습해서 그런지 잉크 냄새가 짙었다.

"수정과예요."

장난기 그득한 표정으로 책상 위에 쟁반을 내려놓았다. 남자는 이번에도 그저 웃는 것으로 대답을 대신했다.

"계피 향 너무 좋지?"

"고모부 댁에 다녀왔어?"

"아니, 이건 우리가 만든 거야."

"우리라니."

"나랑 동래댁이랑 말희랑."

책상 앞에 앉은 준세가 슬쩍 눈을 치떴다. 뭐야 그런 눈빛은. 미나가 그를 내려다보며 피식 웃고는 곧 사실대로 실토했다.

"맞아. 난 옆에서 조금 거들기만 했어."

"누가 뭐랬나."

"방금 그랬잖아. 거짓말하지 말라고."

"내가 언제."

"본인은 입보다 눈이 훨씬 더 솔직한 거 아직 모르시나 봐요."

여자를 올려다보던 그가 시선을 내렸다. 그리고 손을 뻗어 다완 하나를 집어 들었다. 한 모금 마시는 모습을 본 뒤에야 미나도 제 몫을 집어 들었다. 진하고 달콤한 계피 향.

"일하고 있었어?"

"아니. 편지 좀 쓰느라."

"무슨 편지?"

"그냥, 안부 편지."

"누구한테?"

준세가 입을 다물었다. 너무 꼬치꼬치 캐물었나. 미나가 슬쩍 눈치를 살폈을 때,

"은사님."

그가 짧게 대답했다. 미나는 그럼 일본으로 보내는 거냐고 묻고 싶었지만 그만두었다.

"바쁘면 자리 비켜 줄까?"

"괜찮아. 다 했어."

"그럼 나 여기서 책 읽어도 돼?"

"좋을 대로."

미나는 반쯤 마신 수정과를 내려놓고 책장 쪽으로 다가갔다. 빈틈없이 꽂힌 책등을 손끝으로 훑으며 뒤쪽에 앉은 남자를 의식했다. 쓰던 것을 마무리하는 모양인지 다시 펜을 드는 기척이 났다. 그녀는 책을 고르는 척 등 뒤로 신경을 집중했다.

사각사각, 만년필촉이 종이를 긁는 소리. 타락타락, 뻣뻣한 종이가 접히는 소리. 그가 쓰는 향수와 잉크 냄새. 미나의 모든 감각은 오직 그를 향해 열려

있었다. 눈앞에 가득한 양장본 같은 건 보이지도 않았다.

언제쯤 말을 걸어도 되려나. 미나는 등 뒤의 남자가 펜을 탁 내려놓는 소리를 들으며, 어떻게 다시 대화를 시작할까 궁리하기 시작했다.

이달 들어 준세는 너무 바빠져서 느긋하게 마주 앉은 적이 거의 없었다. 여기서 '이달 들어'는 약간의 어폐가 있는 것이, 결혼 후 반년이 가까울 동안 그는 언제나 할 일이 많아 보였다. 그럴 필요가 없을 것 같은데도 늘 분주히 무언가를 하고 있었다. 미나는 그게 좀 서운했고 때로는 좀 불안하기도 했다. 한시라도 더 붙어 있고 싶은 마음이 그에게는 없는 것 같아서.

준세는 미나가 아침에 눈을 떴을 때 한 번도 곁에 있던 적이 없다. 아무리 늦게 잠들어도 일찍 일어났으며 운동도 거르지 않았다. 미나의 눈에는 일견 강박적으로마저 보이는 일이었다. 스스로를 지나치게 몰아붙이는 것 같아 안쓰럽기도 했다. 그렇게까지 하는 이유가 뭘까 점점 더 궁금해졌다.

'사랑에는 중간이 있을 수 없다. 파멸과 구원, 둘 중 하나뿐이다.'

어쩌면, 거기부터 시작할 수 있을지 모른다.

"레미제라블에서 제일 좋아하는 부분이 어디야?"

대뜸 물으며 미나가 몸을 돌려 세웠다. 뜬금없는 질문에 그는 물끄러미 여자의 얼굴을 쳐다보다가,

"서문."

"서문?"

"음."

책상 위에 흩어진 문구를 정돈하며 부연하기 시작했다.

"그 책을 영문판으로 갖고 있는 것도 그래서야. 일어로 번역된 책엔 서문이 빠져 있거든. 조선어판도 일어판을 중역해 놓은 것이니 마찬가지고."

들으며 미나가 고개를 갸웃했다. 그리고 문제의 작품 첫 권을 뽑아 맨 앞장

을 펼쳤다. 영어로 된 서문이 버젓이 인쇄돼 있었다.

"소설은 읽는 사람에 따라 해석이 달라지잖아. 그러지 말아 달라는 뜻인지 작가가 서문에 집필 의도를 설명해 뒀어."

"그런데 번역본엔 왜 빠뜨렸을까?"

"글쎄. 번역자는 무슨 말인지 알 수 없어서 그랬다고 밝히긴 했지만."

미나가 살짝 눈살을 찌푸렸다. 본문을 옮긴 사람이 서문을 해석하지 못했다니. 납득되지 않는 사유였지만 더 납득하기 어려운 건 준세였다. 제일 좋아하는 부분이 이 서문이라고? 몇 개 되지 않는 문장들을 묵독한 후 그녀가 되물었다.

"이게 왜 좋은데?"

정면으로 눈이 마주쳤다. 웃음기가 사라진 남자의 얼굴. 왠지 모르게 가슴이 뛰기 시작했다.

"진실이니까."

"진실?"

"감춰진 사실이지. 사람들은 잘 모르는."

낮게 울리는 남자의 목소리. 가슴이 조금 더 심하게 뛴다.

"……진실."

양장본 맨 앞장을 펼쳐 든 채로 미나는 잠깐 생각에 잠겼다.

최근 들어 그녀도 몇 가지 진실을 보게 되었다. 새로운 것도 있었고 이미 알던 것도 있었다. 일부러 못 본 척하던 것들. 있는 줄 알면서도 보기 싫어서 예쁜 담요로 살짝 덮어 놓은 것들. 보이는 것 이면의 진실들.

그러나 우연히 숨겨졌건 고의로 삭제됐건, 감춰진 진실이 무엇이든지 간에 미나가 할 수 있는 일은 없었다. 모든 것은 미나가 아주 어렸을 때 똑똑하고 힘센 어른들이 한 일이었다. 현명한 어른들은 당시 조선에도 있었을 테지만 끝내 막아 내지 못한 일이었다. 그로부터 17년. 다섯 살짜리 아이가 스물두 살의 여자로 자랄 동안에도 세상은 그대로였다. 바뀐 것은 미나의 어머니, 미나의 조국, 미나의 언어와 관습뿐이었다.

그러니 이것은 불가역의 흐름인지 모른다. 인간의 힘으로는 멈출 수 없는 거대한 역사의 조류인지도 모른다. 아메리카 대륙의 문명이 바뀌었듯 이 또한 조선의 운명인지도.

하루하라 미나처럼.

미나는 펼쳤던 양장본을 미련 없이 덮어서 제자리에 꽂아 넣었다.

이제 서재에서 읽지 않은 책들은 그녀의 손이 닿지 않는 곳, 주로 책장의 맨 위 칸에 있었다. 거기서 〈위대한 유산〉을 발견한 여자가 길게 팔을 뻗었다. 발돋움을 해도 닿지 않는다는 건 경험을 통해 알고 있지만 그럼에도 일단 시도하는 고집을 부려 보았다.

지켜보던 준세가 자리에서 일어섰다. 그리고 가까이 다가와 문제의 책을 내려 주었다. 지척에 선 남자는 유독 덩치가 커 보인다. 비스듬히 이쪽을 내려다보는, 아무렇지 않은 보통의 표정.

그 얼굴을 본 순간 미나는 그만 참았던 질문을 뱉고 말았다.

"당신은 왜 조선에 있으려는 거야?"

밑도 끝도 없는 물음이었다.

"왜라니."

"어째서 여기 계속 살고 싶은 거냐고."

"내가 여기 살면 안 되는 이유는?"

그야 사람들이 당신을 미워하니까. 미나는 입을 다문 채 속으로 대답했다. 그리고 저를 관찰하듯 바라보는 남자의 얼굴을, 뜻 모를 미소가 번지는 입매를 바라보았다. 불그스름하고 매끈하고 도톰한 입술.

"내가 왜 여기 살고 싶냐면, 음, 조선이 좋아서?"

"거짓말."

"조선인이 조선을 좋아한다는데 왜 거짓말이지."

"당신은 아닌 것 같아."

"사실이야. 나도 조선이 좋아."

미나는 그 입술이 하는 말들을 믿지 않았다.

"내가 태어난 땅이고. 내가 묻힐 땅이기도 하고."

"정말 그것뿐이야?"

"뭐가 더 있어야 하나."

"다른 이유 있잖아."

"무슨 이유."

"가짜 말고, 진짜 이유."

준세는 대꾸하지 않았다. 되묻듯 여자를 바라보면서 눈썹을 살짝 들어 올렸다. 그때 미나는 그 눈동자 속에서, 까맣고 깊은 동공 속에서 푸르스름한 무언가를 보았다. 건드리면 안 된다는 자각이 들었지만 멈추지 않았다.

"당신, 복수하고 싶어서 그러는 거잖아."

남자의 미소가 흐릿해졌다.

"그래서 꾸역꾸역 경성에 있으려는 거잖아. 총독부에 들어간 것도, 경무 일 하려는 것도 다 그래서잖아. 여기 사람들한테…… 복수하려고."

준세는 계속해서 여자를 응시했다. 고개를 들고 저를 똑바로 보는 얼굴, 연한 빛깔의 두 눈을 찬찬히 들여다봤다. 그리고 곧 어렵지 않게 미소를 회복했다.

"복수가, 나쁜 건가."

느슨하게 뒤틀린 웃음이었다.

"당한 대로 갚아 주는 게 왜 나쁘지."

"……"

"죄를 지었으면 대가를 치러야지. 안 그래?"

마디마디 차가운 말투였다. 타이르는 것 같기도 했고 조롱하는 것 같기도 했다. 그래서 그만 말문이 막혀 버렸다. 어느 쪽이든 지극히 냉정하게 들려서 미나는 혀에 고인 말을 차마 뱉을 수 없었다.

하지만 그 사람들은 이미, 다 죽었잖아.

"그런데 왜 갑자기 그런 게 궁금해?"

질문을 가로챈 남자가 물었다. 이제 미나는 거꾸로 추궁당하는 기분이 든다. 웃지 않는 얼굴. 그 서늘한 시선이 눈을 파고들자 가슴에 살얼음이 앉는 것 같았다. 하지만 왜 내가 겁이 날까. 잘못한 것도 없는데. 속내를 감추는 쪽은 내가 아닌데.

"……걱정돼서 그래."

풀 죽은 목소리로 대답하며 미나는 깨달았다. 이 남자의 웃지 않는 얼굴이 겁나는 까닭이 무엇인지.

그것은 사랑받고 싶기 때문이다. 눈치를 살피고 비위를 거스르지 않으려 애쓰는 것은 그의 관심을 잃을까 두렵기 때문이다. 미나는 준세가 제게 늘 웃어 주기를 바랐다. 계속해서 사랑받고 싶었다.

그러므로 그녀는 이제 그를 비난할 수 없었다.

미나는 이제 임준세를 천박하다 욕할 수 없다. 지배자와 기꺼이 동화될 정도로 의리가 없어도. 속수무책인 동족을 쥐어짜며 뻔뻔하게 굴어도. 정의심도 자비심도 묵살하는 인간이어도 이제 그를 지탄할 수 없게 되었다.

당신을 사랑하게 되어서.

"다칠까 봐 걱정돼. 위험한 일이잖아."

그러니까 당신도 나를 사랑해 줘. 내가 당신을 사랑하는 만큼.

"무섭단 말이야. 혹시 나쁜 일 생길까 봐."

나 외에 아무것도 보지 말아 줘. 내가 당신에게 하는 것처럼.

"그래서 늘 불안해."

온 마음을 기울여, 오직 나만 사랑해 줘.

미나는 남자의 다문 입술을 간절히 바라보았다. 준세는 제자리에 선 채 움직이지 않았다. 어떤 말로 그녀를 안심시켜 주지 않았다. 부드럽게 웃어 주지도, 입 맞춰 주지도 않았다.

그래서 미나는 스스로 남자의 품에 안긴다. 허리를 끌어안고 단단한 가슴에 얼굴을 기댄다. 이쯤에서 그만두면 안 되냐고, 그냥 다 잊고 여길 떠나면 안 되냐고, 나랑 마음 편히 살면 안 되겠냐고 감히 조르지도 못한다.

하필이면 이런 남자를 사랑해서.

"……다치지만 마."

그러니 이제는 별수 없는 일이었다. 막혀 버린 굴뚝처럼 가슴이 갑갑해도. 도무지 떳떳하지 못한 기분이 들어도. 누군가에 대한 막연한 죄의식을 떨쳐 버릴 수 없어도.

"당신만 무사하면 돼."

어차피 세상은 바뀌지 않을 테니까.

아래층 응접실에서 괘종시계가 댕댕댕, 타종했다. 시보의 울림이 물러난 후 집 안은 다시 적막해졌다. 준세가 한쪽 팔을 들어 여자의 어깨를 가볍게 감싸 안았다. 허공을 향한 눈에는 아무것도 맺히지 않았다.

일요일 오후 세 시. 창밖에 다시 비가 내리기 시작했다.

완벽히 소제된 법무국장실은 온통 빛이다. 몇 개나 되는 커다란 유리창을 통해 햇살이 들이쳤다. 큼직한 마호가니 책상과 소파, 고급스러운 집기마다 광택이 흘렀다. 정오를 앞둔 이른 오전이었다.

"그래서 알아봤는데, 경성제대엔 경제학부가 없더라고요."

말하며 미나가 찻잔을 소서 위에 내려 두었다. 자기끼리 달그락 맞붙는 소리가 맑다.

"아마 이제 막 개교한 학교라, 당장 필요한 학과부터 개설해서 그런가 봐요."

덧붙이면서 그녀는 사무책상 뒤쪽, 황금빛 깃대에 매인 일장기에 눈길을 주었다. 순백의 바탕에 선명한 다홍색.

"조선에 아직 부족한 것이 많다. 시설도 그렇고. 제도도 마찬가지고."

"학무 예산이 부족한가요?"

"어디 학무뿐이겠느냐. 총독부는 늘 돈이 부족하지."

암체어에 다리를 꼬고 앉은 신이치가 찻잔을 집어 들었다.

"여기서 거두는 세금만으로는 기본적인 예산도 충당할 수가 없거든."

"본국에서 재정지원을 해 준다면서요."

"눈치 보며 받아 오는 돈이 넉넉할 리가. 요즘은 내각 사정도 그리 좋지가 않고."

미나는 경청의 예절에 따라 작게 고개를 끄덕였다.

"대만은 진즉에 자립해서 내지에 도움을 주는데, 조선은 병합된 지 이십 년이 다 되도록 지원을 받는다. 매년 한두 푼도 아니고 말이야. 제국에 기여는 못할망정 국고만 축내고 있으니 원."

"그럼 독립시키면 되잖아요."

홍차로 입술을 적신 신이치가 가까이 앉은 딸을 바라보았다. 그러나 미나는 아무렇지 않은 얼굴로,

"보탬도 안 되고 예산만 축내고 있다면 그냥 버리는 게 낫지 않나요?"

천진난만한 소리를 했다.

그러나 신이치는 정색하지 않았다. 오히려 낮은 소리로 훗훗 웃었다. 긴 손가락으로 우아하게 찻잔을 든 모습. 그걸 보면서 미나는 앞으로 나올 말을 예측해 보았다.

"투자란 당장의 손익만으로 판단할 게 아니지. 제국이 대륙으로 확장하려면 반도가 꼭 필요하니까. 설령 총독부 예산 전액을 지원해야 하는 상황이 되더라도 본국은 결코 조선을 포기하지 않을 거다."

역시나 예측 적중.

"조선인들에게도 제국 통치가 유익한 일이기도 하고."

미나는 입술을 다문 채 눈을 내리깔았다. 경청의 예절에도 불구하고 고개를 끄덕이지 않았다. 정말로 그렇게 생각하세요? 묻고 싶은 말을 삼킨 것까지가 최선의 예절이었다. 미나는 아버지에게 동조하고 싶은 마음이 없지만 구태여 대립할 생각도 없었다.

"그나저나 아무래도 서운하구나."

"뭐가요?"

"내가 오라고 할 때는 귓등으로도 안 듣더니만."

미나가 아버지의 집무실을 방문한 것은 오늘이 처음이다. 신이치는 딸이 경성에 갓 왔을 때부터 여길 구경시키고 싶어 했지만 미나가 매번 요리조리 핑계를 댔다. 저는 체질상 관청이랑 잘 안 맞아서요. 말도 안 되는 핑계로 헛웃음을 선사하기도 하면서.

"신성한 직장에 놀러 오고 그러는 거 아니에요, 아버지."

"아비 직장은 신성하고 남편 직장은 놀이터냐?"

"점심 사 줄 테니 나오라고 하신 게 누군데."

"나랑 둘이 먹자고 했으면 안 왔겠지."

"다음엔 둘이서 먹을까요?"

"됐다. 딸자식 키워 봐야 소용없다더니."

미나는 예순에 들어서 갓 노년에 접어든, 답지 않게 투덜대는 사내를 바라보았다.

하루하라 백작은 딸과 쏙 빼닮지 않았지만 시원스러운 콧대와 살짝 좁은 듯한 콧망울을 분명히 물려주었다. 낭창하면서 단단한 체형도 부친의 영향인지 모르겠다. 그는 결코 다정한 사람이 아니며 일평생 배려보다 명령에 능했다. 그런 그가 단 한 사람, 딸에게만 온정을 드러낸다는 것은 미나도 잘 알았다.

"아빠."

감히 식민지의 언어로 그를 부를 수 있는 이 또한 자신이 유일하다는 것도.

"오냐."

신이치는 부녀간의 암호를 나누듯 조선어로 대답했다. 반도 땅을 드나들며 소실까지 두었던 그의 어문 실력은 상당했다. 그러나 읽거나 듣는 것 외에 말하는 것은 이제 오냐, 정도가 전부일 것이다.

"갑자기 웬 어리광이지."

"그냥요."

"내게 부탁할 거라도 있는 거냐?"

"아뇨. 그냥, 그렇게 불러 보고 싶어서요."

대답하며 미나는 상대를 마주 보았다. 제 얼굴에 닿은 흡족하고도 다정한 눈길을 바라보았다. 저를 위해서라면 무슨 일이든 해 줄 사람. 그녀는 냉정하고 오만한 하루하라 신이치의 내면에 존재하는, 이토록 뜨겁고 이타적인 일면을 또한 의심할 수 없다.

"아버지."

"오냐."

장난처럼 또 조선어로 대답한 백작이 가볍게 코웃음 쳤다. 미소가 번지면서 눈가와 입가의 주름이 깊어졌다. 환하게 쏟아진 햇살 덕에 세월의 흔적은 한층 노골적이다. 아버지도 이제 늙으셨구나. 미나는 새삼 기분이 묘해졌다.

"미나."

"네."

"행복하냐?"

부녀가 서로의 눈을 들여다보았다. 문득 목이 메어 와 미나는 마음을 다스렸다. 온몸이 거세게 흔들리는 기분. 밑도 끝도 없이 죄스러워서 가슴 한편이 무너지는 기분. 결혼식 날에도 느끼지 못했던 감정이 당혹스러웠다.

"너만 행복하면 돼."

곱게 앉은 딸을 바라보며 신이치가 거듭 말했다.

"내가 바라는 건 이제 그것뿐이다."

두 눈을 내리깐 여자가 미소 지었다. 어여쁜 그 얼굴을 신이치는 뿌듯하게 바라보았다. 그가 일평생 이룬 모든 것 중 미나는 단연코 빛나는 보석이다. 그의 가장 사랑스러운 꽃이다.

생각하며 신이치가 찻잔을 내려놓았다. 슬슬 올 때가 됐군. 벽에 걸린 시계를 확인하며 중얼거리자 미나도 그쪽으로 눈길을 주었다.

정오가 가까워지고 있었다.

점심시간 직전의 총독부는 슬슬 분주해졌다. 곧 정오 사이렌이 울리면 양복쟁이들이 우르르 구내식당으로 향할 것이다. 김기철은 승강기 앞에 선 사람들을 지나 층계로 향했다. 저 느리고 갑갑한 기계를 기다리느니 계단을 통하는 게 속 편했다.

삼층에서 일층까지는 금방이었다. 기철은 올 때마다 경외심이 절로 생기는, 어찌 이런 걸 사람이 지었을까 싶도록 웅장한 메인 홀을 지나며 문득 허기를 느꼈다. 불철주야 고생하는 몸뚱이에 밥이라도 제때 넣어 줘야지. 적당한 점심거리를 궁리하면서 그는 지나가는 사람들의 인상착의를 훑었다. 몸에 밴 직업의식을 발휘하던 중 저만치 의외의 얼굴이 포착됐다.

"모리타 검사님!"

경기도 경성부 고등경찰, 특히 종로서 형사들은 경성지법 검사국과 거의 부대끼며 일한다고 봐도 된다. 기철은 지난해 갓 부임한 모리타 겐지가 견습차 참여했던 유월 학생만세운동 사건의 담당 형사였다. 경성에서만 이백 명 넘는 학생이 체포됐던 사건.

"김 경부."

일본어가 유창하고 행동이 민활한 그를 모리타도 기억하고 있었다.

"오랜만에 뵙습니다. 안녕하셨죠?"

"늘 그렇지. 여긴 어쩐 일인가."

"경무국에 보고차 잠시 들어왔습니다. 검사님께선 총독부까지 무슨 일로."

"나도 보고서 전할 게 있어서."

기철은 검사의 검정색 가죽 가방에 힐끗 눈길을 주고는,

"직접 오셨습니까? 소사를 시키지 않으시고요."

"국장실에 올리는 보고서라."

"아, 그렇군요."

국장실까지 출입한단 소리에 김 경부가 표정으로 감탄했다. 덕분에 모리타는 조금 으쓱한 기분이 들어서,

"급한 일 없으면 점심이나 하고 가지. 여기 이층 식당에서."

"이층이요? 아, 고등관 식당 구경시켜 주신다면 저야 영광이지요."

조선인 형사와 함께 나란히 이층으로 향했다.

법무국장실은 고등관 식당과 같은 층이지만 정반대편에 위치해 있다. 구내 식당이라도 아무나 들어갈 수 없는 곳이라 기철은 검사의 용무가 끝날 때까지 기다려야 했다. 국장실은 일반 사무실과 출입문 크기부터 달랐다. 그러니 안쪽은 얼마나 번쩍번쩍하게 꾸며 났을까. 총독실과 정무총감실 다음으로 호화로운 방 앞에 서서 기다리는 동안, 기철은 고위 경찰 정복을 빼입고 경무국장실에 들어가는 제 모습을 상상하면서 열없이 몇 번 히죽거렸다.

"어떻게 오셨습니까?"

국장실의 육중한 문을 열고 들어가면 책상을 두고 앉은 비서관이 있다. 전속 사무원들이 근무하는 부속실이 그 뒤편에 있고, 비서관이 바라보고 있는 문이 국장의 집무실이다. 중년의 비서관은 모리타를 알아보지 못하는 것 같았다. 초면도 아닌데 이렇게 눈썰미가 없어서야. 모리타는 불쾌감을 감추고 근엄한 얼굴로 대답했다.

"경성지법 검사국에서 왔습니다."

"아, 검사님. 들어가 보시죠. 국장님께선 안에 계십니다."

대번에 표정을 바꾼 비서관이 앉은 채로 고개를 꾸벅 숙였다. 모리타는 목례로 응한 뒤 몸을 돌려 집무실 문을 똑똑 두드렸다. 묵직한 문을 힘주어 당겨 열면서 안쪽에 시선을 주었다. 소파에 앉아 이쪽을 바라보는 웬 여자 하나와 눈이 마주쳤다.

여자.

보기 드문 미인이다. 낯선 여자를 본 순간 모리타는 가장 먼저 그렇게 감탄했다. 여자의 정체에 대해 생각한 건 그다음이었다. 매우 젊고, 아름답고, 평일

정오에 국장실에서 차를 대접받을 수 있는 여자.

모리타는 저 여자가 부디 백작의 어린 정부이기를 바랐다.

"아, 엇갈리지 않아 다행이군. 곧 나갈 참이어서 말이야."

국장은 평소에 비해 신색이 좋고 다변했다. 허리를 꺾어 인사한 뒤 다가가는 동안에도 모리타의 신경은 여자 쪽에 쏠려 있었다. 여자의 시선이 꼭 제 몸통에 작살처럼 꽂힌 것 같았다. 암체어에 앉은 국장에게 서류를 펼쳐 건넬 때도, 검사정으로부터 지시받은 몇 가지를 구두로 간략히 전달할 때도, 고개를 끄덕인 국장이 서류를 덮어 찻잔 곁에 놓아둘 때까지, 모리타는 여자가 저를 뚫어져라 쳐다보고 있다는 착각에 열중했다. 착각인 줄 알면서도 그러했다.

그리고 그 모든 용건이 삽시간에 끝난 뒤, 국장을 향해 굽혔던 허리를 똑바로 펴는 순간 그는 인정하고 싶지 않은 현실과 대면해야만 했다.

"이쪽은 내 딸일세. 여기는 경성지법에 있는 모리타 검사. 전도유망한 친구다."

무기징역 판결문이라도 낭독당한 기분이었다. 혹시나 했던 기대가 벌레처럼 짓밟혔다. 장탄식을 삼키면서 그는 백작 영애를 향해 몸을 돌려 세웠다. 까마득한 상관의 딸이자 화족가 여성이다. 예의를 갖춰야 하는 건 당연했다.

"모리타 겐지라고 합니다."

정중히 허리를 숙인 뒤 여자의 얼굴을 다시 본다. 자리에 앉은 여자는 눈이 마주치자 살풋 미소 지었다. 그러고는 무릎 위에 두 손을 모으고 가볍게 고개를 끄덕여 답례했다. 본인의 신분이 더 높다는 자각이 몸에 배어 있었다. 마치 여왕처럼.

"임미나예요."

모리타는 이제 제 심장 뛰는 소리를 들을 수 있다.

"모리타 검사는 수재 중의 수재다. 대학 이학년 때 고등문관시험에 합격한 친구거든. 내 학교 후배기도 하고."

"후배요? 어쩐지. 그래서 이렇게 칭찬을 하시는구나."

여자가 가볍게 웃었다. 화족들은 자리에 앉아 있고 평민 검사는 병정처럼 똑바로 서 있다.

"네 남편과도 고교 동문이고."

"정말? 참 그렇네요."

미나가 그제 관심을 보이면서 검사에게 눈길을 돌렸다.

"나이도 비슷해 보이는데. 설마 동기는 아니겠죠?"

모리타는 어떻게 반응해야 할지 곤혹스러웠다. 자기 남편이 누구라는 것쯤 당연히 알겠거니 하는 태도가 일단 놀라웠다. 임준세가 경성에서 유명하다더니 무슨 황태자 부부라도 되는 모양이다. 사교계와 일생 연이 없는 모리타로서는 그렇게밖에 이해되지 않았다.

"맞습니다. 일 학년 때는 같은 반에서 수학했죠."

"그래?"

"예, 국장님. 저도 얼마 전에 알았습니다. 임 군을 최근에 만나게 돼서요."

"재미있군. 동기 동창이라."

국장은 흥미롭단 표정을 지었으나 더 이상 화제를 이어 가지 않았다. 너와 사적으로 연관되는 건 여기까지만이라고 선을 긋듯이. 하루하라다운 태도라고 생각하면서도 모리타는 못내 서운해졌다. 그리고 준세와의 친분을 이용해서 무언가를 얻어 내려던 제 속내가 곧 비참해졌다.

"바쁠 텐데 이만 가 봐. 수고했어."

"예, 국장님."

다리를 꼬고 앉은 국장에게 그는 정중히 허리를 굽혔다. 그런 다음 여자에게 고개를 숙여 묵례했다. 서로 예를 주고받는 짧은 찰나에도 필사적으로 흠을 찾앗으나, 그럴수록 오히려 그는 여자에게 압도당했다.

남자의 시선을 피하지 않고 느긋하게 마주 보는 눈동자. 블라우스와 스커트로 양장한 차림새. 코트와 핸드백을 곁에 두고 반듯하게 앉은 자세까지. 여자의 모든 것은 끝까지 완벽하게 반짝거렸고, 모리타는 극심한 열패감에 짓눌린 채 자리에서 물러나야 했다.

집무실을 나와 조용히 문을 닫았다. 책상에 앉아 무언가를 쓰고 있던 비서관이 힐끗 이쪽을 쳐다본다. 모리타는 허리와 어깨를 부풀리듯 똑바로 폈다. 그러지 않으면 너덜너덜해진 제 꼴을 들키기라도 것 같아서.

비서관과 인사하듯 시선을 교환한 뒤 출입문 쪽으로 걸음을 옮기며 그는 별 쓸데없는 것까지 궁금해지기 시작했다. 백작의 딸이 왜 여기 왔을까. 곧 나간다 했으니 아마 점심 식사 때문이겠지. 그럼 사위도 동석하는 건가. 세 사람이 의좋게 둘러앉은 광경을 상상하자 그만 뱃속이 뒤틀렸다.

모리타 겐지는 똑똑한 사내라서, 열등감이란 실로 저열한 감정이라는 걸 당연히 알고 있다. 내 몫이 아닌 것을 부러워하는 짓이 얼마나 한심하다는 것도 안다. 알고 있기 때문에 자괴감은 더욱 극심해졌다. 그것들의 주인이 임준세가 아니었다면, 다른 누군가였다면 이렇게까지 비참한 기분은 들지 않았을 것이다.

그때 눈앞에서 국장실 출입문이 열렸다. 빌어먹을. 그는 입 속으로 욕설을 뇌까린다.

"모리타. 여긴 무슨 일로."

먼저 알은척한 쪽은 준세였다. 여기서 만나다니 의외라는 표정이 모리타는 심히 고까웠다. 법무국 소속도 아니고 국장실을 드나들 직위도 아니며 심지어 제대로 된 관료조차 아닌 주제에, 마치 여기가 제 영역인 것처럼 구는 꼴이라니.

"보고서 올릴 게 있어서 왔네."

"보고서를 자네가 직접?"

"매번은 아니고 가끔 오지. 중요한 내용이라."

모리타는 자신과 상대의 공적 신분을 되새기는 것으로 찢어진 자존심을 봉합하려 애썼다. 그리고 수긍하듯 고개를 끄덕이는 준세를 바라보았다.

빠짐없이 갖춰 입은 정장에서 부유한 광택이 흘렀다. 오늘은 짙은 감색 양복에 줄무늬 타이. 옷이 대체 몇 벌이나 되는 건지 볼 때마다 바뀌는데 하나같이 근사했다. 화려한 외모와 최고급 의복을 과시하면서도 그는 뽐내는 기색이 전혀 없었다. 임준세는 고교 때부터 그랬다. 주변 사람들을 박탈감에 몰아넣고도 정작 본인은 초연하기 그지없어 자괴감까지 덤으로 안기는 인간이었다.

"오셨습니까."

중년의 비서관이 벌떡 일어나 국장의 사위를 맞이했다. 준세는 대수롭지 않다는 듯 그쪽으로 힐끗 눈길을 보낸다. 모리타는 이제 쓴웃음조차 꾸며 낼 수가 없다.

"여러모로 바쁘시군. 검사님께서는."

"자네도, 국장님을 뵈러 온 모양이야."

"음. 물론 나는 그저 사적인 용무지만."

겸양의 뜻이 분명한 말조차 모리타의 귀에는 조롱처럼 들렸다.

"들어가 보게. 기다리실 텐데."

"안 그래도 좀 늦어서. 그럼 다음에 보세."

준세는 가볍게 눈인사를 한 뒤 그를 스쳐 안쪽으로 걸어갔다. 묵직한 향수 냄새가 짙었다.

반듯하게 서서 기다리던 비서관이 집무실 문을 열어 주었다. 모리타는 굳이 걸음을 늦춰 가며 등 뒤로 신경을 쏟았다. 늦었습니다. 준세의 목소리에 이어 반기는 부녀의 목소리가 연이어 들렸다. 모리타는 국장실의 육중한 문을 스스로 열면서 필요 이상으로 손아귀에 힘을 주었다.

온몸의 혈관이 팽팽해져 터질 것 같다.

"금세 나오셨네요, 검사님."

조선인 형사의 웃는 얼굴을 한 대 치고픈 충동이 일었다.

심장이 몹시 뛰면서 눈앞이 이글거렸다. 불같이 타오르는 감정에 통째 집어삼켜진 기분이었다. 되살아난 열등감과 질투심은 무서울 정도로 고스란했다. 임준세를 향한 그 묵은 감정들은 스스로마저 놀라울 만큼, 지긋지긋하게도 그대로였다.

모리타는 한바탕 욕을 퍼붓고 싶었다. 세상이 왜 이다지도 불공평한 건지 조물주의 어깨를 흔들며 따지고 싶었다. 누구는 죽어라 기어올라야 간신히 도달할 수 있는 것들을, 운 좋은 누군가에겐 너무나 쉽게 선사해 버리는 세상.

그것도 하필이면 왜, 매번 그 자식이냐고.

그래서 모리타는 자신의 착오를 인정할 수밖에 없었다. 실로 가소로운 착각이고 자만이었다. 그는 아직도 고교 시절에서 한 발짝도 벗어나지 못했다. 4년의 시간은 철들기에 결코 충분하지 않다.

모리타 겐지는 여전히, 조금도 변하지 않았다.

고등관 식당은 과연 식기부터 달랐다. 식판이 아니라 쟁반 위에 반상처럼 그릇들을 차려 주는데 맛도 모양도 어지간한 장삿집보다 나았다. 기철은 일본 음식을 썩 즐기는 편이 아니지만 스키야키나 덮밥처럼 조선인 입에 맞는 몇 가지는 좋아한다. 가는 날이 장날이라고 오늘의 식당 메뉴는 달짝지근한 덮밥이었다.

소고기덮밥 한 그릇을 뚝딱 비운 기철이 입맛을 다셨다. 허기는 가셨지만 포만감이 부족해서 어째 먹다 만 기분이다. 왜놈들은 밥도 이렇게 새 모이만큼 먹는담. 그는 묽은 된장국을 훌쩍 마시고 빈 사발을 내려 두면서, 아까부터 어지간히도 깨지락거리는 검사를 힐끗 쳐다봤다.

모리타 겐지는 딱 봐도 신경질적인 인상이다. 피부가 희고 몸매가 여윈 편이라 전체적으로 곱상한데, 가늘고 긴 손가락과 얄팍한 입술이 특히 계집처럼 예민해 보였다. 명월관 기생 해월이가 꼭 저리 생겼지. 조금만 비위에 거슬려도 파르르 성을 내는 모양을 떠올리면서 기철은 속으로 킥 웃었다.

아닌 게 아니라 검사는 꽤나 틀어져 있다. 아까 국장실에서 잔뜩 창백해져 나오더니만 뭐 안 좋은 소리라도 들은 모양이다. 하루하라 백작의 싸늘한 얼굴을 떠올리자 기철은 모리타가 좀 측은해졌다. 직위와 지위가 높아서 그렇지 사실 나이로 따지면 검사는 그의 조카뻘이다. 경력으로 따지면 더더욱 어린애고.

"백산무역 건 맡으셨다면서요? 그거 꽤나 오래 애먹은 건인데. 검사정께서 검사님께 기대가 크신가 봅니다."

추켜세우자 모리타가 희미하게 억지웃음을 지었다.

"그런데 그 사건을 왜 경성에서 수사합니까? 잡아도 부산에서 잡아야 하는데, 그럼 그쪽에서 계속 파 보는 게 역시 수월할 텐데요."

"부산부 검사국이 몇 년째 헛짓만 하고 있으니까."

"아. 하긴 그렇습니다."

"놈들이 다 경남 유지 아닌가. 그쪽에서도 함부로 손대기 쉽지 않겠지."

이해 안 가는 바는 아니지만. 모리타가 덧붙이며 기어이 젓가락을 내려놓았다. 음식이 절반도 넘게 남았는데.

"대문이 단단하면 뒷문을 노려보는 수밖에. 경성에도 분명 한패가 있어. 만주와 지나까지 연결돼 있을 거고. 어떻게 돈을 보내는 건진 아직 몰라도 어디로 보내는지는 명확하니까."

"내 참, 잘 먹고 잘 사는 놈들이 별 골치 아픈 짓을 다 하죠."

기철은 쯧쯧, 하고 혀를 찼다.

독립운동한답시고 날뛰는 치들을 그는 정말이지 이해할 수 없었다. 돈 한 푼 밥 한 술 안 나오는 건 둘째 치고 도대체 조선 독립이 뭐가 좋은데? 왕조 때보다 살기는 외려 지금이 더 좋아졌구만. 빈민가 출신도 저만 똑똑하면 이렇게 나리 소리 들을 수 있게 된 세상인데.

"그런 놈들은 매사에 남 탓만 하고 저들 미련한 건 생각도 안 하니까요. 제대로 된 나라였으면 애당초 망했을 리가 있나."

나오는 대로 뱉어 놓고 기철은 후회했다. 그래도 왜놈 앞인데 방금 말은 하지 말걸.

"그런데 검사님 임준세라고 아시죠? 보안과에 임시 서기로 있는."

저도 모르게 딴소리를 꺼내 놓은 건 방금의 실언을 무마하기 위해서였다.

"……알지."

"아까 보셨죠? 검사님 나오시기 직전에 들어가더라고요. 거 말단 서기가 국장실에 다 불려 가고. 역시 혼맥이 좋긴 좋습니다."

순간 모리타의 표정이 싸늘해졌다. 아차, 이쪽은 혼맥이 아작 났지. 기철은 연거푸 실언을 후회하면서 다시 무마할 거리를 번개같이 생각해 냈다.

"그 임준세가 대단한 집 아들이라는 것도 아시죠?"

그리하여 그 조부가 어찌어찌하여 천황 폐하께 작위를 하사받았고, 부친이 어찌어찌하여 자작으로 승작되었고, 본인은 지금 어찌어찌 백작이 될 꿈을 꾸고 있는지를 기철은 변사처럼 구성지게 떠들기 시작했다.

친일에도 급이 있다.

앞장서서 나라를 팔아먹은 것과 이미 팔린 나라에 순응하는 것은 엄연히 급이 다르다. 사람들은 김기철 같은 이를 악독한 친일배라 미워하며 이를 갈지만, 기철이 생각하기에 임가 같은 매국노에 비하면 그 자신은 새 발의 피였다.

"임이 작년까지 동척에서 근무했잖습니까? 임 할아버지가 거기 창립 위원이었거든요. 그래서 처음 입사했을 때 조손이 격대로 봉사한다고 우스갯소리도 나오고 그랬죠."

동척이 조선인 피 빨아먹으려 세운 회사라는 건 어린애들도 아는 사실이었다. 기철의 처가 쪽 친척 중에도 그 회사에 땅을 빼앗긴 이가 있었다. 그러니까 더더욱 급이 다르지. 준법하면서 아등바등 사는 사람들 말려 죽이는 것과, 죽자고 말 안 듣는 사상범 족치는 것 중 어느 쪽이 더 고약한가. 두말하면 잔소리다.

"그 친구를 꽤 잘 아는 모양이군."

"에, 이 정도는 어린애들도 알걸요? 경성에서 식도원의 하야시 하면 모르는 사람이 드물 겁니다."

"식도원의 하야시?"

"그 친구 별명인데 뭐 자칭타칭이죠. 식도원 가면 하야시가 항상 있다고 그렇게들 불렀거든요. 결혼하고 나선 발길을 딱 끊었다는데, 역시 장인이 무섭긴 무서운 모양입니다."

"임준세가 그렇게 부르게 했다고?"

가만히 듣고만 있던 검사가 문득 눈을 치떴다. 창백한 미간을 찌푸려 김 경부는 괜히 움찔했다. 내가 또 뭐 말실수했나.

"뭐 말입니까?"

"하야시."

"예?"

"방금 자칭타칭이라고 했잖아."

"아아, 예, 그 친구가 내지서 학교를 다녀서 그런지 그런 데 아주 유합니다. 자기 집에서도 국어만 쓴다니 알 만하죠. 본인이 말만 안 하면 조선인인 줄 아무도 모를걸요? 거 이름부터가 내지식 아닙니까."

반쯤 허허 웃으며 하는 소리를 모리타는 주의 깊게 들었다. 얄팍한 입술을 꾹 다물고 두 눈을 가늘게 떴다. 젊은 검사의 그 표정에서 기철은 비상한 이채를 보았다. 짐승의 흔적을 발견한 사냥꾼의 얼굴. 14년의 경찰관 경력은 거저 얻은 게 아니다.

"김 경부."

"예."

"사람이 변한다고 생각하나?"

"예?"

"타고난 기질이라는 게, 쉽게 변할 것 같냐고."

모리타의 목소리가 조금씩 낮아졌다.

"나는 아닌 것 같거든."

적어도 기철의 귀에는 그렇게 들렸다. 포수가 의식적으로 몸을 낮추는 것처럼.

"더 얘기해 봐."

"뭘 말씀입니까?"

"임준세."

설마.

"그자에 대해 아는 거 있으면 더 말해 보라고."

농담이겠지.

"뭐든 다 말해 봐. 아는 것 전부 다."

경찰 노릇 14년간 김 경부가 얻은 교훈 중 하나는 사람 속은 결단코 알 수가 없다는 것이다. 그러나 또 다른 중요한 교훈이 있다면 그럼에도 어느 정도 예측은 가능하다는 것. 그가 생각하기에 조선에는 경무국이 의심할 필요가 전혀 없는 조선인들이 있다. 김기철이나, 임준세 같은 이들.

역시 반도에 갓 건너온 젊은 검사라 의욕이 과하네. 생각하면서 기철은 약간 애매한 웃음을 지어 보였다.

2권에서 계속

하
루
하
라

미
나
와

순
정

1판 2쇄 찍음 2021년 10월 6일
1판 2쇄 펴냄 2021년 10월 14일

지은이 | 이유월
펴낸이 | 정 필
펴낸곳 | (주)뿔미디어

기획·편집 | 박경희 권지영 김산혜
표지 디자인 | 우 물

출판등록 | 2002년 9월 11일 (제1081-1-132호)
주소 | 경기도 부천시 소향로 17, 303(두성프라자)
전화 | 032)651-6513 팩스 | 032)651-6094
E-mail | scarlets2012@hanmail.net
블로그 | http://blog.naver.com/dahyangs
비북스 | http://b-books.co.kr

값 11,000원

ISBN 979-11-6713-538-4 04810
ISBN 979-11-6713-537-7 04810(세트)